L’amour menacé

*

La vengeance à deux visages

CARLA CASSIDY

L'amour menacé

Traduction française de
CATHERINE VALLEROY

BLACK ROSE

HARLEQUIN

Collection : BLACK ROSE

Titre original :
GUARDING A FORBIDDEN LOVE

HARPERCOLLINS FRANCE
83-85, boulevard Vincent-Auriol, 75646 PARIS CEDEX 13
Service Lectrices — Tél. : 01 45 82 47 47 - www.harlequin.fr
ISBN 978-2-2804-9543-1 — ISSN 1950-2753

Composé et édité par HarperCollins France.
Imprimé en septembre 2023 par CPI Black Print (Barcelone)
en utilisant 100% d'électricité renouvelable.
Dépôt légal : octobre 2023.

FSC www.fsc.org MIXTE Papier issu de sources responsables FSC® C159065

Pour limiter l'empreinte environnementale de ses livres, HarperCollins France s'engage à n'utiliser que du papier fabriqué à partir de bois provenant de forêts gérées durablement et de manière responsable.

1

Assise sur le canapé, Harper Brennan contemplait le gâteau trônant au milieu de la petite table. C'était un superbe gâteau au chocolat noir, glacé au beurre de framboise, issu de sa propre pâtisserie, la Sweet Tooth.

Ce soir-là, elle avait prévu une petite fête pour son anniversaire avec deux de ses meilleures amies. Malheureusement, toutes deux s'étaient décommandées à la dernière minute. Aussi Harper se livrait-elle à la place à une débauche d'apitoiement sur elle-même.

Elle s'empara d'un des petits chapeaux pointus achetés pour l'occasion et le mit sur sa tête. Elle considéra ensuite la bougie sur le gâteau. Il n'y en avait qu'une dessus, parce qu'il était impossible d'en faire tenir quarante-cinq.

Quarante-cinq ans. Elle n'aurait jamais imaginé fêter cet âge-là toute seule. Six ans auparavant, elle était encore mariée et rêvait d'ouvrir une pâtisserie.

Elle s'était débrouillée pour réaliser son rêve, mais son mariage avait pris fin lorsque son mari l'avait brusquement quittée pour une jeune femme de vingt-cinq ans. L'imbécile... Au moins l'heureux couple avait-il déménagé, aussi Harper n'avait-elle pas à le croiser en ville.

Elle soupira et prit le briquet. Vu son humeur, elle avait envie de dévorer la moitié du gâteau. Mais elle n'en mangerait qu'une petite tranche ; dernièrement, elle avait l'impression qu'il lui suffisait de regarder la nourriture pour que les kilos s'accumulent sur son ventre et ses hanches. Fichue quarantaine.

Avant qu'elle puisse allumer la bougie, un coup résonna à la porte. Peut-être une de ses amies, qui s'était libérée malgré tout. Se levant d'un bond, elle alla ouvrir. Et découvrit Sam Bravano sur le seuil.

— Bonjour, Harper. Je suis venu pour votre petite annonce.

Il sourit, révélant une fossette sur une joue.

Sam Bravano. Elle l'avait souvent aperçu en ville, mais rien ne l'avait préparée à cette rencontre.

Bon sang, si elle avait eu dix ans de moins, elle lui aurait sauté dessus. Il était vraiment canon. Avec ses épaules larges, ses hanches étroites, ses cheveux bruns ébouriffés et ses yeux d'un vert inattendu, il était incontestablement un régal pour les yeux.

— Harper ?

Son sourire fléchit, et elle se rendit compte qu'elle le fixait.

— Euh oui, la petite annonce... Entrez donc.

Elle ouvrit la porte plus grand. Quand il passa devant elle, elle saisit un parfum masculin, une odeur de soleil et d'eau de Cologne musquée.

— Je vous en prie, asseyez-vous.

Elle lui désigna le fauteuil face au canapé.

— C'est votre anniversaire ? s'enquit-il en s'asseyant.

— Oui. Vous aimeriez un morceau de gâteau ? J'avais prévu une petite fête avec des amies, mais elles se sont décommandées.

— Quel dommage ! Ce n'est pas drôle de fêter ça toute seule.

Il se leva et, à sa grande surprise, prit un des chapeaux sur la petite table et le posa sur sa tête.

Même ce chapeau idiot ne parvenait pas à l'enlaidir. Nul doute qu'il savait comment porter le jean et le T-shirt. Sa peau était joliment bronzée et, de manière générale, il avait l'air incroyablement en forme.

Harper se laissa tomber sur le canapé.

— J'allais justement allumer la bougie quand vous avez frappé.

— Faites donc, je vous en prie, répondit-il.

Et cette charmante fossette lui fit de l'œil encore une fois.

— Combien de bougies devrait-il y avoir ? ajouta-t-il.

Elle se mit à rire.

— Assez pour brûler toute la maison.

Elle alluma la bougie.

— Non, attendez avant de souffler. Normalement, c'est là qu'on vous chante « Joyeux anniversaire ». Alors, voilà...

Il se releva et, sous ses yeux médusés, entonna la chanson traditionnelle.

Sa belle voix de baryton ne remplit pas seulement la pièce, elle toucha son cœur de manière inattendue. Elle ravala les larmes qui lui montaient soudain aux yeux. Il voulait manifestement se montrer gentil envers une femme seule et plus âgée.

— Maintenant, faites un vœu et soufflez la bougie, conclut-il lorsqu'il eut fini de chanter.

Elle s'exécuta.

— Vous pouvez retirer ce chapeau idiot, dit-elle en ôtant le sien.

Elle prit la pelle à gâteau, coupa une tranche généreuse et la déposa sur une assiette décorée avant de lui tendre le tout.

Retirant le chapeau, il prit le gâteau.

— Waouh, il a l'air délicieux.

— J'espère qu'il l'est.

Elle lui tendit une fourchette.

— Vous n'en prenez pas ? demanda-t-il.

— Je... j'en prendrai plus tard. Vous disiez que vous étiez venu pour la petite annonce ? J'ai vu certains de vos chantiers en ville et, bien sûr, vous avez vu ma devanture. Elle a besoin d'une bonne restauration.

Elle avait obtenu un très bon prix pour cette boutique sur Main Street justement parce que celle-ci avait besoin d'un ravalement, et parce que la société de crédit immobilier était impatiente de la vendre après le défaut de paiement de l'ancien propriétaire.

Depuis l'ouverture du magasin, deux ans auparavant, elle s'était concentrée sur le travail et les finances. Désormais, elle avait assez d'économies, et même un petit crédit, pour entamer les travaux nécessaires.

Elle avait passé une petite annonce dans le *Millsville News.* Sam et ses frères avaient réalisé de nombreux chantiers en ville. Néanmoins, ils n'étaient pas les seuls.

— Il lui faut juste un petit lifting, répondit Sam.

Eh bien, comme ça on est deux, pensa-t-elle ironiquement.

— J'aimerais un peu plus qu'un lifting à l'arrière.

Tandis qu'elle lui expliquait ses projets, il mit de côté le gâteau et sortit un calepin et un stylo pour prendre des notes. Il lui posa aussi quelques questions pour clarifier ses intentions.

Elle était très consciente de sa présence. Elle avait déjà reçu des hommes dans son salon, mais aucun d'eux ne remplissait l'espace comme lui. Même assis, il dégageait une énergie incroyable. Pas une énergie désagréable, au contraire. Une énergie apaisante, qui mettait tout de suite à l'aise.

Et pourtant elle se sentait bizarrement nerveuse. Peut-être était-ce la manière dont il la regardait, comme si ses paroles étaient la chose la plus importante au monde. Ou peut-être parce qu'il exsudait la confiance et la force. Et puis, il y avait cette fossette...

Oh ! les jeunes femmes devaient être absolument folles de ce Sam.

— Les affaires doivent bien marcher pour que vous fassiez toutes ces rénovations, fit-il.

Il reprit son gâteau.

— Ça aide d'être la seule pâtissière en ville, répondit-elle.

— Oui, je suppose, approuva-t-il avec un sourire. Mais d'après ce que j'ai entendu dire vous êtes très douée dans votre domaine. Et, si ce gâteau en est la preuve, vous êtes même super douée.

Elle se sentit rougir.

— Merci.

— Vous avez toujours voulu être pâtissière ?

Cette question personnelle la surprit.

— Depuis toute petite, j'aime faire des gâteaux et je rêvais d'avoir un jour une boutique où les vendre. Ma mère adorait aussi cela, et nous en faisions souvent ensemble.

Un bref élan de tristesse la saisit. Elle avait perdu sa mère un an auparavant, d'une crise cardiaque. Trois ans après que son père fut décédé de la même chose.

— Et vous, vous avez toujours voulu être charpentier ? demanda-t-elle pour écarter ces tristes pensées.

— Mon père a été charpentier toute sa vie, et je travaillais souvent avec lui. Je voulais suivre ses traces. En plus, j'aime œuvrer de mes mains et avoir un résultat concret. J'aime construire du neuf ou restaurer de l'ancien.

Il se mit à rire.

— Je vous en dis plus que vous ne vouliez en entendre, probablement.

— Pas du tout, protesta-t-elle. Je m'intéresse toujours à ce que font les gens.

Elle haussa les épaules, les joues un peu chaudes.

— J'imagine que je suis quelqu'un de sociable…

— C'est une bonne chose, étant donné votre métier, non ?

Il lui sourit.

— Oui, je suppose.

Elle soutint son regard un long moment, puis baissa les yeux sur le gâteau.

— Alors qu'est-ce qu'on fait maintenant ?

— Il faudrait que je vienne demain matin prendre des mesures. C'est le seul moyen pour que je vous établisse un devis précis, répondit-il. 9 heures, ça vous irait ?

— Ce sera parfait.

Il se leva.

— Je vous dirais bien de demander d'autres devis, mais je peux battre n'importe quel prix et je fais du meilleur travail que quiconque en ville.

Ses yeux verts brillèrent joyeusement à ces derniers mots.

Se levant aussi, elle le raccompagna. C'était un homme très grand, et il la surplombait d'une bonne dizaine de centimètres. Elle lui ouvrit la porte et leva les yeux vers lui.

— Merci d'avoir partagé mon anniversaire avec moi, Sam.

Il sourit.

— Tout le plaisir était pour moi, Harper. À demain.

Bonté divine, ce jeune homme était aussi beau vu de derrière que de devant. Lorsqu'il monta dans son pick-up, elle ferma la porte et la verrouilla.

Emportant le gâteau et les assiettes dans la cuisine, elle repensa à sa suggestion concernant d'autres devis. Elle n'avait pas envie de perdre de temps.

Elle avait déjà échangé avec plusieurs personnes qui avaient commandé des travaux à Sam et ses frères, et toutes avaient dit qu'ils travaillaient bien, livraient les travaux à temps et étaient très corrects sur les prix. Alors pourquoi se donner la peine de chercher ailleurs ?

La seule raison pour laquelle elle avait passé une petite annonce était sa crainte que Sam et ses frères ne soient déjà pris.

Elle s'assit dans la cuisine avec une mince tranche de gâteau. La pâtisserie était dans une période creuse. Le 4 Juillet était passé, et la prochaine fête n'arriverait pas avant un ou deux mois. Dieu merci, elle avait des clients réguliers, qui venaient quotidiennement boire un café et manger un roulé à la cannelle, une tranche de gâteau ou des biscuits.

Son gâteau était délicieux. Lorsqu'elle l'eut rangé dans le réfrigérateur, elle alla dans sa chambre, bien qu'il soit encore tôt. Elle se couchait toujours de bonne heure, pour être à la pâtisserie à 5 heures du matin.

Une fois au lit, elle ne put s'empêcher de repenser à Sam. Il semblait très gentil. Elle supposait qu'il avait une trentaine d'années. Dommage qu'il n'ait pas dix ans de plus.

Elle se tourna sur le dos et fixa le plafond, où le clair de lune faisait danser des ombres légères. Cela ne lui aurait pas déplu d'avoir de nouveau un homme dans sa vie. Avoir de la compagnie pendant les repas. Bavarder et rire. Regarder le lever ou le coucher du soleil ensemble. Tout cela lui manquait.

Elle s'endormit finalement et fit des rêves délicieux et totalement déplacés à propos de Sam Bravano.

Sam sifflota joyeusement en s'éloignant de la maison de Harper. Il avait encore dans la bouche le goût de ce délicieux gâteau. La femme qui l'avait fait l'intriguait.

Harper était une jolie femme de petite taille, aux yeux bleus et aux cheveux frisés. Elle avait retenu plus d'une fois son attention lorsqu'il l'avait vue en ville, mais il en savait très peu sur elle. Juste qu'elle était divorcée et qu'elle possédait la pâtisserie.

Quelle pitié de la voir fêter seule son anniversaire. Elle était charmante, même avec ce cotillon sur ses boucles. Il ignorait ce qui lui avait pris de lui chanter « Joyeux anniversaire ». Il ne faisait pas ce genre de trucs normalement, mais ça lui avait paru la chose à faire à ce moment-là.

Il prit la route de chez lui. En parcourant la rue principale de Millsville, il se sentit rempli de fierté. Il adorait sa ville et nombre de devantures étaient son œuvre, des façades colorées qui respiraient la vie.

Il ne fut pas surpris, en s'arrêtant dans son allée, de voir ses frères affalés dans les fauteuils en osier sous le porche. Tony et Michael avaient presque l'air de jumeaux, bien qu'il y ait deux ans de différence entre eux.

Ils avaient tous deux les cheveux noirs et les yeux noirs des Bravano. Sam ignorait d'où il tenait ses yeux verts. De son vivant, son père disait en plaisantant que le facteur aussi avait des yeux verts, mais il n'y avait pas de doute que Sam était le fils de son père. Il lui ressemblait énormément, alors que Tony et Michael tiraient davantage de leur mère.

Les deux frères se redressèrent en le voyant arriver.

Sam avait acheté cette maison un an auparavant. Il l'avait eue à un bon prix, car elle avait besoin de travaux et les propriétaires voulaient s'en débarrasser au plus vite. Son idée était de la restaurer et soit de l'habiter, soit de la revendre, en fonction de l'état du marché.

Parce que ses deux frères vivaient encore chez leur mère, ils passaient souvent chez lui boire quelques bières le soir. Tony ne sortait avec personne pour l'instant, mais Michael avait une relation intermittente avec une fille nommée Paula.

— Bonsoir, les gars, dit-il en approchant.

— Salut, Sam, lança Tony en se levant.

— T'étais où ? demanda Michael en l'imitant.

— Et depuis quand je vous rends des comptes ? répliqua Sam avec bonne humeur en ouvrant la porte.

— On se demandait, c'est tout, répondit Michael.

Tony et lui suivirent Sam à l'intérieur. Tony fila tout droit à la cuisine, d'où il ressortit un instant plus tard, trois bières à la main. Il en lança une à Michael, qui s'était assis sur le canapé, et une à Sam, qui s'installa dans son fauteuil habituel.

— Alors, quoi de neuf, les gars ? demanda Sam quand ils furent tous assis, bières en main.

— Paula et moi, on a encore rompu hier soir, annonça Michael d'un ton lugubre.

— Tu t'es déjà dit qu'elle n'est peut-être pas faite pour toi ? questionna Sam.

— Mais je suis dingue d'elle, se lamenta Michael.

— T'es qu'un imbécile, lança Tony. Cette fille te balade comme un petit chien. Dès qu'elle claque des doigts, tu sautes. Il te faut un meilleur jeu, frangin.

— Ce dont il a besoin, c'est d'une meilleure petite amie, intervint Sam.

— J'aime Paula. Je veux juste comprendre ce qu'elle veut de moi, précisa Michael. Quand j'aurai compris, tout ira bien.

Tandis que ses deux frères se plaignaient de leur vie amoureuse, ou de son absence, Sam but silencieusement sa bière. Il avait dix ans de plus que Michael et huit de plus que Tony. À trente-trois ans, il en avait déjà vu de toutes les couleurs sur le plan amoureux. Il était sorti avec beaucoup de femmes, mais n'avait jamais trouvé chaussure à son pied. Dernièrement, il sentait une sorte de désespoir tranquille émaner d'elles. Un désir intense de se marier et d'avoir des bébés avant qu'il ne soit trop tard.

Bien qu'il eût aimé rencontrer une femme avec qui partager sa vie, il n'avait jamais eu envie d'enfants et il n'était même pas sûr que cette histoire de mariage soit pour lui. Bien sûr, sa mère n'arrêtait pas de lui demander quand il lui donnerait des petits-enfants, mais ses frères et sa sœur aînée, Lauren, pourraient combler ses souhaits sur ce plan, se disait-il.

— Bon alors, où étais-tu en vrai, ce soir, Sam ? redemanda Michael quand la conversation sur ses amours s'éteignit enfin.

— J'ai répondu à une petite annonce de Harper Brennan. Elle veut effectuer des travaux dans son magasin.

— Ça veut dire qu'on a un autre chantier ? questionna Tony. On n'a toujours pas fini le kiosque du jardin municipal.

Plusieurs semaines auparavant, le conseil municipal les avait engagés pour construire un petit belvédère dans le jardin de la ville.

— Il n'y a plus grand-chose à faire. Je pense que vous y arriverez avec l'aide de Bud et d'Aaron, répondit Sam.

Bud Kurtz et Aaron Palmer étaient deux adolescents toujours prêts à se faire un peu d'argent de poche en travaillant pour les frères Bravano.

— Que veut Harper, exactement ? demanda Tony.

— Je ne sais pas trop. Je vais la voir demain matin pour qu'on en discute. D'après le peu qu'elle m'en a dit, je devrais pouvoir en faire la majeure partie seul. Mais j'aurai besoin de vous deux dans quelques semaines.

Il trouvait étrange sa réticence à faire part à ses frères de ce qu'ils s'étaient dit avec Harper. De même que sa réticence à collaborer avec eux sur ce chantier, au moins au début.

— Tu sais si Dallas a avancé sur le meurtre de Cindy ? demanda Tony, changeant de sujet.

— Ça, ça nous a vraiment fichu la trouille, dit sombrement Michael.

— Autant que je sache, il n'est pas plus près d'identifier le meurtrier, répondit Sam.

Cela faisait un peu plus d'un mois qu'on avait découvert le corps de Cindy Perry, une serveuse du café, dans un des champs de Lucas Maddox. On l'avait attachée à un piquet, comme un épouvantail humain. Elle avait été poignardée à mort et, selon la rumeur, sa bouche avait été cousue et ses yeux énucléés.

Dallas Calloway, le chef de la police, avait rapidement fait savoir que Lucas n'était pas soupçonné du meurtre. Malheureusement, Sam n'avait pas entendu parler d'un suspect probable. Le meurtre avait en tout cas jeté une ombre sur toute la ville.

— C'est forcément quelqu'un que Cindy a mis en colère.

— La personne qui lui a fait ça était bien plus qu'en colère, répliqua Michael. Il faut être malade pour faire un truc pareil.

Ses frères ne restèrent plus très longtemps après cela et, le matin suivant, à neuf heures moins le quart, Sam s'arrêta devant la pâtisserie.

La boutique était bien située, non loin de la maison de Harper. Cependant le bâtiment en soi était en mauvais état : peintes d'un marron délavé, certaines des planches pourrissaient. Ce qui le rachetait, c'était une grande enseigne rose vif pendue au-dessus de la porte. Elle portait le nom du magasin et le dessin d'un cupcake avec un glaçage blanc et des vermicelles roses.

On pouvait garder l'enseigne, mais la plus grande partie de la devanture devait être remplacée et repeinte. Cela dit, la porte laissait échapper une odeur absolument alléchante.

Sam n'était jamais entré dans la boutique, même s'il aimait autant les gâteaux que quiconque. Sa mère faisait régulièrement de la pâtisserie, aussi avait-il ce qu'il lui fallait chez lui.

Il pénétra à l'intérieur. Là, les odeurs étaient encore plus délicieuses. Juste devant lui se trouvait un long présentoir rempli de superbes gâteaux, cupcakes et autres mets sucrés. Une machine à café trônait derrière le comptoir, un de ces engins rutilants dispensant à volonté café, cappuccino ou chocolat brûlant.

Il y avait plusieurs tables rondes en verre, avec des chaises à rayures roses et blanches. Les murs étaient également blancs avec une moulure rose, décorés de grandes photos de gâteaux probablement confectionnés par Harper. Cette dernière était invisible, mais il y avait une clochette sur le comptoir, et il l'agita.

Harper sortit d'un passage menant à l'arrière. Enveloppée d'un tablier bleu et blanc taché d'un peu de farine, elle portait en dessous un jean qui moulait ses jambes fuselées et un corsage bleu qui mettait en valeur ses yeux.

— Désolée, Sam, je ne vous ai pas entendu arriver, dit-elle avec le sourire.

— Ça ne fait rien. J'en ai profité pour admirer votre magasin. C'est très tentant.

— Merci. Totalement différent de l'extérieur, n'est-ce pas ?

— Oui, mais on va arranger ça, dit-il avec confiance. L'extérieur sera aussi séduisant que l'intérieur.

— C'est le but, approuva-t-elle avec un grand sourire qui éclaira son visage.

— Je voulais juste vous dire que je suis là et que je vais prendre quelques mesures. Ensuite, je pourrai vous faire un devis.

— Parfait. J'ai vraiment hâte de mettre les choses en route.

Ses yeux brillaient joyeusement. Elle avait de si jolis yeux, avec de longs cils.

— Alors je vous vois dans vingt minutes environ.

Souriant, il tourna les talons et sortit de la boutique. Il retourna à son pick-up en sifflotant et prit un mètre, un petit calepin et un stylo.

Avant de se mettre à l'œuvre, il vit approcher Joe Rogers.

— Bonjour, Joe. Comment va la vie ? le salua Sam.

Joe avait la cinquantaine bien avancée, peut-être le début de la soixantaine. Il était divorcé et vivait dans une petite ferme aux abords de la ville.

— Ça va, répondit Joe. Mais ma journée ne commence vraiment qu'après une tasse de café et un roulé à la cannelle. On dirait que Harper est finalement prête à donner un coup de jeune au magasin.

— C'est pour ça que je suis là, répondit Sam. À plus tard, Joe, et savourez bien votre roulé à la cannelle.

— Je n'y manque jamais, dit l'homme, qui disparut dans la pâtisserie.

Durant vingt minutes, Sam mesura et évalua les travaux et les matériaux nécessaires. Il avait assez d'expérience pour se faire une idée de leur prix. Quand il eut terminé, il rentra dans la boutique. Joe était assis à une table, et Harper se tenait derrière le présentoir à gâteaux.

Sam se dirigea vers elle.

— J'aimerais une tasse de café noir et un de vos roulés à la cannelle. Joe m'a convaincu de les essayer. Ensuite, quand vous serez prête, nous pourrons parler.

Il tira son portefeuille de sa poche.

— Laissez, dit-elle. C'est pour la maison.

— C'est parce que vous m'aimez bien ? la taquina-t-il.

— Non... Je veux dire, oui...

Ses joues rosirent joliment.

— Asseyez-vous donc, j'arrive tout de suite.

— Harper, je m'en vais, lança Joe. À demain matin.

— D'accord, Joe. À demain.

Tandis que Joe sortait, Harper apporta le café et le roulé à Sam. Elle les posa sur la table et prit un siège face à lui.

— Alors, qu'est-ce que vous avez pour moi ?

— Ce n'est qu'une estimation pour la devanture. Il faudra que vous me montriez la cour et que vous m'expliquiez ce que vous voulez y faire, dit-il.

Il lui détailla les matériaux et les coûts, mais fut interrompu par l'entrée de Letta Lee, la présidente du club de jardinage.

Âgée d'une soixantaine d'années, Letta était l'une des pires snobs de la ville et, de surcroît, une terrible commère. Mais elle venait chercher un gâteau qu'elle avait commandé et repartit sans adresser la parole à Sam, ce qui ne le surprit pas.

— Alors, quand pouvez-vous commencer les travaux ? demanda Harper en le rejoignant à table.

— Dès que vous le voudrez, répondit-il.

— Dès que vous le pourrez, répliqua-t-elle.

— Je vais rédiger un contrat et ensuite je pourrai m'y mettre.

— Un contrat ? C'est vraiment nécessaire ?

Il lui sourit.

— Ça ne me protège pas seulement moi, ça vous protège vous aussi.

Il se leva.

— Je reviendrai dans une heure avec tous les papiers.

— Je serai là.

Deux heures plus tard, le contrat était signé, les questions financières réglées, et Sam quitta une nouvelle fois la pâtisserie pour aller acheter les matériaux nécessaires.

Il était impatient d'entamer les travaux et plus impatient encore de mieux connaître Harper. Pour la première fois depuis longtemps, une femme l'attirait.

Il ignorait ce qu'elle avait de plus que les autres, mais il sentait des étincelles entre eux, et il avait hâte d'explorer cela… de l'explorer, elle. Il allait passer de longues journées devant son magasin et il en profiterait pour entrer souvent et s'intéresser à elle de façon beaucoup plus intime.

2

Harper posa les coudes sur le présentoir, le menton dans les mains, et regarda Sam travailler au-dehors. La journée était affreusement chaude et humide et, un quart d'heure plus tôt, il avait ôté son T-shirt. La seule vue de ses épaules et ses abdominaux lui donnait des vapeurs malgré la climatisation.

Un peu plus tôt dans l'après-midi, des hommes étaient venus décharger toutes sortes de matériaux, planches, bardeaux, etc., devant le magasin.

Mais l'attention de Harper était fixée sur Sam. Il ôtait la vieille moulure à l'aide d'un pied-de-biche, et les muscles de ses bras saillaient. Oh ! mais qu'il était sexy !

Il cessa soudain de travailler et jeta un coup d'œil dans le magasin. Un sourire lent lui retroussa les lèvres, et il lui fit un clin d'œil. Harper se redressa, atterrée à l'idée qu'il l'ait surprise en train de le contempler.

La matinée avait été calme, et l'après-midi s'annonçait tout aussi tranquille. Joe était venu pour son café et son roulé à la cannelle habituels. Quelques clients étaient également passés.

Mandy Creighton, une femme très aimable, était venue chercher le gâteau commandé pour l'anniversaire d'un de ses fils. Mais il faisait trop chaud pour que les gens aient envie de sortir faire des courses. Sans doute avaient-ils davantage envie de salades et de plats légers.

Vers 15 heures, Sam entra dans la boutique. Ayant remis son T-shirt, il annonça que c'était l'heure de sa pause. Harper ne l'avait pas vu s'arrêter pour le déjeuner.

Il marcha vers elle avec ce sourire qui la remplissait d'une chaleur inattendue. À moins que ce ne soit une de ses bouffées de chaleur.

— Je suis résolu à goûter à toutes vos pâtisseries, et je dis bien toutes.

Ses yeux verts transpercèrent les siens. Un sourire lent lui recourbait les lèvres.

Bonté divine, était-il en train de flirter avec elle ? Certainement pas. Elle était assez vieille pour être sa... enfin, sa sœur aînée.

— Alors, que voudriez-vous goûter aujourd'hui ? Une tranche de gâteau ou des cookies ?

Intérieurement, elle se maudissait d'avoir le souffle court comme une écolière.

— Je crois que j'aimerais essayer les cookies, répondit-il. Aux flocons d'avoine et aux raisins secs. Je voudrais aussi une tasse de café et, puisqu'il n'y a personne d'autre, peut-être pourriez-vous vous asseoir avec moi ?

— C'est possible, répondit-elle.

— Combien vous dois-je ?

— C'est pour la maison.

— Non, dit-il fermement, on ne va pas faire comme ça. Vous tenez un commerce, je paye ce que je consomme. Vous ne devriez pas dilapider le produit de votre travail. Alors, combien vous dois-je ?

Elle le lui dit, il paya, et elle lui indiqua une table. Il devait sans doute vouloir parler des travaux, pensa-t-elle. Autrement, pourquoi voudrait-il qu'elle se joigne à lui ?

— Allez-y, asseyez-vous, j'arrive.

Tandis qu'il prenait place, elle servit trois gros cookies sur une assiette, versa le café dans une tasse et le rejoignit.

— Que se passe-t-il ? demanda-t-elle.

— Il ne se passe rien, répliqua-t-il, les sourcils froncés.

— Alors pourquoi vouliez-vous que je m'assoie avec vous ?

— Parce que j'aimerais mieux vous connaître.

Elle le dévisagea en cillant.

— Pourquoi ?

Il éclata de rire, un son grave et agréable qui se répercuta dans sa poitrine.

— Pourquoi pas ? Je vais travailler pour vous un moment, et je vous trouve très séduisante.

Ces paroles la laissèrent momentanément sans voix.

— Oh ! eh bien... euh... nous pouvons certainement bavarder quand vous prenez une pause et qu'il n'y a personne d'autre dans le magasin, balbutia-t-elle.

— Vous sortez avec quelqu'un en ce moment ? questionna-t-il.

— Euh, non.

Une fois encore, il l'avait prise au dépourvu.

— Bon. Nous pourrions bavarder un peu plus si je vous invitais à dîner ce soir.

Elle le dévisagea de nouveau. Était-ce une blague ? Peut-être avait-il parié avec ses amis qu'il pourrait faire craquer la pâtissière. Ou peut-être était-il seulement bête...

Elle finit par se mettre à rire.

— Vous êtes drôle.

— Je n'essaye pas d'être drôle. Je suis parfaitement sérieux. J'aimerais vous emmener dîner. Si ce soir ne vous convient pas, je suis libre tous les autres soirs.

— Mais ça ressemble à un rendez-vous galant, Sam, c'est hors de question. L'idée même est absurde.

— Ce n'est pas absurde du tout.

Les yeux brillants, il se pencha vers elle.

— Ça signifie seulement que je dois faire plus d'efforts pour vous charmer et vous persuader de dîner avec moi.

Elle se remit à rire.

— Bonne chance, alors.

Elle était soulagée que sa voix ne trahisse pas l'émoi que lui causait cette conversation. L'idée de sortir avec Sam Bravano était certes attirante, mais ultimement ridicule.

— Alors qu'avez-vous fait ce matin ? Je vous ai vu travailler au marteau et au pied-de-biche, dit-elle pour changer de sujet.

— J'ai retiré une bonne partie du bois pourri de la devanture. Après cela, j'ôterai le placoplatre abîmé en dessous. Quelle est votre couleur préférée ?

Elle s'adossa à sa chaise.

— Rose. Et la vôtre ?

Cet homme était vraiment incorrigible.

— Le bleu. Quelle est votre cuisine préférée ?

Il mordit dans l'un des cookies et fit descendre la bouchée avec une gorgée de café.

— J'aime toutes les cuisines, mais les plats mexicains sont mes préférés. Et vous ?

— Les hamburgers. Un gros hamburger bien juteux avec des frites, c'est le paradis pour moi.

— Et vous allez me demander quel est mon signe astrologique ? Je suis Balance, et vu votre entêtement je parie que vous êtes Taureau. Pourquoi me demandez-vous tout ça ?

Il pencha la tête, et la fossette dansa sur sa joue tandis qu'il souriait.

— J'ai envie d'en apprendre autant que possible sur la femme avec qui je vais sortir.

Elle éclata de rire et se leva.

— Vous êtes inimitable, Sam Bravano.

— Bon, je ferais mieux de m'y remettre.

Il enfourna la dernière bouchée de cookie et prit une gorgée de café.

— Ce sont les meilleurs cookies que j'aie jamais mangés.

— Merci, dit-elle. Je suis ravie que vous les aimiez.

Elle le regarda jeter son assiette en carton et sa serviette en papier dans la poubelle et se diriger vers la porte. Avant de sortir, il fit halte et se tourna vers elle.

— Et, juste pour que vous sachiez, je suis Cancer. Mes sentiments ont de la profondeur, et j'aime prendre soin de ma partenaire.

Sur ce, il sortit.

Harper poussa un soupir. C'était amusant de se chamailler avec lui, et elle devait admettre qu'elle n'était pas insensible à son flirt. Cela faisait très longtemps qu'un homme n'avait pas flirté avec elle. Même si ce n'était qu'un jeu, c'était tout de même très agréable.

Soupirant à nouveau, elle s'empara d'un torchon et se mit à la tâche. Sam avait à nouveau retiré son T-shirt et travaillait juste devant la vitrine. Une vraie distraction.

Les heures suivantes, elle astiqua le présentoir et les tables. Mieux valait ne pas être surprise encore en train de contempler Sam. Une fois suffisait.

Lorsque tout fut nettoyé, elle rassembla les torchons utilisés et les emporta dans la buanderie, où elle les fourra dans la machine à laver. Elle utilisait une grande quantité de torchons chaque jour, et c'était merveilleusement pratique d'avoir une machine et un sèche-linge.

À 15 h 45 elle prépara une cafetière, et à 16 heures une de ses meilleures amies pénétra dans la boutique.

— Je vois que les travaux ont commencé, dit Becky Barlow.

Harper leur servit à toutes deux un café fraîchement passé.

Becky se laissa tomber sur une chaise et Harper emporta les cafés à table. Harper et cette blonde aux yeux bruns étaient amies depuis des années. Elles étaient allées à l'école ensemble, mais s'étaient vraiment rapprochées à l'université.

Becky avait épousé son petit ami du lycée. Son mari et

elle avaient un fils et une fille, et venaient juste de fêter la naissance de leur premier petit-enfant. Institutrice de CE2, Becky avait toujours soutenu Harper, dans les hauts comme dans les bas.

Comme elle était assise face à la vitrine, elle poussa un petit sifflement appréciateur en voyant passer Sam et sourit à Harper.

— Joli spectacle, dit-elle.

— Tu trouves ? Je n'avais pas remarqué, répondit Harper avec une légèreté feinte.

Becky se mit à rire.

— Bien sûr. Harper, j'ai une nouvelle pour toi : tu es divorcée, pas morte.

— D'accord, peut-être que j'avais remarqué un petit peu, répondit Harper en riant aussi. En fait, je dois admettre que le spectacle a été assez distrayant toute la journée.

— Je n'en doute pas. Si j'avais dix ans de moins et si j'étais célibataire, je te jure que je mettrais ce beau garçon dans mon lit et que je lui donnerais le tournis.

— Becky ! Quelle fougue aujourd'hui ! s'exclama Harper en riant.

— J'essaye juste de compenser l'affreuse journée que j'ai passée.

— Qu'est-ce qui l'a rendue affreuse ? s'enquit Harper avec curiosité.

— Benny McGraw a vomi sur le dos de Lizzie Dominic et, en essayant de les éviter, Alice Jackson a glissé et s'est étalée dedans. Au lieu d'un cours de maths, nous avons donc eu un petit garçon malade et deux petites filles en pleurs. Il a fallu presque une heure pour calmer tout ce petit monde.

Harper ne put s'empêcher de s'esclaffer devant la scène que peignait Becky.

— Je suis désolée de ne pas pouvoir t'offrir autre chose

qu'un café, dit-elle avec compassion. Tu aurais besoin d'un remontant plus corsé.

Becky rit à cela.

— *Le café me va. C'est le lot de toutes les institutrices :* faire face à des attentions éparpillées, gérer des parents insensés et du vomi. À propos, je suis vraiment désolée d'avoir raté ton anniversaire.

— Ce n'est pas grave, dit Harper, alors même qu'une image de Sam assis dans son salon lui passait par la tête.

Elle était presque heureuse, maintenant, que ses deux amies n'aient pas pu venir.

— Alors, raconte-moi, quoi de neuf de ton côté ? demanda Becky en prenant une gorgée de café.

— Pas grand-chose. Je suis enthousiaste à l'idée que ma devanture soit refaite à neuf. Une fois que ce sera achevé, nous commencerons les travaux dans la cour. J'ai toutes sortes d'idées sur ce que cela devrait devenir.

— Tes ventes vont monter en flèche quand l'extérieur de la pâtisserie sera aussi joli que l'intérieur.

— Que Dieu t'entende, répliqua Harper.

— C'est vrai, de l'extérieur, on ne se rend pas compte combien c'est agréable ici.

Elles continuèrent à bavarder puis, son café bu, Becky se leva.

— Il est temps que je rentre. C'est Larry qui cuisine ce soir, il m'a dit que ce serait prêt vers 17 heures.

— Chanceuse, dit Harper en se levant également. Profite bien du dîner et dis bonjour à Larry de ma part. On se verra la semaine prochaine.

Becky passait la voir environ une fois par semaine, après le travail. Elle disait à Harper que c'était son sas de décompression avant de rentrer chez elle.

Parfois, Allie Crawford, une autre amie, se joignait à elles, mais ses horaires de travail ne le lui permettaient pas toujours. Néanmoins, toutes trois allaient dîner ensemble à l'occasion.

Après le départ de Becky, Harper nettoya la table et se versa un grand verre d'eau. Si elle avalait encore un café, elle ne dormirait pas de la nuit. Elle devait déjà supporter des bouffées de chaleur et des suées nocturnes occasionnelles, qui perturbaient son sommeil. « La préménopause », lui avait dit le médecin. Une sorte d'enfer avant l'heure, en ce qui concernait Harper.

À 17 heures, elle retourna le panneau sur la porte, indiquant « Fermé » au lieu d'« Ouvert ». Puis elle regagna la cuisine pour s'assurer que tout était en ordre pour la fournée du lendemain matin. Elle transféra les torchons de la machine à laver dans le sèche-linge, mit ce dernier en marche, prit son sac et franchit la porte d'entrée.

Sam était en train de ranger ses outils dans une grande caisse en bois.

— Harper, attendez une minute.

Elle s'arrêta net et le regarda transporter la caisse à l'arrière de son pick-up. Il revint vers elle en hâte.

— Voilà, maintenant je suis prêt, annonça-t-il avec un large sourire.

— Prêt pour quoi ?

— Pour vous raccompagner chez vous, répondit-il. Je suppose que vous venez au travail et en repartez à pied.

— Euh... oui, c'est vrai. Ce serait idiot de prendre le volant pour quelques centaines de mètres. Les seules fois où je prends ma voiture, c'est quand il pleut, qu'il fait froid ou qu'il neige. Bien que parfois j'aime marcher dans la neige. En tout cas, je préfère marcher plutôt que de prendre ma voiture.

Elle referma la bouche, consciente qu'elle radotait. Pour une raison quelconque, Sam la rendait nerveuse, de façon inexplicablement agréable.

— Alors aujourd'hui, si ça ne vous dérange pas, j'aimerais vous raccompagner à la maison.

Il lui adressa un sourire ravageur, qui fit trembler ses genoux.

— Je suppose que ça ne me dérange pas si ça ne vous dérange pas, répondit-elle.

Elle était désorientée par son attitude. Au nom du ciel, que voulait-il, ce Sam Bravano ?

Ils avancèrent sur le trottoir d'un pas nonchalant. Sam marchait assez près de Harper pour sentir son parfum de sucre et de cannelle. Mais il y avait aussi une odeur sous-jacente, plus épicée. Cette odeur-là, il la trouvait excessivement attirante, et cela remuait quelque chose au fond de lui.

— Vous êtes très jolie aujourd'hui, lâcha-t-il.

C'était vrai. Son corsage rose soulignait le noir de ses cheveux et le bleu de ses yeux. La coupe de son chemisier, de même que son jean noir, mettait parfaitement en valeur ses courbes séduisantes.

— Merci, dit-elle, les joues teintées d'un rose assorti à son corsage.

Il trouvait ses rougissements positivement charmants. Cela faisait longtemps qu'il n'avait pas vu une femme s'empourprer.

— Vous avez eu la visite d'une amie, cet après-midi ?

— Oui, Becky Barlow. Elle et moi sommes amies depuis notre deuxième année de licence. Elle enseigne à l'école primaire, et nous avons continué à nous voir au fil des ans. Vous aussi avez un meilleur ami ? questionna-t-elle.

— Mes meilleurs amis sont mes frères, bien qu'ils soient plus jeunes que moi. Nous nous entendons bien. Depuis que notre père est mort il y a deux ans, je suis aussi un peu une figure paternelle pour eux.

— Oh ! je suis navrée pour votre père. J'ai perdu le mien il y a quatre ans, et ma mère l'année dernière.

Il perçut de la tristesse en elle, qui fit écho à son propre chagrin. Son père avait été son héros. Anthony Bravano était un homme hors du commun, un homme sociable qui n'avait que des amis et aimait passionnément sa famille. Quand il était mort, il avait laissé un gouffre béant, non seulement dans son foyer, mais également dans le cœur de Sam.

— Vous avez des frères et sœurs ? lui demanda-t-il.

— Non, je suis fille unique.

— Parfois, j'aimerais l'être, dit Sam en riant. Alors qu'est-ce que vous aimez faire de votre temps libre ? Je sais que vous fermez la pâtisserie le dimanche.

— La seule chose que je ne fais pas le dimanche, ce sont des gâteaux. J'aime jardiner et lire. Des choses dont je suis sûre que vous les trouveriez très ennuyeuses.

— Pas du tout. J'aime aussi jardiner, bien que je ne lise pas autant que je le devrais, avoua-t-il.

— J'imagine que vous passez beaucoup de temps chez Murphy, dit-elle, faisant référence à un bar populaire en ville.

— Mais non. J'ai dépassé depuis longtemps ce genre de vie. Je ne suis pas allé chez Murphy depuis des années.

Il lut l'incrédulité dans son regard.

— Alors que faites-vous de vos loisirs ?

Il était ravi qu'elle lui pose des questions. Cela signifiait qu'elle s'intéressait un peu à lui.

— L'année dernière, j'ai acheté une maison qui avait besoin de travaux, c'est ce que je fais durant mes heures de loisir.

— Alors vous travaillez dur toute la journée, puis vous rentrez chez vous et vous recommencez à travailler ?

Son ton était encore une fois incrédule.

— Pourquoi ai-je l'impression que vous ne me croyez pas ?

Elle cessa de marcher et se tourna vers lui.

— Sam, un homme aussi beau que vous a forcément une… euh, une vie sociale étoffée.

— C'est avec vous que j'aimerais avoir une vie sociale, Harper.

Elle pressa le pas.

— Et voilà, vous recommencez avec vos idées ridicules !

— Ce n'est pas ridicule, protesta-t-il en la rattrapant. Pourquoi ne voulez-vous pas croire que j'ai sincèrement envie de vous inviter à dîner ?

Entre-temps, ils avaient atteint la maison de Harper. Elle se retourna et le dévisagea, ses beaux yeux empreints de scepticisme.

— Qu'avez-vous fait, Sam ? Vous avez parié avec vos copains que vous pourriez faire la cour à la vieille dame de la pâtisserie ? Ils attendent de savoir si vous avez réussi ou non ? Combien vous donneront-ils si vous y arrivez ?

— Seigneur, non !

Il était atterré qu'elle puisse penser une chose pareille.

— Il n'y a pas de pari, et vous n'êtes pas une vieille dame. Comment pouvez-vous vous décrire ainsi ? Je vois devant moi une femme séduisante et pleine de vie, avec laquelle j'aimerais passer plus de temps.

Elle ouvrit sa porte avant de le contempler à nouveau.

— Sam, vous avez l'air d'un gentil jeune homme. Trouvez quelqu'un de votre âge pour jouer.

Avant qu'il puisse répondre, elle se glissa à l'intérieur et referma la porte. Sam fixa le panneau un long moment, puis tourna les talons et regagna le trottoir.

Il était plus déterminé que jamais à l'inviter à sortir avec lui. Il savait désormais contre quoi il luttait. Elle se croyait trop vieille pour l'attirer.

Eh bien, elle se trompait du tout au tout. Pour la première fois depuis longtemps, Sam était impatient de voir une femme. Il ignorait ce qui l'attirait exactement chez elle, mais il y avait bien quelque chose.

Et, malgré ce qu'elle avait dit, il pensait que c'était réciproque. S'il avait vraiment cru qu'elle ne s'intéressait pas à lui, il aurait juste accompli son travail sans l'ennuyer. Mais son plan était de se montrer, d'effectuer son travail et de la persuader de sortir avec lui.

Il se présenta le lendemain à 8 heures, à l'ouverture de la pâtisserie. Durant l'heure suivante, des gens, dont il supposait que c'étaient des clients réguliers, entrèrent et sortirent.

La journée était à nouveau chaude et humide, bien que pas aussi lourde que la veille. Juste après 13 heures, il y eut un intervalle dans le flux de clients, et il en profita pour faire une pause à l'intérieur.

Quand il entra, Harper se tenait derrière le présentoir à gâteaux. Ce jour-là, elle portait un pantalon noir et un corsage jaune vif, ainsi qu'un tablier avec l'inscription « Sweet Tooth » sur le devant.

— Bonjour, Harper.

Il s'approcha du comptoir. Elle avait incontestablement l'air d'une friandise. Il se sentait irrésistiblement attiré par elle. Peut-être était-ce son sourire éclatant ou le scintillement de ses grands yeux bleus.

— Bonjour, Sam.

— Vous avez l'air d'un rayon de soleil aujourd'hui... un très joli rayon de soleil, dit-il.

Il ne fut pas surpris par la faible rougeur qui lui monta aux joues.

— Merci. Que puis-je vous servir ?

— Trois de ces cookies aux flocons d'avoine et aux raisins secs, et une tasse de café.

Il sortit de l'argent de son portefeuille et la regarda préparer sa commande.

— Vous venez vous asseoir avec moi ? demanda-t-il lorsqu'il eut payé.

— Euh... pas aujourd'hui. Il faut que je nettoie, fit-elle sans le regarder.

— Bon tant pis, répondit-il d'un ton aisé.

Il emporta les cookies et le café à la table la plus proche et s'assit.

— Vous êtes très occupée depuis ce matin, lança-t-il.

Il la regarda astiquer le dessus du présentoir, dont il soupçonnait qu'il était déjà propre.

— Tous mes clients réguliers sont venus. Et j'ai deux gâteaux et deux dizaines de cupcakes qui doivent être prêts pour cet après-midi.

— C'est bien, non ?

— C'est la normale pour un vendredi après-midi. Il y a toujours des invitations le week-end, et les gens veulent des pâtisseries.

— Alors les habitants de Millsville aiment les gâteaux.

— Heureusement pour moi, répliqua-t-elle en riant.

Il aimait le son de son rire. C'était un son musical, très agréable aux oreilles.

— Vous avez déjà pensé à engager quelqu'un pour vous seconder ? Vous ne travailleriez plus du matin jusqu'au soir six jours par semaine.

Le torchon dans la main, elle s'immobilisa.

— Je l'ai envisagé, mais j'ai économisé chaque centime pour la rénovation. Une fois que tout sera payé, je penserai à engager quelqu'un à temps partiel. Bien que je doive avouer que je suis une patronne autoritaire, et que l'idée d'avoir quelqu'un dans ma cuisine me stresse.

— En parlant de ça, nous pourrions faire un tour derrière

après la fermeture, pour que vous me disiez exactement ce que vous voulez.

— Ça marche. Je suis impatiente de vous montrer ce que j'ai en tête. Mais je dois vous avertir, il s'agira de gros travaux.

— Rendez-vous pris, dit-il avec un grand sourire.

— Non, Sam, ce n'est pas un rendez-vous. C'est un... une... réunion de chantier, rétorqua-t-elle.

Il se mit à rire.

— Vous êtes une femme entêtée.

— Et vous, un homme tenace, riposta-t-elle avec un petit sourire.

— C'est parce que je sais ce que je veux. Quand j'aime une femme, j'essaye de l'obtenir. Donc, je vous avertis honnêtement, Harper Brennan, j'ai l'intention de tout faire pour vous prouver que je veux sortir avec vous.

Les yeux de Harper étincelèrent et elle se mit à rire.

— Souvenez-vous que je suis une femme entêtée. Pour l'instant, je ne pense pas que cela va se produire.

— Ah, mais vous n'avez pas encore mesuré toute l'étendue du charme de Sam Bravano.

Elle rit de plus belle.

— À ce stade de ma vie, je dois vous prévenir que je suis plutôt immunisée contre le charme, Sam.

Elle avait beau dire, cela faisait trois fois qu'elle nettoyait la même tache sur la vitrine du présentoir. Il mangea ses cookies et finit son café, puis sortit. Le chemin du cœur de Harper passait sans doute par le fait de lui offrir la devanture dont elle avait toujours rêvé.

Il s'arrêta vers 17 heures et entra dans la pâtisserie juste avant que Harper ne ferme. Elle semblait prête. Son tablier avait disparu et, dès qu'il fut à l'intérieur, elle tourna le panneau sur la porte pour indiquer que le magasin était fermé.

— Nous allons passer par la porte de service. J'espère

que vous avez votre calepin et votre crayon, parce que j'ai beaucoup de choses en tête, dit-elle.

— Je les ai là, dit-il en tapotant sa poche arrière.

— Bien, alors allons-y.

L'inflexion de sa voix dénotait l'enthousiasme.

Il la suivit dans une cuisine immaculée, pourvue d'équipements industriels.

— Alors, c'est là que vous opérez vos tours de magie, dit-il.

— De magie, je ne sais pas, mais c'est là que je travaille, en effet.

— Je suis sûr que c'est un dur labeur, dit-il vivement.

Elle sourit.

— C'est vrai, mais c'est un métier que j'adore. Allons dehors, fit-elle en s'engageant dans la buanderie.

— Après vous.

Sam ouvrit la porte de service. Harper le précéda. Elle fit trois pas dehors, s'immobilisa et poussa un hurlement soudain.

Alors il le vit… Un épouvantail dressé dans le jardin. Bien qu'il ne soit pas en paille. C'était un épouvantail humain. Il reconnut immédiatement la jeune femme, malgré la bouche cousue et les yeux manquants.

C'était Sandy Blackstone, employée à la banque. Elle était habillée d'un mauvais jean et d'une chemise à carreaux rouges et noirs. Un chapeau de paille était posé sur sa tête selon un angle coquet. Il ne lui fallut qu'un instant pour absorber cet affreux spectacle.

Il prit une Harper hurlante par les épaules, lui fit faire demi-tour et l'attira dans ses bras. Il ne fallait pas qu'elle contemple cette scène épouvantable une seconde de plus.

3

Harper se cramponnait à Sam, reconnaissante du soutien de ses bras musclés. Elle avait cessé de hurler et elle sanglotait maintenant contre son T-shirt, revoyant derrière ses paupières Sandy dressée sur ce piquet. Une vision absolument terrifiante.

— Ça va aller, dit la voix douce de Sam en manière d'apaisement.

Il lui frottait le dos en petits cercles pour tenter de la calmer.

— Je suis désolé que vous ayez vu ça, Harper.

Elle hocha la tête, le visage toujours enfoui contre sa poitrine. Ses larmes continuaient de couler. Qui avait fait une chose pareille ? Dieu du ciel, qui était capable, dans leur ville, de faire ces choses innommables à une jeune femme ?

— Allez, il faut rentrer. Je dois appeler Dallas.

Il la guida gentiment vers la porte et, lorsqu'ils furent dans la cuisine, elle s'effondra sur une chaise pliante.

Elle essaya désespérément de se reprendre, tandis que Sam appelait le chef de la police. Mais ce spectacle était imprimé au fer rouge dans son cerveau, propageant des frissons glacés tout le long de sa colonne vertébrale. L'horreur s'accompagnait de chagrin pour cette jeune femme... morte bien avant son heure. Qui avait pu lui faire cette chose terrible ?

Sam raccrocha, fourra son téléphone dans sa poche et s'agenouilla devant elle.

— Est-ce que ça va ?

Du pouce, il essuya les larmes qui sillonnaient ses joues. Son toucher infiniment doux lui donna envie de pleurer de plus belle. Mais elle ravala ses larmes et hocha la tête.

— Ça va. Mais pourquoi ici ? réussit-elle finalement à dire. Pourquoi la laisser ici, Sam ? Elle n'était jamais entrée à la pâtisserie. Je la connais seulement parce qu'elle m'a servie quelques fois à la banque.

— Dallas éclaircira ça quand il arrivera, répondit Sam.

Ses beaux yeux verts semblaient la caresser.

— Dites-moi juste que vous allez bien. Vous avez subi un sacré choc.

— Ça va, ça va, répéta-t-elle, alors que ce n'était pas vrai.

Elle était ébranlée jusqu'au fond d'elle-même et toujours horrifiée par ce qu'elle avait vu.

— Vous... vous la connaissiez ? demanda-t-elle en essayant de comprendre. Vous connaissiez Sandy ?

— Comme vous, je ne la connaissais que de la banque.

Il se leva.

— Il faut aller accueillir Dallas.

Elle le précéda dans la boutique, où ils s'assirent à une table près de la vitrine pour attendre le policier.

— Vous pourriez peut-être faire du café, suggéra-t-il. Ce sera sûrement une longue soirée.

Elle se releva, soulagée d'avoir quelque chose à faire, bien que rien ne puisse la distraire de l'horreur dont elle avait été témoin.

Pauvre Sandy. Elle l'avait toujours trouvée agréable, avec ses beaux yeux bleus et son grand sourire. Pourquoi ? C'était la question qui ne cessait de courir dans son esprit.

C'était exactement comme la découverte de Cindy Perry

dans le champ de Lucas. Qui commettait ces meurtres épouvantables sur de jeunes femmes ?

Le café finissait juste de passer quand Dallas et deux de ses hommes arrivèrent. Dallas Calloway était un bel homme brun, aux cheveux frisés et aux yeux gris argent. Il semblait plus sombre qu'elle ne l'avait jamais vu. Les agents Joel Penn et Darryl O'Conner avaient un air aussi solennel que celui de leur patron.

Harper leur offrit du café, mais tous déclinèrent. Tandis que Sam leur racontait qu'ils étaient sortis dans la cour étudier la façade arrière du bâtiment, Harper se versa une tasse et retourna s'asseoir. Elle serra son mug entre ses mains pour se réchauffer, car elle restait glacée intérieurement.

— J'ai appelé Josiah, il devrait arriver d'une minute à l'autre, disait Dallas.

Josiah Mills était à la fois le directeur des pompes funèbres et le médecin légiste.

— Y a-t-il un autre accès à la cour que par ici ?

— Le jardin est clôturé, mais il y a un portillon du côté est, dit-elle. Vous voulez que je vous le montre ?

Elle n'avait aucune envie d'y retourner. Elle ne voulait pas revoir Sandy dans cet état.

— Non, répondit vivement Sam. Pas question que vous y retourniez. Je suis sûr que nous trouverons le portillon sans votre aide.

Elle lui sourit avec gratitude. Elle savait qu'il essayait de la protéger. Ce dont elle avait envie, c'était d'être à nouveau dans ses bras. Elle voulait se blottir dans son odeur de soleil et d'eau de Cologne musquée, et oublier qu'il y avait une femme morte, attachée à un piquet, dans sa cour.

Les hommes et lui sortirent par la porte de derrière, la laissant seule dans la pâtisserie. Bonté divine, c'était la deuxième victime de celui qu'on appelait le Tueur à l'Épouvantail. Un meurtre était déjà assez effrayant, mais deux représentaient probablement l'œuvre d'un tueur en série. Cette seule idée déclencha une nouvelle vague d'horreur en elle. Elle n'aurait jamais imaginé qu'une chose pareille puisse se produire dans sa ville natale. Cela arrivait dans les grandes villes, pas ici, à Millsville. Du moins était-ce ce qu'elle avait cru jusque-là.

Il fallait espérer que Dallas trouverait quelque chose... n'importe quoi, qui déboucherait sur une arrestation. Le tueur devait absolument être mis derrière les barreaux d'une prison ou d'un hôpital psychiatrique. Quiconque était capable de faire ce qui avait été fait à Sandy et à Cindy était soit complètement fou, soit totalement inhumain.

Elle sursauta lorsqu'un coup résonna à la porte. C'était Josiah, accompagné de son jeune assistant, Gary Walters. Josiah avait la soixantaine bien sonnée et, quand on lui demandait quand il avait l'intention de prendre sa retraite, il répondait invariablement qu'il s'arrêterait de travailler quand il serait mort. Il venait de temps en temps à la pâtisserie pour acheter une dizaine de cookies ou des cupcakes. Harper savait qu'il était veuf et vivait à la périphérie de la ville.

Gary, lui, avait entre vingt et trente ans. Il était aussi timide que Josiah était bruyant et turbulent. Il était assez effacé, avec des cheveux et des yeux bruns un peu ternes, mais il avait un très beau sourire.

Gary n'était jamais entré à la pâtisserie, mais Harper avait eu affaire à lui lors de la mort de ses parents et l'avait trouvé serviable et attentionné.

Elle déverrouilla rapidement la porte et les laissa entrer.

— Harper, désolé de vous revoir dans ces circonstances malheureuses, dit Josiah.

— En effet, ce ne sont pas les meilleures, approuva-t-elle. Bonsoir, Gary.

— 'Soir, mademoiselle Harper, dit-il.

— Dallas et… euh… elle est dans la cour, dit-elle en leur montrant la porte de derrière.

Les minutes passèrent et devinrent lentement des heures. Plusieurs fois, Sam réapparut pour s'enquérir d'elle. Enfin, après ce qui lui parut une éternité, Sam et Dallas rentrèrent à l'intérieur et demandèrent une tasse de café. Elle s'empressa de les servir. Dallas lui fit signe de s'asseoir avec eux.

— Harper, je dois vous poser quelques questions. Tout d'abord, vous connaissiez Sandy Blackstone en dehors de la banque ?

— Non, elle m'a servie quelques fois, mais je ne la connaissais pas personnellement.

— Vous devez entendre beaucoup de commérages, ici. Vous avez déjà entendu dire que quelqu'un avait des problèmes avec Sandy ?

Elle secoua la tête.

— Je n'ai jamais entendu mentionner son nom.

— Quand êtes-vous sortie dans la cour pour la dernière fois ?

Elle prit l'air pensif.

— Ce devait être il y a au moins une semaine. De… depuis combien de temps est-elle là ?

Sam posa une main sur la sienne, et elle fut reconnaissante de sentir sa paume légèrement calleuse engloutir la sienne.

— Pas très longtemps, Harper, dit-il doucement.

Un léger soulagement la traversa. Il aurait été affreux de penser que la pauvre fille était restée dans la cour des jours d'affilée sans qu'on la découvre. C'était déjà assez horrible qu'elle soit là.

Dallas n'avait que quelques questions de plus pour eux.

— D'autres agents vont venir, et nous allons devoir occuper votre cour plusieurs jours pour collecter des indices. Mais comme on peut y accéder par le portillon vous pouvez ouvrir le magasin normalement. Sam et vous êtes libres d'y aller, maintenant. Vous pouvez fermer la porte d'entrée et la porte de service. Je compte sur vous pour vous rendre disponibles si j'ai d'autres questions.

— Naturellement, dit-elle, et Sam fit écho.

Sam lâcha sa main, et elle se leva. Dallas disparut à nouveau dans la cour. Elle vida le reste du café dans l'évier et prépara la machine pour le lendemain matin.

— Je vais vous reconduire, annonça Sam.

Elle fit mine de protester, mais la nuit était tombée et, soudain, l'idée de marcher seule jusque chez elle lui parut insurmontable. Quelque part dans les rues de Millsville, il y avait un tueur en liberté.

— D'accord, dit-elle. C'est gentil.

— Si vous me donnez la clé, je vais fermer la porte pour vous.

Une fois encore, elle le considéra avec gratitude. Elle ne voulait pas y retourner. Elle ne voulait pas revoir Sandy, et Sam l'avait compris.

Elle lui remit la clé et, quelques minutes plus tard, ils franchirent la porte principale et montèrent dans son pick-up. L'intérieur de son véhicule sentait comme lui, cette touche de soleil et d'eau de Cologne qui lui plaisait tant. Elle s'adossa au siège rembourré et le regarda faire le tour du véhicule pour se mettre au volant.

Dieu merci, il était avec elle lorsqu'elle avait franchi la porte de service. Il avait été là pour la prendre dans ses bras et la réconforter. Elle se serait complètement effondrée si elle avait dû affronter seule cet affreux spectacle.

— J'ai l'impression d'être coincée dans un cauchemar dont je ne peux pas me réveiller, dit-elle tandis qu'il démarrait. Je sais que c'est insensé, mais je me sens coupable... comme si j'avais fait quelque chose de mal. Sinon, pourquoi aurait-elle été laissée dans ma cour ?

— Harper, cela n'a rien à voir avec vous, et vous n'avez

absolument rien fait de mal. C'était exactement comme quand Cindy a été laissée dans le champ de Lucas Maddox. Il y a une sorte de hasard insensé à l'œuvre, et il ne faut pas que vous vous sentiez coupable.

— Cette pauvre fille. Elle a dû tellement souffrir.

Elle sentit à nouveau les larmes lui monter aux yeux en songeant à la terrible épreuve de Sandy.

— Si cela peut vous soulager un peu, Josiah dit qu'elle était déjà morte quand sa bouche a été cousue et quand ses yeux ont été ôtés. Mais ne dites à personne qu'on lui a enlevé les yeux. Dallas espère garder cette information secrète.

— Ne vous inquiétez pas. Je n'ai pas l'intention d'en parler à quiconque. Je ne veux même pas y penser. Mais cette pauvre fille...

Ils étaient déjà arrivés chez elle. Sam s'arrêta dans l'allée, et ils descendirent tous deux de voiture. Il lui passa un bras autour des épaules, et ils marchèrent vers la porte d'entrée. Une fois encore, elle accueillait avec gratitude sa chaleur corporelle.

— Est-ce que ça va aller pour vous ici, toute seule ? demanda-t-il lorsqu'ils furent sous le porche.

Elle ouvrit sa porte et se tourna vers lui.

— Oui, ça ira, dit-elle en poussant un soupir las.

Elle s'était déjà trouvée seule quand son mari l'avait quittée, de même que lorsque ses parents étaient morts. Elle irait bien, parce qu'elle le devait.

— Si ça ne va pas, vous avez mon numéro de téléphone. Appelez-moi si vous avez besoin de quoi que ce soit, Harper.

Son regard était si chaleureux, si attentionné, qu'elle eut envie de s'appuyer à nouveau contre lui et de sentir ses bras l'encercler. Mais elle ne bougea pas.

— Merci, Sam... pour tout. Je ne sais pas ce que j'aurais fait sans vous, si vous ne m'aviez pas soutenue ce soir.

— Je suis heureux d'avoir été là pour vous.

Durant un bref instant, elle crut qu'il allait l'embrasser. Il se pencha légèrement vers elle, et elle vit un éclair luire dans ses yeux.

— Bonne nuit, Sam, dit-elle avant qu'il ne fasse quelque chose d'irréfléchi.

Cette soirée avait déjà été assez affreuse. Bien sûr, elle n'aurait pas trouvé atroce un baiser de Sam. Mais cela n'aurait pas été bien non plus.

Il se redressa.

— Bonne nuit, Harper.

— Merci de m'avoir raccompagnée chez moi.

— Pas de problème.

Elle pénétra dans la maison et referma la porte à clé derrière elle. Alors, elle s'appuya contre le panneau plusieurs minutes.

Elle se demanda comment seraient ses rêves cette nuit-là. Rêverait-elle d'horribles épouvantails humains ou des bras de Sam et de sa bouche sur la sienne ?

Elle espérait de toutes ses forces que ce serait Sam qui remplirait ses rêves, et non ces meurtres terrifiants.

Le lendemain, la nouvelle du meurtre se répandit. La une du *Millsville News* titrait : « Le Tueur à l'Épouvantail frappe à nouveau. » Au grand atterrement de Sam, l'article nommait la victime et désignait aussi la pâtisserie comme scène du crime. Cela voulait dire que beaucoup de gens allaient passer à la boutique pour interroger Harper.

En dehors de son hurlement initial et de ses larmes, elle s'était montrée remarquablement solide la veille au soir. Malgré la peur et l'horreur, elle s'était reprise en un laps de temps très court. Il admirait sa force morale.

À présent, en roulant vers le magasin, il ne pouvait s'empêcher de penser à la manière dont son corps s'était coulé dans ses bras. Comme si elle avait été taillée exprès pour lui.

Il avait failli l'embrasser devant sa porte. Il avait désespérément eu envie de la prendre dans ses bras et de capturer ses lèvres avec les siennes. Il n'était pas douteux qu'il commençait à souffrir d'un très sérieux béguin pour elle.

Il jeta un coup d'œil à la glacière posée sur le siège passager. Si elle ne voulait pas aller dîner avec lui, il lui apporterait à dîner chez elle, à la pâtisserie.

Il avait emporté une des spécialités de sa mère, et il espérait que Harper prendrait quelques minutes pour manger avec lui après la fermeture. Il espérait que cela la distrairait de ce qui s'était passé la veille.

Il prenait un gros risque. Elle avait déjà refusé de sortir avec lui. Elle lui dirait peut-être de repartir avec son repas. Mais cela valait la peine de tenter le coup ; peut-être apprécierait-elle son attention.

Bien sûr, il voulait toujours l'emmener dîner, là où ils pourraient s'asseoir à table, être servis et avoir tout le temps de faire connaissance. Mais elle semblait penser qu'il ne faisait que plaisanter en l'invitant. Il ignorait comment lui faire comprendre qu'il était sérieux… Sérieux dans ses intentions envers elle.

Ce matin-là, il était beaucoup plus facile de penser à Harper qu'à l'horreur dont il avait été témoin la veille. L'image de Sandy resterait logée dans son cerveau pendant très longtemps. Il ne pouvait qu'imaginer comment Harper supportait ça.

Dallas devait s'arracher les cheveux devant ce nouveau crime. Un meurtre de ce type était déjà assez affreux, mais deux femmes plantées sur des piquets comme des épouvantails indiquaient un tueur actif, qui n'en resterait probablement pas là.

Qui avait commis ces meurtres monstrueux ? Tout le

monde avait cette question à l'esprit, et l'aurait tant que Dallas n'aurait pas procédé à une arrestation. Sam ne pouvait imaginer qu'un habitant de leur petite ville soit capable d'une chose pareille. Mais il y avait bien quelqu'un – qui vivait avec de noirs secrets et cultivait une soif de meurtre. Sam en était malade que cela se passe dans sa ville. Il en était malade que cela se passe tout court.

Il s'arrêta devant la pâtisserie et fronça les sourcils en apercevant quatre autres voitures garées devant. Cela avait donc déjà commencé... Les plus curieux voudraient voir la cour, les autres s'efforceraient de tirer les vers du nez de Harper.

Il y avait aussi trois véhicules de police garés le long du bâtiment. Sam savait que c'étaient les agents qui traitaient la scène.

Heureusement, la cour était entièrement clôturée par des conifères. Mais cela n'aidait pas qu'on soit samedi, et que la plupart des gens soient en congé, disponibles pour venir voir la « scène du crime ».

Bien que la pâtisserie ne soit pas à proprement parler la scène du crime. Sandy avait été tuée ailleurs, et disposée plus tard seulement dans la cour. Le journal s'était trompé là-dessus.

Il se gara et descendit de son pick-up. D'habitude, il se mettait immédiatement au travail, mais ce jour-là il entra. Cinq personnes étaient assises à l'intérieur, parlant à Harper, dont le front plissé reflétait le malaise... ou l'anxiété. Lorsqu'il entra, elle lui sourit avec ce qui lui parut un immense soulagement.

— Bonjour, Sam, dit-elle.

— Bonjour, Harper. Je me suis dit que j'allais commencer la journée avec une tasse de café et un de vos roulés à la cannelle.

— Nous demandions justement à Harper ce qui s'est passé ici hier soir, intervint Joe.

— Vous étiez là, Sam. Qu'avez-vous vu ? questionna Letta Lee.

Cette femme n'avait jamais daigné lui adresser la parole auparavant. Elle était assise avec une amie du nom de Mabel Tredway. Mabel s'était toujours comportée elle aussi comme si adresser la parole à un charpentier pouvait entamer son statut de « femme de la bonne société ». Mais, apparemment, elles étaient toutes les deux prêtes à lui parler ce matin-là.

— En fait, Harper et moi avons reçu l'ordre de ne pas parler de ce qui s'est passé hier soir, répondit-il.

— C'est ce que j'essayais de leur dire, intervint Harper avec une pointe d'agacement dans la voix.

— Oh ! vous pouvez bien nous faire part de quelques informations qui n'étaient pas dans le journal, avança Mabel avec un sourire. J'ai entendu dire que les oiseaux lui avaient mangé les yeux.

Elle frémit de manière exagérée.

— Vous pouvez au moins nous dire si c'est vrai ?

— Désolé, Mabel, je ne peux pas répondre à cela. La dernière chose que nous souhaitons, Harper et moi, c'est contrarier Dallas, répondit-il fermement. Il nous a dit de ne pas en parler, et Harper et moi avons l'intention de tenir notre promesse.

Entre-temps, Harper lui avait servi son café et son roulé à la cannelle. Il les paya et s'assit à une table. Letta et Mabel s'en furent très vite, mais plusieurs autres personnes entrèrent, qui prirent leurs places.

Les questions recommencèrent, et Sam répéta ce qu'il avait dit à Letta et Mabel. Il décida alors de rester à l'intérieur toute la journée. Soulager le stress de Harper lui semblait plus important que de clouer quelques planches ce jour-là.

À mesure que la journée s'écoulait, Sam passa du café

et des roulés à la cannelle au thé glacé et aux cookies. Les gens continuaient d'entrer et de sortir. La bonne nouvelle, c'était que Harper vendait probablement plus de pâtisseries en un jour qu'en une semaine.

La mauvaise, c'était que tous ces gens étaient en quête de bribes d'informations sur le meurtre. Il ne leur reprochait pas leur curiosité, il était conscient que celle-ci était surtout motivée par la peur. Il n'était jamais arrivé une chose pareille à Millsville. Avant Cindy Perry, Sam ne se souvenait pas que quiconque ait jamais été tué.

Les gens allaient se demander à qui ils pouvaient faire confiance, qui pouvait être le tueur. Les voisins se méfieraient les uns des autres, et les familles s'interrogeraient sur leurs membres les plus bizarres.

Sam continua d'intercéder en faveur de Harper en répétant la même chose tout au long de la journée. Harper et lui n'étaient pas autorisés à parler du crime, Dallas leur avait demandé de s'abstenir d'en discuter.

Quelques minutes avant 17 heures, Sam alla chercher la glacière dans son pick-up et la rapporta dans la pâtisserie. Il retourna à sa table et posa la glacière à ses pieds.

Avec un peu de chance, Harper accepterait de partager ce repas avec lui, et il espérait que cela ferait disparaître les plis d'inquiétude sur son front.

Enfin, la dernière personne s'en fut, et Harper se hâta d'aller fermer la porte et retourner le panneau. Elle éteignit les lumières, car les rayons du soleil se déversaient encore par la vitrine.

Enfin, elle se laissa tomber sur une chaise face à Sam et poussa un profond soupir.

— Seigneur, quelle journée ! Merci, Sam, de m'avoir soutenue. Je suis sûre que vous n'aviez pas prévu de passer toute la journée à répondre à des questions, mais je vous suis très reconnaissante d'avoir géré tout ça.

— Au moins, vous avez vendu beaucoup de cookies aujourd'hui, dit-il, espérant voir son visage s'éclairer.

Il atteignit son but. Non seulement ses yeux brillèrent, mais un petit rire lui échappa.

— C'est vrai, concéda-t-elle. En fait, j'ai vendu jusqu'au dernier des cookies de ce matin. Ça n'était jamais, jamais arrivé auparavant.

— Alors, c'était une bonne journée pour les cookies, mais une journée stressante pour vous.

Elle lui sourit.

— Un peu moins stressante grâce à vous.

Se penchant, il prit la glacière et la posa sur la table.

— Qu'y a-t-il là-dedans ? demanda-t-elle avec curiosité.

— Comme vous ne vouliez pas aller dîner avec moi, j'ai pensé à vous apporter un petit repas. J'espère que vous aimez la cuisine italienne.

Avant qu'elle puisse protester, il ouvrit la glacière et sortit les boîtes qu'elle contenait.

— Il y a des lasagnes, des boulettes de viande, du pain à l'ail et une bouteille de vin rouge, le tout préparé par ma mère. Contentez-vous de rester assise, je vais les emporter à la cuisine et les réchauffer.

Il savait qu'elle avait un four à micro-ondes.

— Sam…

Il y avait une faible protestation dans sa voix.

— Pourquoi vous donnez-vous tant de mal ?

— Parce que vous le valez, répondit-il avec aisance.

Se levant, il passa derrière le présentoir, où il savait qu'elle rangeait les verres. Il en prit deux, revint à leur table, ouvrit la bouteille et leur versa du vin.

Il posa la glacière sur le sol et prit les boîtes.

— Je reviens tout de suite avec le repas.

Harper se contenta de hocher la tête. Il se sentit encouragé par cet acquiescement implicite. Une fois dans la cuisine, il réchauffa les lasagnes et les boulettes au micro-ondes et posa le pain à l'ail sur le gril. Quelques minutes plus tard, il servit les assiettes et les apporta à la table où elle était assise, sirotant son vin.

Lorsqu'il posa une assiette devant elle, elle le regarda avec des yeux légèrement embués.

— Sam, je n'arrive pas à croire que vous vous soyez donné toute cette peine.

Il lui adressa un grand sourire.

— Si Mahomet ne va pas à la montagne, c'est la montagne qui vient à Mahomet. Maintenant, régalez-vous.

— Oh ! mon Dieu ! c'est absolument délicieux, dit-elle après avoir pris une bouchée.

— Ma mère prépare ce genre de plats au moins une fois par semaine, et elle me donne toujours assez de restes pour nourrir une petite armée.

— Vous cuisinez, vous aussi ?

— Oui. Quand je suis parti de chez mes parents, j'ai rapidement compris que la seule manière de me nourrir était d'apprendre à cuisiner.

— Et vous êtes doué ?

Il éclata de rire.

— J'ignore si je suis doué, mais je ne me suis pas encore empoisonné.

Il fut récompensé par le rire de Harper.

— Et vous ? Vous savez cuisiner en dehors de la pâtisserie ?

— Oui, bien sûr que je sais cuisiner.

— Et vous êtes douée ? lança-t-il d'un ton taquin.

— Je ne me suis pas encore empoisonnée, répondit-elle, le faisant rire à son tour.

— Quelle est votre spécialité ?

— Oh ! je ne sais pas. Peut-être les côtes de porc panées au parmesan.

— Mmm, ça a l'air vraiment bon.

Durant les minutes suivantes, ils mangèrent et parlèrent de différents plats. À partir de là, la conversation passa à leurs films et émissions préférés. Comme lui, elle aimait les films policiers et les comédies.

Ces sujets de conversation anodins et sans danger donnaient à Sam un aperçu de ce qu'elle était en tant que personne... en tant que femme.

C'était exactement ce qu'il désirait, passer du temps en tête à tête avec elle. Plus il en apprenait sur elle, plus il se sentait attiré. Il était heureux d'apprendre qu'ils avaient beaucoup en commun malgré leurs métiers très différents.

Elle aimait les vieilles chansons country, comme lui. Elle aimait se promener longuement le soir et regarder des séries policières. Elle adorait vivre à Millsville et n'envisageait pas de s'installer ailleurs. C'était exactement ce qu'il éprouvait envers leur ville natale.

Mais à son grand désarroi ils finirent bientôt tous les plats, sans parler du vin, dont il ne restait qu'un fond.

— Je m'occupe de la vaisselle, dit-elle.

— Non, je vais vous aider.

Il se leva et emporta son assiette dans la cuisine, où elle avait un lave-vaisselle. Elle rinça et chargea les assiettes, et ils revinrent dans la salle, où il rangea les boîtes désormais vides dans la glacière.

— J'ai toujours l'impression de devoir vous remercier de quelque chose, Sam, dit-elle, une fois que tout fut rangé.

— Si vous voulez vraiment me remercier, alors acceptez de sortir avec moi, répondit-il.

Elle le fixa un long moment.

— D'accord.

Il la dévisagea avec stupéfaction.

— Pour de bon ?

— Pour de bon.

— Vous êtes en train de dire que vous allez sortir avec moi ?

Elle lui sourit de toutes ses dents.

— C'est exactement ce que je suis en train de dire.

— Quand ? Demain soir, à 18 heures ? Nous irons au café pour dîner.

— Ça me paraît bien.

— Alors c'est un rendez-vous galant, hein ?

Il voulait s'assurer de l'avoir bien comprise.

Elle se mit à rire.

— Oui, Sam, c'est un rendez-vous galant.

Ils se dirigèrent vers la porte de la pâtisserie.

— Vous voulez que je vous raccompagne, à pied ou en voiture ?

— Non, merci, ça va. Je dois encore faire quelques trucs avant de partir. Je vous vois demain.

Elle lui ouvrit la porte.

— Bonne nuit, Sam, et merci encore pour ce merveilleux repas, en plus de tout le reste.

Sam alla reprendre son pick-up en sifflant gaiement. Il était content que la seule chose dont ils n'aient pas parlé soit le cadavre dans la cour. Il avait espéré lui ôter cet affreux spectacle de l'esprit et il pensait y avoir réussi.

Ce qui le rendait encore plus heureux, c'était que Harper le voyait enfin comme quelqu'un avec qui elle pouvait sortir. Il ignorait ce qui l'avait fait changer d'avis, il était juste ravi que ce soit le cas. Pour la première fois depuis des années, il s'enthousiasmait pour une femme. Elle l'attirait non seulement physiquement, mais aussi émotionnellement.

La dernière fois qu'il avait éprouvé cela, il était tombé amoureux en un clin d'œil. Il avait vingt-quatre ans à l'époque et croyait avoir trouvé la femme avec laquelle il voulait passer le reste de sa vie.

Sharon était jolie, intelligente et amusante, et il l'avait désespérément aimée. Malheureusement, elle n'éprouvait pas la même chose envers lui. Au bout de six mois de relation, elle avait rompu. Il avait été dévasté.

Mais il était finalement prêt à remettre son cœur en jeu. Il espérait que Harper n'avait pas accepté juste pour lui faire plaisir. Son joyeux sifflotement cessa quand une autre pensée lui vint.

Peut-être Harper ne faisait-elle que jouer avec lui pour pouvoir se vanter auprès de ses amies de sortir avec un homme beaucoup plus jeune qu'elle. Peut-être n'était-il rien de plus qu'un petit ami-trophée pour elle. Peut-être devait-il s'accrocher à son cœur avant de voir où tout cela menait.

4

Qu'est-ce qui t'a pris, ma fille ? À quoi pensais-tu, au nom du ciel ?

Le lendemain soir, à 17 h 45, Harper fixa son reflet dans le miroir de la salle de bains. Pourquoi avait-elle accepté de sortir avec un homme beaucoup trop jeune et beaucoup trop beau ?

Alors même que cette question lui traversait l'esprit, elle sut qu'elle connaissait la réponse. Elle avait accepté parce qu'il s'était montré tellement gentil et attentionné le soir de la découverte du corps de Sandy. Elle avait accepté parce qu'il lui avait chanté « Joyeux anniversaire » et qu'il lui avait apporté à dîner.

Elle avait fini par capituler parce qu'il la faisait rire et qu'il était tellement tenace dans son désir de la sortir. En outre, elle avait accepté parce qu'elle avait une affection sincère pour lui.

— Ce n'est qu'une soirée, dit-elle à son reflet.

Elle n'allait pas coucher avec lui, bien que cette idée soit tentante. Elle irait dîner avec lui une fois, et cela ne se reproduirait pas. La simple idée qu'il veuille entamer une liaison avec une femme un peu rondelette et préménopausée, plus âgée que lui d'une dizaine d'années, était ridicule.

Elle se détourna du miroir et quitta la salle de bains.

Elle s'était maquillée et avait enfilé une robe d'été lavande, qui dissimulait son petit ventre et la faisait paraître plus mince. Des boucles d'oreilles et des sandales blanches complétaient sa tenue.

Elle se rendit au salon et se laissa tomber sur le canapé pour attendre Sam. Elle avait passé la journée à osciller entre l'envie d'annuler la soirée et celle de serrer les dents et d'y aller. Elle avait finalement décidé de faire face. *Une fois et ce sera tout,* se dit-elle fermement. Il ne voudrait sans doute pas renouveler l'expérience, de toute façon.

Elle avait aussi fait un peu de ménage et lu un roman de son écrivain préféré. Cela avait été une journée reposante, après une semaine perturbante.

Millsville bourdonnait encore de rumeurs sur le Tueur à l'Épouvantail et sa nouvelle victime. L'idée qu'un assassin en série soit à l'œuvre dans leur petite ville était on ne peut plus effrayante.

Dallas avait convoqué une réunion des habitants à la salle municipale le lendemain soir, et Harper avait bien l'intention d'y être. Elle était certaine que la plupart des citadins, de même que les fermiers des environs, feraient de même.

Pourtant, tandis que toutes ces choses tournaient follement dans sa tête, c'était la pensée de Sam qui dominait. Avec toutes les femmes qu'il y avait en ville, pourquoi voulait-il passer du temps avec elle ?

Elle avait été dédaignée par son mari parce qu'elle n'était plus assez jeune ni assez amusante. Elle n'était pas assez jolie ni suffisamment douée d'esprit pour retenir l'homme qui avait juré de l'aimer toujours. Alors pourquoi, au nom du ciel, suffirait-elle à quelqu'un comme Sam ?

Elle allait bien trop vite en besogne. Elle était persuadée que Sam ne voudrait pas ressortir avec elle. Elle supposait qu'un seul rendez-vous ne pouvait faire de mal. Tout ce qu'elle voulait de lui, c'étaient ses compétences de charpentier. Il lui avait arraché son accord dans un moment de faiblesse.

À 18 heures précises, un coup résonna à la porte. Son cœur sauta dans sa poitrine. Elle se leva, prit son sac et alla ouvrir. C'était Sam... Un Sam très beau et très sexy. Elle ne l'avait jamais vu habillé autrement qu'en jean et en T-shirt. Ce soir, il portait un pantalon noir et une chemise vert émeraude qui mettait en valeur ses yeux.

— Coucou, Harper. Vous êtes absolument renversante, dit-il en la regardant de haut en bas.

Elle se sentit rougir.

— Merci. Je suis prête.

Bien qu'elle ne le crût pas, il n'y avait pas de doute que c'était agréable à entendre.

— Vous avez faim ? demanda-t-il lorsqu'ils furent dans le pick-up.

Son parfum était aussi séduisant que son apparence, avec cette eau de Cologne musquée qu'elle trouvait merveilleusement attirante.

— Oui.

La nervosité la gagnait à l'idée de se montrer en public avec lui. Le dimanche soir, le café était toujours plein. Beaucoup de gens les verraient ensemble. Qu'allaient-ils penser, au nom du ciel ?

— Et vous ?

— Je suis prêt à dévorer un gros hamburger juteux. Malheureusement, je ne crois pas que le café prépare souvent des plats mexicains.

Elle fut surprise qu'il se rappelle que la cuisine mexicaine était sa préférée.

— Non, c'est vrai, mais il y a toujours quelque chose de bon au menu.

— C'est une belle soirée, poursuivit-il. Bien qu'encore un peu chaude.

— Au moins, il fait un peu plus frais que cet après-midi, répondit-elle.

Plus ils s'approchaient du café, plus sa nervosité croissait. Elle n'aurait jamais dû accepter cette invitation. Qu'allaient dire les gens en les voyant ensemble ?

— Détendez-vous, Harper, dit Sam, comme s'il avait déchiffré son humeur. Ce n'est qu'un repas, ce n'est pas un engagement pour la vie.

Elle se mit à rire.

— Je m'en rends compte.

— Vous êtes déjà allée au Farmer's Club ? demanda-t-il au moment où ils passaient devant.

Le Farmer's Club était un petit bar situé sur Main Street, essentiellement fréquenté par de vieux agriculteurs et des couples de fermiers.

— Non, je n'y suis jamais entrée, bien que j'en aie entendu parler par des gens qui viennent à la pâtisserie.

— C'est un bar agréable, avec une clientèle plus âgée, par opposition à chez Murphy, qui est plus grand et plus bruyant, et attire les jeunes célibataires. La prochaine fois, nous pourrions peut-être y aller boire un verre.

Elle songea que ce n'était pas le bon moment pour lui dire qu'il n'y aurait pas de prochaine fois.

— Au moins, vous allez pouvoir manger un de vos gros hamburgers bien juteux, dit-elle pour changer de sujet.

— Oui, j'ai vraiment faim ce soir. Sinon, j'ai entendu dire que la météo prévoit de la pluie pour les prochains jours. Juste pour que vous sachiez que cet homme ne travaille pas sous la pluie, dit-il.

— Je n'attends pas cela de vous. J'imagine que votre métier est à la merci des éléments parfois.

— Absolument. La pluie m'empêche parfois de travailler des jours d'affilée, alors je n'aime pas particulièrement ce genre de temps.

— Le dimanche... Les dimanches pluvieux ne me dérangent pas, de temps à autre.

Il lui jeta un bref coup d'œil et sourit.

— Et qu'est-ce que vous aimez dans les dimanches pluvieux ?

— Rien de bien excitant. J'aime me blottir sur le canapé avec une bonne couverture pour regarder des films toute la journée.

— Alors vous n'êtes pas de ces femmes qui se déshabillent pour danser nues sous la pluie ?

— Seigneur, non ! s'exclama-t-elle en riant.

Ils étaient arrivés au café. Comme elle l'avait craint, le parking était plein, et des voitures étaient garées le long des trottoirs sur tout un pâté de maisons.

— On dirait qu'il va falloir marcher un peu, dit Sam en pénétrant dans un parking de l'autre côté de la rue, à bonne distance de l'établissement.

Il coupa le moteur et lui sourit.

— Restez assise.

Descendant du pick-up, il en fit le tour pour lui ouvrir sa portière et l'aider à sortir. Elle le remercia d'un murmure, et ils se mirent en marche.

Il lui sembla parfaitement naturel qu'il lui prenne la main en chemin. La pression de ses doigts chauds et légèrement calleux lui parut familière : elle se rappelait qu'il lui avait tenu la main le soir où ils avaient découvert le corps de Sandy. Mais elle ne voulait pas penser à cela maintenant.

— On dirait que c'est bondé ce soir, fit-elle remarquer.

— Oui. Espérons qu'on pourra avoir un box ou une table sans avoir à attendre trop longtemps.

Il lâcha sa main lorsqu'ils passèrent la porte du café. Une cacophonie les accueillit, composée du tintement des couverts, du claquement des plats, des rires et des conversations.

Outre le bruit, il y avait les odeurs, le fumet de la viande cuisant avec des oignons, le parfum des ragoûts et des légumes. De même qu'une touche de petit pain frais et de tarte tout juste sortie du four.

Le décor était un hommage aux agriculteurs de la région. L'un des murs était peint de balles de foin dorées et de coqs rouges. Le suivant montrait un champ de maïs avec trois grands silos à l'horizon, et le dernier représentait un paysage de terres agricoles en marron, vert et or.

Harper avait toujours trouvé que c'était un lieu agréable et calme pour manger. Mais ce soir, tandis que Sam repérait un box vide au fond et qu'ils se dirigeaient vers lui, elle était consciente des regards qui les suivaient et des conversations qui tournaient soudain aux murmures. Elle saisit un bref coup d'œil de son amie Allie Crawford et de son mari, Ed, assis à une table.

Elle ignorait quelles autres connaissances étaient là, car elle s'efforçait d'avancer droit devant elle, sans croiser le regard de quiconque. Elle ne voulait pas voir l'expression de leurs visages, même si elle sentait leurs yeux sur elle.

Elle fut soulagée de se glisser dans un box, où, au moins, elle ne pouvait voir personne. Elle prit immédiatement un des menus coincés entre la salière et la poivrière et l'ouvrit devant son visage.

— Harper...

La voix grave de Sam l'incita à l'observer par-dessus le menu.

— Détendez-vous. Je vous promets que ça va bien se passer.

Elle laissa échapper un petit rire nerveux et baissa son écran protecteur.

— J'ai l'impression que tout le monde nous regarde bouche bée ou murmure sur nous. Je suis sûre qu'ils se demandent ce que vous faites ici avec une vieille dame.

Il fronça les sourcils.

— Harper, vous devez cesser de penser à vous en ces termes. Vous n'êtes pas une vieille dame. Vous êtes une femme belle et vivante, et pour être tout à fait honnête je me fiche de ce que pensent les autres. Je suis ici avec la femme avec laquelle je veux être. Maintenant, souriez et essayez au moins d'avoir l'air d'apprécier ma compagnie.

Il lui décocha un grand sourire, qui fit danser la fossette sur sa joue. Elle rit à nouveau.

— D'accord, je me détends à mesure que vous parlez.

— Parfait. Maintenant prenons le temps de choisir ce que nous voulons manger.

Elle reposa les yeux sur le menu, mais ses pensées restaient fixées sur Sam. Elle ne pouvait nier qu'il lui faisait du bien. Avec lui, elle se sentait jeune et jolie. Elle ne se rappelait pas la dernière fois qu'un homme lui avait dit qu'elle était belle. Croyait-elle ce que disait Sam ? Pas vraiment, mais elle aimait incontestablement l'entendre. Dans tous les cas, après ce soir-là, ils reviendraient à leurs rapports artisan-cliente.

Regina Waltz, une jeune et jolie blonde, apparut à leur table pour prendre leur commande.

— Salut, Sam... Harper... Que puis-je vous servir ?

— J'aimerais un sandwich-club dinde bacon, avec des frites, dit-elle.

— Et je vais prendre le cheeseburger bacon, avec des frites aussi, dit Sam.

Ils commandèrent également du thé glacé, et Regina s'en fut transmettre leur commande. Sam reposa les menus à leur place et s'adossa à son siège en lui souriant.

— Alors comment s'est passée votre journée de congé ?

— C'était tranquille. J'ai fait un peu de ménage et ensuite j'ai lu. Il faisait trop chaud pour faire quoi que ce soit dehors, vous le savez mieux que moi. Et vous ? Comment s'est passée la journée ?

— C'était très productif. J'ai fini d'arracher le lino le plus laid que vous ayez jamais vu dans ma cuisine. Vert et jaune citron.

— Qu'est-ce que vous allez mettre à la place ?

— Je n'ai pas encore décidé. Ce sera soit du joli carrelage neutre, soit du parquet flottant. Vous pourriez venir un soir chez moi et me donner votre opinion féminine là-dessus.

Son regard était si chaleureux, si invitant. Pourtant, elle était consciente des coups d'œil désapprobateurs d'un couple à la table voisine.

— Nous verrons, dit-elle finalement.

Durant les minutes suivantes, ils parlèrent de la météo et de la réunion du lendemain à la salle municipale. Entre-temps, leurs plats étaient arrivés.

Bien qu'elle s'efforçât de se détendre, Harper se sentait encore anxieuse. Quelle somme de commérages avaient-ils déclenchée ? Elle était bien trop âgée pour Sam, et la plupart des dîneurs devaient trouver qu'elle se comportait comme une idiote.

Cela n'arrangeait pas les choses que Sam soit aussi sexy… Qu'il puisse sortir avec toutes les jeunes beautés de la ville. Et tout le monde le savait. Si les gens n'étaient pas outragés par leur différence d'âge, ils la prenaient sans doute en pitié d'avoir la stupidité de croire qu'il pourrait se passer quelque chose entre eux.

Et que disaient-ils de Sam ? Ils ne pouvaient sans doute pas imaginer ce qu'il avait en tête vis-à-vis d'elle. En plongeant le regard dans ses beaux yeux verts, elle songea que cette folie devait cesser le soir même. S'il ne voulait pas arrêter, elle y mettrait un terme elle-même.

Parce qu'elle l'aimait beaucoup. Beaucoup plus qu'elle n'aurait dû.

Les regards curieux qui les avaient suivis jusqu'à leur table n'avaient pas échappé à Sam. Il sentait la gêne de Harper, et il en était navré pour elle.

Elle ne se voyait pas du tout comme il la voyait. Il la trouvait belle et adorait son sens de l'humour. Elle était forte et réussissait dans son métier. Il ne sentait aucune différence d'âge entre eux quand il était avec elle, qu'ils parlaient et riaient ensemble. À ses yeux elle avait tout pour plaire, et il n'arrivait pas à croire qu'un homme l'ait laissée tomber.

— Vous sortez souvent avec des hommes ? demanda-t-il, avide d'en savoir plus sur elle.

Elle s'immobilisa, une frite à mi-chemin de la bouche.

— Oh oui, au moins une fois par décennie, répondit-elle sèchement.

Il la regarda avec une surprise authentique.

— Je suis étonné que votre agenda ne soit pas plein de rendez-vous. Qu'est-ce qu'ils ont, les hommes de cette ville ?

Elle se mit à rire.

— Je me suis souvent posé la même question.

Oh ! il adorait le son musical de son rire et la manière dont son hilarité faisait étinceler ses yeux.

— Vous êtes restée mariée longtemps, n'est-ce pas ?

— Presque dix-neuf ans.

— Que s'est-il passé pour que vous divorciez ?

Il fit la grimace presque aussitôt.

— Je suis peut-être indiscret. Si cela vous dérange, je vous en prie, ignorez ma question.

— Non, ça ne fait rien. Que s'est-il passé ? Elle s'appelait Ginger, elle avait vingt-cinq ans, de gros seins et la volonté d'épouser mon mari. Selon mon mari, elle était tout ce que je n'étais pas... drôle, vivante et superbe, entre autres choses. J'ignore depuis combien de temps il me trompait avec elle, mais il a fini par me dire qu'il me quittait parce que c'était avec elle qu'il était heureux.

Elle poussa un petit soupir.

— Cet après-midi-là, il a fait ses valises, il est parti, et ça a été fini.

Bien qu'elle ait parlé d'un ton terre à terre, il avait vu un éclair de chagrin passer dans ses yeux. Elle avait donc été remplacée par un modèle plus jeune, après dix-neuf ans de mariage. Cela avait dû être un terrible coup pour elle.

— Je suis navré, dit-il. C'était manifestement un imbécile, qui ne savait pas apprécier ce qu'il y avait de mieux dans sa vie.

Elle se mit à rire.

— J'aime votre manière de penser, Sam.

— Mais c'est vrai. Il vous manque parfois ?

— Mon mari ? Non, pas du tout. Il n'était manifestement pas l'homme fiable que je croyais. Mais il y a des moments où ça me manque d'avoir quelqu'un à qui parler... avec qui partager.

Elle haussa les épaules.

— Mais si je suis destinée à rester seule, eh bien, tant pis. J'aime ma propre compagnie et je suis bien dans ma peau. J'ai mon métier, qui m'épanouit en grande partie.

C'était l'un des nombreux traits qu'il aimait chez elle : le fait qu'elle sache qui elle était, et que ça lui convienne. Il aimait sa confiance en elle. Il trouvait cela sexy en diable.

Ils restèrent silencieux quelques minutes, se concentrant sur leur assiette.

— Et vous ? demanda-t-elle finalement, rompant le silence.

— Quoi, moi ?

— Vous avez aussi une histoire à faire pleurer dans les chaumières ?

— Certainement rien qui ressemble à ce que vous avez vécu. J'avais vingt-quatre ans quand je suis tombé amoureux pour la première et unique fois. Elle était tout ce que je croyais vouloir dans la vie, et pendant six mois j'ai cru que tout allait merveilleusement bien. Puis je me suis rendu compte qu'il avait de l'eau dans le gaz.

Il s'interrompit pour boire, puis poursuivit :

— Je suppose que j'étais tellement fou d'elle que je n'ai pas vu les signaux d'alerte ou ne leur ai pas prêté attention.

— Quels signaux ? demanda Harper.

Il fut ravi de voir qu'elle ne regardait plus les autres dîneurs, absorbée qu'elle était par leur conversation.

— Elle m'a dit plusieurs fois qu'elle n'aimait pas vraiment vivre dans une petite ville. Elle a fait aussi allusion au fait qu'elle voulait que je trouve un autre emploi, quelque chose de plus prestigieux que la charpenterie. Mais j'ai ignoré tout ça, et j'ai été pris de court quand elle m'a annoncé qu'elle rompait avec moi et qu'elle déménageait à Kansas City pour rejoindre un avocat rencontré sur Internet.

— Je suis désolée. Les cœurs brisés font toujours mal, qu'on ait été marié des années ou qu'on ait vécu une relation plus courte.

— Du moins, mon cœur brisé remonte à longtemps. Vous aussi, vous avez raté des signaux avec votre mari ?

Elle rit à nouveau.

— Oh ! mon Dieu ! j'ai raté une longue série de signaux. Durant la dernière année de notre mariage, il s'est soudain mis à travailler tard le soir alors qu'il ne l'avait jamais fait. Très souvent, il ne répondait pas au téléphone. Il me servait excuse bidon après excuse bidon, mais je le croyais toujours. Malgré tous ces indices, je n'ai pas soupçonné une minute qu'il avait une liaison. Jusqu'au jour où il m'a quittée.

Elle prit une frite et la trempa dans le ketchup au bord de son assiette. Lorsqu'elle releva les yeux, son regard était clair et sans nuages.

— On aimerait croire que les gens auxquels on fait confiance ont la même intégrité que nous, mais j'imagine que ce n'est pas toujours le cas.

— C'est pourquoi il est si important d'avoir des conversations franches et ouvertes. Personnellement, je suis persuadé qu'il faut terminer une relation avant d'en entamer une autre, et je me considère comme un monogame qui ne trompera jamais sa femme.

Elle lui sourit. C'était un vrai sourire, ouvert, qui éclaira son visage et le réchauffa tout entier.

— Il est temps de passer à des choses plus légères. Pourquoi ne m'en dites-vous pas plus sur votre famille ?

Durant la demi-heure suivante, il la régala d'histoires sur son enfance, la faisant rire tant et plus. Il adorait provoquer son rire, et il avait des tas d'histoires drôles sur la vie chez les Bravano.

— J'ai toujours voulu avoir un frère ou une sœur, et vos histoires me donnent le sentiment d'avoir beaucoup perdu.

— Vous sentiez-vous seule, du fait d'être fille unique ?

— Pas toujours, mais il y avait certainement des moments où je l'étais. Mon père et ma mère faisaient de leur mieux pour m'entourer en permanence, mais ils n'y réussissaient pas toujours. Selon ma mère, ils voulaient un autre enfant, mais ils n'y sont jamais arrivés.

Leurs plats étaient terminés, mais Sam n'était pas prêt à rentrer. Il n'avait pas encore envie de la raccompagner et de lui dire bonne nuit.

— Je crois qu'une part de tarte aux pommes et un café s'imposent, dit-il. Qu'aimeriez-vous pour le dessert ?

— Je dirais normalement « rien » mais, si vous me forcez à prendre un dessert, la tarte aux pommes et le café me vont parfaitement.

Il fut ravi qu'elle ne dise pas qu'elle était prête à rentrer. Il lui adressa un grand sourire.

— Je vous autorise à me reprocher de vous avoir forcée à manger un dessert.

Il fit signe à Regina et commanda les tartes aux pommes et les cafés.

Quelques minutes plus tard, ils les savouraient en parlant de leurs desserts préférés.

— Bien sûr, ce que je préfère, c'est un gâteau, dit-elle.

— Je ne m'attendais pas à ce que vous disiez autre chose. Et je suppose que votre gâteau préféré est celui que vous avez préparé pour votre anniversaire.

— Vous ne vous trompez pas.

— Je dois avouer que je suis totalement fan de vos cookies.

Elle sourit.

— J'ai remarqué.

Elle l'amusa alors en lui racontant les erreurs épouvantables qu'elle avait parfois commises à la pâtisserie, que ce soit en utilisant les mauvais ingrédients ou en remettant le mauvais gâteau aux mauvaises personnes.

— J'ai fait une fois un gâteau qui devait être servi après l'enterrement d'un vieil homme. En même temps, je devais livrer un gâteau d'anniversaire pour une petite fille de six ans.

— Oh non, ne me dites pas ça ! s'esclaffa-t-il.

— Si, si. Je ne sais pas qui a été le plus horrifié, les gens qui ont découvert un gâteau blanc et rose avec des fleurs après l'enterrement, ou la petite fille quand sa mère a ouvert la boîte et a trouvé une carte bordée de noir disant : « Tu nous manqueras, grand-père. » Mais les deux parties n'ont pas manqué de me donner des nouvelles.

C'était une conteuse très animée. Ses yeux étincelaient et ses traits s'éclairaient. Était-ce de quoi elle aurait l'air en faisant l'amour avec lui ? Cette pensée lui traversa le cerveau de manière inattendue. Et, une fois qu'elle fut là, il ne put la déloger.

Il était incontestablement attiré par elle sur le plan physique et il l'aurait bien emmenée au lit sur-le-champ, mais il savait qu'il ne fallait pas précipiter les choses. De son côté, il ne cherchait pas un coup d'une nuit. Il voulait quelque chose de bien plus significatif. Il fallait qu'il la courtise plus longtemps. Il avait le sentiment qu'elle en valait la peine.

Finalement, il fut l'heure de partir. Leurs assiettes à

dessert étaient vides, de même que leurs tasses à café. Il fit signe à Regina d'apporter l'addition et, quand il eut payé, ils se levèrent.

Il sentit immédiatement la tension de Harper, et il comprit que c'était parce qu'ils devaient retraverser le café.

Elle marchait d'un pas raide à côté de lui, le regard fixé sur la sortie. Cela rendait Sam malade qu'elle soit si mal à l'aise d'être vue avec lui, alors que lui était si fier d'être vu avec elle.

La tension parut la quitter quand ils furent sur le trottoir. Une fois encore, il lui prit la main. Il adorait la manière dont celle-ci tenait dans la sienne. C'était une petite main délicate à la peau douce.

— J'ai trop mangé, déclara-t-elle lorsqu'ils furent dans son pick-up, en route pour chez elle.

— Moi aussi.

— J'aurais probablement dû refuser le dessert.

— Ah ! mieux vaut regretter un dessert que vous avez mangé qu'un dessert que vous n'avez pas mangé.

Elle lui sourit.

— C'est un vieil homme sage qui vous a dit ça ?

— Je ne me souviens pas, mais ça pourrait être ma mère.

— Une femme sage, alors.

La nuit était tombée, et elle paraissait enchantée dans le doux éclairage du tableau de bord. Une fois encore, une intense attirance physique le saisit.

— Alors, demain, retour au travail, dit-il, rompant le silence qui s'était momentanément installé entre eux.

— Oui, retour aux gâteaux, aux cupcakes et aux sucreries. Au moins je me suis reposée avant le début d'une nouvelle semaine.

— C'est bien. Moi aussi, je suis prêt à reprendre le collier.

Ils étaient arrivés chez Harper. Il s'arrêta dans l'allée, coupa le moteur et s'empressa d'aller lui ouvrir la portière.

Lorsqu'ils arrivèrent à sa porte, elle l'ouvrit et se tourna vers lui.

— Merci, Sam. J'ai passé une excellente soirée.

— Moi aussi.

Il fit un pas vers elle. Il était maintenant si proche qu'il sentait la chaleur de son corps et son odeur.

— Harper, je peux vous embrasser pour vous dire bonne nuit ?

Elle écarquilla les yeux, mais ne recula pas, ce qui l'encouragea.

— Je... euh... d'accord. Je suppose.

Avant qu'elle puisse changer d'avis, il la prit dans ses bras et s'empara de sa bouche. Oh ! sa bouche était si douce et si chaude, avec une touche de pomme et de cannelle. Lorsqu'elle ouvrit les lèvres, il se hâta d'approfondir le baiser, faisant tourbillonner sa langue autour de la sienne.

Oui, elle savait embrasser. Ses lèvres étaient moelleuses, et il se sentit rapidement excité. Le baiser ne dura que quelques instants puis, avec un petit soupir, elle l'interrompit et s'écarta de lui.

— Merci encore, Sam. Bonne nuit.

— Bonne nuit, Harper.

Elle entra dans la maison, et il tourna les talons pour retourner à son pick-up.

Cela avait vraiment été une soirée magnifique. Avec un peu de chance, la glace avait été brisée entre eux.

Tout ce qu'il avait appris sur elle ne faisait que l'attirer encore plus. Il voulait en découvrir davantage. Il voulait savoir ce qu'elle pensait d'une centaine... non, d'un millier de choses. Il avait envie de tout connaître de ses goûts et ses dégoûts, de ses espoirs et ses rêves.

Il croisait les doigts pour qu'elle éprouve la même chose vis-à-vis de lui.

Il savait que la question de leurs âges respectifs l'inquiétait, mais il espérait qu'avec le temps elle arriverait à dépasser cela. Quant à lui, cela ne le dérangeait pas du tout.

Il ignorait ce qui allait se passer avec elle. La seule chose qu'il espérait à ce stade, c'était qu'elle voudrait ressortir avec lui.

Il s'adossa à sa chaise, le *Millsville News* étalé devant lui. Il était de retour dans les nouvelles, en première page. Le Tueur à l'Épouvantail avait frappé, et il savait que toute la ville avait peur. Il y avait même une réunion des habitants prévue le lendemain, qui lui serait uniquement consacrée.

Cette seule pensée le fit presque rugir d'excitation. Tout son corps fourmillait de plaisir. Personne ne l'avait jamais regardé en ville, mais maintenant ils le voyaient. Il savait que les jeunes femmes de Millsville se couchaient la peur au ventre. Certaines faisaient probablement des cauchemars. Tout ça à cause de lui.

Il adorait ça. Il adorait leur administrer un sédatif et les entraîner dans sa voiture. Il adorait la chaleur de leur sang quand il les poignardait, il adorait leurs supplications et leurs pleurs pendant qu'elles marchandaient leur vie.

Il aimait les déshabiller lentement puis les rhabiller avec une tenue d'épouvantail. Une fois qu'elles étaient mortes depuis quelques heures, il leur cousait les lèvres.

Il gardait le meilleur pour la fin. Les yeux. Les fenêtres de l'âme. La dernière chose qu'il faisait, c'était leur ôter les yeux... Des yeux bleus comme ceux de sa mère, Dieu ait son âme.

Il contemplait à présent les étagères en bois sur lesquelles étaient posés deux flacons. L'un contenait les globes oculaires de Cindy, et l'autre ceux de Sandy. Malheureusement, ils n'avaient pas gardé leur couleur bleue originale et étaient devenus d'un blanc légèrement bleuâtre.

Même si cela l'avait déçu au départ il se disait que c'était mieux ainsi, parce que, quand il s'asseyait pour regarder ces yeux qui lui rappelaient tellement sa mère, il était non seulement rempli de rage, mais aussi de cette frayeur aiguë qu'elle lui avait toujours inspirée.

Cette garce. Elle l'avait terrorisé jusqu'à cinq ans auparavant, lorsqu'elle était tombée « par accident » dans l'escalier du sous-sol et s'était brisé le cou. Aux yeux du monde, c'était une femme admirable, une femme forte, une mère célibataire. Mais pour lui... elle avait été le diable en personne.

Il n'y avait plus de peur en lui, désormais, seulement une jubilation enivrante. Il repoussa le journal, s'adossa à sa chaise et regarda autour de lui. C'était le sous-sol du petit ranch que sa mère lui avait laissé en mourant, mais il pensait à cet espace comme à sa tanière. Après tout, son premier meurtre avait été celui de sa mère, qui avait succombé au pied de cet escalier.

Les étagères ne supportaient pas seulement les deux flacons, mais aussi les articles dont il aurait besoin pour ses futurs crimes. Il y avait des chapeaux de paille et des chemises en flanelle, des jeans de toutes tailles, de même que son couteau et les instruments nécessaires pour coudre les lèvres et retirer les globes oculaires.

Il y avait aussi une pile de solides piquets en bois, parfaits pour attacher une femme dans la position d'un épouvantail. Et il avait plein de piquets... plein de tout ce dont il avait besoin pour continuer à faire les gros titres. Bien assez pour maintenir les jeunes femmes de Millsville dans la terreur pendant très longtemps.

En y pensant, il sentit l'impatience monter en lui, il avait une envie dévorante de fabriquer un autre épouvantail. Mais il se contrôlerait. Il attendrait. Il assisterait à la réunion du lendemain soir et se comporterait en citoyen préoccupé. Ce serait tellement amusant de sentir la terreur des habitants rassemblés pour parler de lui.

Après cela, il se remettrait en chasse et, quand il aurait trouvé la femme parfaite, il la transformerait en épouvantail. Peut-être que celle-là finirait par arrêter le hurlement dans sa tête.

5

Le lendemain soir, le centre municipal se remplit de monde. Dallas était censé prendre la parole à 19 heures. À 18 h 45, Harper pénétra dans la salle, où un podium avait été installé sur la scène et des chaises disposées devant.

Un rassemblement tel que celui-ci était toujours une affaire d'importance. Le café avait fourni du café et des donuts pour tout le monde, et Harper avait emballé des dizaines de cookies et de cupcakes pour l'événement.

La dernière grande réunion des habitants remontait à quatre ans, quand des orages de printemps avaient dévasté la région, infligeant de gros dégâts aux bâtiments des fermiers. À l'époque, l'objet de la réunion avait été de fournir un soutien à ces voisins. On avait organisé plusieurs ventes de charité, dont les bénéfices étaient allés aux personnes qui requéraient une aide d'urgence. Des brigades de volontaires avaient été également mises sur pied pour participer à la reconstruction et la réparation.

La salle bourdonnait de conversations, les voisins saluant les voisins. On ne parlait pas seulement du meurtre, mais aussi de la météo, des récoltes et des naissances, parmi d'autres événements récents. Une grande partie des agriculteurs ne venaient pas souvent en ville, aussi était-ce l'occasion pour eux de prendre des nouvelles les uns des autres.

Il semblait que tous les habitants de la ville étaient là.

Tandis que Harper se dirigeait vers une chaise encore inoccupée, Sam apparut à ses côtés.

Il avait travaillé toute la journée devant son magasin, et elle n'avait pu s'empêcher de se laisser distraire par lui. Juste après midi, il était entré pour prendre son habituel déjeuner de cookies, et comme il n'y avait qu'eux deux elle s'était assise avec lui.

Comme toujours, la conversation avait été faite de flirt éhonté de sa part et de rires de la sienne. Avant Sam elle ne riait pas beaucoup. Mais avant Sam elle ne se sentait pas jolie ni digne d'être courtisée.

— Hello, belle inconnue, dit-il avec ce sourire éclatant qui la réchauffait intérieurement.

— Hello, Sam.

Il lui avait proposé de passer la chercher pour la réunion, mais elle avait décliné. Pourtant, chaque fois qu'elle le voyait, et qu'elle se rappelait combien la soirée qu'ils avaient partagée avait été agréable, sa résolution de ne plus sortir avec lui faiblissait.

— Ça vous dérange si je m'assois avec vous ? demanda-t-il.

— Pas du tout.

Ils trouvèrent deux chaises vides au fond de la salle et, une fois encore, Harper sentit des regards désapprobateurs les suivre. Bon sang, ces gens avaient sûrement autre chose à faire que d'observer avec qui s'asseyait la pâtissière. Ils étaient là pour des meurtres absolument horribles, au nom du ciel !

— Il va falloir vous y habituer, murmura Sam en se penchant vers elle. Parce que je n'ai pas l'intention de laisser des gens à l'esprit étroit m'empêcher de vous voir.

Il avait donc remarqué les regards, lui aussi. Cela lui fit du bien de savoir qu'elle était celle avec laquelle il voulait être... du moins pour le moment. Devait-elle cesser de le voir parce que d'autres le désapprouvaient ? Devait-elle se priver de sa compagnie, alors qu'elle l'appréciait ? Toute la situation la désorientait.

Même en cet instant, alors qu'ils étaient entourés par une foule de gens, son odeur l'attirait. Sa proximité l'excitait. Le baiser qu'ils avaient échangé la veille avait été plus que merveilleux. Devait-elle cesser de le fréquenter parce que quelques personnes la critiquaient ?

Avant qu'elle puisse répondre à ces questions, Dallas prit place sur le podium, et le silence tomba sur l'assemblée. Il était très beau dans son uniforme, mais ses traits étaient tirés et son expression sombre.

— Comme vous l'avez probablement tous entendu dire désormais, Sandy Blackstone a perdu la vie il y a quelques jours. Elle a été tuée par l'homme dont nous croyons qu'il a également assassiné Cindy Perry, commença-t-il.

Il poursuivit en expliquant comment les victimes avaient été trouvées, dissipant ainsi les rumeurs et les commérages qui allaient bon train. Toutefois, la seule chose qu'il ne dit pas fut que les yeux de Sandy avaient été ôtés. Harper avait entendu dire que les yeux de Cindy aussi avaient été énucléés, mais Dallas n'en parla pas non plus.

— Il y a beaucoup de choses que nous ignorons sur ces crimes. Avant tout, nous ne savons pas qui est le meurtrier. Nous ignorons également où ont été tuées ces femmes avant qu'on dispose leurs corps, l'un dans un champ de maïs et l'autre derrière la pâtisserie. Nous ne savons pas pourquoi ce criminel tue ni pourquoi il dispose ainsi des corps de ses victimes. Je vous invite donc à ouvrir les yeux et les oreilles et à me rapporter toute information utile. Jusqu'ici, les deux victimes étaient blondes aux yeux bleus, mais nous ne sommes pas certains que ce sera toujours le cas. Par conséquent, je mets en garde toutes les femmes : déplacez-vous par deux ou plus chaque fois que vous sortez.

Restez sur vos gardes dans la rue et surtout quand vous laissez entrer quelqu'un chez vous.

Ces paroles firent frissonner Harper. En substance, il leur disait que n'importe quelle femme pouvait être la prochaine victime. N'importe quelle habitante de Millsville pouvait devenir le prochain épouvantail humain.

À la fin de son intervention, Dallas ne répondit à aucune question. Il quitta la scène et disparut immédiatement. Sam se tourna vers Harper.

— Je crois que je vais aller chercher une tasse de café et quelques cookies. Vous voulez quelque chose ?

— Non, merci. Ça va.

— Vous attendrez que je revienne ?

— Bien sûr.

Il ne s'était éloigné que depuis une minute quand les amies de Harper, Becky et Allie, la rejoignirent.

— Salut, les filles, quoi de neuf ? les salua-t-elle.

— Il vaudrait mieux que tu nous dises ce qui t'arrive *à toi*, répliqua Allie, un sourcil haussé.

— Qu'est-ce que tu veux dire ? questionna Harper, un peu confuse. Il ne m'arrive rien.

— Manifestement si. Allie m'a dit que Sam et toi êtes allés dîner ensemble, intervint Becky en s'asseyant sur la chaise libérée par Sam. Je t'en prie, dis-moi que c'était un repas strictement professionnel.

— En fait, c'était un rendez-vous galant… un repas strictement pour le plaisir, rétorqua Harper.

— Mon Dieu, Harper, mais à quoi pensais-tu ? Tu as complètement perdu l'esprit ? lança Allie. Tu es consciente qu'il ne fait que jouer avec toi ? Il ne peut pas être sérieusement attiré par toi.

— Eh bien, merci beaucoup, riposta sèchement Harper.

— Tu sais ce que je veux dire, reprit Allie. Pour moi tu

es une véritable perle, Harper, tu le sais, mais pas pour un homme qui a une différence d'âge pareille avec toi.

— Qu'est-ce qu'il veut vraiment de toi ? demanda Becky.

— Rien, sinon ma compagnie, répondit Harper, sur la défensive.

— Honnêtement, Harper, je croyais que tu avais plus de jugeote. Tu ne peux pas croire que ça va marcher, déclara Becky avec un hochement de tête désapprobateur.

— Et qui dit que je veux que ça marche avec lui ?

Harper commençait à s'échauffer.

— Peut-être que j'ai juste envie de m'amuser un peu avec lui. Qu'y a-t-il de mal à ça ?

Elle contempla ses amies d'un air de défi.

— Les gens parlent. Ça ne leur plaît pas. Ils pensent que c'est déplacé, expliqua Becky.

— Donc je devrais cesser de m'amuser avec Sam parce que certaines personnes pensent que ce n'est pas bien ? Peut-être qu'elles sont juste jalouses.

— Oh ! Harper ! s'exclama Becky avec atterrement.

— Je ne crois pas qu'il s'agisse de ça, protesta Allie.

— Quoi qu'il en soit, je ne laisserai personne décider à ma place si je dois ou non fréquenter Sam.

Harper se redressa sur sa chaise.

— Mais merci à vous deux de vous préoccuper de mon bonheur.

— Harper, la dernière chose que nous désirons, c'est que tu nous en veuilles. Nous souhaitons juste te protéger. Il faut que tu te demandes ce qu'un beau jeune homme comme Sam fait avec toi.

Allie lui prit la main.

— Toujours amies ?

— Naturellement, répondit Harper.

Mais elle était irritée contre elles. Qui étaient-elles pour lui dire ce qu'elle devait faire de sa vie ? Qui voir ou ne pas voir durant son temps libre ? Elles-mêmes ne faisaient pas montre de tant d'empressement à venir la voir. Elles n'étaient mêmes pas venues à son anniversaire.

Et pourquoi étaient-elles si certaines que Sam ne pouvait être attiré par elle ? Qu'il ne pouvait apprécier sincèrement sa compagnie, sans arrière-pensée ? Cela la blessait et lui rappelait la vision négative qu'elle avait d'elle-même quand son mari l'avait quittée.

Elles finirent par s'éloigner, et Tom Adamson s'arrêta près de sa chaise. Tom était un de ses clients réguliers, et il la salua d'un sourire amical.

— Comment allez-vous ce soir, Harper ?

— Très bien. Et vous ?

— Ça va. Une réunion troublante, n'est-ce pas ?

Elle hocha la tête.

— En effet.

— Eh bien, je vais m'en aller. Je vous vois demain à la pâtisserie.

— À demain, Tom.

Il murmura un bonsoir et se faufila entre les gens pour gagner la sortie.

Sam revint avec son café et ses cookies. Il se laissa tomber près d'elle et sourit.

— Merci d'avoir attendu. Je déteste manger des cookies seul.

Elle se mit à rire, tandis qu'il entamait sa collation.

— Au moins, la foule commence à s'éclaircir. Le temps que vous ayez fini de manger et de boire, nous devrions pouvoir sortir sans problème, dit-elle.

— Oui, je voulais attendre que la presse se soit dissipée.

— Votre famille est là ? questionna-t-elle avec curiosité.

— Ma mère n'est pas venue, mais mes deux frères étaient là tout à l'heure. Ils sont déjà repartis. Je vous ai vue bavarder avec vos amies.

Elle fronça les sourcils.

— Nous ne bavardions pas vraiment. Elles étaient en train de me dire que je suis une idiote et que je ferais mieux de cesser de vous voir.

Baissant les yeux, elle poursuivit :

— Elles n'arrivent pas à croire que vous vous intéressiez vraiment à moi, et elles sont certaines que je vais en souffrir. Elles ont aussi insinué que je me comporte comme une vieille folle et que les gens désapprouvent que nous nous voyions.

— Harper, regardez-moi.

Elle obéit et plongea dans ses beaux yeux verts.

— À votre place, je serais vraiment en colère vis-à-vis de gens qui prétendent que vous n'êtes pas assez bien pour retenir mon attention. Ils pensent que je me sers de vous, mais pour quoi faire ? Pour votre argent ? Je n'en ai pas besoin, j'ai mes propres ressources. Juste pour coucher ? Pour être tout à fait honnête, je pourrais coucher tous les soirs de la semaine, mais ce n'est pas ce qui m'intéresse.

— Alors que cherchez-vous avec moi ? demanda-t-elle.

— En dehors du fait que je vous trouve très belle, votre intelligence me plaît et j'aime converser avec vous. Vous avez un merveilleux sens de l'humour, et j'aime rire avec vous. Vous êtes une femme forte, confiante et bien dans sa peau, et ça me plaît.

Il s'interrompit une seconde, puis reprit :

— Harper, vous me plaisez, c'est tout. Certaines choses ne s'expliquent pas, c'est une question d'atomes crochus. Vous allez laisser les autres vous dicter votre conduite ?

Il lui prit la main.

— Harper, pour l'instant, nous constituons une nouveauté propre à susciter les commérages. Les gens préfèrent cancaner sur nous plutôt que de penser à ces meurtres qui leur font peur. Mais demain ou après-demain ils trouveront quelqu'un d'autre sur qui commérer. Je vous promets que ça passera et que, bientôt, personne ne se souciera plus de ce que nous faisons. Maintenant, j'aimerais vous inviter à passer encore une soirée ensemble. Vous êtes partante ?

Elle soutint son regard, tandis qu'un million d'émotions et de pensées la traversaient. Elle s'était tellement répété qu'elle ne ressortirait pas avec lui. *Une seule fois,* c'était ce qu'elle s'était promis.

Mais une seule question importait finalement : que voulait-elle vraiment ? Et à cet instant elle décida qu'elle voulait Sam.

— Je suis partante, répondit-elle.

Il lui sourit et lui pressa la main.

— Voilà qui est parlé. Et si nous allions boire un verre au Farmer's Club demain soir ?

— Volontiers.

Au diable les autres et ce qu'ils pensaient. Elle avait envie de voir où menait cette relation avec Sam. Son cœur ne risquait rien, elle appréciait seulement sa compagnie. Elle ne faisait que s'amuser avec lui.

Tandis qu'il finissait son dernier cookie, elle survola la salle du regard et se rendit compte qu'elle était presque vide. La machine à café avait été remballée, les donuts et les cookies avaient disparu, et trois hommes repliaient les chaises et les rangeaient dans un placard situé à côté de la scène.

— Il faut nous en aller, sinon on va nous plier et nous fourrer dans un placard, lança-t-elle.

— Ce ne serait pas une bonne chose, dit-il en riant.

Ils se levèrent tous deux.

— Je vais vous suivre jusque chez vous, indiqua-t-il quand ils sortirent du bâtiment.

— Pourquoi ? Ce n'est pas nécessaire.

— Je crois au contraire que ça l'est. La nuit est tombée, vous êtes seule, et votre sécurité compte pour moi.

— Bon, d'accord. Merci.

Cela faisait très longtemps que personne ne s'inquiétait plus de ce qu'elle arrive saine et sauve chez elle. Après l'avertissement que venait de leur donner Dallas, elle n'allait pas refuser l'offre de Sam.

Il l'accompagna à sa voiture, puis se dépêcha d'aller reprendre son pick-up. Elle attendit qu'il soit derrière elle pour sortir du parking.

Elle avait un deuxième rendez-vous avec Sam, et elle allait sans doute essuyer encore plus de critiques de la part de ses amies. Mais peu lui importait. C'était bon d'avoir quelqu'un avec qui partager les plaisirs, avec qui parler et rire. Elle faisait cela pour elle-même et non pour les autres. Et, en dehors de son travail, cela faisait très longtemps qu'elle n'avait rien fait pour être heureuse.

En arrivant chez elle, elle s'arrêta dans l'allée et descendit de voiture. Elle fit signe à Sam et se précipita vers sa porte, soulagée d'avoir laissé la lumière du porche allumée.

Elle la vit immédiatement, et son cœur se mit à battre bruyamment dans ses oreilles.

Là, c'était une vieille poupée de mode, suspendue à un crochet sur la porte. Une lime à ongles métallique était enfoncée dans sa tête et un morceau de papier plié sous son bras.

Qui avait fait cela ?! Qui avait laissé cette chose affreuse sur sa porte ? Elle recula en vacillant. Puis elle pivota sur elle-même et regarda Sam, toujours garé le long du trottoir. Il ouvrit sa portière.

— Harper, est-ce que ça va ? lui cria-t-il.

— N... non, pas du tout.

Ce fut tout ce qu'elle réussit à dire, car sa gorge était nouée par le choc.

Et ce fut tout ce qu'elle eut à dire. Sam sauta de son

pick-up et arriva en courant. Il vit tout de suite la poupée et l'arracha du crochet.

— Entrons, dit-il d'une voix tendue.

Elle déverrouilla la porte avec des doigts tremblants, l'ouvrit et fila vers le salon. Sam la suivit après avoir refermé et verrouillé la porte derrière lui.

Elle avança vers le canapé avec des jambes en coton et se laissa tomber dessus. Il la rejoignit, prit le morceau de papier sous le bras de la poupée et posa celle-ci sur la petite table devant eux.

Le front barré d'un pli, il déplia le papier.

— Qu'est-ce que ça dit ? demanda-t-elle en s'efforçant de ne pas regarder l'horrible poupée mutilée.

— « Vous avez perdu la tête ? » lut-il. « Sortez avec quelqu'un de votre âge. »

Il jeta la note sur la petite table.

— Ça me rend fou.

Il attrapa son portable dans sa poche.

— Il faut appeler Dallas. Il pourra peut-être retrouver le salopard qui a laissé ça.

Elle hocha la tête, luttant contre les frissons glacés qui lui couraient dans le dos. Qui avait fait ça ? Qui avait laissé cette horreur sur sa porte ? Qui se préoccupait tellement de l'homme avec qui elle sortait ? Ce devait être quelqu'un qui les avait vus ensemble à la salle municipale et était parti avant eux. Les possibilités étaient infinies.

Elle eut vaguement conscience que Sam parlait à Dallas puis revenait s'asseoir auprès d'elle. Il prit ses mains dans les siennes, et elle accueillit avec soulagement la chaleur de ses doigts contre les siens, qui étaient gelés.

— Chérie, n'ayez pas peur, dit-il doucement. C'est l'œuvre d'un lâche... d'un pauvre type qui cherche à vous harceler. Ne le laissez pas vous atteindre.

— Je n'arrive pas à croire que quelqu'un puisse faire

une chose aussi horrible. Qui se préoccupe assez de mes fréquentations pour se donner cette peine ?

Elle le dévisagea comme si elle pouvait lire la réponse sur ses traits.

— Il faut espérer que Dallas pourra nous le dire.

Nous. C'était agréable d'entendre qu'elle n'était pas seule, et que Sam se considérait comme impliqué dans cette histoire.

— Quelqu'un d'autre vous a invitée à sortir, récemment ? Quelqu'un qui me verrait comme un rival ? demanda-t-il en relâchant ses mains.

— Non. Personne depuis au moins un an.

Un peu plus d'un an auparavant, elle avait passé une soirée avec Billy Jackson. Cet homme plus âgé qu'elle travaillait à la poste. Ils étaient allés dîner ensemble au café, mais s'étaient très vite rendu compte qu'ils avaient très peu en commun et qu'il n'y avait aucune étincelle entre eux. Ils n'avaient pas renouvelé l'expérience, et Billy s'était marié récemment avec une femme gentille qui travaillait au supermarché. Depuis lors personne ne l'avait invitée. Personne ne s'était intéressé à elle sur le plan sentimental. Jusqu'à Sam.

Ils restèrent silencieux plusieurs minutes. Harper s'efforçait toujours de digérer l'horrible vision de la poupée. Qui pouvait même *penser* à faire une chose pareille ? Qui avait pu avoir l'idée de planter une lime à ongles dans la tête d'une poupée ? C'était absolument pathologique.

— Harper...

Sam avait prononcé son nom doucement. Elle se tourna vers lui.

— Ça va aller. Je vous jure que c'est juste un truc idiot pour vous effrayer.

— Eh bien, ça a marché parce que je *suis* effrayée, répondit-elle.

— Essayez de lutter contre la peur. Je suis convaincu que celui qui a fait ça ne représente pas une véritable menace.

Elle avait terriblement envie de le croire, mais elle ne pouvait faire abstraction des frissons de peur qui continuaient de parcourir son corps.

Ils retombèrent dans le silence, jusqu'à ce qu'un coup résonne à la porte. C'était Dallas. Harper se prit à espérer que le policier lui confirmerait qu'il n'y avait pas à en faire un drame.

Tandis que Dallas questionnait Harper, Sam reprit la main de cette dernière pour lui témoigner son soutien. Cette petite main tremblait légèrement pendant que Harper expliquait à Dallas qu'elle ne voyait pas qui pouvait s'offusquer de ce qu'elle fréquente Sam.

Sa frayeur le rendait malade. Il était bouleversé que l'éclat de ses beaux yeux bleus soit terni, que ses lèvres sensuelles soient pincées par la peur. Et il était bouleversé que ce soit arrivé parce qu'il sortait avec elle.

— Deux de mes amies m'ont dit après la réunion qu'elles n'approuvaient pas le fait que je voie Sam, disait-elle.

— Leurs noms ? questionna Dallas.

— Becky Barlow et Allie Crawford. Mais aucune d'elles ne s'abaisserait à faire une chose pareille, ajouta vivement Harper. Ce sont des femmes bien, et elles ne penseraient jamais, *jamais,* à faire quelque chose d'aussi affreux.

Elle désigna la poupée devant elle.

— Et vous, Sam ?

Sam se redressa et regarda Dallas avec surprise.

— Quoi, moi ?

— Y a-t-il des femmes qui pourraient avoir un problème avec le fait que vous fréquentez Harper ?

— Pas que je sache.

— Des femmes qui vous ont dit qu'elles aimeraient sortir avec vous ?

Sam était conscient que Harper le dévisageait avec curiosité.

— Euh... Celeste Winthrop m'a fait comprendre plus d'une fois que ça ne lui déplairait pas de passer une soirée avec moi, mais j'ai été très clair sur le fait que je n'étais pas d'accord.

Il resserra les doigts sur ceux de Harper. C'était un peu embarrassant de parler de cela devant elle.

— Mais honnêtement je ne vois pas Celeste faire quelque chose comme ça.

— Vous seriez surpris de ce que font certaines personnes, répliqua sèchement Dallas. Nous savons que quelqu'un, dans cette ville, cache de noirs secrets. Pourquoi Celeste n'entretiendrait-elle pas une haine secrète contre Harper si elle meurt d'envie de sortir avec vous ?

Poussant un profond soupir, il se leva.

— Je vais à ma voiture chercher un sachet d'indices. Je vais relever les empreintes sur la poupée, et peut-être aurons-nous de la chance.

Tandis qu'il sortait, Harper dégagea sa main de celle de Sam.

— Est-ce que ça va ? demanda-t-il avec inquiétude.

— Ça ira, répondit-elle. Je veux seulement poser quelques questions à Dallas.

Elle s'adossa au canapé, le front plissé par une ride d'anxiété.

— Je suis gênée de le déranger avec ça. Il a déjà tellement de pain sur la planche avec ces deux meurtres.

— C'est vrai, mais il doit néanmoins être au courant de ce qui se passe dans cette ville. Ne pas lui signaler cet indice aurait été une erreur.

À cet instant, Dallas revint.

— Je suppose que vous ne voulez pas garder cet objet, dit-il en enfilant une paire de gants.

— Oh non, je veux qu'il quitte ma maison aussi vite que possible, répondit-elle avec ferveur.

Dallas prit la poupée avec ses mains gantées et la plaça dans le sachet qu'il avait apporté. Il y mit également le message.

— Je suis désolé de vous le dire, mais aucun vrai délit n'a été commis jusqu'ici. Si ce genre de choses se reproduit, je pourrai alors poursuivre cette personne pour harcèlement ou, au moins, intrusion dans une propriété privée. Ce que j'espère, c'est la retrouver et la réprimander sévèrement.

— Quant à moi, je voudrais juste savoir s'il y a de quoi avoir peur, répliqua Harper d'une voix légèrement tremblante.

Une fois encore, Sam sentit la colère monter en lui. Maudit soit celui qui avait fait cela. Maudit soit celui ou celle qui l'avait effrayée à ce point.

Dallas fronça pensivement les sourcils et fourragea dans sa chevelure.

— La menace est voilée, mais je ne crois pas que vous devriez vous en préoccuper excessivement. Les gens qui font ce genre de choses représentent rarement un vrai danger. Bien sûr, il y a des exceptions, mais elles sont rares. Tout ce que je peux vous dire, c'est ce que j'ai déjà dit à la réunion... Soyez prudente et attentive à ceux qui vous entourent. Ne laissez personne s'approcher de vous ou entrer chez vous sans votre autorisation.

— Merci d'être venu, Dallas. Je sais que vous avez des choses bien plus importantes à traiter en ce moment, dit-elle.

Dallas lui sourit.

— Je suis content que vous m'ayez appelé. Il est important pour moi d'être au courant de ce qui se passe dans cette ville, déclara-t-il, comme en écho à ce qu'avait dit Sam peu de temps auparavant.

Sam se leva et raccompagna le policier à la porte.

— Merci, Dallas. Nous vous sommes très reconnaissants.

— Je vous en prie. Je vous tiendrai au courant de ce que je découvre.

Dès que Dallas fut parti, Sam retourna s'asseoir sur le canapé, près de Harper.

— Harper, j'espère que vous n'allez pas céder aux menaces de ce pauvre type et cesser de me voir, dit-il.

Elle le fixa un long moment, puis un sourire lent vint éclairer son visage.

— Vous savez ce qu'on dit des harceleurs : le meilleur moyen de leur résister est de s'opposer à eux. Alors je n'ai pas l'intention de changer quoi que ce soit à ma conduite.

— Voilà qui me fait plaisir ! s'exclama Sam en souriant lui aussi.

Dès qu'il avait vu la poupée et le message, il avait craint que Harper ne veuille plus le voir.

— Vous êtes sûr que vous ne préféreriez pas fréquenter Celeste Winthrop ? C'est une belle femme, qui correspond mieux à votre âge.

— Pourquoi voudrais-je fréquenter une femme vide et superficielle quand je peux fréquenter une femme chaleureuse et authentique, avec laquelle je peux avoir de vraies conversations ?

— Et pourquoi devrais-je sortir avec un vieil homme alors que je peux fréquenter un beau gosse comme vous ?

Il était ravi de voir ses yeux s'éclairer à nouveau. Le plaisir de flirter avait remplacé la peur qui s'y trouvait quelques minutes auparavant.

— Je suis beau gosse, effectivement.

Elle se mit à rire.

— Et modeste, avec ça.

— Alors on va toujours au Farmer's Club demain soir ?

Elle hésita un instant, puis acquiesça.

— Oui, on y va toujours.

— Nous déciderons d'une heure pendant ma pause-déjeuner demain.

— Bonne idée.

Il se leva.

— Il est tard, et je sais que vous vous levez tôt, alors je vais m'en aller.

Elle se mit également debout et le raccompagna à la porte.

Il l'ouvrit, puis se tourna vers elle.

— Est-ce que ça ira pour vous, cette nuit ?

— Il vous en faudra plus que ça pour vous introduire dans mon lit, Sam Bravano, dit-elle ironiquement.

— Non... Ce n'est pas ce que je voulais dire, balbutia-t-il.

Elle se mit à rire.

— Sam, je vous taquine. Tout ira bien. J'ai de bonnes serrures aux portes et aux fenêtres.

— Harper, si vous avez peur ou si vous avez besoin de parler, à n'importe quelle heure, vous savez que vous pouvez m'appeler, dit-il. Je peux être là en cinq minutes si vous avez besoin de moi.

— Merci, Sam. C'est très gentil de votre part.

Il haussa un sourcil et lui fit un clin d'œil.

— Vous avez besoin d'un baiser pour passer une bonne nuit ?

Elle le poussa vers la porte en riant.

— Vous êtes incorrigible. Bonne nuit, Sam.

— Bonne nuit, Harper.

Il sortit sous le porche, et elle referma la porte derrière lui. Il attendit d'entendre le bruit rassurant de la clé qui tournait dans la serrure et du verrou qu'on poussait.

À la lumière des lampadaires et du clair de lune, il vérifia, avant d'aller reprendre son pick-up, que personne ne rôdait autour de chez elle.

Sur le chemin de son domicile, il serra les mains sur le volant, sentant une colère aiguë monter à nouveau en lui.

Qui avait laissé cette poupée mutilée ? Qui se préoccupait à ce point des fréquentations de Harper ? Malheureusement, il n'en avait aucune idée. Elle non plus, et il doutait sérieusement que Dallas retrouve le coupable.

En même temps que la colère, il éprouvait une pointe de culpabilité à l'idée d'être la cause de tout cela. Qu'était-il censé faire ? Cesser de la voir parce que cela contrariait un pauvre type ? Bon sang, il n'y était pas prêt, surtout pas à cause d'une poupée et d'un message.

Depuis qu'il travaillait pour elle, il n'avait remarqué personne qui semble s'intéresser à elle sur le plan amoureux. Bien sûr, elle avait des clients masculins qui venaient tous les jours mais, comme elle l'avait dit à Dallas, aucun d'eux ne l'avait jamais invitée ou ne lui avait indiqué d'une autre manière qu'il avait des sentiments à son endroit.

Était-il possible que ce soit une femme qui lui en veuille ? Celeste ? Elle lui faisait incontestablement du rentre-dedans depuis plusieurs mois. Pouvait-elle avoir fait cela ? Peut-être allait-il trouver aussi un truc dégoûtant sur sa porte.

Il devait appeler Dallas pour lui dire que plusieurs autres femmes lui avaient fait des avances ces derniers mois. Il n'avait pas voulu en dresser la liste devant Harper, cela aurait été trop embarrassant pour lui et irrespectueux pour elle.

Malgré l'heure tardive, ses deux frères étaient assis sous le proche quand il arriva.

— Vous n'avez donc pas de chez-vous ? leur lança-t-il.

Il ouvrit la porte et tous deux le suivirent à l'intérieur.

— Si, on a une maison, mais on préfère la tienne, dit Michael en se laissant tomber sur le canapé.

— Tu sais que maman se couche très tôt, on n'était pas prêts à aller au lit, dit Tony en prenant l'autre moitié du canapé.

— Pourquoi ne pas prendre un appartement à vous ?

Sam s'installa dans son fauteuil, l'esprit toujours fixé sur

Harper et ce qui s'était passé. Il n'y avait rien sur sa porte, ce qui le poussait à croire que c'était à Harper qu'en voulait l'auteur du message.

— Tu sais qu'on ne peut pas laisser maman toute seule, dit Michael.

— Elle serait probablement plus heureuse. Ce que tu veux dire, c'est que vous n'avez pas envie de quitter une maison où on vous prépare vos repas, on vous lave votre linge et on prend soin de vous comme des bébés.

— Bon, il y a de ça aussi, dit Tony en riant.

— Je n'ai pas de nouvelles de Lauren depuis un moment. Comment va-t-elle ? demanda Sam.

Il se sentait un peu coupable en pensant à sa sœur aînée. Lauren avait deux ans de plus que lui, et ils avaient toujours été proches. Ils se parlaient normalement au téléphone au moins une fois par semaine, mais deux semaines s'étaient écoulées depuis la dernière fois.

— Elle va super bien. Russ et elle bossent comme des fous pour monter son magasin, dit Tony.

Lauren avait épousé Russ Lincoln trois ans auparavant, un type sympa, qui était pompier. Il aidait Lauren à réaliser son rêve d'ouvrir une boutique de vêtements et de bijoux fantaisie.

— Comment ça se présente, le magasin ?

— Selon Lauren, l'intérieur est déjà peint et les étagères sont en bonne voie, expliqua Tony. Tu devrais passer jeter un coup d'œil. Je crois que ça va être vraiment joli.

— Je le ferai, promit Sam.

— Sinon, tu seras heureux d'apprendre que Paula et moi sommes de nouveau ensemble, intervint Michael.

— Quel imbécile, lança Tony avec dégoût.

— Je suis heureux si tu es heureux, dit Sam à Michael.

— Je suis parfaitement heureux, répondit Michael avec un grand sourire. C'est elle que je veux, pas de doute.

— Imbécile, répéta Tony.

— Alors, qu'est-ce que tu as pensé de la réunion de ce soir ? demanda Michael, ignorant Tony.

— En ce qui me concerne, je n'ai pas vraiment été surpris, répondit Sam.

— Moi, je suis navré pour Dallas, déclara Tony. Il doit s'arracher les cheveux dans cette affaire. Un meurtre c'est déjà horrible, deux c'est épouvantable. Sandy était une fille super chouette.

— Oui, c'est vrai, et on dirait que Dallas n'a aucun indice pour résoudre ces meurtres, ajouta Michael.

— C'est un type intelligent. Il finira par identifier le meurtrier et le mettre derrière les barreaux, assura Sam.

— Il y a autre chose qui m'a surpris ce soir, reprit Michael. Qu'est-ce que tu faisais avec Harper Brennan ?

— Je sors avec elle.

Tony se redressa et dévisagea Sam.

— Pour de bon ?

Sam hocha la tête.

— Pour de bon.

— Pourquoi ? demanda Michael.

— Sans blague, parce que je l'aime bien, répliqua Sam. Je l'aime beaucoup, et j'aime passer du temps avec elle.

— Oui, mais tu pourrais sortir avec une petite nana. Pourquoi Harper ? Elle n'est pas un peu vieille pour toi ?

— Je n'ai pas envie de sortir avec une petite nana. J'en ai déjà eu un bon paquet. Harper m'excite. Son âge ne me dérange pas du tout. J'aime seulement être avec elle. Elle est intelligente et amusante, et je suis impatient de mieux la connaître.

— Tu ne crains pas qu'elle sorte avec toi comme on exhibe un bel étalon ? Ça doit lui faire plaisir que tout le monde voie qu'elle peut séduire un homme plus jeune, suggéra Tony.

Cette pensée avait traversé l'esprit de Sam, mais il avait plus de bon sens que ça.

— Harper n'est pas ce genre de femme, et j'ai l'intention de continuer à la fréquenter, que ça vous plaise ou non, les gars, lança-t-il.

— Ça ne me pose pas de problème. Je trouve juste que c'est un peu bizarre, dit Tony.

— Et moi, je te donne deux semaines avant de passer à une femme plus jeune et plus sexy, ajouta Michael.

La conversation irrita soudain Sam, et il fut content que ses frères s'en aillent peu après. Il n'avait pas besoin de leur opinion. Pourquoi personne ne pouvait-il être heureux que Harper et lui soient heureux ? Et qui avait laissé la poupée sur sa porte ?

Tout cela lui donnait deux soucis. Le premier était la sécurité de Harper, même s'il était enclin à penser comme Dallas que le type qui avait laissé la poupée était inoffensif.

Le deuxième était que Harper cède aux pressions et cesse de le voir. Pour la première fois de sa vie, il avait rencontré une femme pour laquelle il avait envie de se battre, et il ne sortirait pas de sa vie sans se bagarrer.

6

Harper se regarda dans le miroir et se déclara mentalement prête pour un nouveau rendez-vous avec Sam. Elle s'était tournée et retournée toute la nuit dans son lit, pensant à la poupée, à ses amies et à Sam.

Il était impossible qu'Allie ou Becky aient quelque chose à voir avec cette poupée. Elles étaient franches et elles l'avaient été avec elle à la réunion. Harper était convaincue qu'elles ne s'abaisseraient pas à faire une chose pareille. Ce n'était tout simplement pas leur genre.

Le plus facile, bien sûr, aurait été de cesser de voir Sam. Ses amies seraient satisfaites, de même que celui qui avait laissé la poupée. Tout le monde serait satisfait, sauf elle.

En passant ses pauses-déjeuner avec elle, Sam lui rappelait combien elle aimait sa compagnie. Il la faisait rire en flirtant avec elle et lui faisait parfois le souffle court.

Sa présence avait soulagé la solitude dont elle souffrait depuis le départ de son mari. Et elle se disait que personne ne pouvait le faire mieux que Sam.

Après toutes les rebuffades dues au fait qu'elle le fréquentait, elle s'était réveillée ce matin-là résolue à continuer de le voir chaque fois qu'elle en aurait envie. Au diable l'opinion d'autrui.

Elle n'était pas idiote. Elle ne se racontait pas qu'ils avaient un avenir ensemble. Mais pour la première fois de sa vie elle faisait ce qui lui plaisait. Sam la rendait heureuse, et elle n'avait pas été heureuse depuis très longtemps. Elle continuerait de le voir aussi longtemps qu'il en aurait lui-même envie.

Elle quitta la salle de bains et se rendit au salon pour attendre. Ce serait une soirée tranquille, faite de boissons et de conversations au Farmer's Club. Après les émotions de la veille, elle aspirait à une soirée calme et dépourvue de drame.

La journée avait été très chaude, aussi portait-elle une robe d'été, cette fois rose vif. On l'avait complimentée plusieurs fois lorsqu'elle la portait, et elle savait qu'elle lui allait bien. Et elle voulait être aussi élégante que possible pour Sam.

Elle sursauta quand des coups furent frappés à la porte. Ce devait être lui. Son cœur fit une petite embardée quand elle alla ouvrir, et l'émotion la saisit à sa vue. Il portait le jean comme personne, et son polo vert forêt faisait ressortir le vert de ses yeux. Il était absolument renversant. La charmante fossette qu'il avait sur la joue apparut lorsqu'il lui sourit.

— Waouh, vous êtes superbe ! s'exclama-t-il en la regardant de haut en bas.

Ses paroles et surtout l'éclat de son regard la bouleversèrent. Ses yeux disaient que ses paroles étaient vraies. Il la trouvait vraiment belle.

— Merci. Vous n'êtes pas mal non plus, répondit-elle.

Elle sortit dans l'air tiède de la soirée et, après avoir verrouillé sa porte, l'accompagna jusqu'au pick-up. Des nuages gris dans le ciel présageaient la pluie. Elle savait que les agriculteurs de la région l'attendaient après plusieurs semaines de canicule.

— La devanture a meilleure allure de jour en jour, lança-t-elle quand ils furent dans le pick-up.

Il sourit.

— Oui, dans pas longtemps elle sera prête pour une

couche de peinture fraîche. Vous avez réfléchi à la couleur que vous voudriez ?

— Quelque chose de gai et d'amusant. Peut-être jaune vif, répondit-elle.

Il se mit à rire.

— J'étais sûr que vous alliez me dire rose fluo.

Elle fit écho à son rire.

— Croyez-moi, j'y ai pensé, mais en fin de compte je me suis dit que, toute la devanture en rose, ce serait trop.

— Jaune, ce serait joli avec des moulures roses.

— Ça me semble parfait, dit-elle, ravie qu'ils se comprennent. La boutique aura l'air d'un de mes cupcakes au citron.

— Il faut encore que vous me montriez ce que vous voulez derrière, lui rappela-t-il.

Instantanément, l'image de Sandy Blackstone, attachée à son piquet, lui traversa l'esprit. L'idée de ressortir dans la cour la remplissait d'anxiété.

— Tôt ou tard, il faudra y retourner, dit doucement Sam, comme s'il avait lu dans ses pensées.

Il tendit la main pour effleurer doucement la sienne.

— Nous ferons quelque chose de vraiment beau là.

Il reposa la main sur le volant.

Une fois encore, Harper sentit son cœur se réchauffer à ses mots. Sam semblait toujours savoir quoi dire pour lui remonter le moral. Il s'était incontestablement glissé dans son esprit, mais la dernière chose qu'elle voulait c'était qu'il s'introduise dans son cœur. Cela ferait définitivement d'elle une vieille folle.

Il s'arrêta et se gara devant le Farmer's Club, situé dans un petit bâtiment un peu en retrait de Main Street. La devanture était quelconque, avec des volets aux fenêtres et une petite pub au néon.

Il l'aida à descendre de voiture et ils entrèrent dans le bar.

Une odeur d'oignon revenu, de viande et de bière assaillit leurs narines.

Un long comptoir ciré occupait un côté de la salle, et des tables et des box l'autre. Au fond, il y avait une cible de fléchettes et un jeu de palets. Deux couples d'un certain âge y jouaient.

Harper fut surprise de constater que Sam était salué non seulement par plusieurs hommes assis au bar, mais aussi par le barman, Ranger Simmons. Ce dernier la salua également, car il faisait partie de ses clients réguliers.

Elle savait que Ranger avait perdu sa femme depuis plusieurs années. Il avait transmis à son fils la ferme qu'il possédait dans les environs. Propriétaire du bar depuis plus de vingt ans, il vivait seul à l'étage.

Sam la conduisit vers un box inoccupé et, quand ils furent installés, Ranger vint prendre leur commande.

— Harper, vous êtes ravissante ce soir. Le rose est vraiment votre couleur.

— Merci, Ranger, dit-elle en souriant.

— Toutes les couleurs lui vont, intervint Sam.

— C'est vrai. Et la pâtisserie a déjà meilleure allure, répliqua Ranger.

— C'est grâce à Sam, dit Harper en lui jetant un regard affectueux par-dessus la table.

— Tu ferais mieux de bien te conduire avec elle, Sam, dit Ranger.

Celui-ci se mit à rire.

— Je sais que, si ce n'est pas le cas, il faudra que j'en réponde auprès de tous tes clients.

— Tu as tout à fait raison, lança Ranger en riant aussi. Alors, qu'est-ce que cette dame aimerait boire ?

Harper n'était pas une grosse buveuse, mais elle appréciait de temps en temps une bière ou un gin-tonic. Elle commanda le second.

— Avec une double giclée de citron vert, précisa-t-elle.

Ranger lui sourit.

— La boisson parfaite pour une chaude soirée d'été. Et toi, Sam ? Comme d'habitude ?

— Ça marche.

— Vous voulez manger quelque chose ?

Sam regarda Harper.

— Je vous en prie, commandez ce que vous voulez. Ranger est un expert en cuisine de brasserie.

— Merci, mais tout va bien pour l'instant, répondit-elle.

Elle avait mangé un sandwich avant que Sam ne vienne la chercher.

Et tout allait d'autant mieux que personne ne les avait regardés bizarrement. En fait, plusieurs des couples les avaient salués avec des hochements de tête et des sourires aimables. C'était un agréable changement par rapport à leur soirée au café.

En quelques minutes, ils eurent leurs boissons, et elle découvrit que Sam était un habitué du whisky-soda. La musique diffusée était douce, un vieil air country, et les conversations dans la salle ne dépassaient pas le murmure.

— Vous venez souvent ici ? demanda-t-elle.

— Pas très souvent, mais à l'occasion. C'est un bar agréable pour se détendre avec un verre. Bien sûr, c'est beaucoup plus agréable quand vous m'accompagnez, dit-il avec ce sourire qui la faisait toujours fondre.

— Je suis ravie d'être là avec vous.

— Parfois je viens juste bavarder avec de vieux agriculteurs. J'aime discuter d'un tas de choses avec eux.

Durant les minutes suivantes, ils parlèrent des travaux à la pâtisserie et de ce que Harper voulait faire de la cour.

— Je voudrais un patio couvert, où les gens pourront venir profiter de l'ambiance en même temps que des pâtisseries.

Je préparerai des pâtisseries spéciales famille, qui attireront plus de gens.

— C'est l'une des choses que j'admire chez vous, vous êtes une femme d'affaires avisée.

Elle éclata de rire.

— Je vais vous dire un secret : je navigue surtout à l'instinct.

— Alors vous avez un instinct formidable. Mes frères et moi, nous avons aussi créé notre propre entreprise, la Bravano Brothers Renovation & Construction Company.

Elle le dévisagea avec surprise.

— Je ne savais pas que vous aviez une entreprise. Je pensais que vous travailliez chacun à votre compte.

— Je sais que ça en a l'air, mais nous sommes une société à responsabilité limitée. C'est moi qui tiens la comptabilité. Tout ce que nous gagnons est versé sur le compte de la société, et nous nous payons ensuite là-dessus.

— J'ai vu vos frères travailler au petit kiosque dans le parc.

Elle prit une gorgée du gin-tonic.

— Je pense que ce sera très beau. Tout le monde pourra en profiter.

Il acquiesça.

— Oui, ce sera joli. Ils devraient avoir fini à temps pour pouvoir m'aider à la pâtisserie.

— On dirait que vous avez beaucoup de travail.

— C'est durant l'été que nous avons le plus de commandes. Les bâtiments nécessitent beaucoup d'entretien. Et le consensus général chez les propriétaires semble être qu'il est temps de les rénover.

— Alors que ferez-vous quand tout aura été rénové et restauré à Millsville ?

— Je crois qu'à ce moment-là je serai prêt à prendre ma retraite. Je deviendrai votre domestique, je ferai le ménage et la cuisine pour vous, et je mangerai de délicieux gâteaux tous les soirs, dit-il avec une lueur malicieuse dans les yeux.

— C'est bon de savoir que vous avez déjà planifié votre avenir, rétorqua-t-elle en riant.

Il but une gorgée de son whisky et la regarda dans les yeux.

— Comment voyez-vous votre avenir à vous ?

— Pour être honnête, je n'y pense pas beaucoup. Je tends à vivre dans le moment, répondit-elle.

— Mais, si vous y réfléchissez maintenant, que voyez-vous ?

Il se pencha légèrement en avant, et elle eut l'impression que son regard la transperçait.

— Oh ! je ne sais pas. J'aimerais continuer à tenir la pâtisserie, et quand elle aura atteint un pic de rentabilité je la vendrai et je vivrai du produit de la vente.

— Et ensuite ? Vous vous voyez voyager, écrire un livre ou juste vous balancer dans un hamac ?

— Écrire un livre et me balancer dans un hamac, ça ne me dit rien, mais voyager, oui, ça me plairait. Je ne suis jamais sortie de Millsville.

— Jamais ? lança-t-il avec surprise. Vous n'êtes jamais partie en vacances avec votre ex-mari ?

— Les vacances pour lui, c'était aller pêcher dans l'étang de Johnson, répliqua-t-elle.

Ed Johnson, qui vivait dans une ferme aux abords de la ville, possédait le plus grand étang de la région. C'était un veuf acariâtre, qui autorisait les amateurs à pêcher contre espèces sonnantes et trébuchantes.

— Alors il faut que nous fassions un voyage ensemble, dit-il, les yeux à nouveau brillants. Où aimeriez-vous aller pour votre premier déplacement hors de Millsville ?

— Oh ! j'adorerais aller à New York et visiter Times Square, ou peut-être m'envoler pour Las Vegas et tenter ma chance aux tables de jeu.

Elle se mit à rire.

— Et, si je fantasme pour de bon, pourquoi pas un petit

séjour aux Bahamas ou dans un autre archipel ? Vous avez beaucoup voyagé ?

— Pas énormément, mais un peu. Je suis allé à New York et à San Francisco. J'ai visité le Grand Canyon et les chutes du Niagara. Cependant, je ne suis jamais sorti des États-Unis. Il y a tellement à voir et à explorer ici.

— Je suis tout à fait d'accord avec vous. C'est seulement que je ne me suis jamais permis de fermer la boutique pour prendre un véritable congé.

— Mais vous devriez. Au moins une fois par an, vous devriez fermer une semaine et vous en aller. Ça vous ferait du bien, et les habitants de Millsville survivraient bien une semaine sans vos gâteaux et vos cookies. Je ne suis jamais allé à Las Vegas. Nous devrions prévoir d'y aller ensemble dans quelque temps.

Elle sourit.

— Nous verrons.

Mais l'idée de voyager avec Sam, où que ce soit, était incroyablement tentante. Si elle n'était jamais allée nulle part, c'était en partie parce que son mari n'en avait jamais eu envie, puis qu'il l'avait quittée.

Son esprit se remplissait maintenant d'images de Sam et elle, marchant main dans la main sur le Strip de Las Vegas. Ils joueraient durant la journée, puis dîneraient au Château ou un autre restaurant amusant. Ensuite, ils rentreraient à l'hôtel et ils...

Elle stoppa le fil de ses pensées, avant qu'elles ne l'emmènent trop loin.

Sam commanda une autre tournée, et la conversation revint à leurs familles.

— Si ce n'est pas indiscret, pourquoi n'avez-vous jamais eu d'enfants avec votre mari ? demanda-t-il.

— Mon mari ne voulait pas d'enfants et, pour être honnête, je n'avais pas tellement la fibre maternelle non plus. Durant toute la durée de mon mariage, j'ai travaillé dur pour économiser et ouvrir la pâtisserie. C'est elle, mon enfant.

Elle s'interrompit et but une gorgée avant de reposer les yeux sur lui.

— Et vous, vous voulez avoir des enfants ?

— Non, dit-il en souriant, je n'ai jamais tellement eu la fibre paternelle. Les enfants ne sont pas dans mes cordes.

— Vous êtes sûr que vous ne changerez pas d'avis à l'avenir ? le pressa-t-elle.

C'était une question d'importance si Sam et elle devaient continuer à se fréquenter. Elle ne pourrait lui donner d'enfants s'il en voulait. Bien sûr, elle ne croyait toujours pas à un avenir commun pour eux, surtout un avenir à long terme.

— Certain, bien que j'aie hâte de devenir tonton.

Il y avait une note catégorique dans sa voix.

— Et maintenant je voudrais vous poser une question très importante.

— Si c'est une question très importante, je ferais mieux de prendre une autre gorgée.

Attrapant son verre, elle le vida à moitié puis le regarda avec une touche d'anxiété. Il se mit à rire.

— Ce n'est pas aussi grave que ça, Harper. Je voulais seulement savoir si dimanche vous accepteriez de venir déjeuner chez ma mère. J'aimerais que vous rencontriez toute ma famille.

— Oh ! je ne sais pas, dit-elle en reprenant son verre.

Cette idée était plus qu'un peu intimidante.

— Allez, Harper. Je vous promets qu'aucun de nous ne mord, et ma mère préparera un délicieux plat d'aubergines au parmesan, une vraie tuerie. Vous pourrez rencontrer officiellement ma mère, mes frères et ma sœur.

— Votre sœur ?

Elle le dévisagea avec surprise.

— J'ignorais que vous aviez une sœur. Vous ne m'en avez jamais parlé.

Il acquiesça.

— Oui, Lauren. Elle a deux ans de plus que moi et elle est mariée. Mais ne changez pas de sujet. Vous viendrez dimanche ? Je passerai vous chercher et je vous ramènerai.

Il tendit la main et prit la sienne.

— C'est important pour moi, Harper. J'aimerais tellement que vous veniez.

Oh ! comme ses yeux verts l'attiraient ! Et comme toujours le contact de sa main sur la sienne la ravissait et lui donnait un étrange sentiment de sécurité.

— D'accord, dit-elle avec réticence. Je suppose que je viendrai.

Il lui adressa un grand sourire, marqué par son éternelle fossette.

— C'est bien.

Il lui pressa la main avant de la lâcher. Harper poussa un gros soupir.

— J'aimerais pouvoir aussi vous présenter à mes parents. Mon père vous aurait bien aimé.

— Et votre mère ne m'aurait pas aimé ? questionna-t-il, un sourcil haussé.

— Oh si… Elle vous aurait aimé aussi. Mais, mon père et vous, vous vous seriez bien entendus. Même s'il était concierge au lycée, il aimait travailler le bois le week-end.

— Je suis désolé de ne pas pouvoir faire leur connaissance, dit-il doucement.

À nouveau, il lui prit la main et la pressa gentiment.

— Oui, moi aussi, répondit-elle avec un sourire un peu mélancolique.

Ils quittèrent le Farmer's Club vers 22 heures. Harper avait la tête qui tournait un peu, sans savoir si c'était dû aux deux verres qu'elle avait bus ou à l'attention de Sam durant toute la soirée.

Il était incontestablement doué pour faire sentir à une femme qu'elle était la plus belle à ses yeux. Il lui donnait l'impression d'être intelligente et spirituelle. C'était un sentiment enivrant, une impression qu'elle n'avait jamais éprouvée auparavant.

Son mari était un homme assez froid, avare de compliments et plus encore d'affection. Rétrospectivement, elle se demandait pourquoi elle l'avait épousé. Elle devait l'avoir aimé à une époque, mais après l'annonce de sa liaison il lui avait été difficile de se rappeler les sentiments qu'elle avait nourris à son égard.

Sam était tout à fait différent. Il était sociable et attentif, affectueux et prévenant. Il comblait dans son âme un vide dont elle avait ignoré jusqu'à l'existence.

— J'ai adoré cette soirée, Harper, déclara-t-il en la raccompagnant à sa porte.

— Moi aussi. Merci de m'avoir invitée.

Elle ouvrit sa porte et se tourna vers lui.

— Je viendrai vous chercher dimanche vers midi. Nous mangeons en général vers 13 heures, dit-il.

Un éclair déchira le ciel au loin, suivi d'un coup de tonnerre.

— D'accord. Vous feriez mieux de partir avant de vous faire mouiller, ajouta-t-elle en jetant un coup d'œil aux gros nuages qui les surplombaient.

— Un peu de pluie ne m'a jamais fait de mal. Et puis, avant de partir, j'espère obtenir un baiser de bonne nuit.

Elle sentit son cœur accélérer quand il se pencha plus près, si près qu'elle sentit la chaleur de son corps et vit de petites paillettes d'or dans les profondeurs de ses yeux verts.

— Alors, vais-je partir le cœur brisé, ou allez-vous me laisser vous embrasser ?

Elle se mit à rire.

— Oh ! Seigneur, vous êtes tellement théâtral ! Je ne veux évidemment pas être celle qui vous brisera le cœur.

Il l'attira immédiatement dans ses bras et s'empara de ses lèvres. Elle ouvrit la bouche, et leurs langues se mirent à danser un ballet enfiévré.

Harper noua les bras autour de son cou, et il la serra intimement contre lui. Elle adorait la sensation de sa poitrine musclée contre ses seins. La flamme qui s'était allumée en elle prit de la force.

Il ôta finalement ses lèvres des siennes et déposa une traînée de petits bécots sur sa gorge. Elle rejeta la tête en arrière pour mieux le lui permettre. Elle était perdue... complètement perdue dans le désir qu'il lui inspirait.

Cela faisait si longtemps qu'un homme ne l'avait pas prise dans ses bras, si longtemps qu'elle n'avait pas ressenti ce désir fougueux.

Ce fut lui qui la relâcha finalement et fit un pas en arrière. Le désir lui faisait les yeux vitreux, et il se passa une main dans les cheveux.

— Ah, madame. Je vous ai vraiment dans la peau !

Ses paroles provoquèrent une délicieuse vague de chaleur en elle.

À cet instant, les cieux s'entrouvrirent, et des trombes d'eau se mirent à tomber.

— Allez, rentrez avant de vous noyer, dit-il en riant.

— Bonne nuit, Sam. À demain.

Elle se hâta de passer sa porte.

Mais elle ne devait pas le voir le matin suivant. Le système dépressionnaire avait fait halte au-dessus de la ville, et la pluie continua de tomber toute la journée.

Cependant ce n'était pas parce que Sam ne venait pas travailler qu'elle ne pensait pas à lui. En fait, elle ne pensait qu'à lui en cuisant ses gâteaux et en ouvrant la boutique.

Les choses semblaient avancer à toute allure. Il y avait

eu un moment, la veille au soir, sur le pas de sa porte, où elle avait effectivement envisagé de le laisser entrer pour faire l'amour.

L'intensité de son désir pour lui l'avait choquée autant que surprise. Ce désir ne reposait pas seulement sur sa beauté. Non, elle le désirait parce qu'il était un homme bon, qui l'attirait aussi bien émotionnellement que physiquement.

Elle savait aussi qu'il la désirait. Lorsqu'il l'avait serrée contre lui, elle avait pris conscience de son excitation. Cela n'avait fait qu'accroître son propre désir.

Et ce dimanche elle allait rencontrer sa famille. Oui, tout allait très vite avec Sam. Elle ignorait où tout cela menait, et même si cela menait quelque part. Pour l'instant, elle se laissait conduire.

Viendrait certainement un stade où Sam se rendrait compte qu'elle était trop vieille et trop sage pour lui. Il se lasserait d'elle et voudrait quelqu'un de plus vivant... et de plus jeune. Elle savait que ce moment viendrait, et c'était pourquoi elle se cramponnait à son cœur.

Elle appréciait sa compagnie, ne cessait-elle de se dire, et elle supposait que c'était aussi ce qu'il aimait chez elle. Mais lorsque l'amusement prendrait fin elle savait qu'il passerait à autre chose.

Pourrait-elle coucher avec lui et garder son cœur intact ? Elle le croyait. Était-elle prête à franchir cette étape avec lui ? Elle l'ignorait.

La matinée s'écoula, morne. Le déluge tenait tout le monde à demeure. Même ses clients réguliers ne se montrèrent pas, car la pluie se déversait à seaux du ciel gris.

En début d'après-midi, Sam lui téléphona.

— Comment se porte ma pâtissière préférée ? demanda-t-il avec un accent plaisant.

— Je m'ennuie, répondit-elle. Personne n'est venu ce matin.

— Vraiment ? C'est inhabituel.

— Il pleut trop fort pour que les gens mettent le nez dehors.

— Je vous manque ?

— Je plaide le cinquième amendement, dit-elle en riant.

— Et voilà, vous recommencez à vous faire désirer.

Elle rit encore. La vérité, c'était que Sam lui manquait. Même s'il travaillait au-dehors, c'était toujours agréable de le savoir là. Et c'était encore plus agréable de le regarder travailler. Il lui manquerait aussi à l'heure où il entrait normalement faire une pause.

— Que faites-vous aujourd'hui ? demanda-t-elle.

— Je broie du noir.

Elle rit.

— Je ne vous crois pas.

— D'accord, ce n'est pas vrai. Je viens juste de finir la peinture de la salle de bains du sous-sol.

— Je savais que vous travailliez sur quelque chose. Vous n'êtes pas du genre à vous tourner les pouces.

— Si vous êtes restée seule toute la matinée, vous avez eu beaucoup de temps pour penser. Vous n'avez pas changé d'avis à propos de dimanche, n'est-ce pas ?

— Non, je n'ai pas changé d'avis.

— Génial. J'ai hâte d'y être. Je sais que ma famille va vous adorer.

— J'espère.

Une vague d'anxiété l'envahit à cette idée.

Ils bavardèrent encore un peu, puis se dirent au revoir. Avec un peu de chance, le temps s'améliorerait le lendemain, et Sam pourrait revenir.

Vers 14 heures, la pluie s'arrêta enfin, mais les nuages, épais, demeurèrent. Un quart d'heure plus tard, ce fut Annie Cook qui franchit la porte. C'était une jeune femme aimable, qui avait deux enfants et venait souvent à la pâtisserie.

— Quelle journée misérable aujourd'hui, dit-elle. Comment ça va, Harper ?

— Je suis sur le point de mourir d'ennui. La journée a été plus que calme. En fait, tu es ma première cliente.

— Oh ! waouh ! tu as dû t'ennuyer. La journée a été tellement lugubre que j'ai décidé d'offrir des cupcakes aux gosses et à mon cher et tendre, dit Annie.

— De quelle sorte les veux-tu ? J'en ai au chocolat, à la vanille et à la cerise noire aujourd'hui, expliqua Harper.

— Deux de chaque, alors.

— Comment vont les enfants ? questionna Harper en sélectionnant les cupcakes.

— Ils passent la journée chez ma mère. J'adore mes gosses mais, pour être honnête, j'ai hâte que l'été soit fini et que l'école recommence.

Cela fit rire Harper.

— J'imagine que toutes les mères éprouvent la même chose.

— Surtout les jours de pluie, ajouta Annie. Mes petits anges deviennent des petits monstres quand ils sont enfermés trop longtemps.

Annie tira de l'argent de son portefeuille.

— J'avais vraiment besoin d'un petit répit sans eux. Je devrais me sentir coupable de les avoir laissés à ma mère, mais tu veux savoir un secret ? Je ne me sens pas coupable du tout.

Harper rit derechef.

— Je te promets que ton secret est en sécurité avec moi.

Quelques minutes après le départ d'Annie, R. J. Morgan entra. C'était le propriétaire de la boutique de tatouage d'à côté. Il constituait une publicité vivante pour son commerce, car son crâne chauve et son visage étaient entièrement tatoués, de même que ses bras épais. C'était un homme grand et costaud, que Harper avait toujours trouvé plutôt intimidant.

— Bonjour, R. J., dit-elle avec un sourire forcé.

Il n'était passé qu'une fois chez elle, le jour où elle avait acheté le local, et il était très en colère. Apparemment, un de ses amis avait des vues dessus, et il était furieux que Harper en ait fait l'acquisition avant que son ami ait pu réunir les fonds.

Il ne lui rendit pas son sourire.

— Harper, quand est-ce que ce chantier que vous avez dehors va disparaître ?

Elle recula d'un pas, surprise par la question.

— Dès que Sam Bravano aura fini de rénover la façade, répondit-elle.

— Ce bazar est une horreur, dit-il en plissant les yeux sous ses sourcils broussailleux.

Il se penchait par-dessus le comptoir, légèrement menaçant.

— Ce sont les matériaux que Sam utilise pour les travaux, rétorqua-t-elle.

— Pourquoi il ne les met pas derrière, pour qu'on ne les voie pas ?

— Pourquoi devrait-il faire ça alors qu'il travaille devant ?

— Il ferait mieux de faire vite. J'en ai marre de les voir là.

Harper leva le menton d'un air de défi.

— Ils sont sur mon terrain et ils y resteront aussi longtemps qu'il le faudra.

Une bouffée de chaleur lui enveloppa soudain le visage, le cou et la poitrine. Elle devait être rouge betterave. De petites gouttes de sueur jaillirent sur son front.

— Il n'y a rien sur votre terrain ni qui dérange votre commerce, alors vous n'avez pas le droit de vous plaindre !

Sa voix devait être plus stridente que prévu, car R. J. fit un pas en arrière. Peut-être parce qu'elle était devenue écarlate et qu'il craignait qu'elle n'explose.

— Si ces matériaux se retrouvent sur mon terrain, je les brûle, asséna-t-il.

Sur ce, il tourna les talons et sortit de la boutique.

Harper poussa un gros soupir et courut à l'évier. Humectant un torchon propre, elle se le passa sur le visage et le cou pour se rafraîchir.

La bouffée de chaleur passa doucement, la laissant comme d'habitude légèrement fébrile. Elle s'assit derrière la caisse, s'entoura de ses bras et soupira.

R. J. était un sombre abruti. Il était impossible que les matériaux empilés dehors affectent les affaires de sa boutique. Il lui en voulait depuis qu'elle avait acheté le magasin. Il attendait seulement un prétexte pour l'embêter.

À 16 h 30, une pluie légère se remit à tomber, et Harper commença à tout ranger. Elle entreposa les desserts qui se congelaient bien au freezer, et en emballa d'autres pour qu'Elijah Simpson vienne les chercher.

Tous les mercredis, Elijah venait prendre les restes pour la banque alimentaire qu'il abritait dans son sous-sol. Harper était consciente qu'il y avait des gens, en ville et aux alentours, qui se couchaient parfois le ventre vide, et cela lui brisait le cœur. Bien qu'elle n'ait que des desserts, elle était heureuse de donner tout ce qu'elle pouvait à Elijah.

À 16 h 50, Elijah entra. C'était un Noir grand et mince, avec des cheveux poivre et sel et un sourire contagieux.

— Bonjour, Elijah, comment ça va ? le salua-t-elle en souriant.

— Ma foi, ça va. Et vous, Harper ?

— Ça va bien, même si j'ai décidé que je déteste les jours pluvieux.

Il rit.

— La plupart d'entre nous ne les aiment pas, mais les agriculteurs sont heureux de toute cette eau. Elle a beaucoup manqué ces derniers temps.

Il la dévisagea un long moment, puis sourit.

— J'ai entendu dire que vous faites sensation, question commérages.

Harper soupira.

— Apparemment. C'est étonnant le nombre de gens dans cette ville qui s'intéressent à ma vie privée.

— Il n'y en a probablement pas tant que ça, répondit-il. Juste quelques-uns qui font plus de bruit que les autres.

— Vous aussi allez me dire que je suis une vieille folle ?

Elijah se mit à rire.

— Tout d'abord, vous n'êtes pas vieille. Deuxièmement, ce que je vous dirai, c'est de faire ce qui vous plaît. La vie est trop courte et trop triste pour ne pas saisir les petits morceaux de bonheur qui passent. Et une fois que vous en avez trouvé un ne laissez personne vous le prendre.

— Merci, Elijah. C'est exactement ce que je pense, et je tâche d'ignorer les mauvaises langues, répondit-elle.

— C'est exactement ce que vous devez faire.

— Maintenant, j'ai deux gros sacs pour vous.

Elle se pencha pour prendre lesdits sacs et les poser sur le comptoir.

— Dieu vous bénisse, Harper. J'essaye de faire en sorte que vos gâteaux aillent à des familles qui ont des enfants, pour qu'ils aient un petit dessert de temps en temps.

— Je suis heureuse de pouvoir aider.

— Oh ! c'est d'une grande aide. Le moindre don participe de l'aide. Et je vous remercie pour celui-là.

Quelques minutes plus tard Elijah s'en fut, et Harper retourna le panneau sur la porte. Elle était ravie de fermer après une longue journée ennuyeuse. Avec un peu de chance, la pluie cesserait le lendemain, et les affaires reprendraient.

Dieu merci, elle était venue en voiture ce matin-là, car il pleuvait à nouveau et une obscurité surnaturelle régnait au-dehors. Lorsqu'elle eut tout rangé dans la cuisine, elle enfila son ciré jaune et sortit par la porte d'entrée. Elle ferma à clé derrière elle et courut à sa voiture, garée le long du bâtiment.

La police avait enfin terminé son enquête et lui avait rendu sa cour. Toutefois, elle ne s'y était pas encore aventurée. Elle n'avait pas pu s'y forcer.

Des images de Sandy remplirent à nouveau sa tête. Elle s'efforçait de ne pas penser à ce qu'elle avait vu, mais de temps en temps une pensée involontaire surgissait dans son esprit. Elle repoussait alors consciemment cette image horrible.

Une fois à l'intérieur du véhicule, elle secoua la tête et brossa les gouttelettes sur ses épaules, puis mit la clé dans le contact. Elle tourna la clé.

Rien. Pas même un déclic menaçant. Elle fit une nouvelle tentative, avec le même résultat. *Oh ! bon sang,* pensa-t-elle, *et maintenant ?* Elle attendit plusieurs minutes puis fit un nouvel essai. Toujours rien. Manifestement, sa voiture n'allait pas démarrer.

Zut. La pluie continuait de marteler les vitres. *Il fallait que ce soit aujourd'hui qu'elle tombe en panne,* songea-t-elle en soupirant. Elle n'y connaissait rien en mécanique, mais selon toute apparence la batterie était vide. Elle n'avait pas envie de rester assise en attendant que quelqu'un du garage vienne la dépanner.

Sa maison n'était qu'à une rue et demie. Elle pouvait courir chez elle et appeler le garage pour qu'on s'occupe de sa voiture le lendemain matin. Un peu de pluie ne lui ferait pas de mal.

Elle resta immobile quelques minutes de plus et, heureusement, la pluie devint du crachin. Sa décision prise, elle ouvrit sa portière et descendit.

Au moins, le crachin n'était pas froid. Plutôt rafraîchissant. Elle baissa tout de même la tête et marcha d'un pas vif. Avec un peu de chance, ce n'était que la batterie, ce serait vite réparé le lendemain.

Un chien aboya à proximité, et un écureuil fila sur le

trottoir devant elle. Elle crut entendre des pas derrière elle, et elle se retourna, la nuque hérissée par la peur.

Il n'y avait personne. Tout ce qu'elle vit fut les ombres noires créées par les nuages dans le ciel. Elle reprit son chemin d'un pas pressé.

Elle fut soulagée d'atteindre sa porte. Elle était maintenant trempée, frissonnante et tenaillée par le malaise. Elle inséra sa clé dans la serrure et la tourna. Au même moment, elle sentit quelqu'un l'agripper par l'épaule et la faire pivoter.

Durant un bref instant, elle ne comprit pas ce qui se passait. Un homme était devant elle. Il était vêtu tout de noir, et une cagoule dissimulait son visage.

— Garce, feula-t-il, et il lança son poing vers elle.

Elle vit l'éclat d'une lame dans sa main et, à la dernière minute, réussit à s'écarter.

Le couteau entailla son ciré, et une douleur cuisante lui saisit l'épaule, là où il l'avait frappée. La terreur s'empara d'elle, lui nouant la gorge et l'empêchant de respirer.

Que se passait-il ? Son cerveau n'arrivait plus à fonctionner. Qui était cet homme ? Alors même que ces questions lui traversaient l'esprit, elle comprit qu'elles n'avaient pas d'importance. Elle était en danger immédiat.

Fuis. Cours ! lui intima une voix dans sa tête.

Mais elle était coincée contre la porte et ne pouvait se dégager. L'homme abattit encore une fois son couteau... et une fois encore elle parvint à parer l'essentiel du coup. Mais la lame entailla son avant-bras, et une douleur aiguë la parcourut.

Il continuait de la frapper, l'entaillant partout, et elle faisait de son mieux pour éviter et détourner le couteau. Des larmes de douleur et de terreur lui embuaient les yeux, et elle se tortillait pour échapper à un coup mortel.

Défends-toi ! hurla la voix dans sa tête. *Si tu ne peux pas courir... défends-toi.*

Tôt ou tard, le couteau allait toucher un organe vital si elle ne faisait pas quelque chose pour l'arrêter. Elle devait agir pour se sortir de cette situation.

Retrouvant enfin sa voix, elle se mit à crier à l'aide aussi fort qu'elle le put. Tandis qu'elle hurlait, une lumière s'alluma de l'autre côté de la rue. Un frisson de soulagement la parcourut quand elle comprit que ses cris avaient été entendus.

Alerté par la lumière, son agresseur s'immobilisa une seconde. Elle mit cet instant à profit pour lui envoyer un coup de genou à l'aine. Il grogna et recula en vacillant. Profitant de ce qu'il était déséquilibré, elle le poussa vigoureusement. Il tomba à la renverse sur le plancher, puis sur le sol, en poussant un rugissement de rage.

Affolée, elle se tourna vers la porte, à laquelle ses clés pendaient toujours, les prit, ouvrit le battant et se jeta à l'intérieur. Puis elle claqua la porte et la verrouilla derrière elle.

Adossée au panneau, elle s'efforça de reprendre son souffle, secouée par des sanglots effrénés. Seigneur Dieu, qu'est-ce que c'était que ça ? Qui était cet homme ?

Elle ne resta qu'un instant contre la porte. Courant à la fenêtre en façade, elle tira le voilage et jeta des regards à droite et à gauche. Mais il n'y avait plus personne. Son agresseur s'était évanoui dans la brume du crachin.

Qui était-il ? Pourquoi l'avait-il agressée ? Et, plus important, était-il toujours par là et allait-il essayer d'achever ce qu'il avait commencé ?

7

— Sam… J'ai besoin de vous.

La voix de Harper tremblait sur la ligne. Il était évident qu'elle sanglotait, et c'était plus qu'il n'en fallait à Sam.

— J'arrive tout de suite.

Il raccrocha, prit son portefeuille et ses clés et sortit en courant. Il ignorait ce qui se passait, mais ce devait être grave pour que Harper l'appelle en pleurs.

J'ai besoin de vous. Ses mots résonnaient en lui. Le cœur battant, il fonça sur la route. Que se passait-il ? Qu'était-il arrivé ? Il aurait dû l'interroger avant de raccrocher.

La pluie avait enfin cessé, mais il dut freiner à plusieurs reprises pour éviter des mares. Le vent s'était levé, faisant voler des feuilles mortes et des débris.

Lorsqu'il tourna finalement dans la rue de Harper, son cœur manqua un battement. La voiture de Dallas était garée dans l'allée. Au nom du ciel, qu'avait-il bien pu se passer pour que la présence du chef de la police soit requise ?

Sam s'arrêta derrière la voiture de police et descendit en hâte de son pick-up. Il courut à la porte et entra sans se donner la peine de frapper. Dès qu'elle le vit, Harper se leva du canapé où elle était assise et se jeta dans ses bras. Elle se remit à sangloter, le visage pressé contre sa poitrine. Il jeta un regard interrogateur à Dallas.

— Sa voiture n'a pas démarré, alors elle a décidé de rentrer à pied. En arrivant devant sa porte, elle a été agressée par un homme, expliqua le policier.

— Agressée ? répéta Sam, stupéfait.

— Il… il a essayé de me tuer, dit Harper entre deux sanglots. Sam, il a e… essayé de me poignarder à mort.

— Il a réussi à la toucher en plusieurs endroits, précisa Dallas. J'ai demandé à une ambulance de venir. Elle ne voulait pas aller aux urgences.

Rempli d'indignation, Sam reconduisit Harper au canapé et la fit asseoir près de lui. Elle avait cessé de pleurer. Pour la première fois, il remarqua les entailles sur les manches de son ciré et les traces de sang encore humides.

— Qui diable lui a fait ça ? lança-t-il avec colère.

— J'allais justement interroger Harper quand vous êtes entré, dit Dallas.

Le policier prit place dans un fauteuil face au canapé. Lorsqu'il questionna Harper sur son agresseur, il devint très vite clair qu'il ne serait pas possible de l'identifier. La seule information qu'elle put lui donner, c'était qu'il s'agissait d'un homme.

— Tout est arrivé si vite. Je suis désolée, mais je ne peux même pas vous dire s'il était grand ou petit, gros ou maigre. J'étais trop occupée à l'empêcher de me poignarder dans le ventre pour prêter attention à son apparence.

Sam la serra contre lui. Son indignation et sa colère avaient fait place à une frayeur abjecte et une féroce envie de la protéger. Quelqu'un avait essayé de la tuer, et la probabilité qu'il recommence était très forte. La prochaine fois pourrait être la bonne.

— Vous a-t-il dit quelque chose ? demanda Dallas.

— Non… Euh, si. Il m'a traitée de garce juste avant de me poignarder.

— Je suppose que vous n'avez pas reconnu sa voix, insista Dallas.

Harper secoua la tête d'un air misérable.

— Ce n'était qu'un chuchotement. Je ne pourrais pas la reconnaître à moins de l'entendre exactement de la même manière.

— Vous avez eu des problèmes avec quelqu'un récemment ? En dehors de la poupée sur la porte ? Quelque chose s'est passé qui vous a perturbée d'une manière ou d'une autre ? Peut-être l'un de vos échanges à la pâtisserie ?

— Non... euh, peut-être un peu.

Tandis qu'elle racontait à Dallas son échange avec R. J. Morgan, Sam serrait et desserrait les poings.

— Si R. J. a un problème avec les matériaux, il devrait m'en parler à moi, dit-il, incapable de cacher plus longtemps sa colère. Il n'aurait jamais dû en parler à Harper !

— Laissez-moi m'occuper de R. J., dit Dallas en lui lançant un regard d'avertissement. Vous avez autre chose à me dire, Harper ?

— Non, je pense que c'est tout.

Ses yeux se remplirent à nouveau de larmes.

À cet instant, l'ambulance arriva. Andy Unger et George Ingram, tous deux secouristes, entrèrent. En les regardant soigner les estafilades de Harper, Sam sentit la colère revenir. Qui l'avait poignardée ainsi ? Bon sang, il aurait aimé retrouver cette personne et la battre comme plâtre.

Heureusement, quand Harper eut indiqué que son vaccin du tétanos était à jour, Andy et George tombèrent d'accord pour dire qu'elle n'aurait pas besoin d'autre traitement, et ils partirent.

— Je suis désolé, mais je vais avoir besoin de vos vêtements, Harper, reprit Dallas. Vous pouvez vous changer et me donner votre corsage et votre pantalon ?

— Bien sûr. Ils sont de toute façon inutilisables.

Il désigna le ciré qu'elle avait déjà retiré.

— Je vais devoir prendre aussi le ciré.

— Pas de problème. Il ne me sert plus à rien.

Elle se leva et se rendit dans ce que Sam supposait être sa chambre.

— Dallas, que se passe-t-il, bon sang ? questionna-t-il lorsqu'il eut entendu la porte se refermer.

Le policier fourragea dans ses cheveux.

— J'aimerais bien le savoir.

— Elle ne vous a pas donné grand-chose d'utile.

— Elle ne m'a *rien* donné d'utile.

Dallas poussa un profond soupir.

— Je vais examiner le sol autour de sa porte pour voir si je peux trouver un indice… n'importe quoi qui puisse m'aider à identifier l'homme. Je vais interroger les voisins, leur demander s'ils ont vu quelqu'un rôder. Elle m'a dit que les voisins d'en face ont allumé sous leur porche lorsqu'elle s'est mise à hurler. J'espère qu'ils pourront nous aider. J'ai aussi demandé à plusieurs de mes hommes de quadriller le quartier.

— J'espère que vous allez trouver quelque chose.

— Si elle n'avait pas réussi à entrer chez elle, c'est sur son meurtre que je serais en train d'enquêter, dit sombrement Dallas.

Ses paroles firent frissonner Sam de tout son long.

— Vous croyez que c'est le Tueur à l'Épouvantail ?

— Tout est possible. Si c'est lui, alors le profil de ses victimes a changé. Harper n'est pas blonde.

À cet instant, Harper revint dans la pièce. Elle avait passé une robe de chambre bleue et paraissait petite et vulnérable. Elle tendit ses vêtements à Dallas, qui les plaça dans un sac à indices en papier brun. Puis elle se laissa tomber sur le canapé près de Sam, qui lui passa un bras autour des épaules.

Dallas s'en alla trente minutes plus tard. Sam tenait toujours Harper contre lui.

— Je suis tellement navré de ce qui vous est arrivé,

Harper, dit-il doucement. Je suis vraiment navré, chérie, et tellement, tellement en colère.

Elle se dégagea de ses bras et s'adossa au canapé.

— J'ai peur, je suis complètement désorientée. Qui me veut autant de mal ? Qu'est-ce que j'ai fait pour mettre quelqu'un à ce point en rage ?

Ses grands yeux étaient embués de larmes, et son visage d'une pâleur surnaturelle. Il en avait mal pour elle.

— Chérie, j'aimerais le savoir. Je vais vous dire une chose... Jusqu'à ce que Dallas ait arrêté cette personne, je vais vous protéger vingt-quatre heures sur vingt-quatre.

— J'apprécie l'intention, mais comment allez-vous faire ça ?

Elle le dévisageait d'un air d'espoir.

— Je vais emménager ici.

Il ignorait quand il avait pris cette décision, mais il sentait que c'était la seule manière d'assurer sa sécurité.

— Harper, je dormirai sur le canapé ou même par terre, mais je ne peux pas rentrer chez moi en vous laissant ici, seule et vulnérable.

Elle le fixa de longues secondes.

— Mon premier réflexe est de refuser, ce n'est pas nécessaire. Mais la vérité c'est que j'ai peur, et vous avoir ici, au moins un petit moment, me remonterait le moral.

— Alors c'est réglé. Je reste ce soir, et demain, après le travail, vous m'emmènerez chez moi pour que je prenne quelques affaires.

Il fut soulagé de voir que son visage avait repris un peu de couleur.

— Tout ira bien, Harper.

Il la prit à nouveau dans ses bras. Elle se détendit contre lui et poussa un long soupir entrecoupé.

— Je ne sais pas ce que je ferais sans vous, dit-elle doucement. Et je n'arrive pas à croire que vous allez perturber ainsi votre vie pour moi.

— Mais vous ne comprenez pas, Harper ?

Il s'écarta d'elle pour la regarder dans les yeux.

— J'ai beaucoup d'affection pour vous et je veux plus que tout être là pour vous.

Elle s'attarda dans ses bras plusieurs minutes, puis s'écarta de lui.

— Je veux prendre une douche. J'ai besoin d'effacer la sensation de ses mains sur moi. Je me sens sale.

Il fronça les sourcils.

— Vous êtes sûre que vous devriez faire ça, avec les bandages que vous ont posés Andy et George ?

Elle hocha la tête.

— J'ai ce qu'il faut pour les remplacer, et j'ai vraiment besoin de me laver.

Elle se mit debout.

— Faites comme chez vous. La télécommande de la télévision est sur la petite table.

Elle lui adressa un pauvre sourire.

— Ça ne devrait pas me prendre très longtemps.

— Ne vous inquiétez pas pour moi.

Il lui offrit un sourire rassurant.

— Je serai encore là quand vous sortirez de la douche.

Dès qu'elle sortit de la pièce, le sourire de Sam s'évanouit. Loger chez elle n'était pas un problème. Il n'y avait rien qui l'attache à sa maison, ni animal à nourrir ni plante à arroser, personne de qui s'occuper.

Il lui était impossible de laisser Harper seule avec ce dingue qui voulait la tuer. Une fois encore, une poussée d'adrénaline l'envahit. Qui était à l'origine de cette agression, bon sang ? Qui haïssait assez Harper pour vouloir la voir morte ? Il aurait tellement voulu avoir la réponse à cette question !

Était-ce possible que ce soit le Tueur à l'Épouvantail ? Ils ignoraient totalement comment il choisissait ses victimes.

Toutefois, il savait que Sandy n'avait pas été entaillée ainsi. Ses blessures étaient toutes situées dans le ventre.

Lorsqu'il avait vu les estafilades sur les bras et les épaules de Harper, lorsqu'il avait pensé à la terreur qu'elle avait dû ressentir à ce moment-là, il avait sérieusement eu envie de faire du mal à quelqu'un.

Pourquoi avait-elle été attaquée ? Elle était aimable et gentille avec tous ceux qui venaient à la pâtisserie. Il ne l'avait jamais entendue adresser un mot de travers à quiconque.

Il se leva et se mit à faire les cent pas dans le salon, l'estomac noué et le cerveau en ébullition.

Puis il se rappela la poupée et le message. Oh ! bon sang, il avait été tellement stupide ! Ce n'était pas le Tueur à l'Épouvantail. On l'avait avertie. C'était à cause de lui, Sam, que c'était arrivé. Pourquoi ne l'avait-il pas compris avant ? C'était tellement évident. La poupée lui avait interdit de le fréquenter, mais elle avait négligé l'avertissement. Il ne s'agissait que de lui... du fait qu'elle le fréquentait. Son cœur sombra.

S'il cessait de la voir, le danger disparaîtrait-il ? Il ne pouvait imaginer qu'elle ne fasse plus partie de sa vie, mais s'il devait mettre de la distance entre eux pour la protéger du danger il le ferait à la minute même. Non parce qu'il en avait envie, mais parce qu'il l'aimait assez pour la quitter.

Il s'adossa au canapé et réfléchit à la conversation difficile qu'ils allaient avoir quand elle sortirait de la douche.

Dans la douche, Harper sentit ses larmes se mêler à l'eau chaude. Les coupures de ses bras et ses épaules brûlaient, mais ce n'était pas la cause de ses pleurs. Même si elle avait mal, ses blessures étaient assez superficielles.

Elle ne pouvait toujours pas croire à ce qui lui était arrivé. Qui était celui qui l'avait attaquée ? Que se serait-il passé si elle ne s'était pas défendue ? Si elle n'avait pas réussi à ouvrir sa porte et à la refermer derrière elle ? Elle connaissait la réponse à cette dernière question.

Elle serait morte.

Il n'y avait aucun doute que l'homme aurait réussi à la poignarder à mort. Cette pensée la terrifiait. Malgré la chaleur de l'eau, elle frissonna de tout son corps. Dieu merci, Sam était là. Elle se sentait beaucoup plus rassurée avec lui dans la maison.

À la pâtisserie, elle était en sécurité, que Sam soit là ou non. C'était un lieu public, dans lequel les gens entraient et sortaient régulièrement. Elle n'imaginait pas qu'on l'agresse là-bas.

Mais chez elle, pour la première fois depuis son divorce, elle craignait d'être seule. Ce fut la pensée de Sam qui mit finalement un terme à ses larmes.

Elle ignorait comment ce serait de l'avoir tout le temps à la maison... Mangeant avec elle, passant la soirée avec elle, dormant sous le même toit. Elle savait qu'elle se sentirait protégée, mais après le baiser ardent qu'ils avaient partagé elle se demandait ce qu'elle éprouverait d'autre.

Lorsqu'elle sortit de la douche et refit ses pansements, il était presque 20 heures. Elle se sentait au bout du rouleau. Le pic d'adrénaline qui l'avait envahie durant l'agression et immédiatement après s'était dissipé, ne laissant que l'épuisement.

Elle enfila une chemise de nuit et sa robe de chambre par-dessus. Elle n'avait pas à se soucier de ses cheveux, ils friseraient comme d'habitude en séchant.

Elle quitta la chambre et trouva Sam assis au bord du canapé. Il l'accueillit sans sourire. En fait, il semblait inhabituellement sombre.

— Il faut qu'on parle, dit-il en tapotant le coussin près de lui.

Elle se laissa tomber sur le canapé, le cœur battant à un rythme effréné. Peut-être lui avait-il proposé de rester dans le feu de l'action et avait-il changé d'avis entre-temps.

Il tendit les mains et prit les siennes.

— Harper, je crois que votre agresseur est en colère parce que nous sortons ensemble. D'abord il y a eu la poupée et le message, et maintenant ça. Me fréquenter est manifestement dangereux pour vous. Même si c'est la dernière chose dont j'ai envie, il vaudrait mieux mettre de la distance entre nous.

— Non.

Le mot lui avait échappé. Inspirant fortement, elle pressa les mains de Sam en se repassant ses paroles.

— Sam, si vous voulez mettre de la distance entre nous parce que vous ne voulez plus me voir, c'est une chose. Mais je refuse absolument qu'un malade me dicte qui je dois fréquenter ou non. Je ne vous mentirai pas, j'ai peur, mais ça me met aussi terriblement en colère.

— Alors laissez-moi vous dire une chose : je n'ai pas du tout envie de cesser de vous voir. Mais ça me fait mal de penser que je suis la cause du péril dans lequel vous êtes, répondit-il.

— Sam, et si nous cessons de nous voir et que je commence à sortir avec un autre homme qui ne plaît pas non plus à ce pauvre type ? Est-ce qu'il va encore me terroriser ? Essayer encore de me tuer ? Vous ne voyez pas ? Je ne peux pas lui accorder ce pouvoir sur moi. Et la dernière chose que je veux faire c'est arrêter de vous voir. Alors, c'est réglé, nous continuons à sortir ensemble.

— Si vous êtes prête à prendre ce risque, alors je suis partant.

Il lui sourit, d'un merveilleux sourire qui l'éclaira intérieurement.

— En outre, nous ne pouvons pas savoir avec certitude si c'est à cause de vous qu'il s'en est pris à moi, ajouta-t-elle.

— Après le message et la poupée, ce n'est pas sorcier de comprendre que je suis votre problème, répondit-il en se rembrunissant à nouveau. Et je ne veux pas que nous nous aveuglions là-dessus.

— Ça ne fait rien. En ce qui me concerne, c'est réglé. Vous cesserez de me voir quand vous le voudrez, non quand quelqu'un d'autre l'exigera. Et maintenant je vais me coucher. Je suis complètement épuisée, dit-elle. Laissez-moi vous montrer la chambre d'amis.

Ils se levèrent tous deux, et elle le conduisit dans le couloir puis dans la seconde chambre. C'était une pièce qu'elle affectionnait, avec un lit de grande taille paré d'un couvre-lit bleu marine. Il y avait une grande commode et un chiffonnier, dont presque tous les tiroirs étaient vides.

— N'hésitez pas à veiller aussi longtemps que vous voulez. Le son de la télévision ne me dérange pas, dit-elle. Le lit a des draps propres, et il y a des serviettes dans la salle de bains du couloir.

— Merci, tout ira bien. Après tout ce qui s'est passé, j'espère que vous allez bien dormir.

Il se pencha vers elle et lui déposa un petit baiser sur le front.

— Et ne vous inquiétez pas, je monte la garde, et personne ne s'introduira ici, je vous le promets.

— Merci, Sam. Je n'ai plus qu'à vous dire bonne nuit.

Elle quitta sa chambre et s'en fut dans la sienne, de l'autre côté du couloir.

Retirant sa robe de chambre, elle éteignit la lumière et se coucha. Le vent avait apparemment chassé les nuages, car un brillant clair de lune filtrait par la fenêtre.

Elle ferma les yeux, mais presque immédiatement sa tête se remplit d'images de son assaillant. Il avait des yeux noirs, remplis de haine. Elle sentait sa rage, la chaleur de son corps, qui menaçait de la consumer. Mentalement, elle revit le couteau s'abattant sur elle, encore et encore. Son corps se tendit par réflexe, même si elle était désormais saine et sauve.

Elle s'efforça de se détendre en respirant profondément, mais une peur résiduelle continuait de la hanter, pesant sur sa poitrine. Maintenant que le pick-up de Sam était garé devant, son agresseur n'essayerait certainement pas de s'introduire dans la maison. Sam montait la garde, elle était parfaitement en sécurité, se dit-elle.

Mais, s'il fallait être réaliste, combien de temps Sam resterait-il avec elle ? Combien de temps faudrait-il à Dallas pour identifier et arrêter cet homme ? Cela pouvait prendre des semaines… voire des mois. Bon sang, Dallas n'attraperait peut-être jamais son agresseur.

Une branche d'arbre dansa devant la fenêtre, ce qui n'avait rien d'anormal, mais elle se dressa dans son lit, le cœur battant à mille à l'heure.

Malgré sa fatigue, elle ne réussirait jamais à s'endormir. Elle avait encore trop peur, et cette peur faisait battre son cœur d'anxiété. Elle craignait d'être seule dans le noir.

Elle fit encore une tentative puis, après quelques minutes atroces de lenteur, se glissa hors du lit. Elle ignorait quelle porte elle allait ouvrir, mais une fois décidée elle refusa de reconsidérer ses actions. Elle avait peur, et elle savait que le seul moyen pour elle de dormir était d'avoir Sam à ses côtés.

La maison était sombre et silencieuse, indiquant que Sam s'était couché. Sa porte était cependant ouverte, et elle s'arrêta sur le seuil.

— Harper ?

Il se redressa dans le lit, la distinguant apparemment dans le clair de lune.

— Sam… Vous pourriez… euh… vous pourriez dormir avec moi ? Je… j'ai un peu peur.

Elle fut choquée par sa propre voix, tremblante.

— Bien sûr, dit-il sans hésiter.

Il sortit du lit. Il ne portait qu'un caleçon, et dans le clair de lune elle ne put s'empêcher d'admirer son corps à demi nu. Ses épaules étaient si larges, ses hanches si étroites. Sa solide poitrine brillait dans la lumière argentée. Elle se sentirait parfaitement en sécurité avec lui à ses côtés, se dit-elle.

— Je ne veux pas faire le bébé.

— Je ne pense pas du tout que vous soyez un bébé. Vous avez enduré une terrible épreuve.

En la rejoignant dans le couloir, il lui prit la main et la laissa le conduire à sa chambre. Une fois-là, elle se remit au lit et il se glissa à ses côtés.

— C'est mieux ? souffla-t-il.

— Oui... Vous pourriez me tenir dans vos bras jusqu'à ce que je m'endorme ? demanda-t-elle timidement.

Cela la gênait d'être autant en demande. En guise de réponse, il tendit les bras et l'attira contre lui. Sentant sa chaleur l'envelopper, sa force la protéger, elle poussa un soupir de contentement et se détendit enfin.

— C'est mieux ? répéta-t-il.

— Beaucoup mieux, fit-elle doucement.

Elle entendait les battements de son cœur. Forts et réguliers, ils ne semblaient pas présager le sommeil. Elle découvrit aussi que sa proximité avait chassé son envie de dormir. Elle voulait autre chose maintenant.

Sam.

— Vous dormez ? demanda-t-elle doucement, alors qu'elle savait que non.

— Non, pas encore... Pourquoi ?

— Je n'arrive pas à dormir, répondit-elle.

— Vous voulez vous lever et parler un peu ? Ou peut-être regarder la télévision ?

— Pas vraiment.

— Harper, que puis-je faire pour vous aider ?

Elle n'hésita qu'une seconde.

— Je voudrais que vous m'embrassiez, Sam. Je… je voudrais que vous me fassiez l'amour.

L'avait-elle vraiment dit à voix haute ? Elle le sentit se tendre à côté d'elle.

— Désolée, Sam. Oubliez ce que je viens de dire, fit-elle précipitamment.

— Harper, pourquoi voulez-vous que je l'oublie, au nom du ciel ? J'adorerais vous faire l'amour, mais je ne veux pas que ce soit parce que vous avez peur ou parce que vous ne pouvez pas dormir. J'ai envie de savoir que vous me voulez autant que je vous veux.

Il la voulait ? Cela suffit à propulser un nouvel élan de désir dans ses veines.

— Oh oui, je vous veux, Sam. Je vous désirais déjà quand nous nous sommes embrassés. Et je vous veux tellement, maintenant !

Elle avait à peine fini de prononcer ces mots que les lèvres de Sam s'abattirent sur les siennes en un baiser ardent qui lui coupa le souffle. Leurs langues se mirent à danser sauvagement tandis qu'il la serrait de plus en plus fort contre lui.

Ses mains se déplacèrent de haut en bas sur son dos… si chaudes qu'elle les sentait à travers le coton de sa chemise de nuit. Tout son corps se réchauffa, et elle se demanda soudain si elle allait avoir une bouffée de chaleur.

Oh non, pas maintenant, protesta-t-elle mentalement. La dernière chose qu'elle voulait, c'était avoir le visage et la poitrine rouge betterave et souffrir d'une suée intense entre ses bras.

Elle fit mine de s'écarter, puis elle comprit que ce qu'elle ressentait n'était pas une bouffée de chaleur. C'était au contraire la délicieuse flamme du désir.

Maintenant qu'elle savait ce que c'était, elle en voulait

davantage. Bien davantage. Elle avait faim de ses mains sur son corps. Elle voulait être nue contre lui. Cette idée en tête, elle se pencha en arrière et retira sa chemise de nuit avant de la jeter à côté du lit.

C'était le moment de vérité. Ses seins n'étaient pas aussi insolents qu'autrefois, et il était impossible de cacher son petit ventre. Elle savait qu'il la voyait entièrement dans le clair de lune filtrant par la fenêtre.

Elle posa un bras sur ses seins et un autre en travers de son ventre. De son côté, Sam était une vision splendide, avec sa large poitrine bronzée et ses bras musclés.

— Harper, dit-il gentiment. Ne te cache pas, s'il te plaît.

Il écarta le bras qui recouvrait sa poitrine.

— Tu n'as aucune raison de le faire. Tu es absolument magnifique.

Ce ne furent pas ses mots qui lui donnèrent le sentiment d'être désirable, mais l'expression de ses yeux… Une lueur affamée, qui la convainquit de ce qu'il disait. Soudain, elle se sentit belle et excitante, un sentiment merveilleux qu'elle n'avait pas eu depuis des années.

Il la reprit dans ses bras et, cette fois, tandis qu'ils s'embrassaient, elle connut le plaisir intense de sentir sa peau nue et chaude contre la sienne. Une sensation exceptionnelle.

L'allongeant à ses côtés, il se pencha sur elle. Sa bouche glissa de ses lèvres à sa mâchoire puis à sa gorge.

Des frissons de plaisir la parcouraient. Elle ne se rappelait pas avoir ressenti un désir aussi ardent, une soif aussi aiguë de toute sa vie.

Lorsque sa langue s'agita sur la pointe d'un de ses seins, un cri silencieux lui échappa. Un courant électrique courait de sa poitrine au centre même de son corps. Il lécha et suça encore et encore, la rendant à moitié folle de plaisir.

— Sam…

Son nom lui avait échappé malgré elle.

Il leva la tête, les yeux aussi brillants que ceux d'un animal.

— Tu veux que je m'arrête ? Je m'arrête quand tu veux, Harper. C'est toi qui décides.

— Non, ne t'arrête pas. Ne t'arrête surtout pas, répondit-elle avidement.

Ses dents blanches lancèrent un éclair dans l'obscurité, et il se remit à lutiner ses seins. De l'autre main, il lui caressait le flanc et la hanche.

Tous les muscles du corps de Harper se tendirent sous l'effet de l'anticipation. La pensée de son agression, de la douleur de ses coupures avait disparu. Il n'y avait plus que Sam... Son doux Sam.

Il glissa la main sous l'élastique de sa culotte.

— Ma douce Harper, dit-il, reflétant ses propres pensées.

Elle aurait aimé porter des dessous noirs, un slip en dentelle sexy. Mais elle n'avait qu'une culotte blanche en coton toute simple.

Lui ne parut pas s'en soucier, car il fit descendre doucement la culotte. Elle leva les hanches pour lui permettre de la lui retirer, puis la rejeta de côté d'un coup de pied.

Son désir de lui atteignit de nouveaux sommets. Il fit tourbillonner ses doigts sur la peau sensible de l'intérieur de sa cuisse, ce qui lui donna envie d'être touchée encore plus intimement. Elle était en feu, et lorsqu'il finit par effleurer sa vulve humide elle eut l'impression d'exploser.

Ses doigts se déplacèrent lentement, doucement au début, puis il accéléra le rythme et la pression, la faisant monter de plus en plus haut.

Elle atteignit un sommet de plaisir, frissonnant et criant son nom, et s'abandonna à un tsunami de jouissance qui la laissa sans forme.

Mais elle voulait davantage. Elle voulait être complètement possédée. Alors qu'il se déplaçait pour faire justement cela, elle le repoussa sur le dos.

Elle voulait maintenant lui donner du plaisir. Elle voulait le taquiner et le tourmenter jusqu'à ce qu'il n'en puisse plus. Elle voulait être la meilleure amante qu'il avait jamais eue… ou aurait jamais.

Il la regarda tandis qu'elle se penchait sur lui pour l'embrasser de tout son cœur, de toute son âme. Leurs langues s'emmêlèrent à nouveau dans une danse sauvage. Lorsque le baiser prit fin, elle glissa les mains sur sa poitrine, puis mordilla et embrassa sa peau chaude et ferme.

Sa respiration s'accéléra lorsqu'elle atteignit le bord de son caleçon. Elle repoussa le tissu peu à peu, mais il l'arrêta.

— Ne fais pas ça, grogna-t-il, sinon ce sera fini avant d'avoir commencé.

Il la rallongea gentiment. Puis il se débarrassa de son caleçon et se positionna entre ses jambes. Elle l'accueillit avec joie et agrippa ses fesses, le pressant de la pénétrer.

Il s'exécuta et s'immobilisa presque aussitôt.

— Oh ! Harper, c'est si bon.

Sa voix n'était plus qu'un long grognement de plaisir.

— Oui, gémit-elle.

Il la remplit complètement. Puis il se mit à donner des coups de reins. Lentement, régulièrement, il fit monter une nouvelle tension en elle. Elle ne pensait plus à rien d'autre qu'à lui.

Très vite, ils accélèrent le rythme et se mirent à bouger avec frénésie. Leurs respirations n'étaient plus que gémissements et halètements. Elle murmura son nom encore et encore tandis que son plaisir croissait en intensité. Enfin elle atteignit l'orgasme et explosa en un million de fragments, tandis qu'il jouissait aussi dans un abandon total.

Quand tout fut terminé, il se pencha vers elle et l'embrassa. C'était un baiser doux et gentil, qui lui fit l'effet d'une caresse à l'âme.

— Ça va bien ? demanda-t-il.

Elle lui sourit.

— Mieux que bien. Et toi ?

Il gloussa.

— Je suis beaucoup, beaucoup mieux que bien.

Il roula sur lui-même et se leva.

— Je reviens tout de suite.

Harper se leva aussi. Ramassant sa chemise de nuit et sa culotte, elle entra dans la salle de bains. La peur qui l'avait poussée à inviter Sam dans sa chambre avait temporairement disparu. Elle avait été remplacée par la chaleur de leurs ébats.

Cela avait été merveilleux de sentir la force de ses bras autour d'elle, de sentir son désir d'elle dans chaque mouvement qu'il faisait. Elle avait oublié la joie de partager la passion. Mais elle savait que cette joie venait de ce que c'était Sam. Elle désirait Sam, elle avait besoin de lui et de personne d'autre.

Leurs rapports n'avaient pas été seulement physiques. C'était une union des cœurs et des âmes, et elle s'était sentie plus proche de lui que de quiconque durant sa vie.

Elle fit rapidement passer sa chemise de nuit par la tête et, durant un long moment, fixa son reflet dans le miroir. Une pensée soudaine s'était logée dans son esprit. Elle s'était juré que ça n'arriverait jamais. Elle n'avait pas voulu que ça arrive, mais c'était arrivé.

Elle n'avait rien d'une idiote, mais elle était tombée follement amoureuse de Sam Bravano.

Il faisait les cent pas dans son salon, empli d'une sainte colère. Il avait fait tout son possible pour la tuer. Il s'était débrouillé pour saboter sa voiture et l'avait suivie jusque chez elle. Tout avait été parfait, mais la garce avait réussi à s'en sortir.

Cela le rendait malade de penser à elle avec le jeune Sam. Cela lui rappelait sa femme, Bettina. Après douze ans de mariage, cette garce avait voulu le quitter pour un homme beaucoup plus jeune. Elle s'en était vantée auprès de lui, en lui disant que son jeune amant avait beaucoup plus d'ardeur au lit qu'il n'en aurait jamais.

Il avait été un bon mari pour elle. Il avait passé des années à essayer de la rendre heureuse. Il avait travaillé dur et avait été généreux de son argent. Il avait fait en sorte qu'elle ait tout ce qu'elle voulait, dans les limites du raisonnable.

Il avait compris qu'elle le trompait, mais il s'était dit que c'était une liaison temporaire et que, quand celle-ci prendrait fin, il lui pardonnerait. Jusqu'à cette nuit-là, où elle lui avait tout jeté à la figure et avait fait ses valises, prête à partir.

Il n'avait pas eu l'intention de la frapper aussi fort. Il n'avait pas eu l'intention de la frapper du tout. C'était juste arrivé. Il était tellement en colère contre elle, et elle s'était montrée tellement cruelle. Il lui avait décoché un uppercut qui avait fait partir sa tête en arrière. Elle était tombée et s'était cogné le crâne contre la petite table. Il n'avait pas voulu qu'elle meure, mais elle était morte.

Crack. Il se rappelait encore le bruit de sa tête heurtant la surface en bois. Pour lui, cela avait été comme le son de la justice. Après cela, tout le monde avait cru qu'elle avait fait ses valises. Mais la vérité, c'est qu'il l'avait gardée tout près de lui.

Harper avait éveillé une étincelle en lui, et il avait tenté de rassembler le courage de lui demander de sortir avec lui. Il avait décidé qu'il était prêt pour une nouvelle relation.

Quand il avait entendu dire qu'elle fréquentait le jeune Sam, de vieux souvenirs lui étaient revenus, des souvenirs de sa femme avec son jeune amant.

Il avait été amèrement déçu par Harper mais, plus que tout, elle avait suscité une rage immense en lui. Une rage qui l'avait décidé à lui donner ce qu'elle méritait. Elle devait être punie, comme Bettina avait été punie.

Il l'avait prévenue avec la poupée et le message. Elle aurait dû prendre son avertissement au sérieux et arrêter de fréquenter le jeune homme. Mais elle ne l'avait pas fait. Et ce soir sa rage contre elle l'avait submergé. Mais il avait échoué à la punir comme elle le méritait.

Il cessa de faire les cent pas et se laissa tomber sur le canapé. Oh ! demain était un autre jour. D'une manière ou d'une autre, il parviendrait à faire payer Harper pour ses péchés. Et ce paiement serait la mort.

8

Sam s'éveilla au son de l'alarme du téléphone de Harper. Il était 4 h 30 du matin. Le jour n'était pas encore levé, et lui-même était blotti contre le dos de Harper.

— Hmm, je n'ai pas envie de bouger, murmura-t-elle d'une voix ensommeillée.

Lui non plus ne voulait pas quitter ce lit douillet. Harper était si douce, si chaude contre lui. Le simple fait de penser à la nuit qu'ils avaient partagée réveilla son désir. Elle s'était révélée une amante merveilleuse, généreuse et passionnée, il avait été ému non seulement par leurs ébats, mais aussi par leur émotion réciproque.

— Prends un jour de congé, suggéra-t-il. Dieu sait que tu le mérites, surtout après hier soir. Tu pourrais te reposer et reprendre le travail demain.

— Hmm, je pourrais, mais non. Une petite fille fête son anniversaire aujourd'hui, et sa mère va venir chercher trois douzaines de cupcakes. Je ne peux pas les laisser tomber.

À contrecœur, Sam s'écarta et se leva.

— D'accord, ma belle. Si tu tiens à travailler, alors il est temps de te lever.

Il alluma la lampe de chevet.

Harper roula sur elle-même et lui sourit. Elle était absolument charmante, avec ses cheveux ébouriffés et ses brillants yeux bleus.

— Quel genre de cookies tu veux que je te prépare aujourd'hui ?

— Tu sais que je suis fan de ceux aux flocons d'avoine et aux raisins secs.

— Alors ce sera ceux-là.

Elle sortit du lit et s'étira, dévoilant non seulement le haut de ses jambes fuselées, mais aussi un soupçon de derrière. Son corps l'excitait. Il raffolait de ses formes. Elle avait un corps épanoui, qu'il adorait positivement.

Ils se séparèrent pour se doucher et s'habiller, lui dans la salle de bains du couloir, elle dans la sienne. Vingt minutes plus tard, ils étaient prêts à quitter la maison.

Sam la conduisit à la pâtisserie et entra avec elle. Il était trop tôt pour qu'il commence à travailler, aussi s'assit-il dans la cuisine et la regarda-t-il entamer ses préparatifs matinaux.

— Je crois que je vais faire une fournée de brownies, aujourd'hui, disait-elle. Cela fait longtemps que je n'en ai pas fait, et les clients les adorent.

— Ça me paraît une bonne idée.

Jusque-là, la conversation n'avait porté que sur l'activité de Harper, mais il décida tout à coup qu'il était temps de parler de choses plus personnelles.

— Est-ce qu'on devrait parler d'hier soir ? demanda-t-il.

Elle le regarda avec surprise.

— Il faut ?

— Je ne sais pas, tout est allé si vite. Je me demandais si tu avais des regrets.

Elle le regarda un long moment, puis secoua la tête.

— Aucun regret. Et toi ?

Son front était creusé d'un pli profond, et elle semblait retenir son souffle.

Il lui sourit.

— Aucun regret non plus, mais nous n'avons pas parlé de contraception. En fait, nous n'y avons pas du tout pensé.

— Je prends la pilule, et je n'ai été avec personne depuis mon divorce.

Une faible rougeur lui monta aux joues.

— Et moi, je n'ai couché avec personne depuis plus d'un an, et je n'ai aucune maladie.

Il lui offrit un autre sourire.

— Heureusement que nous n'avons pas à nous inquiéter de ça.

— Vraiment ?

Elle le considérait avec scepticisme.

— Vraiment quoi ?

Il la contempla avec curiosité.

— Tu n'as... euh... été avec personne depuis un an ?

Une fois encore, une rougeur délicate lui monta aux joues, et elle détourna le regard.

— Je trouve ça un peu dur à croire.

— Eh bien, crois-le, Harper, c'est la vérité. J'ai décidé il y a un an que je ferais mieux de rester célibataire plutôt que de me contenter de coucheries vides de sens.

Il était parfaitement honnête avec elle. Durant la vingtaine, il avait eu assez de sexe dénué de sens pour toute sa vie.

— Je sens les cookies.

— Mes cookies !

Elle se tourna vers le four et sortit la grande plaque. La posant sur une grille pour que les biscuits refroidissent, elle lui fit de nouveau face, les mains sur les hanches.

— Tu me distrais pendant que je travaille, Sam Bravano.

Il se mit à rire.

— Je n'essaye pas de te distraire. Tu veux que j'aille dans le magasin m'asseoir à une table ?

— Pas du tout, répondit-elle en riant aussi.

C'était bon. La cuisine était chaude et embaumait avec tout ce qu'elle préparait.

C'était aussi intime. Tout le monde était encore au lit, et le soleil n'était pas encore levé. Ce lieu-là, avec cette personne-là, était bien agréable.

Il se mit à lui poser des questions, intéressé par ce qu'elle mettait dans ses gâteaux. Il la regarda avec admiration glacer avec habileté trois douzaines de cupcakes, à l'aide d'un glaçage rose et de petites fleurs blanches. Elle passa ensuite à la décoration de trois autres genres de gâteaux.

Il était évident qu'elle adorait son métier, et elle passait d'une tâche à une autre avec une efficacité gracieuse qui le ravissait. La conversation était facile entre eux, et le temps semblait voler. Soudain, le soleil se leva et, après l'avoir aidée à transporter certaines des pâtisseries de la cuisine au présentoir, il la quitta pour se mettre lui aussi à l'ouvrage.

Il jeta d'abord un coup d'œil à la boutique d'à côté, qui n'était pas encore ouverte. Lorsque R. J. arriverait, Sam avait l'intention d'avoir une petite conversation avec lui. Il n'avait pas oublié que la veille le tatoueur était venu se plaindre à Harper.

Dans l'intervalle, il avait du travail. Tout en s'activant, il s'efforça de ne pas repenser à l'agression. S'il y réfléchissait trop longtemps, il serait tellement en colère qu'il ne pourrait pas offrir à Harper ce dont elle avait besoin, à savoir du calme et de la stabilité. Elle avait besoin de légèreté et d'un peu de flirt pour oublier la peur qu'elle avait eue.

Bien qu'elle n'ait pas parlé de l'agression ce matin, il avait vu les ombres qui obscurcissaient encore son regard, des ombres qui lui donnaient envie de tuer quelqu'un.

Il espérait de toutes ses forces que Dallas et ses hommes découvriraient le salopard qui avait fait ça. Il voulait que l'homme soit jeté en prison, et pour très longtemps.

La pâtisserie était ouverte, et certains des clients réguliers commençaient à se montrer.

— Bonjour, Sam, le salua Mark Lindey en approchant de la porte.

— Bonjour, Mark. Comment ça va ?

Âgé d'une cinquantaine d'années, Mark possédait une petite ferme aux abords de la ville. Il était divorcé et s'arrêtait souvent à la pâtisserie le matin.

— Ça va, répondit Mark. Un de ces jours, j'aurai besoin de te parler des travaux à faire sur mon porche. Il commence à pourrir et à s'écrouler. Il va falloir le remplacer.

— Appelle-moi quand tu seras prêt à t'en occuper, répondit Sam.

— Pas avant la fin de l'automne, je pense.

— Je suis sûr que ça sera bon pour nous. On sera là, de toute façon.

— Bon, je vais aller boire mon café chez ma pâtissière préférée, qui fait les meilleurs roulés à la cannelle que je connaisse.

Sam se mit à rire.

— En effet, ses roulés à la cannelle sont d'enfer.

Juste avant 10 heures, Sam vit R. J. approcher de sa boutique. Posant son marteau, il se dirigea vers lui.

— Bonjour, R. J., dit-il quand il fut assez près. Vous avez un problème avec moi ?

R. J. plissa les yeux.

— Je me demandais seulement combien de temps ces trucs vont rester dehors, dit-il, en désignant les matériaux empilés à côté de l'entrée.

— Aussi longtemps qu'il le faudra, répliqua Sam.

Cette brute tatouée et musclée ne l'effrayait pas.

— Mes matériaux ne gênent pas votre commerce, et il n'y a aucune raison de vous en plaindre à Harper. Si vous avez un problème, venez m'en parler, mais laissez-la tranquille !

— Vous êtes qui ? Son garde du corps ? ironisa R. J.

— C'est bien ce que je suis maintenant, répliqua Sam. Elle a été agressée hier soir. On a essayé de la tuer... en la poignardant à mort. Où étiez-vous hier soir ?

— Waouh...

R. J. fit un pas en arrière.

— Je ne sais rien de cette agression. Je n'ai rien à voir avec ça. N'essayez pas de me faire porter le chapeau.

— Non, mais je suis sûr que vous aurez tôt ou tard des nouvelles de Dallas, surtout si l'on considère que vous avez harcelé Harper hier, juste avant qu'elle soit attaquée.

Sam n'attendit pas la réponse. Pivotant sur ses talons, il retourna à la pâtisserie.

Il ne croyait pas vraiment que R. J. soit le coupable. Ce type était une brute sans éducation, mais Sam ne le voyait pas attaquer une femme. Malgré son arrogance et son allure de voyou, Sam n'avait jamais entendu dire qu'il ait eu des problèmes avec la loi.

Il se remit au travail et, vers 13 heures, lorsque la clientèle se fit plus rare, prit une pause et entra à l'intérieur. Harper l'accueillit avec le sourire qui le réchauffait toujours.

— Hé, mignonne ! fit-il en s'approchant du comptoir.

— Personne ne m'a jamais appelée mignonne auparavant, dit-elle en riant.

— Alors tu n'as pas fréquenté les bonnes personnes, riposta-t-il avec le sourire. Tu es incontestablement mignonne, selon moi.

Elle rit encore et se couvrit les joues des mains.

— Tu parviens toujours à me faire rougir.

— J'adore quand tu rougis, dit-il, et il se mit à rire en la voyant rougir de plus belle.

— Alors que puis-je faire pour toi ?

— Tu veux vraiment que je réponde à cette question ?

Il la déshabilla d'un regard appuyé.

— Tu es un très vilain garçon. Laisse-moi reformuler cette question… Qu'est-ce que tu aimerais commander aujourd'hui ?

— Je vais prendre comme d'habitude.

Comme d'habitude, c'était une tasse de café et trois cookies aux flocons d'avoine et aux raisins secs.

— Tu prends une pause avec moi ?

— Bien sûr, répondit-elle.

Il s'assit à l'une des tables et, un instant plus tard, elle le rejoignit avec sa commande.

— Comment ça va, aujourd'hui ? demanda-t-il.

— Bien. J'ai appelé le garage pour ma voiture et quelqu'un est censé venir cet après-midi remplacer la batterie.

— Tant mieux, mais tu n'auras pas besoin de conduire tant que Dallas n'aura pas arrêté ce type.

Elle se rembrunit.

— J'espère qu'il y arrivera vite.

— Pourquoi ? Tu es déjà lasse de ma compagnie ? questionna-t-il d'un ton taquin.

— Tu sais que ce n'est pas ça, protesta-t-elle.

Il recouvrit sa main de la sienne.

— J'espère aussi que Dallas y parviendra très vite.

Il retira sa main.

— Par ailleurs, j'ai eu une petite conversation avec R. J. tout à l'heure. Je pense qu'il ne t'ennuiera plus.

— Tu ne l'as pas frappé, n'est-ce pas ?

Il éclata de rire.

— Tu voulais que je le frappe ?

— Peut-être juste un peu, répliqua-t-elle avec un sourire malicieux qui le ravit.

Ils continuèrent à bavarder jusqu'à ce que les cookies aient disparu et qu'il soit temps pour lui de se remettre au travail. À 17 h 30, ils quittèrent la pâtisserie et se mirent d'accord pour commander une pizza pour le dîner.

Une heure plus tard, ils étaient assis dans le salon, mangeant une pizza au pepperoni et parlant des événements de la journée. Sam s'efforçait d'alléger l'atmosphère, bien que l'après-midi lui ait révélé une chose qu'il préférait garder pour lui.

Lorsque le mécanicien était arrivé, plusieurs clients étaient dans la pâtisserie, et Sam avait proposé de s'en occuper. Dès qu'ils avaient ouvert le capot, il avait constaté le problème : les câbles de la batterie avaient été sectionnés. Son sang n'avait fait qu'un tour à ce spectacle.

Ce n'était donc pas par hasard que Harper avait dû rentrer chez elle à pied. Le meurtrier potentiel s'en était assuré. L'agression avait été préméditée.

Il avait immédiatement appelé Dallas pour lui communiquer l'information, mais n'en avait pas parlé à Harper. Tout ce qu'il lui avait dit, c'était que l'un des câbles de la batterie s'était déconnecté et qu'il fallait le resserrer. Dans son esprit, c'était un petit mensonge innocent pour la protéger.

Il la contemplait à présent, de l'autre côté de la table, les yeux brillants tandis qu'elle prenait des tranches de pizza et les enfournait dans sa bouche.

Elle avait enduré assez d'épreuves sans qu'il lui parle en plus de la voiture. Il voulait la protéger non seulement physiquement, mais aussi émotionnellement. Elle s'était montrée tellement forte.

Elle n'avait pas hésité à aller travailler ce matin-là, parce qu'elle devait préparer une fournée de cupcakes pour l'anniversaire d'une petite fille. Beaucoup de femmes auraient pris un congé de plusieurs jours, voire de plusieurs semaines, pour assimiler une expérience aussi horrible, mais pas Harper.

Le plan était qu'après le dîner ils aillent chez lui chercher ses affaires, la principale étant son arme.

Ils avaient presque fini de manger quand elle bondit soudain du canapé.

— Excuse-moi, lança-t-elle en courant vers la salle de bains.

Il fronça les sourcils. Que s'était-il passé ? La pizza l'avait-elle rendue malade ? Il en avait mangé aussi et ne sentait rien. Au bout de quelques minutes, il se leva et alla frapper à la porte de la salle de bains.

— Harper ? Est-ce que ça va ? demanda-t-il d'un ton inquiet.

— Ça va.

Elle rouvrit la porte après une minute et sortit dans le couloir. Il vit qu'elle s'était passé de l'eau sur la figure. La lisière de ses cheveux était humide, et son visage légèrement rougi.

— Tu es malade ?

— Non, ça va très bien, répondit-elle en le contournant.

— Manifestement non, rétorqua-t-il en la suivant dans le salon. C'est la pizza ? Elle n'est pas bien passée ?

Elle pivota sur elle-même.

— Laisse-moi tranquille, Sam. Je viens de te dire que ça va, lança-t-elle, avant d'aller prendre la boîte à pizza sur la petite table.

Il fut stupéfait de son ton acerbe. Il ne le lui avait jamais entendu auparavant. Elle se figea, puis reposa la boîte avant de le regarder.

— Je suis désolée, Sam. Je ne voulais pas aboyer comme ça. Je suis juste... gênée.

Mal à l'aise, il fronça les sourcils.

— Euh... gênée à propos de quoi ?

— Je suis gênée de te dire que j'ai... euh... j'ai eu une bouffée de chaleur.

Elle détourna le regard, visiblement mortifiée. Sam se détendit. Il savait tout des bouffées de chaleur dont sa mère avait souffert. Des années auparavant, elle s'asseyait souvent sur une chaise dans la cuisine pour s'éventer avec un torchon en maudissant son corps.

— Hé, tu n'as absolument pas à être gênée, dit-il.

Il l'attira dans ses bras et lui sourit.

— Tout ce qui m'importe, c'est que je sois le seul homme à te donner des bouffées de chaleur.

Elle lui sourit avec un soulagement évident.

— Je peux te le promettre, et merci d'être aussi compréhensif.

Il lui déposa un petit baiser sur le front, puis la relâcha.

— Bon, occupons-nous de ranger les restes et ensuite nous irons chez moi prendre mes affaires.

— Bonne idée, dit-elle.

Tandis qu'ils sortaient de chez elle, il ne put s'empêcher de songer combien il l'aimait. Il voulait absolument voir où les menait cette relation, mais il devait la garder en vie pour cela.

Ce dimanche, en fin de matinée, Harper se tenait devant le miroir de sa salle de bains, le cœur battant plus vite que d'ordinaire. Sam lui avait conseillé d'adopter une tenue décontractée pour la journée, aussi avait-elle passé un corsage bleu sans manches et un corsaire blanc. Son maquillage était léger, et après un dernier coup d'œil au miroir elle sortit de la salle de bains.

Sam avait fini de se doucher et était encore dans la chambre d'amis en train de s'habiller. Elle alla à la cuisine prendre le gâteau à la ganache qu'elle avait préparé, puis passa au salon pour l'attendre.

Après sa bouffée de chaleur, quelques jours auparavant, ils étaient allés chez Sam prendre des vêtements et des affaires personnelles.

Cette bouffée de chaleur l'avait mortifiée. Elle ne voulait

pas qu'il s'en aperçoive, aussi avait-elle filé se cacher dans la salle de bains. Une fois qu'elle lui avait avoué ce qui s'était passé, il s'était montré si gentil qu'elle s'était sentie entièrement à l'aise. Sam était un homme formidable, pas de doute.

Les bouffées de chaleur faisaient désormais partie de sa vie, et elle était soulagée de lui en avoir parlé. Cela aurait été difficile de les lui dissimuler en permanence, alors qu'il vivait avec elle.

Lorsqu'ils étaient arrivés chez lui, elle avait été impressionnée non seulement par la maison elle-même, mais par les travaux qu'il avait déjà accomplis.

Les pièces de l'étage avaient toutes été repeintes dans une nuance beurre et les planchers de chêne revernis.

Ils avaient parlé du sol de la cuisine, qu'il voulait refaire aussi, et pendant qu'elle s'asseyait au salon il était monté au premier rassembler ses affaires.

Durant quelques minutes, en parlant des pour et des contre des revêtements pour la cuisine, elle avait eu l'impression qu'ils étaient un couple marié. C'était un fantasme idiot, auquel elle ne devait pas se laisser aller. Ils n'étaient pas mariés et ne le seraient jamais.

Et maintenant elle allait rencontrer sa famille. Une autre vague de nervosité la submergea. Allaient-ils l'apprécier ? Sam lui avait dit et répété qu'ils allaient l'adorer, mais elle ne pouvait empêcher le doute de s'insinuer dans sa tête.

Sa mère l'apprécierait-elle ou serait-elle contrariée que son fils sorte avec une femme plus âgée ? Et ses frères ? Et sa sœur ? Dans quoi allait-elle mettre les pieds ? Et s'ils se montraient hostiles ?

Sam avait dormi dans son lit depuis le soir de l'agression, et ils avaient refait l'amour. Cela avait été aussi merveilleux que la première fois. Sam s'était incontestablement introduit dans son cœur et pourtant elle restait sur la réserve, sachant qu'ils finiraient par se séparer.

Et ils se sépareraient. Il était impossible que leur relation dure toujours. Sam finirait par se lasser d'elle, et elle devait se le rappeler tout le temps. Elle ne pouvait se permettre d'entretenir l'idée qu'ils vivraient ensemble pour toujours. Elle ne suffirait jamais à Sam à long terme.

À cet instant, Sam entra au salon. Comme toujours, elle retint son souffle devant sa beauté. Vêtu d'un jean noir et d'un polo blanc qui mettait en valeur ses biceps et ses larges épaules, il était aussi sexy que d'ordinaire.

— Tu es très jolie, lui dit-il avec ce sourire spécial qu'il lui réservait toujours.

— Merci. Tu es très beau toi aussi.

— Tu es prête ?

— Aussi prête que je le serai jamais.

Elle se leva et prit le gâteau. Il serait environ 11 heures quand ils arriveraient chez sa mère, et le repas était prévu pour midi. Elle devrait donc bavarder au moins une heure avec sa famille.

— Tu es nerveuse ? demanda-t-il lorsqu'ils furent en route.

— Absolument terrifiée, avoua-t-elle.

Il rit et lui toucha brièvement la main.

— Ne le sois pas. Je te l'ai déjà dit, ils vont t'adorer, et j'espère que tu les aimeras aussi.

— J'espère que tu as raison.

Peut-être l'aimeraient-ils en tant que personne, mais apprécieraient-ils qu'elle soit plus âgée que Sam ?

— Tu vas aussi adorer le repas. Je suis peut-être partial, mais ma mère prépare les meilleurs plats italiens que tu mangeras jamais.

Il tourna le volant pour prendre une rue sur la gauche.

— J'ai déjà eu un avant-goût de sa cuisine quand tu m'as apporté à dîner, et c'était absolument délicieux, répondit-elle.

À chaque rue qui passait, elle sentait son estomac se nouer de plus en plus.

— Je vais te dire une chose, ma mère va adorer ton gâteau. Le gâteau au chocolat a toujours été son dessert préféré.

— J'espère.

— Crois-moi, ce sera le cas. Et il est magnifique. Ces fleurs roses sur le chocolat noir, c'est vraiment joli.

— Merci.

Elle avait particulièrement soigné la décoration, pour que le gâteau ne soit pas seulement bon, mais soit aussi un régal pour les yeux. Elle était contente du produit fini.

Sam s'arrêta enfin dans l'allée d'une grande et jolie maison de deux étages, dotée d'une porte et de volets verts. Il y avait un grand porche circulaire, meublé d'une balancelle et de plusieurs chaises de jardin, ce qui donnait à la maison un air de chaleur et d'hospitalité.

Plusieurs véhicules étaient garés dans l'allée. Elle supposa qu'ils appartenaient aux frères et à la sœur de Sam et, une fois encore, l'anxiété lui serra la poitrine.

— Alors, c'est ta maison natale, dit-elle lorsqu'il coupa le moteur.

— Eh oui.

— Elle est très jolie.

— Merci. J'ai eu une enfance heureuse ici. Cette maison recèle quantité de bons souvenirs.

Il descendit de voiture et fit le tour pour lui ouvrir sa portière. Il lui prit le gâteau des mains pour qu'elle puisse sortir et, ensemble, ils remontèrent l'allée jusqu'à la maison.

Sam ne frappa pas et la fit entrer d'emblée. Ils se trouvaient dans un hall avec un joli banc-portemanteau en bois. Sur la droite s'ouvrait un petit salon formel, avec un canapé à l'air antique et des chaises dorées assorties.

Sam la conduisit dans un grand salon, où deux jeunes hommes étaient affalés sur un canapé gris rembourré. Ils se mirent tous deux debout, et Sam les lui présenta comme ses frères, Michael et Tony.

Des plaisanteries furent échangées, puis Sam la fit passer dans un grand couloir voûté pour accéder à la cuisine, immense. Décorée dans un style méditerranéen, elle contenait une énorme table en bois, placée devant quatre baies vitrées. La table était déjà mise avec de jolies assiettes rouge et jaune.

La mère de Sam, Antoinette, était une petite femme brune un peu ronde, aux yeux bruns vifs et au sourire contagieux. Sam avait manifestement hérité son sourire d'elle. Elle accueillit Harper en la serrant dans ses bras.

— Vous n'auriez pas dû, dit-elle. Mais ce gâteau est splendide et il a l'air délicieux.

— Ce qui a l'air délicieux, c'est ce qui cuit ici, répliqua Harper. Et merci beaucoup de m'avoir invitée aujourd'hui.

— Je voulais rencontrer la femme dont mon fils ne cesse de parler, répondit Antoinette avec un autre sourire. Maintenant... sortez de ma cuisine. Je vous dirai quand le repas sera servi.

— Puis-je vous aider ? demanda Harper.

— Non. Allez vous asseoir au salon, prenez un verre de vin et détendez-vous.

Antoinette donna une ferme poussée dans l'épaule de Sam.

— Allez...

Sam se mit à rire.

— D'accord, d'accord, on s'en va.

Il prit la main de Harper.

— Ne le prends pas mal, Harper. Elle ne laisse jamais personne entrer dans sa cuisine quand elle prépare un repas.

Il la ramena au salon et lui désigna la causeuse.

— Tu aimerais un verre de vin ? demanda-t-il en se dirigeant vers un petit bar au coin de la pièce. Moi, je vais en prendre un.

— D'accord, je vais en prendre un petit verre, dit-elle.

Elle s'assit sur la causeuse, à nouveau prise de nervosité, car elle sentait les regards curieux de Tony et Michael.

— Je suis étonné que vous ne vouliez pas un *grand* verre de vin pour supporter ce grand imbécile, dit Tony en désignant Sam.

Michael ricana, et Sam leva les yeux au ciel.

— Quel humour ! lança-t-il.

Il apporta les verres jusqu'à la causeuse, en tendit un à Harper et s'assit à côté d'elle.

— À propos, on a été vraiment désolés d'apprendre votre agression, Harper. Est-ce que Dallas a identifié le coupable ? demanda Michael.

— Malheureusement non.

— Je peux vous garantir une chose : plus personne ne s'approchera assez d'elle pour lui faire du mal, dit Sam avec ardeur.

— Voilà qui est parlé, approuva Tony.

— Sérieusement, il loge avec vous ? demanda Michael.

— Oui. Je ne sais pas ce que je ferais sans lui, dit Harper avec un regard de gratitude envers Sam.

— Comment ça va avec Paula ? demanda Sam à son frère.

Michael sourit.

— Ça va plutôt bien en ce moment. Elle serait venue aujourd'hui, mais elle avait prévu de passer la journée avec sa mère. On est censés se retrouver ce soir.

— Moi, je pense qu'il devrait rompre pour de bon, dit Tony.

— Personne ne t'a demandé ton opinion, rétorqua Michael.

— Ne fais pas attention à leurs chamailleries, Harper, intervint Sam. C'est toujours comme ça.

Il s'adressa à Michael.

— Je suis content que ça se passe bien entre elle et toi.

— Ouais, pour l'instant, ajouta Tony. Mais ça peut changer d'une minute à l'autre.

Il se mit à rire, tandis que Michael lui lançait un regard noir.

— Paula est la petite amie de Michael. Leur relation a eu des hauts et des bas ces derniers mois, expliqua Sam à Harper.

— Les relations sont parfois difficiles, dit-elle à Michael avec un sourire de sympathie.

— Ça, c'est sûr, répondit Michael. Mais on y travaille. Je suis littéralement fou d'elle.

Quand les trois hommes se mirent à parler boulot, Harper put constater que les deux plus jeunes admiraient beaucoup Sam, malgré leurs taquineries mutuelles.

Plus d'une fois, elle se surprit à rire des histoires de Tony et Michael sur un Sam plus jeune. Ils étaient très amicaux avec elle et, lentement, sa nervosité se dissipa.

Ils conversaient depuis environ une demi-heure, quand la sœur de Sam et son mari firent leur entrée. Lauren était une belle femme aux yeux et aux longs cheveux noirs. Russ et elle semblaient très gentils. Sam fit les présentations, puis Russ prit place dans l'un des fauteuils du salon, tandis que Lauren se dirigeait vers la cuisine.

Un instant plus tard, elle revint avec sa mère à ses côtés.

— Qu'est-ce qui se passe ? Il faut que je retourne surveiller mes casseroles, protestait Antoinette.

— Maman, je ne t'aurais pas tirée de la cuisine si ce n'était pas important, répliqua Lauren. Maintenant, j'ai une grande nouvelle à vous apprendre.

Elle fit une pause pour ménager ses effets puis continua :

— Russ et moi... attendons un enfant.

Antoinette poussa un cri de joie et se jeta au cou de sa fille.

— Oh ! c'est ce que j'attendais depuis si longtemps ! s'exclama-t-elle. Un petit-fils !

Elle lâcha sa fille et essuya les larmes qui jaillissaient de ses yeux.

— Félicitations, Lauren, dirent tous ses frères.

Michael se leva et serra la main de Russ.

— Bravo, vieux, dit-il à son beau-frère.

— Dis-m'en plus, reprit Antoinette. À combien en es-tu ?

— Un peu plus de trois mois, répondit Lauren.

— Et tu ne m'as rien dit tout ce temps ?

— Je ne voulais pas en parler avant d'en être à trois mois de grossesse.

— Peu importe maintenant. Alors, je vais avoir un petit-fils ou une petite-fille ? questionna avidement Antoinette.

Lauren se mit à rire.

— Nous ne le savons pas encore. Le mois prochain, nous ferons une petite fête pour révéler son sexe.

— Tu ne vas pas te faire souffler par un canon ni monter dans une montgolfière, n'est-ce pas ? interrogea Tony.

— Oui, dis-nous que tu ne vas pas faire un truc complètement dingue, juste pour le poster sur les réseaux sociaux, insista Michael.

Lauren rit encore.

— Je vous promets que je n'ai rien prévu de tout ça. Je pensais que mon gynéco pourrait le dire à Harper, pour qu'elle prépare soit un gâteau rose, soit un gâteau bleu, recouvert de chocolat. On ne saura pas le sexe du bébé avant de découper le gâteau.

— Je peux faire ça, dit Harper avec un sourire chaleureux à l'adresse de Lauren. En fait, j'en serais honorée.

— Il faut que je retourne en cuisine, mais je suis tellement heureuse, déclara Antoinette.

Elle s'en fut presque en dansant, et Lauren se laissa tomber dans un fauteuil à côté de son mari.

— J'espère que ce sera un garçon, dit Michael à sa sœur. J'aimerais bien être l'oncle d'un petit garçon, auquel j'apprendrai à jouer au football et au base-ball.

— Allô ? Et moi, je ne compte pour rien ? lança Russ en riant.

— On te laissera ton gosse jusqu'à ce qu'il ne porte plus de couches, dit Tony. Ensuite, on prendra le relais.

— Croyez-moi, Russ va changer beaucoup de couches. C'est une question d'égalité dans le partage des tâches, dit Lauren.

Tout le monde éclata de rire devant la grimace de Russ. Pour Harper, c'était agréable de participer à ce moment de la vie familiale. Tandis que les hommes continuaient de taquiner Russ et Lauren, elle se contenta de rester assise et d'écouter les rires en souriant.

— Je ne sais pas si Sam vous l'a dit ou non, mais je m'apprête à ouvrir un magasin, lança Lauren en se penchant vers elle. Ce sera une boutique de vêtements, avec beaucoup d'accessoires et de bijoux fantaisie.

Harper acquiesça.

— Oui, Sam m'en a parlé. Je suis sûre qu'il attirera beaucoup de monde.

— J'espère que toutes les femmes de la ville penseront de même. Vous avez des conseils à me donner en tant que commerçante ?

Harper prit l'air pensif.

— Essayez de faire entrer un ou une employée à temps partiel dans votre budget. Quand on travaille huit à dix heures par jour, six jours par semaine, on s'épuise vite, dit-elle.

— Mais ce n'est pas ce que vous avez fait à la pâtisserie ? s'étonna Lauren.

— Non, mais je crois qu'il est temps pour moi de lever le pied.

Harper y réfléchissait depuis plusieurs jours, et elle avait compris qu'elle était prête à opérer ce changement. Cela avait-il à voir avec la présence de Sam dans sa vie ? Probablement.

Sam la dévisagea avec surprise et tendit la main pour prendre la sienne.

— Je suis ravi que tu t'accordes enfin un répit.

Elle lui sourit avec affection, puis se tourna vers Lauren.

— Alors voilà, je vous recommande d'engager une employée dès maintenant, surtout maintenant que vous êtes enceinte.

— La bonne nouvelle, c'est que je pourrai emmener le bébé au travail.

Harper sourit.

— C'est l'un des points positifs d'être son propre patron.

— Allez, les enfants. Le repas est servi, annonça la voix d'Antoinette depuis la cuisine.

— Allons manger, dit Tony en se levant d'un bond.

Il y eut quelques minutes de cohue, tandis que chacun cherchait son siège. Des plats fumants trônaient au milieu de la table : un grand plat d'aubergines au parmesan, une casserole remplie de boulettes de viande et un panier de pain à l'ail.

Même s'il y avait un siège pour elle au bout de la table, Antoinette faisait le tour de ses invités pour s'assurer qu'ils étaient tous servis.

— Maman, assieds-toi ! dit Sam. Je suis sûr que tu es debout depuis 5 heures du matin.

— C'est vrai, fit Michael. Elle était en cuisine à l'aube. Maman, tu sais qu'on aime quand tu t'assois et que tu manges avec nous.

— D'accord, d'accord.

Antoinette prit finalement place sur la chaise vacante.

— Maintenant, *mangiare,* dit-elle.

— Ça veut dire « mangez » en italien, dit Sam en se penchant vers Harper.

Et, pour manger, ils mangèrent. Durant la demi-heure suivante, ils se régalèrent en riant et en parlant. Harper était charmée par cette famille unie. Il n'y avait pas seulement des plats délicieux sur la table, il y avait aussi énormément d'amour dans la pièce.

Elle aurait adoré faire partie de cette famille et déjeuner avec eux une fois par semaine. Elle n'avait jamais éprouvé ce sentiment d'appartenance, ni durant son mariage ni durant son enfance. Pour elle, c'était positivement magique.

Elle se sentait également acceptée. Personne ne lui avait dit un mot qui lui donne l'impression d'être une étrangère. Sa nervosité s'était dissipée comme par magie.

Quand ils eurent tous fini de manger, Harper voulut aider à débarrasser la table, mais Antoinette la chassa.

— Allez vous asseoir pour digérer, et ensuite nous apporterons votre superbe gâteau.

— N'essaye même pas de la contredire, Harper. Elle est aussi têtue qu'une mule, dit Sam.

— C'est vrai, reconnut Antoinette avec un grand sourire. Je suis têtue et j'aime faire les choses à ma façon. Merci de m'offrir votre aide, Harper, mais je préfère que vous ne restiez pas dans ma cuisine.

Sam se mit à rire et prit le bras de Harper.

— Viens, chérie. Nous ne sommes pas les bienvenus ici.

Sam et Harper s'étaient à peine rassis sur la causeuse que Lauren sourit à cette dernière.

— Harper, on pourrait bavarder un peu sous le porche ? J'aimerais vous poser d'autres questions, et je suis sûre que ça va ennuyer les hommes.

— Bien sûr, répondit Harper, supposant que la jeune femme voulait encore parler de commerce. Je reviens tout de suite, dit-elle à Sam.

Elle suivit Lauren, et elles sortirent par la porte d'entrée.

— Il fait moins chaud à l'ombre, dit Lauren en se laissant tomber dans un des fauteuils.

Harper, elle, opta pour la balancelle.

— Je ne voulais pas ennuyer mes frères et mon mari en parlant boutique, reprit Lauren.

— Je comprends tout à fait. Et encore une fois félicitations pour votre grossesse.

— Merci. J'ai l'impression que je vais donner naissance deux fois de suite, d'abord au magasin et ensuite au bébé. Je suis aux anges, affirma Lauren, le visage illuminé par le bonheur.

Durant les quinze minutes suivantes, les deux femmes parlèrent de commerce et de création d'entreprise. Harper s'efforça d'expliquer à Lauren les écueils à éviter, et celle-ci parut apprécier les conseils qu'elle lui donnait.

— Vous aimez beaucoup mon frère, lança-t-elle à un moment donné.

C'était davantage une observation qu'une question.

— Oui, c'est vrai, répondit Harper. C'est un homme merveilleux, affectueux et attentionné.

Lauren acquiesça.

— C'est vrai, et il semble vous aimer beaucoup aussi.

— C'est ce qu'il me dit, fit Harper en rougissant légèrement.

Lauren détacha les yeux de la rue pour les poser sur elle.

— Il nous a parlé de votre agression. Je suis navrée.

— Merci. Je dois admettre que c'était horrible.

— Et j'ai cru comprendre qu'il joue les gardes du corps pour vous, en ce moment ?

Harper réprima un frisson soudain à la pensée de l'homme qui avait tenté de la tuer.

— Oui, Dieu merci. Il loge chez moi jusqu'à ce que l'homme qui m'a attaqué soit arrêté.

— Dallas a-t-il des indices sur son identité ?

— Pas que je sache, mais nous espérons qu'il découvrira quelque chose très bientôt.

Une fois encore, Harper réprima un frisson.

— Je comprends que Sam joue les gardes du corps pour

vous, mais pensez-vous que ce soit juste d'avoir une liaison avec lui ?

Lauren plissa légèrement les yeux.

— Je veux dire, soyons réalistes. Vous êtes beaucoup plus âgée que lui. Je suppose que vous ne pouvez plus avoir d'enfants. Votre relation le prive des joies de la paternité.

— Il m'a dit qu'il ne voulait pas d'enfants, se défendit Harper, stupéfaite de cette attaque directe.

Lauren sourit.

— Sam est jeune. Il ne sait pas encore ce qu'il veut. Il changera d'avis en ce qui concerne les enfants. Vous semblez très gentille, Harper. Si vous avez vraiment de l'affection pour lui, vous devriez le quitter pour qu'il puisse trouver quelqu'un plus en rapport avec son âge.

Elle ne lui laissa pas le temps de répondre et, de toute façon, Harper ne savait que dire. Lauren se leva.

— Nous ferions mieux de rentrer avant que les garçons pensent que nous nous sommes enfuies.

Les paroles de Lauren résonnèrent dans l'esprit de Harper tandis qu'ils mangeaient le gâteau et, plus tard, lorsqu'ils rentrèrent à la maison.

— C'était sympa, dit Sam lorsqu'ils furent assis sur son canapé. Tu t'es bien amusée ?

— C'était une bonne journée. Tes frères sont vraiment drôles et très gentils, et ta mère est adorable. Ta sœur et ton beau-frère sont très sympas aussi.

— Je peux te dire qu'ils t'ont tous aimée.

Tous sauf une, peut-être, songea Harper. Sam ignorait ce que Lauren lui avait dit, et Harper n'avait pas l'intention de lui en parler.

Tandis qu'ils regardaient une comédie à la télévision, elle ne put se sortir les paroles de Lauren de la tête. Priverait-elle Sam de quelque chose si elle continuait de le voir ? Était-il trop jeune et trop immature pour savoir ce qu'il voulait dans la vie ?

Elle le trouvait si responsable qu'elle oubliait parfois leur différence d'âge, mais maintenant elle ne pensait plus qu'à ça.

Peut-être devait-elle s'éloigner de lui. Peut-être devait-elle réfléchir sérieusement à ce qu'elle faisait avec lui. Soudain, il n'était plus question d'amusement ni de fête. Elle était amoureuse de lui, et tout était devenu beaucoup plus compliqué.

Juste après 20 heures, elle décida d'aller se coucher. Se levant du canapé, elle se tourna pour regarder Sam.

— Je suis vraiment épuisée...

Elle détourna le regard.

— ... tellement épuisée que je préfère dormir seule ce soir.

Elle le regarda juste à temps pour surprendre son air blessé. Un air qui lui fit mal, mais elle avait besoin de temps pour réfléchir.

Il se reprit rapidement.

— Euh... d'accord. Pas de problème.

Il lui sourit.

— C'est comme tu veux, Harper.

— Alors je te dis bonne nuit.

— Fais de beaux rêves, répondit-il.

Quelques minutes plus tard, Harper était au lit, fixant le plafond obscur. Il était hors de doute qu'elle était profondément amoureuse de Sam. Mais ne l'empêchait-elle pas de découvrir ce qu'il voulait dans la vie ?

Ne méritait-il pas une jeune femme qui pourrait lui donner des enfants s'il le voulait ? Une jeune femme dont les habitudes ne seraient pas aussi réglées ? Qui n'aurait pas de bouffées de chaleur ?

Elle poussa un profond soupir. Le problème avec Sam,

c'était qu'il était trop jeune pour elle. Tout ce qu'elle devait faire maintenant, c'était décider si elle allait être égoïste et poursuivre leur liaison, ou si elle l'aimait assez pour le laisser partir.

9

Sam passa lentement son rouleau enduit de peinture jaune sur la devanture. Harper avait choisi la couleur la veille au soir, quand ils étaient passés en vitesse au magasin de bricolage. C'était une couleur gaie, qui attirerait l'attention.

Mais si Sam aimait peindre en général, car c'était une activité qui ne demandait pas de réflexion, aujourd'hui son cœur était troublé. Cela faisait un peu plus d'une semaine que Harper était allée se coucher seule, et depuis elle ne l'avait pas réinvité dans son lit.

Ça ne le dérangeait pas tant que ça de ne pas dormir avec elle, bien que sa chaleur et sa douceur lui manquent, ainsi que son parfum quand il sombrait dans le sommeil. Bien sûr, il y avait le fait qu'il avait terriblement envie de lui refaire l'amour. Mais si elle n'en avait pas envie il lui donnerait le temps dont elle avait besoin.

Ce qui l'ennuyait vraiment, ce n'était pas la distance physique, mais la distance émotionnelle. Bien qu'elle lui sourie et lui parle comme d'habitude, il sentait que leur intimité s'était évanouie. C'était comme si elle se gardait soudain de lui, et il ignorait pour quelle raison.

Quand ils regardaient la télévision, il lui avait demandé à plusieurs reprises ce qui n'allait pas, et elle lui avait répété que tout allait bien. Mais il savait au fond de son cœur que ce n'était pas vrai. Quelque chose avait changé, et il ne savait pas quoi.

La bonne nouvelle, c'était que rien d'effrayant ne s'était passé durant la semaine écoulée. Il n'y avait eu ni message ni objet bizarre à la porte, et tout avait été tranquille. Mais cela ne signifiait pas que le danger était passé. Il restait hyper vigilant concernant la sécurité de Harper.

Il ne s'inquiétait pas quand elle était au travail. Il était impossible que quelqu'un entre dans la pâtisserie pour s'en prendre à elle, car il y avait trop de passage. Mais il se faisait du souci pour elle quand ils étaient à la maison.

Il ne dormait que d'un œil et, à son insu, il avait rangé son arme dans le tiroir supérieur de la commode. Non seulement il possédait ce pistolet, mais il savait s'en servir et s'en servirait pour lui sauver la vie si l'on en venait à cela.

Il faisait grand soleil, un temps parfait pour peindre. La météo prévoyait encore de la chaleur toute la semaine. Il espérait finir la devanture ce jour-là. Quand il aurait peint tout le bâtiment en dehors de la façade arrière, il passerait alors à la moulure. Fidèle au désir de Harper, il la ferait rose vif.

Il voulait avoir l'avis de Harper sur la cour. Il savait qu'elle n'y était pas retournée depuis le jour où ils avaient trouvé le corps de Sandy, mais il espérait qu'elle accepterait de s'y rendre avec lui.

Il serait prêt à commencer à y travailler la semaine suivante, et il était temps qu'il sache ce qu'elle souhaitait, pour pouvoir commander les matériaux.

La matinée avait été relativement animée, car des gens entraient et ressortaient avec des pâtisseries à la main. Tous les clients réguliers de Harper étaient venus. Il avait vu passer Joe, Mark et Ranger à différentes heures.

Vers 14 heures, les affaires se calmèrent, et Sam décida de prendre une pause.

L'air conditionné à l'intérieur était un véritable soulagement après ces heures de canicule. Harper était derrière le comptoir et lui adressa un grand sourire lorsqu'il entra.

— J'ai hâte de voir à quoi ressemble la devanture, dit-elle.

— Je pense que ça va te plaire, répondit-il, un peu déçu que ce sourire ne lui soit pas destiné.

— Tu veux la même chose que d'habitude ?

— Oui, mais au lieu du café je voudrais un verre de thé glacé. Il fait drôlement chaud dehors.

Il sortit son portefeuille et lui tendit l'argent.

— Va t'asseoir, je t'apporte ça, dit-elle après lui avoir rendu la monnaie.

Il prit un siège à la table la plus proche du présentoir.

— Tu devrais manger un vrai repas de temps en temps au lieu de tous ces cookies, suggéra-t-elle en lui apportant sa commande.

— Je préfère de beaucoup tes cookies à un sandwich au saucisson, répliqua-t-il. En plus, il y a toutes sortes d'ingrédients sains dedans, non ?

Elle se mit à rire et vint s'asseoir face à lui.

— Il y a aussi beaucoup de sucre.

— Ce qui me donne de l'énergie pour l'après-midi.

Il prit une bouchée et la fit descendre avec une gorgée de thé.

— On dirait que tu étais bien occupée, ce matin.

— Il y a eu beaucoup de passage. J'aime ça, la journée passe plus vite quand j'ai des clients. Maintenant, dis-moi comment va la peinture dehors.

— Elle va. J'espère avoir fini la devanture avant la fermeture. Ensuite, quand tu auras fermé, nous pourrions aller derrière pour que tu me dises exactement ce que tu veux. Comme ça, je pourrais prendre quelques mesures et te donner une estimation des travaux.

Le regard de Harper s'assombrit et, après un long moment, elle poussa un soupir.

— D'accord. Je sais qu'il est temps... grand temps, en fait. Il faut bien briser la glace à un moment donné, et je suppose qu'aujourd'hui est un aussi bon jour qu'un autre.

— Harper, je serai là, avec toi, dit-il doucement.

Elle lui sourit, et cette fois il sut que ce sourire lui était destiné. Une vague de chaleur inonda son cœur.

— Te voilà encore, à savoir exactement ce dont j'ai besoin.

— J'essaye, répondit-il avec légèreté.

Mais il n'y réussissait pas complètement. Il était évident qu'elle s'était éloignée de lui, et il ignorait pourquoi. Tout ce qu'il savait, c'était qu'il voulait désespérément remédier à cela. Il ignorait ce dont elle avait besoin pour que les choses reprennent le cours précédent.

— Je suis excitée à l'idée de voir le nouveau visage de la Sweet Tooth, reprit-elle.

— C'est un visage joyeux et ensoleillé.

— Je suis si contente.

Ses yeux étincelaient de joie, et il adorait la voir ainsi.

— Je rêve de ce jour depuis que j'ai acheté le magasin.

Ils continuèrent de parler de la pâtisserie encore un quart d'heure, puis Sam retourna à ses pinceaux. Il ne travaillait que depuis quelques minutes quand Dallas s'arrêta devant la boutique.

— Bonjour, Dallas, le salua Sam lorsque le policier descendit de voiture.

— Bonjour, Sam. Cette couleur est très jolie.

— Merci, ça a bien meilleur air qu'avant, en effet, dit Sam.

Il posa son rouleau.

— Vous avez des nouvelles pour nous ?

Le sourire de Dallas s'évanouit instantanément.

— Malheureusement non. Je passais dans le coin et j'ai

pensé à demander de ses nouvelles à Harper. Vous avez quelque chose à me signaler ?

— Rien, répondit Sam. Tout est tranquille, Dieu merci.

— Vous logez toujours chez elle ?

— Oui. Je ne veux pas donner à ce type l'occasion de lui faire du mal.

— Je vais juste la saluer, annonça Dallas.

— Faites-vous donc une faveur et achetez-vous des cookies. Les siens sont fantastiques.

Dallas sourit de toutes ses dents.

— C'est ce que je vais faire.

Se détournant, il entra dans la boutique. Il en ressortit quelques minutes après, un sachet à la main.

— Tout a l'air bon, ici, dit-il à Sam. Je me suis retrouvé avec des cookies, une tranche de gâteau et un gros brownie.

Sam se mit à rire.

— Ne m'en parlez pas. Je crois que j'ai pris trois ou quatre kilos depuis que je travaille pour Harper.

— En parlant de travailler, il faut que je retourne au bureau. À plus tard, Sam.

— À plus, Dallas.

Le policier s'en fut, et Sam se remit à la peinture. Il savait que Dallas devait être sous pression. D'un côté, il y avait un probable tueur en série dans la ville, de l'autre il y avait la tentative de meurtre sur Harper. Sam ne s'imaginait même pas subir ce genre de tension tous les jours.

Dallas leur avait déjà dit que la poupée ne portait aucune empreinte digitale, pas plus que le message qui l'accompagnait. Autrement dit, le salopard avait été assez malin pour porter des gants. C'était la même chose avec les vêtements qu'elle portait le soir de l'agression. Aucune empreinte, rien qui puisse les aider à identifier l'agresseur. Ils n'avaient rien trouvé non plus autour du porche.

Juste avant 17 heures, il nettoya ses pinceaux et décida que la journée était finie. Il entra dans la boutique, où Harper s'occupait des derniers détails.

— Tu peux retourner le panneau et éteindre les lumières ? demanda-t-elle.

— Bien sûr.

Il fit comme demandé.

— Tu es prête ?

— Laisse-moi fermer la porte d'entrée à clé, et je crois que ce sera tout.

Posant le torchon qu'elle utilisait pour nettoyer le dessus du présentoir, elle le rejoignit près de la porte.

Il la regarda fermer et prit sa main libre.

— Tout ira bien, dit-il en la lui pressant gentiment.

Elle poussa un gros soupir.

— Je sais. C'est seulement le premier pas dont j'ai peur. Je ne peux pas m'empêcher de penser à Sandy.

— On va le faire ensemble, répondit-il, et elle lui jeta un regard timide.

En passant le long du présentoir, elle laissa tomber les clés dessus, puis ils se rendirent à la cuisine. Les pas de Harper ralentirent lorsqu'ils pénétrèrent dans la buanderie. Elle fit halte juste devant la porte de service.

Elle leva les yeux sur Sam, le regard assombri et le front plissé par l'anxiété.

— Tu pourrais juste jeter un coup d'œil dehors, pour qu'on soit sûrs qu'il n'y a rien de bizarre ?

Il s'approcha de la porte vitrée et lui sourit.

— Tout ce que je vois, c'est de l'herbe verte, et les fleurs roses et violettes que tu as dû planter à un moment ou un autre.

Elle poussa un soupir de soulagement.

— D'accord, allons-y alors.

Il lui ouvrit la porte, et ils la franchirent tous deux. Il la vit se détendre visiblement, et il relâcha sa main.

— Tu vois, tout va bien, dit-il doucement. Maintenant, montre-moi exactement ce que tu as en tête.

Durant une heure environ, ils parlèrent des rénovations qu'elle voulait entreprendre. À mesure qu'elle lui expliquait ses idées, elle s'anima de plus en plus. Elle voulait un porche assez grand pour pouvoir placer au moins huit tables. Sam ne pourrait pas y arriver tout seul, et il faudrait qu'il embauche ses frères pour la construction. Il prit quelques mesures et les nota dans son calepin, puis il contempla la cour.

— On pourrait peut-être installer une fontaine ou une petite mare au milieu, suggéra-t-il. Tu vois, un repère visuel qui évoquerait le calme et la tranquillité.

— Oh ! j'adore cette idée ! s'exclama-t-elle en battant des mains. Et on pourrait planter plein de fleurs autour. En fait, je veux des tas de plantes et de fleurs dans le jardin et autour du porche. Je veux que tout explose de couleurs.

— On peut faire ça, approuva-t-il. Ce sera un bel endroit, plaisant et relaxant.

— J'ai des tas de projets pour le menu, dit-elle, les yeux étincelants.

Il adorait l'air qu'elle prenait. Cela faisait une semaine que ses yeux n'avaient pas autant brillé.

Une fois qu'il fut sûr qu'ils étaient sur la même longueur d'onde, il nota tout, puis ils rentrèrent à la maison. *La maison.* Il en était venu à sentir chez lui chez elle.

Mais elle se tut durant le trajet et lorsqu'ils mangèrent le poulet et les légumes qu'elle avait préparés ce matin-là.

Après avoir rangé la cuisine, ils allèrent au salon regarder la télévision. Elle se blottit au coin du canapé, et une fois encore il la sentit distante, à la fois physiquement et émotionnellement.

Il avait envie de lui demander ce qui s'était passé, mais il voulait aussi lui donner le temps nécessaire pour assimiler ce qui la perturbait. Et peut-être avait-il peur de sa réponse, s'il la pressait trop.

Peut-être ne l'aimait-elle plus autant et voulait-elle simplement qu'il reste pour la protéger. S'il ne jouait plus les gardes du corps pour elle, peut-être le renverrait-elle. Son cœur lui fit mal à cette idée, et ce fut à ce moment qu'il comprit soudain qu'il était tombé amoureux.

Les sentiments qu'il avait développés pour Harper l'effrayaient un peu. Ils étaient plus profonds et plus importants que tout ce qu'il avait ressenti jusque-là pour une femme.

Il la contempla. Son attention semblait fixée uniquement sur la série policière à l'écran. Même s'il était tout près d'elle, la distance entre eux semblait infranchissable.

Son cœur se gonfla d'émotion. Il l'aimait, depuis ses beaux cheveux frisés jusqu'aux ongles vernis de ses orteils, et tout ce qu'il y avait entre les deux. Son corps doux et chaud l'excitait plus que n'importe quoi d'autre. Il ne pouvait s'imaginer aimer quelqu'un d'autre. Elle était la femme idéale pour lui. Mais était-il l'homme idéal pour elle ?

Il aimait son sens de l'humour et leurs longues conversations. Elle était bonne, gentille et droite. Elle était tout ce qu'il avait toujours recherché.

Il aimait la vie qu'il se voyait mener avec elle, une vie tranquille où ils se blottiraient ensemble sur le canapé, regarderaient des films et mangeraient du pop-corn... Une vie de travail, et aussi de vacances planifiées qu'ils prendraient ensemble.

Il avait dépassé depuis longtemps le besoin de sortir. En outre, Harper le distrayait énormément. Les sorties et les beuveries avec ses copains ne lui disaient plus rien.

Il se sentait prêt pour le genre d'existence qu'il aurait avec Harper. Mais, s'il avait envie de lui dire ce qu'il ressentait, il avait le sentiment qu'elle n'était pas prête à l'entendre, pas encore. En fait, il ignorait ce qu'elle éprouvait pour lui, ou même si elle le voulait en tant que partenaire de vie. Et cela lui flanquait une frayeur de tous les diables.

Derrière sa vitrine, Harper regardait Sam et des ouvriers de la scierie décharger toutes sortes de matériaux et de planches à gauche de la porte d'entrée. L'enthousiasme montait en elle à mesure que la pile croissait.

Elle était ravie que la pâtisserie ait été repeinte en jaune, avec une frise rose vif. La devanture avait maintenant une allure un peu fantasque, avec ces couleurs qui rappelaient ses cupcakes décorés.

Et maintenant Sam était sur le point d'entamer les travaux à l'arrière de la boutique pour finir de bâtir la pâtisserie de ses rêves. Les jours suivants, ses frères allaient le seconder pour construire le nouveau porche.

Elle avait l'impression qu'il avait déchargé les matériaux devant la boutique exprès pour agacer R. J. Cela ne lui posait pas de problème. R. J. détesterait sans doute cela, mais il ne pourrait rien y faire.

Sam.

Il représentait un dilemme et un chagrin depuis un peu plus de deux semaines. Chaque soir, elle allait se coucher seule, pleine de désir. Et pourtant elle se refusait le plaisir de l'avoir à ses côtés.

Elle savait qu'il lui était très attaché. Peut-être même s'était-il persuadé qu'il était amoureux d'elle. Elle avait senti ses regards durant leurs soirées, senti son désir d'elle, à la fois sur le plan physique et émotionnel.

S'il n'avait pas été son garde du corps, elle lui aurait demandé de partir. Mais lorsqu'elle repensait à l'agression, qu'elle s'imaginait seule chez elle, elle continuait d'avoir peur.

Toutefois, elle était consciente qu'elle ne pourrait pas le garder éternellement. C'était déjà assez grave qu'il ait mis sa vie en suspens depuis presque un mois. Qui savait si et quand Dallas pourrait procéder à une arrestation et faire disparaître la menace ? Il se pouvait très bien qu'il n'appréhende jamais la personne qui lui avait fait ça.

Bien qu'elle adorât le sentiment de sécurité que lui donnait la présence de Sam, elle se disait désormais qu'il était temps de le renvoyer à sa propre vie. Elle était parvenue à cette conclusion après une nouvelle nuit d'introspection. Elle l'aimait assez pour le laisser partir.

Elle avait l'intention de le lui dire après le dîner. Même si cela la déchirerait, elle l'aimait assez pour le libérer, afin qu'il puisse rencontrer une femme de son âge. Lauren avait raison, c'était égoïste de vouloir le garder pour elle, d'entretenir une liaison qui ne déboucherait sur rien.

L'après-midi, Sam transporta une partie du bois dans le jardin. Elle espérait qu'une fois qu'elle lui aurait parlé il ne déciderait pas qu'il ne voulait plus travailler pour elle.

Bien sûr, ils avaient signé un contrat qui l'empêchait en théorie d'abandonner le chantier. Mais elle ne le forcerait pas à le respecter s'il s'y refusait.

Ils étaient des adultes responsables. Ils pouvaient certainement se séparer sur le plan sentimental tout en gardant des rapports de travail sains. Mais tout dépendrait de lui. Et elle n'avait aucune idée de la manière dont il allait réagir quand elle lui dirait qu'il était temps qu'ils se séparent.

Son cœur se brisait lorsqu'elle pensait à la soirée à venir. Elle était follement amoureuse de Sam. Elle n'en avait jamais eu l'intention, mais c'était arrivé. Leur relation était censée être légère et amusante puis, à un moment donné, les choses étaient devenues sérieuses.

Sam allait terriblement lui manquer. Le son de son rire et leurs conversations lui manqueraient. Sa présence pleine de gaieté lui manquerait.

Plus que toute autre chose, ses caresses et la flamme qui

brûlait dans ses yeux verts quand ils faisaient l'amour lui manqueraient. Mais l'avenir de Sam comptait pour elle. Elle voulait qu'il soit heureux et elle ne croyait pas que son bonheur futur passe par elle.

Cette pensée fut reléguée au second plan lorsqu'une de ses clientes vint chercher le gâteau que Harper avait préparé pour le cinquième anniversaire de son fils. Ni Allie ni Becky n'étaient revenues la voir depuis la réunion municipale, bien que toutes deux l'aient appelée quelques fois.

Malheureusement, cela avait été des conversations guindées et pesantes. Elle était en colère et triste que ses amies l'aient rejetée à cause de l'homme qu'elle avait choisi d'aimer. Elle n'aurait jamais soupçonné ce côté moralisateur chez elles, et cela la blessait profondément. Eh bien, elles seraient satisfaites après ce soir.

Tout le monde serait satisfait, sauf Sam et Harper.

Quelques minutes avant 17 heures, elle vérifia que la porte de service était close et alla devant fermer l'entrée.

Sam l'attendait à côté de la porte, avec un de ses beaux sourires.

— Pourquoi on ne commanderait pas une pizza, ce soir, pour ne pas avoir à cuisiner ? suggéra-t-il tandis qu'ils se dirigeaient vers son pick-up.

Depuis qu'il vivait avec elle, ils avaient préparé les repas à tour de rôle.

— Bonne idée… Tu as l'air épuisé, ajouta-t-elle.

Il avait l'air d'avoir chaud et une fine ligne de transpiration se voyait sur son front.

— Je suis fatigué, admit-il. Transporter toutes ces planches était un peu exténuant.

— Je me demandais si tu les avais déchargées devant juste pour irriter R. J.

Il se mit à rire.

— J'aimerais pouvoir dire que oui, mais la vérité, c'est que le camion de la scierie ne serait pas passé par ton portail. Et puis, il y en a encore assez devant pour agacer R. J.

Elle se mit à rire à son tour avec une gaieté douce-amère. Ils n'auraient plus de rires partagés à l'avenir, et cela lui brisait le cœur.

Lorsqu'ils arrivèrent à la maison, il commanda la pizza par téléphone puis alla directement se doucher, pendant qu'elle attendait la livraison sur le canapé. C'était bon de s'asseoir, mais un énorme nœud d'anxiété et de tristesse lui serrait la poitrine. Elle n'avait pas envie de faire ce qu'elle allait faire, mais elle se disait que c'était nécessaire.

Elle décida d'attendre qu'ils aient mangé. Se levant d'un bond, elle alla à la cuisine chercher des assiettes en carton. Elle avait besoin de s'occuper à quelque chose... n'importe quoi. Si elle s'asseyait pour penser à la soirée à venir, elle craignait de se mettre à pleurer et de ne jamais pouvoir s'arrêter.

Elle se rappela qu'elle faisait cela pour Sam, et que c'était le plus important. Il revint au salon, sentant le savon à la menthe et l'eau de Cologne, une odeur qu'elle commençait à identifier comme l'odeur de chez elle. Il avait passé un jean et un T-shirt blanc, et il était plus beau qu'elle ne l'avait jamais vu.

Avant qu'elle puisse lui adresser la parole, la sonnette retentit.

— Ah, ce doit être le dîner.

Il alla ouvrir et revint avec la boîte de pizza, qu'il posa sur la petite table.

— Avant que je m'asseye, qu'est-ce que la dame aimerait boire ? Une bière ? Un soda ?

— Je vais prendre une bière, répondit-elle.

Cela lui donnerait peut-être du courage pour la conversation à venir.

— Il n'y a rien de mieux qu'une bière fraîche avec la pizza. Je reviens tout de suite.

Il disparut dans la cuisine et réapparut un instant plus tard avec deux bières et des serviettes en papier. Il se laissa tomber près d'elle sur le canapé et posa les boissons près de la boîte de pizza, qu'il ouvrit.

— Mmm, elle a l'air bonne. Donne-moi ton assiette, je vais te servir les tranches qui ont le plus de pepperoni.

— Ah, un homme selon mon cœur, lança-t-elle avec une légèreté forcée.

— Je sais combien tu aimes le pepperoni, répondit-il avec un sourire.

Il lui tendit son assiette et se servit lui-même.

Durant les minutes suivantes, ils mangèrent en parlant de la journée. Il lui expliqua ce que seraient les étapes suivantes des travaux.

Tout en l'écoutant, elle pensait uniquement au fait que ce serait la dernière fois qu'elle s'assiérait avec lui pour manger, la dernière fois qu'elle écouterait sa belle voix grave. Ce serait la dernière fois pour tant de choses, parce que ce serait la dernière fois qu'il serait chez elle.

Le nœud d'anxiété dans son estomac croissait de minute en minute, de même que sa tristesse. Son cœur était déchiré, non par Sam, mais par elle-même. Mais les paroles de Lauren lui revinrent en mémoire, et elle se rappela qu'elle faisait cela pour lui.

Ils finirent la pizza bien trop rapidement et rangèrent les restes dans le réfrigérateur. Elle le rejoignit sur le canapé, saisie d'une angoisse insupportable.

— Qu'est-ce que tu veux regarder ce soir ? demanda-t-il en prenant la télécommande. Une comédie ou une série policière ?

— En fait, Sam, il faut que nous parlions.

Il dut percevoir le sérieux de son ton, car il posa

immédiatement la télécommande et se tourna vers elle, un air d'inquiétude sur le visage.

— Que se passe-t-il ?

Une vague d'émotion la saisit quand elle lui rendit son regard. Oh ! cela allait être tellement difficile !

— Sam, j'ai adoré passer tout ce temps avec toi. Tu es un homme merveilleux, tellement affectueux.

Le pli sur son front se creusa.

— Harper, que se passe-t-il ?

Elle inspira fortement.

— Sam, je suis désolée, mais il faut que tu retournes chez toi. Cette petite amourette était sympa, mais il est temps que nous passions à autre chose.

Les mots lui faisaient mal à mesure qu'elle les prononçait, mais elle ne s'attendait pas à l'expression de dévastation ultime qui s'étala sur les traits de Sam.

— Cette petite amourette ?

Ses yeux s'assombrirent.

— C'est comme ça que tu nous vois ? Harper, ce n'est certainement pas une petite amourette pour moi.

Il scruta son visage comme pour y lire une réponse.

— Que se passe-t-il ? Et que fais-tu des menaces contre ta vie ?

— Tu ne peux pas éternellement être mon garde du corps, et nous savons tous deux que Dallas ne va pas arrêter le coupable de sitôt. En outre, il ne s'est rien passé depuis plusieurs semaines. Peut-être que ce type a trouvé quelqu'un d'autre à harceler.

— Ou peut-être qu'il n'a rien fait parce que j'étais là, rétorqua-t-il. Harper, je ne veux pas te laisser seule parce que je suis convaincu que le danger est toujours là.

Son regard était si intense qu'elle avait l'impression – pas pour la première fois – qu'il sondait son âme.

— Je suis sûre que tout ira bien pour moi.

Il secoua lentement la tête, la fixant toujours avec intensité.

— Ça ne me plaît pas de te laisser seule. Harper, je... je suis amoureux de toi.

Elle ne put s'empêcher de hoqueter de surprise à ces mots. Elle ne s'y était pas attendue. Lorsqu'elle avait imaginé cette conversation, elle n'avait pas prévu qu'il lui déclare son amour.

Des larmes de joie en même temps que d'angoisse lui piquaient les yeux. Dans n'importe quelle autre circonstance, ces mots auraient été exactement ce qu'elle voulait entendre. Savoir qu'elle l'aimait aussi tout en étant résolue à rompre lui fendait le cœur.

— Sam, je crois vraiment qu'il vaut mieux que tu rentres chez toi maintenant, et que nous commencions à fréquenter d'autres gens.

Oh ! Seigneur, qu'il quitte ce canapé et commence à faire ses bagages ! La dernière chose qu'elle voulait, c'étaient des adieux prolongés.

10

Le cœur de Sam tambourinait tandis qu'il contemplait la femme qu'il aimait. Harper... Son prénom résonnait dans sa tête. Il avait senti venir cela depuis des semaines, depuis qu'elle s'était éloignée de lui. Mais il s'était juré de ne pas la perdre sans se battre, et l'heure était venue de ce combat.

— Tu as entendu ce que je viens de te dire, Harper ? Je suis amoureux de toi. Je ne veux fréquenter personne d'autre. Je t'aime plus que toute autre femme que j'ai aimée dans ma vie.

Il se pencha vers elle avec l'envie de la toucher, de la prendre dans ses bras. Mais il avait peur.

— Harper, je veux me réveiller chaque matin en te tenant dans mes bras, je veux m'endormir chaque soir blotti contre toi.

Elle ferma les yeux, comme si ces mots étaient trop douloureux à entendre.

— Que s'est-il passé pour que ça change ? demanda-t-il doucement. S'il te plaît, dis-le-moi. Aide-moi à comprendre. Je pensais que nous étions sur la même longueur d'onde, que tu m'aimais autant que je t'aimais.

Il se rapprocha insensiblement d'elle sur le canapé. Il se sentait anéanti par cette absence de réponse.

Elle rouvrit les yeux et le fixa avec une expression misérable.

— Sam, peu importe ce que j'éprouve. Ce que tu dois

comprendre, c'est que nous avons pris du bon temps, mais que maintenant c'est fini.

Fini ? Cela ne pouvait pas être fini. Il ne voulait pas que ce soit fini. Il se rapprocha encore de quelques centimètres, assez pour sentir son odeur et la chaleur émanant de son corps.

— Harper, tu te rends compte que tu te contredis ? Bien sûr que ça compte ce que tu ressens. Et je pense que si tu regardes au fond de toi tu t'apercevras que tu m'aimes aussi.

Une terrible frayeur faisait battre son cœur.

— S'il te plaît, Sam. Ne rends pas les choses plus difficiles qu'elles ne le sont déjà, fit-elle doucement.

— Peut-être que c'est difficile parce que tu ne veux pas vraiment faire ce que tu es en train de faire, répliqua-t-il.

Il voulut lui prendre la main, mais elle la retira vivement, comme si elle craignait son contact.

— Tu ne comprends pas que nous sommes faits l'un pour l'autre ? continua-t-il. Dis-moi pourquoi tu veux rompre. Harper, laisse-moi au moins comprendre ce qui se passe.

Une fois encore, elle ferma les yeux. Cette fois, lorsqu'elle les rouvrit, il y avait en eux une dureté qu'il n'avait jamais vue.

— C'est fini, Sam. C'est tout ce que tu as besoin de comprendre, et je veux que tu t'en ailles ce soir.

Elle se leva.

— Je serai dans ma chambre. Préviens-moi juste quand tu pars, pour que je puisse fermer à clé derrière toi.

Elle quitta la pièce avant même qu'il ait le temps de trouver une réponse. Il entendit la porte de sa chambre se refermer, un bruit épouvantable dans son inéluctabilité.

Durant un long moment, il ne put bouger. Son esprit refusait de croire à ce qui venait de se produire, et son cœur lui faisait bien plus mal qu'il ne l'aurait cru possible. Était-ce bien fini ? Pas d'explication, pas de vraie réponse quant à ce qui se passait. Aucun indice sur ce qui l'avait poussée à prendre cette décision soudaine.

Ne l'aimait-elle donc plus ? La femme qui n'avait pas eu de relation durant des années voulait-elle vraiment cesser de le voir pour fréquenter un autre homme ? Rien de tout cela n'avait de sens.

Il finit par se secouer et aller dans sa chambre. En passant devant celle de Harper, il l'entendit sangloter. Le bruit de ses pleurs lui fendait le cœur, mais ajoutait aussi à sa désorientation. Si elle voulait vraiment qu'il sorte de sa vie, pourquoi pleurait-elle ?

Dans sa chambre, il s'assit au bord du lit, encore abasourdi. Qu'avait-il raté ? Il s'était efforcé de lui donner tout ce dont elle avait besoin. Que s'était-il passé ? Il se releva et sortit les deux sacs qu'il avait apportés. Il n'avait pas envie de faire ses bagages et de rentrer chez lui. C'était ici, chez lui. Ici, avec Harper.

Elle ne serait même pas en sécurité sans lui. Quelque part il y avait un homme qui avait essayé de la tuer. Aucune raison de croire qu'il ne ferait pas une nouvelle tentative, surtout si Sam s'en allait.

Son estomac se noua à cette seule pensée. Le cœur lourd, il rangea lentement ses affaires. Il espérait encore qu'elle sortirait de sa chambre et l'arrêterait. Qu'elle viendrait lui dire que c'était une grosse erreur et qu'elle l'aimait. Mais il acheva bien trop vite ses bagages et n'eut plus rien d'autre à faire.

Jetant un sac sur son épaule, il empoigna l'autre et parcourut le couloir jusqu'à la chambre de Harper. Il posa la main sur la porte et, durant plusieurs minutes, se demanda ce qu'il pouvait faire ou dire qui inverserait le cours des événements. Que pouvait-il faire pour qu'elle l'aime autant qu'il l'aimait ?

Il frappa finalement à la porte.

— Harper, je m'en vais. Est-ce que tu pourrais au moins sortir pour me dire au revoir ?

Si elle sortait, peut-être pourraient-ils encore parler. Peut-être pourrait-elle lui faire comprendre ses raisons.

— Au revoir, Sam. Je te verrai demain à la pâtisserie.

Sa voix flotta à travers la porte fermée.

Un petit brin d'espoir se réveilla en lui. Donc, elle ne l'excluait pas totalement de sa vie. Elle n'avait pas parlé de rompre le contrat qui les liait, cela le rassurait un peu.

Il avait encore des journées de travail, durant lesquelles il pourrait flirter avec elle et, avec un peu de chance, la ramener à de meilleures dispositions.

Et pourquoi les choses avaient-elles changé, de toute façon ? C'était une question qui continua de le hanter tandis qu'il quittait la maison et se dirigeait vers son pick-up.

Une chose était sûre, il n'allait pas la laisser sans protection. Il supposait qu'il était légal de stationner devant chez elle. Si sa présence l'incommodait, il faudrait qu'elle appelle Dallas et lui demande de le chasser.

Son plan arrêté, il sortit de l'allée en reculant et se gara le long du trottoir. Il resterait là toute la nuit… toutes les nuits jusqu'à ce que le salopard soit arrêté. S'il inclinait son siège, personne ne verrait qu'il dormait dans son pick-up, mais ce serait sans doute suffisant pour dissuader le sale type d'agir.

Il coupa le moteur et inclina son siège à l'horizontale, ce qui lui donnait suffisamment de place. Il posa son arme sur ses genoux et s'efforça de se détendre.

Les événements de la soirée lui faisaient encore mal, une douleur plus déchirante que tout ce qu'il avait connu. Des larmes lui piquèrent les yeux. Il était grand et fort, mais le rejet de Harper le rendait vulnérable et émotif.

Il avait vraiment cru que Harper et lui avaient un avenir ensemble, un avenir comme dans « toujours ». Il l'aimait avec une force dont il savait qu'il ne l'éprouverait plus jamais. Il avait prévu de rester avec elle pour l'éternité, et maintenant c'était fini.

Harper pleurait quand il était parti, ce qui ajoutait à sa confusion. Comme si elle ne voulait pas rompre avec lui, mais qu'une force supérieure la forçait à le faire. Qu'est-ce que cela pouvait bien être, au nom du ciel ?

Elle semblait avoir passé outre aux médisances. En fait, cela s'était passé exactement comme il l'avait prédit… Les commérages sur la pâtissière et son jeune amant s'étaient éteints d'eux-mêmes.

Il ne croyait pas que ce soit cela qui les avait séparés. Alors qu'était-ce ? Il réfléchit au moment exact où les choses avaient commencé à changer. C'était après le dîner chez sa mère. C'était ce soir-là que Harper était allée se coucher seule.

Il fronça pensivement les sourcils. Ses frères et sa mère l'avaient bien accueillie, et elle avait paru apprécier leur compagnie.

Bien sûr, Lauren lui avait posé beaucoup de questions sur le commerce, mais Harper n'avait pas semblé s'en formaliser. En fait, il savait qu'elle adorait parler boutique, et qu'elle aurait eu envie d'aider sa sœur de toute façon.

Toutefois, Lauren avait emmené Harper dehors pour prolonger la conversation. Il fronça les sourcils. Il avait cru qu'elles parleraient uniquement boulot, mais peut-être Lauren avait-elle fait une remarque qui avait poussé Harper à s'éloigner de lui.

Était-ce possible ? Plus il y pensait, plus il se disait que c'était plausible. Que lui avait dit Lauren ? Il savait que sa sœur ne lui aurait jamais fait du mal intentionnellement, mais elle croyait parfois savoir mieux que lui ce qu'il devait faire.

Il devait s'être endormi, car il s'éveilla en sursaut, le cœur tambourinant à mille à l'heure. Agrippant son arme, il jeta un coup d'œil à la maison.

Le clair de lune jetait une lumière argentée sur les alentours. Il ne vit rien de bizarre. Mais quelque chose l'avait réveillé. Il se faufila hors de son pick-up et referma la portière aussi doucement que possible. Serrant son arme d'une main, il avança, les muscles tendus, en mode fuite-ou-combat.

Il vérifia la façade de la maison, mais personne ne rôdait devant. Il tourna l'angle et longea le côté. Puis il acheva le tour de la maison et ne trouva personne non plus.

Rien. Il se tint près de son pick-up et continua de regarder autour de lui, mais rien n'attirait son attention. Il remonta finalement dans son véhicule. Lorsqu'il s'installa sur son siège, un chien aboya à proximité. Les aboiements étaient forts. Peut-être était-ce ce qui l'avait réveillé. Il contempla un long moment la maison, déterminé à protéger Harper.

Il somnola durant le reste de la nuit, et fut finalement réveillé par le bruit de la voiture de Harper qui démarrait. Il démarra aussi et, lorsqu'elle sortit de l'allée, prit la même direction.

Il la suivit jusqu'à la pâtisserie et la regarda descendre de voiture et entrer dans la boutique. Elle ne s'aperçut pas de sa présence.

Il resta garé devant la pâtisserie jusqu'à 7 heures, puis rentra chez lui. En franchissant la porte, il n'éprouva aucun plaisir, aucune émotion. Son foyer restait la maison de Harper, où il avait découvert le bonheur.

Il prit une douche rapide, puis enfila un jean et un T-shirt blanc propres. Une fois habillé pour le travail, il reprit son pick-up et se rendit chez sa sœur. Plus que tout, il voulait des réponses, et il avait le sentiment que Lauren avait la clé des questions qui le minaient.

Lauren et Russ vivaient dans une jolie maison de type ranch, en retrait de Main Street. Il ne savait jamais quand Russ était à la maison, car ses horaires à la caserne étaient irréguliers. Mais sa voiture était garée dans l'allée lorsque Sam arriva.

— Eh bien, en voilà une surprise de bon matin ! s'exclama gaiement Lauren en lui ouvrant la porte. Viens dans la cuisine. Nous sommes justement en train de discuter de nos plans pour la fête du bébé en buvant le café.

— Un café, ça me ferait du bien.

Dans un coin du salon, des cartons s'empilaient.

— Le stock de la nouvelle boutique ? demanda-t-il.

— Oui, ça occupe non seulement le salon, mais aussi la chambre d'amis, répondit-elle avec un petit rire. On essaye de tout faire rentrer dans la réserve, mais nous en avons encore beaucoup à transférer.

— Bonjour, Russ, lança Sam en entrant dans la cuisine.

Son beau-frère était assis à la petite table en bois. Il était vêtu de son uniforme de pompier, aussi Sam comprit-il qu'il allait travailler ce matin-là.

— Sam...

Russ se leva à demi, mais Sam lui fit signe de se rasseoir.

— Quoi de neuf ?

— Pas grand-chose, dit Sam. Et toi ?

— Ta sœur essaye de me tuer au travail, répondit Russ. Et, comme si ce n'était pas assez, cette fête qu'elle a prévue va me rendre dingue.

— Oh ! arrête de pleurnicher, fit Lauren en riant. Assieds-toi, Sam, ajouta-t-elle. Je vais te servir un café.

— Merci, frangine.

Sam s'installa face à Russ. Une minute plus tard, il avait son café, et Lauren les rejoignit à table.

— Alors comment ça va à la boutique ? questionna-t-il.

— Ça va. Nous devons encore déballer beaucoup d'articles et les situer dans l'espace, mais nous y travaillons. J'espère que nous pourrons ouvrir dans un mois.

— Dans six à huit semaines au moins, corrigea Russ.

— Pfff, il est toujours pessimiste, fit Lauren avec un regard affectueux en direction de son mari.

Russ et Sam se mirent tous deux à rire.

— Je veux ouvrir la boutique pour pouvoir profiter de ma grossesse sans stresser à propos de tout et rien.

— Ça me semble une bonne idée, approuva Sam.

— La seule personne qui stresse, c'est moi, intervint ironiquement Russ. Une minute elle me donne des ordres dans la boutique, et la suivante elle pleure parce qu'elle n'arrive pas à décider de la couleur de la nursery.

— Ne me rappelle pas ça. Comment ça va pour toi, Sam ? Je n'ai pas eu de nouvelles de toi depuis le dîner chez maman.

— Ça va. Je travaille toujours à la pâtisserie.

— J'y suis passé en voiture hier, et ça a l'air vraiment joli, commenta Russ.

— Oui, ça commence à prendre forme, répondit Sam.

Il regarda sa sœur.

— Ça t'a fait plaisir de parler avec Harper, ce jour-là ?

— Oui. Elle semble très gentille, et elle a beaucoup de conseils à donner, ce que j'ai apprécié.

— Et vous n'avez parlé que de commerce quand vous étiez dehors ? questionna Sam.

Il observa sa sœur avec attention. Elle posa les yeux sur sa tasse de café, puis les releva pour le regarder.

— Nous avons parlé un peu de toi, dit-elle.

— Vraiment ? Et qu'avez-vous dit exactement ?

Sam luttait contre l'étau qui lui serrait soudain la poitrine.

— Oh ! tu sais… des trucs de filles.

Elle lâcha un petit rire qui parut nerveux à Sam.

— Avant que cette conversation n'aille plus loin, je dois partir, annonça Russ.

Il vida sa tasse et quitta son siège. Lauren se leva aussitôt d'un bond. Tous deux s'embrassèrent pour se dire au revoir, puis Russ s'en fut.

— Où en étions-nous ? demanda Lauren en reprenant son siège.

— Tu étais sur le point de me dire en quoi consistaient ces « trucs de filles », dit Sam.

— Oh ! tu sais… Je lui ai demandé si elle t'aimait, et je lui ai dit que tu avais l'air très attaché à elle.

— Et… ?

— Et elle m'a dit que tu lui avais dit que tu ne voulais pas d'enfants, et j'ai pu signaler en passant que tu étais encore jeune et que tu ne savais pas encore ce que tu voulais faire de ta vie.

Lauren poussa un soupir et un éclair de défi passa dans ses yeux.

— D'accord, je lui ai dit aussi que, si elle t'aimait vraiment, elle devait rompre avec toi pour que tu trouves quelqu'un de ton âge.

Sam s'adossa à sa chaise, atterré. C'était donc ça. Cela expliquait tout. Tout avait changé après cette conversation.

— Bon sang, Lauren, comment as-tu pu lui dire ça ?

— Parce que je t'aime et que je veux que tu rencontres la bonne personne pour toi. Sam, j'essaye de te protéger.

— Qu'est-ce qui te donne le droit d'interférer dans ma vie ?

— Je suis ta grande sœur et j'ai de l'affection pour toi, répliqua Lauren, le menton levé de manière défensive.

— Si tu avais vraiment de l'affection pour moi, tu voudrais mon bonheur, rétorqua-t-il avec colère. Bon sang, Lauren, Harper est mon affaire, que ça te plaise ou non. Je suis profondément amoureux d'elle, et ce que tu lui as dit a tout gâché entre nous. Maintenant, il va falloir que je recolle les morceaux.

— Ne sois pas en colère contre moi, Sam, supplia-t-elle, les yeux pleins de larmes. Je suis désolée d'avoir dit ça. Je ne peux pas supporter que tu sois en colère contre moi.

Il soupira.

— Ne pleure pas. Ce n'est pas bon pour le bébé.

Il recula sa chaise et se leva.

— Je t'aime, Lauren, mais tu m'as sacrément déçu et énervé sur ce coup-là. Je ne suis plus un petit garçon que tu dois protéger. Je suis un homme et je sais ce que je veux. Je veux Harper et, si je réussis à arranger les choses avec elle, j'espère que tu n'interféreras plus jamais dans notre relation.

— Je te le promets, dit-elle en reniflant d'émotion. Je voulais juste te protéger, Sam.

— Je n'ai pas besoin que tu me protèges.

Se penchant, il l'embrassa sur le front.

— Je te verrai plus tard, conclut-il, et il sortit à grandes enjambées de la maison.

Il resta assis quelques instants dans son pick-up et inspira plusieurs fois à fond pour se calmer.

Harper avait évidemment pris les paroles de Lauren à cœur. C'était la seule explication logique. Cela correspondait parfaitement en termes d'enchaînement. C'était après cette conversation que Harper s'était éloignée de lui.

Fort de cette nouvelle certitude, il prit la résolution de récupérer son amante. Tout en essayant de se persuader qu'elle n'attendait que cela.

Harper s'était endormie en pleurant la veille au soir. En fait, elle avait pleuré davantage pour Sam que pour son mari. Lui dire adieu avait été la chose la plus difficile qu'elle ait faite de sa vie.

Elle avait été abasourdie au matin de voir son pick-up garé devant sa maison, et le fait qu'il ait probablement passé la nuit dedans lui avait serré le cœur. Bien qu'elle l'ait rejeté, il se considérait apparemment comme astreint à la protéger.

Il avait disparu à un moment donné pendant qu'elle était

dans la cuisine. Elle supposait qu'il reviendrait travailler dans la matinée… s'il avait l'intention de finir le chantier.

À ce stade, elle n'était pas certaine qu'il veuille achever les travaux. Ce serait difficile pour tous deux de passer d'une relation amoureuse à des rapports strictement professionnels.

Pourtant, à 9 heures, elle vit son pick-up s'arrêter dehors, et elle ne put empêcher son cœur de battre plus vite. En le regardant descendre de son véhicule et attacher sa ceinture à outils autour de sa taille, elle se sentit submergée d'amour pour lui. Oh ! elle l'aimait tant ! Il n'habitait pas seulement son cœur, mais son âme même.

Bien que cela l'accable, elle croyait avoir pris la bonne décision en rompant avec lui. Il finirait par rencontrer quelqu'un d'autre, une femme de son âge, qui le rendrait plus heureux qu'il ne pourrait l'être avec elle. Mais la simple idée qu'il se lie avec une autre femme lui plantait un poignard dans le cœur.

À sa grande surprise, au lieu de faire le tour pour rejoindre le jardin, comme elle l'avait supposé, il se dirigea droit vers la porte d'entrée.

— Bonjour, Joe… Mark… Larry, salua-t-il les clients attablés.

Il lui sourit ensuite, et ses yeux brillants d'amour lui causèrent une faiblesse dans les genoux et un afflux de sang aux joues.

Elle avait envie de lui hurler de cesser de la regarder comme ça, de cesser de lui faire éprouver ce qu'elle éprouvait. Oh ! elle aurait tellement voulu ne pas l'aimer autant ! Cela aurait été tellement plus facile.

— Bonjour, mignonne, lança-t-il.

Elle le dévisagea. Avait-il oublié qu'ils avaient rompu la veille ? Essayait-il de la torturer exprès ?

— Bonjour, Sam. Que puis-je te servir ?

Elle s'efforça de garder une voix et un visage dépourvus d'émotion.

— J'ai envie de commencer la journée avec un de tes super roulés à la cannelle et une tasse de café, répondit-il.

Elle le servit en s'efforçant de ne pas le regarder, et il la paya. Elle détourna les yeux lorsqu'il prit un siège à l'une des tables les plus proches de la caisse.

Les dix minutes suivantes furent une pure torture, pendant qu'il mangeait et buvait, le regard fixé sur elle. Elle essaya de l'ignorer, en pure perte. Lorsqu'il eut fini, il jeta les déchets dans la poubelle et lui sourit, de ce sourire qui faisait danser la fossette sur sa joue.

— Je file. À plus tard.

Il franchit la porte.

La rupture ne l'avait peut-être pas affecté autant qu'elle. Il semblait parfaitement heureux de reprendre la routine. Peut-être était-il secrètement ravi qu'elle ait rompu et qu'il n'ait pas eu à le faire lui-même. Après tout, durant les semaines qu'ils avaient passées ensemble, elle avait exigé de gros efforts de sa part.

D'abord, il y avait eu la découverte du cadavre de Sandy, puis la poupée et le message. Pour finir, il y avait eu son agression. Il avait essuyé beaucoup de crises émotionnelles. Peut-être s'était-il lassé d'elle, sans savoir comment le lui dire. Cette pensée la replongea dans la tristesse, mais d'une manière différente.

Elle plaqua un sourire sur son visage à l'intention des clients qui se trouvaient encore dans la pâtisserie, puis nettoya la table où Sam avait mangé.

Il y eut un afflux régulier de clients toute la matinée mais, l'après-midi, les choses se calmèrent comme d'habitude. Elle regarnissait le présentoir quand Sam entra.

— Waouh, il fait chaud aujourd'hui, dit-il.

— Tu veux comme d'habitude ? questionna-t-elle.

— Oui, avec un thé glacé au lieu du café.

Une fois encore, il prit un siège à la table la plus proche du présentoir.

— La matinée s'est bien passée ? demanda-t-il.

— Plutôt bien.

Elle prépara sa commande et alla la lui servir.

— Merci. Tu t'assois avec moi quelques minutes ?

Elle avait envie de s'asseoir avec lui.

Elle n'avait pas envie de s'asseoir avec lui.

Elle prit finalement place face à lui. Du moment qu'ils ne parlaient que du chantier, tout irait bien.

— Qu'est-ce que tu as fait ce matin à l'arrière ?

— J'ai remplacé les planches pourries. Quand ce sera fini, nous pourrons commencer à construire le nouveau porche.

— J'ai hâte que tout soit achevé. J'ai l'intention d'organiser une inauguration. Je mettrai des prospectus dans toute la ville et je ferai passer une page de publicité dans le journal. Ce sera génial.

Elle radotait nerveusement, posant le regard partout dans la pièce, sauf sur lui.

— Harper, regarde-moi, s'il te plaît, dit-il doucement.

Elle ne voulait pas le regarder, pourtant elle se surprit à fixer les profondeurs vertes de ses yeux, tout en se cuirassant contre ce qu'il allait lui dire.

— Je suis passé boire un café chez Lauren, ce matin. Elle m'a raconté l'intéressante conversation que vous avez eue sous le porche.

Un éclair d'irritation traversa le regard de Sam.

— Harper, ma sœur avait de bonnes intentions, mais elle n'avait pas le droit de se mêler de notre relation. Je suis un adulte, je sais ce que je veux dans la vie, et c'est toi que je veux, Harper. Je suis profondément amoureux de toi, et tu me suffis largement pour me rendre heureux le restant de mes jours.

Oh ! Seigneur ! Il lui brisait littéralement le cœur. Mais

elle avait pris sa décision. C'était fini. Il pouvait en vouloir à sa sœur, mais Lauren n'avait dit que la vérité. Elle devait quitter Sam pour qu'il puisse trouver une partenaire plus en rapport avec son âge.

Il avait tant de choses pour lui, il finirait par la remercier pour sa décision. Il finirait par rencontrer un nouvel amour, qui le comblerait véritablement.

— Sam, rien n'a changé depuis hier soir.

En tombant de ses lèvres, chacun de ces mots lui navrait le cœur.

— J'estime toujours qu'il vaut mieux que nos chemins se séparent. Je... je suis prête à fréquenter quelqu'un de mon âge.

Le regard de Sam se remplit de chagrin, et une fois encore elle détourna les yeux. La dernière chose qu'elle voulait, c'était le blesser. Mais elle se répéta qu'un jour il la remercierait de l'avoir quitté. Un jour, elle ne serait plus qu'un pâle souvenir dans son esprit.

— Y a-t-il quelque chose que je puisse dire ou faire pour te faire changer d'avis ?

Sa voix était chargée d'angoisse.

Reste forte, lui murmura une petite voix dans sa tête. Oh ! c'était si difficile ! Tout ce dont elle avait envie, c'était lui tomber dans les bras et lui déclarer son amour. Bien se conduire était affreusement coûteux.

— Non, il n'y a rien que tu puisses faire, Sam. Mais j'espère que nous pourrons maintenir de bons rapports de travail. Pour l'instant, c'est tout ce que j'attends de toi.

Il hocha finalement la tête.

— J'ai compris.

Ses yeux s'assombrirent et devinrent presque opaques.

— Maintenant, il faut que je me remette au travail.

Elle se leva et, dix minutes plus tard, il l'imita et sortit.

La journée lui parut affreusement longue. Son cœur lui faisait mal, bien qu'elle ne cesse de se dire qu'elle avait fait ce qu'il fallait. Elle ne s'était jamais attendue à ce que leur relation dure toujours. Mais elle avait supposé que ce serait lui qui partirait. Elle n'aurait jamais imaginé que ce serait elle qui prendrait la décision de rompre.

À 16 h 45, lorsqu'elle quitta la boutique, Sam l'attendait devant son pick-up.

— Je vais te suivre jusque chez toi, dit-il.

— Ce n'est vraiment pas nécessaire, rétorqua-t-elle.

— Ça l'est pour moi. Je ne te laisserai pas seule, quel que soit l'état de notre relation. Je n'ai pas oublié qu'on a essayé de te tuer.

Elle non plus.

— Merci, Sam.

Elle courut reprendre sa voiture avant qu'il ne voie les larmes s'accumuler dans ses yeux. Le fait qu'il se soucie toujours de sa sécurité révélait l'amour qu'il avait pour elle... un amour qu'elle n'avait pas l'intention de s'approprier, peu importe combien elle en avait envie.

11

Deux jours s'étaient écoulés, deux atroces journées de plus, durant lesquelles Harper s'était efforcée de garder le sourire durant les heures d'ouverture et s'était endormie en pleurant chaque soir.

La maison paraissait si vide sans lui. Sam lui manquait au dîner, il lui manquait le soir. Leurs aimables chamailleries lui manquaient. Il lui manquait en tout.

La solitude qu'elle éprouvait avant que Sam n'entre dans sa vie lui semblait maintenant plus immense que jamais. Cela la consumait durant les longues soirées qu'elle passait désormais seule.

Sam continuait de monter la garde pour elle, et elle en dormait mieux la nuit. Durant ces deux jours, il s'était montré gentil et respectueux, sans jamais franchir les limites. Pourtant, elle sentait son amour à chaque minute qu'il passait avec elle, et aussi longtemps qu'il travaillerait pour elle ce serait une forme de torture.

Heureusement, ce jour-là, elle avait beaucoup de commandes, aussi fut-elle occupée toute la matinée et tout l'après-midi par des clients qui venaient les chercher.

C'était une journée grise et nuageuse, bien que la météo n'ait pas prévu de pluie. Ce ciel chargé reflétait l'humeur de Harper. Une énorme tristesse menaçait de l'engloutir, et elle ne pouvait qu'espérer qu'elle finirait par se dissiper.

Au creux de l'après-midi, elle fut surprise de voir Lauren entrer dans la pâtisserie. Elle était très jolie, en jean et T-shirt rose, sur lequel on lisait les mots « Bébé à bord », avec une flèche pointant vers son ventre.

Elle adressa un sourire hésitant à Harper.

— Bonjour, Harper.

— Bonjour, Lauren. J'aime votre T-shirt.

— Oh ! merci.

— Alors que puis-je faire pour vous ?

Pourquoi la sœur de Sam venait-elle la voir ? Elle n'était jamais venue. Si c'était Sam qui lui avait demandé de passer la voir, il saurait rapidement que Harper n'avait pas changé d'avis. Peut-être était-elle là pour parler de la fête du bébé.

— Mon frère ne cesse de vanter vos cookies, alors je me suis dit qu'il était grand temps que je les essaye. Je voudrais une douzaine de cookies aux flocons d'avoine et aux raisins secs. Ensuite, nous pourrions peut-être bavarder un peu ?

— D'accord, accepta Harper, bien qu'elle n'imagine pas de quoi elles pourraient parler.

Lauren avait été très claire sur ce qu'elle pensait.

— Pourquoi ne pas vous asseoir et je vous apporterai les cookies ?

Lauren prit place à l'une des tables. Tandis que Harper emballait les biscuits, elle ne put s'empêcher de se demander pourquoi au juste Lauren était là. Que pouvait-elle bien avoir à lui dire qui n'ait déjà été dit ? Elle ne pouvait pas vraiment retirer ce qu'elle avait dit ce jour-là, sous le porche.

Elle apporta le sachet de cookies à Lauren, et s'assit face à elle, car elles étaient seules dans la pâtisserie.

— Que se passe-t-il ?

Les traits de Lauren étaient tirés, et elle jouait nerveusement avec la bandoulière de son sac.

— Harper, j'ai commis une grosse erreur la dernière

fois que nous nous sommes vues. Je n'aurais jamais dû me mêler de votre relation avec mon frère.

— Vous m'avez seulement fait part de votre opinion, répondit Harper.

— Ce n'était pas à moi de vous dire ce que je crois être le mieux pour mon frère.

Elle se pencha en avant.

— Harper, je sais que vous avez rompu avec lui, et si c'est à cause de ce que je vous ai dit ce jour-là, je vous en prie, revenez sur votre décision. Je n'ai jamais vu mon frère aussi abattu, et j'en suis malade de le voir comme ça.

Elle s'adossa à sa chaise et secoua la tête.

— J'ignorais combien il vous aimait. Harper, je ne savais pas que vous étiez la femme idéale pour lui. Je n'aurais jamais, jamais dû m'en mêler. Si vous pouvez trouver au fond de votre cœur l'indulgence de le laisser revenir, je sais que vous le rendrez très heureux.

Harper poussa un soupir las.

— Lauren, je n'ai pas l'intention de revenir sur ma décision. Vous aviez raison en me disant que c'était égoïste de ma part d'entretenir une liaison avec lui. C'est un jeune homme, et il doit trouver une jeune femme avec qui sortir.

Le simple fait de prononcer ces mots lui fit mal au cœur. Mais maintenant qu'elle avait effectivement rompu elle ne voulait pas revenir en arrière. Cette rupture était de toute façon inévitable. Sam aurait fini par vouloir davantage que ce qu'elle pouvait lui donner.

— Je suis tellement désolée d'avoir dit ça, fit Lauren d'un ton misérable. Ce n'était pas à moi de le faire. Tout ce que je veux, c'est que Sam soit heureux, et maintenant je me rends compte que son bonheur… dépend de vous.

— Ne soyez pas trop dure envers vous-même, Lauren. Votre frère est merveilleusement beau et infiniment gentil.

Il ne lui faudra pas longtemps pour trouver une nouvelle petite amie.

L'entrée d'un autre client épargna à Harper la nécessité d'en dire plus.

Quelques minutes plus tard Lauren s'en fut, et Harper poussa un profond soupir de soulagement. Le reste de l'après-midi s'écoula lentement. Seules quelques personnes passèrent acheter des pâtisseries, et Harper se retrouva avec beaucoup trop de temps pour penser. Et la dernière chose qu'elle voulait c'était penser à Sam.

Au lieu de cela, elle prit du papier et un stylo, s'assit derrière le présentoir et commença à esquisser le prospectus qu'elle distribuerait pour l'inauguration. Bien sûr, elle savait que les travaux ne seraient pas finis avant un mois, mais au moins cette tâche lui occupait l'esprit.

À 15 h 30, Sam la surprit en entrant dans le magasin.

— Il y a quelque chose qui ne va pas ? demanda-t-elle.

C'était inhabituel qu'il entre à cette heure de l'après-midi.

— Non... euh, si. Ma mère a rendez-vous chez le médecin à 16 heures, et mon frère devait l'emmener, mais il a un empêchement, alors c'est moi qui dois le remplacer.

— Sam, c'est toi qui décides de tes horaires ici. Si tu dois emmener ta mère chez le médecin, je comprends tout à fait. Est-ce qu'elle va bien ?

— Très bien. Ce n'est qu'une visite de routine, d'après ce qu'elle m'a dit.

Il fronça les sourcils.

— Mais ce n'est pas le problème.

Ce fut son tour de se rembrunir.

— Alors quel est le problème ?

— Toi. Je veux que tu me promettes quelque chose.

Son regard était intense et son ton sérieux.

— Te promettre quoi ? demanda-t-elle, désorientée.

— Promets-moi que tu ne partiras pas avant que je revienne pour te suivre chez toi.

— Oh ! Sam ! Ce n'est qu'à une rue et demie d'ici. Je suis sûre que tout ira bien, protesta-t-elle.

— S'il te plaît, Harper. Fais-moi plaisir.

Il la dévisageait avec intensité.

— La consultation chez le médecin ne devrait pas prendre longtemps. Promets-moi de m'attendre si je suis un peu en retard.

— D'accord, je te le promets, dit-elle après un instant d'hésitation.

Après tout, elle n'avait pas besoin de rentrer si vite chez elle.

— Merci, lâcha-t-il avec un soulagement manifeste. Je file, mais je devrais être de retour à peu près vers 17 heures.

— Prends ton temps. Je te promets d'être là quand tu reviendras.

Elle soupira quand il s'en fut. Pourquoi devait-il être aussi adorable ? Selon Lauren elle lui avait brisé le cœur et, pourtant, il se souciait assez d'elle pour continuer d'être son garde du corps. Et il persistait à vouloir lui offrir la pâtisserie de ses rêves.

La plupart des hommes l'auraient laissée se débrouiller seule, mais pas Sam. Pas son Sam chéri. Comme toujours, cette pensée lui fit monter les larmes aux yeux. Sam finirait par surmonter leur séparation, et elle aussi, mais cela prendrait du temps.

Un quart d'heure avant la fermeture, Celeste Winthrop entra. C'était une belle femme aux cheveux blond cendré et aux grands yeux marron. Vêtue d'un pantalon blanc à pinces et d'un corsage émeraude, elle portait de grands anneaux d'or aux oreilles et un épais collier autour du cou, en or également. Elle avait l'air si fraîche et élégante que Harper se sentit terne et mal fagotée dans son pantalon noir et son corsage beige.

Celeste n'était jamais venue à la boutique auparavant, et Harper se cuirassa intérieurement, se doutant qu'elle ne cherchait pas une pâtisserie.

— Bonjour, Celeste. Que puis-je faire pour vous ?

— Hmm, je ne sais pas. Il faut que je regarde ce que vous avez, répondit Celeste en s'approchant du présentoir.

— Prenez votre temps.

L'autre femme fit des allers-retours, examinant tout ce que contenait la vitrine. Puis elle s'immobilisa et dévisagea Harper.

— Je n'ai pas vu le pick-up de Sam dehors. Y aurait-il de l'orage dans l'air ? lança-t-elle avec un sourire ironique.

— Non, Sam travaille toujours sur le chantier.

— La rumeur dit que vous et lui êtes très intimes.

Harper soupira.

— Je ne sais pas de quoi vous parlez.

— Vous savez exactement ce dont je parle, répondit Celeste. Il y a des tas d'hommes bien dans cette ville, pourtant. Vous pourriez sûrement trouver quelqu'un de votre âge à fréquenter.

— Vous êtes largement en retard sur les rumeurs, Celeste. Sam et moi ne nous voyons plus, alors vous êtes libre de le pourchasser autant que vous voulez.

Celeste plissa les yeux, ce qui eut pour effet d'amincir son nez.

— Je ne pourchasse pas les hommes… Ce sont eux qui me pourchassent, déclara-t-elle d'un ton hautain.

— Tant mieux pour vous, répliqua Harper, lasse de cette conversation. Maintenant, que puis-je vous servir ?

Celeste survola les gâteaux du regard, puis reporta son attention sur Harper.

— Je croyais avoir envie d'une pâtisserie, mais j'ai changé d'avis. Merci quand même.

Sur ce, elle tourna les talons et quitta la boutique.

Celeste savait désormais qu'elle avait le feu vert à l'égard de Sam, mais Harper avait le sentiment qu'elle devrait attendre très longtemps avant qu'il ne la « pourchasse ».

Sam ne fut pas de retour avant la fermeture et, bien qu'elle soit tentée de rentrer chez elle, elle lui avait fait une promesse et s'efforçait toujours de respecter sa parole.

Elle ferma la porte d'entrée à clé et éteignit les lumières, puis retourna à la cuisine préparer la journée du lendemain. Une fois cela fait, elle alla reprendre sa chaise derrière le présentoir. La pâtisserie était plus sombre que d'ordinaire en raison d'un ciel morose, qui s'était chargé de nuages durant les dernières heures.

Néanmoins, elle voyait assez clair pour régler quelques affaires en attendant Sam. Elle reprit les feuilles de papier sur lesquelles elle avait esquissé la page de publicité et les prospectus et fit des rectifications.

En se surprenant à gribouiller le nom de Sam, elle fronça les sourcils. Elle ressemblait à une de ces écolières transies d'amour, écrivant le nom de leur bien-aimé sur leur devoir d'algèbre.

Elle était assise depuis plusieurs minutes quand elle crut sentir de la fumée. Est-ce que cela venait de l'extérieur ? Elle se leva et renifla l'air. Non, cela semblait venir de la cuisine.

Avait-elle laissé un feu allumé sur la cuisinière ? Le four ? Elle ne s'imaginait pas faire une chose pareille, mais depuis qu'elle avait rompu avec Sam son attention était assez éparpillée.

Elle retourna en hâte à l'arrière. L'odeur était beaucoup plus prononcée dans la cuisine, et elle vit la fumée dériver dans l'air. Un bref coup d'œil à ses équipements lui apprit qu'elle n'avait rien laissé en marche.

Que diable se passait-il ? Elle prit alors conscience que la fumée venait de sous la porte séparant la cuisine de la buanderie. Elle toussa. La fumée lui piquait les yeux et lui irritait la gorge.

Elle ouvrit la porte et, bouche bée, recula en chancelant. Le feu ! De grandes flammes léchaient le bois de la porte de service. Oh ! mon Dieu, son magasin brûlait !

Claquant la porte, elle revint sur ses pas en courant. Elle devait sortir par devant, car la porte de service n'était plus praticable. Prenant son sac sous le comptoir, elle y chercha ses clés en hâte et s'approcha de la porte d'entrée. Avant même de mettre la clé dans la serrure, elle vit qu'une pile de matériaux avait été placée contre le battant, bloquant la sortie.

Quelqu'un devait avoir fait cela quand elle était dans la cuisine. Mais qui ? Et pourquoi ?

Un sanglot de panique lui échappa. Elle mit tout de même la clé dans la serrure, la tourna et poussa de toutes ses forces la porte. Mais il était impossible de la faire bouger ne serait-ce que d'un centimètre.

Elle eut une violente quinte de toux. La fumée s'épaississait de minute en minute, remplissant la pièce. Ses poumons lui faisaient mal, et des larmes sillonnaient ses joues.

Quand elle eut cessé de tousser, elle retourna à la cuisine. La pièce était noire de fumée et, en posant la main sur la porte de la buanderie, elle faillit se brûler.

L'affolement la saisit. Il s'en fallait de quelques minutes avant que le feu ne gagne la cuisine.

Elle courut à la porte d'entrée et tenta à nouveau de la pousser de toutes ses forces.

— Aidez-moi ! Au secours ! cria-t-elle en tapant sur la porte.

Elle finit par être à bout de souffle.

Piégée. Elle était piégée dans son magasin en flammes. Qui avait fait ça ? Étourdie par la fumée, elle eut une nouvelle quinte de toux.

Ses poumons étaient oppressés... tellement oppressés qu'elle avait l'impression de ne plus pouvoir absorber d'oxygène. Elle tomba à genoux près de la porte. Elle ne voyait plus rien en raison de l'épais brouillard qui s'insinuait partout. Sa tête tournait, et des dizaines de pensées se pressaient dans sa tête au ralenti.

Devait-elle appeler quelqu'un ? Avait-elle un téléphone ? Elle devait appeler Sam. *Sam.* Où était-il ? N'était-il pas censé être là ?

Elle l'aimait tant. Le reverrait-elle un jour ? Elle se sentait si lasse. Pourquoi avait-elle tellement sommeil ? Peut-être devait-elle faire un petit somme. Tout irait bien quand elle se réveillerait.

Une quinte de toux la secoua tout entière. Ses poumons brûlaient, et elle comprit que, si elle ne faisait pas quelque chose, elle allait mourir.

— Merci de m'avoir conduite, dit la mère de Sam tandis qu'ils s'arrêtaient dans l'allée.

— C'est normal, maman. Je t'accompagne à l'intérieur.

Sam se gara et coupa le moteur. Il jeta un coup d'œil à l'horloge du tableau de bord. Il y avait eu un peu d'attente chez le médecin, et il était maintenant 17 h 15. Il espérait que Harper avait tenu sa promesse de l'attendre.

Il était impatient d'y retourner. Il craignait toujours pour sa vie. Il ne pouvait se sortir de la tête son agression au couteau. Il ne se pardonnerait jamais s'il lui arrivait quelque chose d'autre.

Bien que Harper ne veuille plus de lui, il était résolu à la protéger de tout danger.

Pourtant, il n'y avait rien de pire qu'un amour non sollicité. Il ignorait combien de temps il lui faudrait pour guérir de

Harper. Elle était et resterait très longtemps la définition même de l'amour pour lui.

Il accompagna sa mère à l'intérieur et l'installa dans son fauteuil préféré.

— Je suis content que le médecin t'ait trouvée en bonne forme.

— Elle n'est encore pas née celle qui sera plus solide que moi, répliqua-t-elle. Et maintenant où est la télécommande ?

Il leur fallut plusieurs minutes pour trouver ladite télécommande. Puis Sam embrassa sa mère sur le front et s'en alla d'un pas pressé.

Il savait que Lauren était passée voir Harper dans l'après-midi, mais qu'elle n'avait pas réussi à la faire changer d'avis.

Peut-être ne l'aimait-elle pas, après tout.

Pourtant, il sentait l'amour aller et venir entre eux lorsqu'ils étaient dans la même pièce. Il voyait l'amour dans ses yeux chaque fois qu'elle le regardait. Comment pouvait-il la convaincre qu'ils étaient faits l'un pour l'autre ?

Le jour avait laissé place au crépuscule, aussi alluma-t-il ses phares sur la route. En s'arrêtant devant la pâtisserie, il fut content de voir la voiture de Harper. Elle avait tenu sa promesse.

Mais une sensation d'alarme le saisit lorsqu'il descendit de son pick-up. Au lieu de l'odeur de pâtisserie habituelle, une fumée âcre emplissait l'air. La boutique était plongée dans l'obscurité. Il s'élança vers la porte, et la panique le submergea quand il vit qu'elle était bloquée par un empilement de matériaux. Il jeta un coup d'œil à l'intérieur. Impossible de voir quoi que ce soit, avec la fumée qui remplissait la pièce.

Puis il l'aperçut… Il la distinguait à peine. Elle était recroquevillée, inerte, tout contre la porte d'entrée.

— Harper !

Il hurla son nom en frappant sur la porte aussi fort que

possible. Elle ne bougea pas. Affolé, il tira son téléphone de sa poche et appela les secours.

— Un incendie... Il y a un incendie à la pâtisserie Sweet Tooth. Harper est inconsciente à l'intérieur, cria-t-il.

Rempochant son téléphone, il se remit à frapper sur le battant, tentant de réveiller Harper.

Il craignait de casser la vitrine ou même la porte vitrée. L'appel d'air pouvait aviver les flammes et le verre brisé blesser Harper. Bon sang, il n'était pas pompier. Il ne savait que faire. Il voulait juste arriver jusqu'à elle. La seule chose à faire était d'ôter les matériaux empilés devant la porte. Si celle-ci n'était pas fermée à clé, il prendrait le risque de l'ouvrir pour sortir Harper.

Il devait agir le plus vite possible. Cette épaisse fumée était mortelle, et Harper ne réagissait plus.

Il commença à empoigner les planches pour les jeter de côté. En travaillant, il hurla à l'aide. Son cœur tambourinait dans sa poitrine, et des larmes de peur l'aveuglaient.

À sa grande surprise, R. J. sortit en courant de sa boutique de tatouage et se mit à l'aider.

— Qu'est-ce que c'est que ça, bon Dieu ? s'exclama celui-ci en s'activant.

— Quelqu'un l'a fait exprès, dit Sam, bouillant à la fois de colère et de peur.

Était-ce R. J. qui avait fait ça et jouait-il maintenant les héros ? Il s'occuperait de lui plus tard. Pour l'instant, peu importaient ses motivations.

Était-il déjà trop tard ? Harper avait-elle succombé ? Sam savait que la fumée était le véritable tueur dans un incendie.

Elle ne pouvait pas être morte. Ce n'était pas possible. Que ferait-il sans elle ? Il l'avait crue en sécurité dans son magasin. Il avait eu tort, entièrement tort.

Tout était sa faute. Il n'aurait pas dû la laisser seule. Il n'aurait jamais dû lui demander d'attendre son retour. Il ne se le pardonnerait jamais si... Il était incapable de formuler cette pensée.

Un autre homme, que Sam ne connaissait pas, vint les aider à déplacer les matériaux. En quelques minutes, le seuil fut dégagé.

— Si la porte n'est pas fermée à clé, j'y vais, dit Sam.

— Non, mon vieux, attendez les pompiers, protesta R. J. C'est trop dangereux !

— Elle ne peut pas attendre ! cria Sam.

Des sirènes se faisaient entendre au loin.

Il essaya la poignée de la porte. Heureusement, elle bougeait. Inspirant à fond, il pénétra dans la boutique.

À l'intérieur, l'air était brûlant et la fumée lui piqua immédiatement les yeux. Il se pencha pour soulever Harper dans ses bras. Son corps resta inerte, sans réaction. Un sanglot de désespoir lui monta dans la gorge.

R. J. lui tint la porte, et il se précipita dehors, regagnant l'air frais. Il déposa doucement Harper sur le sol.

— Harper... Harper chérie, ouvre les yeux, bredouilla-t-il. S'il te plaît... ouvre les yeux.

Soudain le chaos se fit autour de lui. Une ambulance arriva, suivie d'un camion de pompiers et de plusieurs voitures de police. Des hommes commencèrent à dérouler des tuyaux et à les transporter derrière le bâtiment.

Deux secouristes apparurent à ses côtés, avec une civière. Ils transférèrent Harper dessus et se hâtèrent de la faire entrer dans l'ambulance, à côté de laquelle un groupe de badauds commençait à se former. Avant que Sam reprenne ses esprits, l'ambulance démarra. Dallas rejoignit Sam.

— Que s'est-il passé ? demanda le policier d'une voix tendue.

— Bon sang, Dallas, je... je ne sais même pas si elle est morte ou vivante !

— Si elle est en vie, ils prendront soin d'elle, Sam, répondit

Dallas. Pour l'instant, il faut que vous me disiez tout ce que vous savez.

Sam lui expliqua rapidement qu'il avait emmené sa mère chez le médecin, et que Harper lui avait promis d'attendre son retour.

— Quelqu'un a mis le feu derrière et a déplacé mes matériaux pour bloquer la porte. Elle était piégée à l'intérieur. Tout est ma faute. Je n'aurais jamais dû la laisser seule.

Sa voix se fêla sous l'effet de l'émotion.

Son sentiment de culpabilité et les craintes qu'il nourrissait pour la vie de Harper le mettaient presque à genoux. Mais Dallas avait besoin d'autant d'informations que possible.

Tandis que le policier continuait de l'interroger, d'autres gens se rassemblèrent sur le parking. Il ne pensait qu'à Harper. Comment allait-elle ? Allait-elle survivre ?

Enfin, l'incendie fut éteint. Russ s'approcha d'eux pour leur parler.

— L'incendie a démarré à la porte de service, et nous pensons que c'est de l'essence qui a été utilisée comme combustible. La buanderie a brûlé entièrement, de même qu'une partie de la cuisine. Le reste de la boutique est sans doute très endommagé par la fumée. Pour l'instant, il y fait trop chaud pour pouvoir entrer et évaluer les dégâts.

— Je peux y aller ? demanda Sam à Dallas. Il faut que j'aille à l'hôpital prendre des nouvelles de Harper.

— Allez-y, dit Dallas. Je vous tiendrai au courant.

Sam se dirigea vers son pick-up.

— Salut, Sam.

Joe Rogers s'approcha de lui.

— Comment va Harper ?

— Je ne sais pas. Je vais à l'hôpital la voir maintenant.

Il fronça les sourcils. Était-ce de la suie, sur le front de Joe ? Comment s'était-il taché ? Il ne s'était pas approché de l'incendie. Et ses cheveux semblaient légèrement plus clairs, comme s'ils étaient maculés de cendre. Bien sûr, il y avait de la cendre dans l'air, mais personne n'était là depuis assez longtemps pour en avoir autant sur lui.

Il sentit son cœur changer de rythme. Joe ? Était-ce possible ? Nourrissait-il une sorte d'obsession à l'égard de Harper ? Une obsession devenue mortelle ?

— Excusez-moi une minute, Joe, dit-il.

Il revint en courant vers Dallas, qui s'entretenait à présent avec R. J.

— Je crois que c'est Joe… Joe Rogers, lui dit-il d'un ton pressant. Il a de la suie sur la figure alors qu'il ne s'est pas approché de l'incendie. Il faut l'interroger, Dallas. Je pense que c'est lui qui a allumé l'incendie. Je crois que c'est aussi lui qui a agressé Harper.

Sans attendre, Sam tourna les talons et, contournant Joe, rejoignit son pick-up. Joe, ce salopard ! Si ses soupçons étaient avérés, Dallas s'occuperait de lui.

Pour l'instant, il ne devait penser qu'à Harper. Dans l'intimité de son pick-up, il laissa couler ses larmes.

Harper… Harper… Son seul prénom le dévastait. Il fallait qu'elle s'en sorte. Plus il y réfléchissait, plus il était convaincu que Joe était son agresseur. Était-ce un meurtre qu'il avait commis ce soir ? Cette simple idée le déchirait. Il priait pour que ce ne soit pas le cas.

Peu importe que Harper et lui ne soient plus jamais ensemble, il fallait juste qu'elle s'en sorte. Qu'elle continue de diriger sa pâtisserie, qu'elle rie et sourie à ses clients. Il fallait qu'elle vive !

En roulant aussi vite que possible, il finit par arriver à l'hôpital. Se garant à la va-vite, il descendit de son pick-up et courut aux urgences.

Sherry Alyers, une femme avec qui il était sorti des années auparavant, était présente à la réception.

— Sherry, Harper Brennan vient d'être amenée en

ambulance. Tu veux bien dire au médecin que je suis là et que je voudrais de ses nouvelles aussi vite que possible ?

— Je vais le lui dire.

Se levant, elle disparut par une porte située derrière la réception.

Sam se mit à faire les cent pas, le cœur battant si vite qu'il en avait le souffle coupé. Tout ce qu'il voulait, c'était qu'on lui dise que Harper était sauve. Il voulait la voir pour s'assurer qu'elle allait survivre à cette nuit affreuse.

— Le médecin dit qu'il viendra te parler dès que possible, dit Sherry en revenant.

— Merci, Sherry.

Les minutes s'écoulèrent… de longues minutes qui finirent par devenir une heure. Sam s'assit finalement. Qu'est-ce qui prenait si longtemps ? Était-ce mauvais signe que le médecin ne soit pas encore venu lui parler ?

Une deuxième heure passa.

Dallas arriva.

— Des nouvelles ? demanda-t-il.

— Non… rien.

Dallas s'assit à ses côtés.

— Vous aviez raison à propos de Joe. J'ai trouvé deux bidons d'essence dans sa voiture. Il a tout avoué. Il ne pouvait pas supporter que Harper sorte avec un homme plus jeune.

— Quelle ordure ! s'exclama Sam, son inquiétude remplacée par la rage.

— Attendez, ce n'est pas fini, dit Dallas. Il a avoué non seulement l'avoir agressée et avoir allumé l'incendie, mais aussi avoir tué sa femme il y a des années et l'avoir enterrée dans sa grange. Elle voulait le quitter pour un homme beaucoup plus jeune. Le soir de son départ, ils se sont disputés, il l'a frappée, elle est tombée et s'est cogné la tête sur la petite table. Le fait que Harper vous fréquente a apparemment réactivé le traumatisme chez lui.

— Quel salopard ! dit Sam avec colère. Alors vous l'avez inculpé ?

— Oui, et les charges sont assez lourdes pour qu'il écope d'une peine très longue. J'ai envoyé des hommes creuser le sol de sa grange.

Dallas se leva.

— Laissez-moi voir si je peux obtenir des informations pour vous.

Il s'approcha de la réception. Sherry lui indiqua les portes battantes marquées d'un panneau « urgences ».

Sam s'efforçait d'assimiler ce que Dallas venait de lui dire. Jusque-là, Joe était pour lui un quidam ordinaire, qui venait chaque matin consommer un café et un roulé à la cannelle. Mais justement ce n'était pas un quidam ordinaire. Sa méchanceté l'avait poussé à tenter de tuer Harper comme il avait tué sa femme.

Dallas revint enfin, le Dr Alex Erickson à ses côtés. Sam bondit de son siège.

— Comment va-t-elle ?

— Elle est stable, répondit Alex.

Sam faillit s'effondrer de soulagement.

— Inutile de le dire, elle a inhalé beaucoup de fumée, continua le médecin. Je l'ai mise sous oxygène et je lui ai administré un sédatif. Nous avons fait des tests, et je ne crois pas que ses poumons soient endommagés, mais il faudra revérifier d'ici demain ou après-demain.

— Puis-je la voir ? questionna Sam.

— Elle dort. Elle ne saura même pas que vous êtes venu, répondit Alex.

— Je... je voudrais la voir juste une minute, insista-t-il. S'il vous plaît.

— Il ne faut la déranger en rien, dit fermement le médecin. Elle est dans la chambre 105.

— Merci.

Tournant les talons, Sam emprunta le couloir qui menait aux chambres des patients.

Lorsqu'il atteignit la chambre 105, il passa la tête par la porte et sentit son cœur se serrer. Harper avait l'air si petite dans ce lit d'hôpital. On l'avait intubée pour lui fournir de l'oxygène, et elle était sous perfusion.

Il avait envie de la prendre dans ses bras et de la presser contre lui. Il voulait la protéger du danger et du chagrin pour le reste de sa vie.

Il demeura sur le seuil plusieurs minutes, regardant sa poitrine monter et descendre. Dieu merci, elle était sauve. Mais elle serait dévastée en apprenant que la pâtisserie était réduite à l'état de ruine fumante.

Il la reconstruirait pour elle. Quels que soient les efforts que cela demanderait, si elle le lui permettait, il la ferait renaître de ses cendres.

Enfin, il quitta la chambre, sachant qu'il ne pouvait rien faire de plus ce soir-là.

La nuit était tombée, et les nuages s'étaient finalement dissipés, révélant un ciel plein d'étoiles.

Il resta assis dans son pick-up un long moment. C'était fini. Il n'aurait plus à jouer les gardes du corps pour Harper. De toute façon, il avait misérablement échoué dans ce rôle.

Maintenant que Joe avait été arrêté, elle pourrait reprendre le cours de sa vie en toute sécurité. Sans peur. Et sans lui. Elle ne voulait plus de lui. Le pire étant passé, le chagrin reprenait ses droits, plus douloureux que jamais.

Si Harper le voulait, il reconstruirait sa pâtisserie, mais il ne serait que le charpentier, rien de plus. Il devait affronter la réalité, et cette réalité était que Harper et lui n'avaient plus aucun avenir ensemble.

12

Le matin du troisième jour, Harper s'éveilla avant le lever du soleil et constata avec gratitude qu'on lui avait retiré le masque à oxygène et la perfusion.

Durant les deux jours écoulés, on l'avait maintenue sous sédatifs, et elle avait somnolé la plupart du temps. Mais elle avait fait des cauchemars, qui l'avaient souvent tirée en sursaut de son sommeil.

Les seules personnes qui lui avaient rendu visite étaient les médecins et les infirmières qui veillaient sur elle. On lui avait dit qu'elle avait inhalé de la fumée, mais que par bonheur ses poumons n'avaient pas été endommagés à long terme.

Néanmoins, elle se doutait que la pâtisserie était en ruine. Elle n'avait pas posé de questions là-dessus et n'y avait même pas songé jusqu'à ce matin.

Elle se rappelait les flammes et la fumée, mais elle n'avait aucun souvenir qu'on l'ait sortie de là.

Sam. Penser à lui fit monter immédiatement les larmes. Elle l'avait exclu de sa vie, et son commerce n'existait plus. Ce matin-là, elle se sentait plus seule et désespérée que jamais.

Elle somnola jusqu'à ce qu'on lui serve le petit déjeuner. Elle but avidement le café, mais picora seulement les œufs brouillés et la galette de pommes de terre. Elle n'avait pas faim.

Peu après qu'on lui eut enlevé le plateau, Dallas pénétra dans sa chambre.

— Bonjour, Harper. Comment vous sentez-vous ce matin ?

Il s'assit sur une chaise près du lit.

— Ça peut aller.

Sa gorge était irritée et sa voix légèrement rauque, mais les médecins lui avaient assuré que cela finirait par passer.

— Je dois vous poser quelques questions. Vous vous sentez capable de me répondre ?

Elle hocha la tête.

— Bien sûr. Moi aussi, j'ai des questions pour vous.

— Je voudrais que vous me racontiez exactement ce qui s'est passé le jour de l'incendie.

Harper lui narra le déroulement des événements depuis le moment où elle avait senti la fumée. Elle relata ses efforts pour ouvrir la porte barricadée jusqu'à ce qu'elle sombre dans l'inconscience.

— Ce que je ne sais pas, c'est comment je suis sortie de là. Vous pourriez me le dire ?

— C'est Sam qui vous a sortie de la pâtisserie. Selon les témoins, il s'est battu comme un forcené pour déplacer les matériaux, et ensuite il est entré et vous a évacuée.

Son cœur se serra. Bien sûr, c'était Sam qui l'avait sauvée... Son gentil Sam. Mais il n'était plus à elle.

— Une fois qu'on vous a emmenée en ambulance, Sam a remarqué quelque chose de bizarre chez Joe, continua Dallas.

Elle le dévisagea avec surprise.

— Joe... Joe Rogers ?

— Oui. Il avait de la suie sur le visage, et Sam me l'a signalé. Après enquête, j'ai découvert deux bidons d'essence vides dans sa voiture. C'est lui qui a mis le feu, Harper. C'est lui qui essayait de vous tuer.

Harper le fixa, abasourdie.

— Mais pourquoi ?

Lorsque Dallas le lui expliqua, elle en fut atterrée. Il était difficile de croire que l'homme qui avait été son client régulier cachait une haine pareille à son égard.

— Selon ce que m'a dit Joe, il était amoureux de vous et attendait simplement le bon moment pour vous inviter. Quand vous avez commencé à fréquenter Sam, cela l'a révolté et a transformé son affection en haine.

— C'est difficile à croire. Je n'aurais jamais deviné que c'était Joe. Alors, dites-moi, dans quel état est la pâtisserie ?

Elle se cuirassa en attendant la réponse. La boutique avait-elle brûlé en totalité ? N'y avait-il plus que des gravats carbonisés ?

— L'arrière du magasin a été gravement brûlé, mais les pompiers ont réussi à éteindre l'incendie avant qu'il n'aille trop loin dans la cuisine. Toutefois, la fumée a fait de gros dégâts partout, répondit Dallas.

Harper songea qu'elle devrait être soulagée que ce ne soit pas pire, mais c'était déjà assez lugubre. Son assurance allait sans doute prendre en charge la reconstruction, mais il se passerait des mois avant qu'elle puisse rouvrir.

À sa grande surprise, les larmes lui montèrent aux yeux une fois encore. Elle lâcha un rire embarrassé et tendit le bras pour prendre un mouchoir en papier sur la table de chevet.

— Désolée, je suis un peu larmoyante aujourd'hui.

Elle s'essuya les yeux.

— Ne vous excusez pas, dit Dallas. Vous avez traversé une sacrée épreuve. Vous avez de la chance d'être encore vivante.

— J'ai eu beaucoup de chance, approuva-t-elle faiblement.

Mais pour l'instant elle ne se sentait pas du tout chanceuse. Tout lui paraissait accablant. Elle était désormais la propriétaire d'une boutique gravement endommagée. Il faudrait qu'elle s'occupe du nettoyage et de la reconstruction. Et une fois encore elle devrait affronter tout cela seule.

— Vous avez d'autres questions ? demanda Dallas.

Elle en avait un million. Comment allait Sam ? Était-il venu la voir ? Ou son intérêt, son amour pour elle, s'était-il déjà évanoui ?

Bien sûr, elle n'en posa aucune. En réalité, elle n'avait plus le droit de poser des questions sur Sam, sauf une. Et celle-là la frappa soudain comme un éclair.

— Sam a-t-il été blessé en me sortant du magasin ?

— Non, pas du tout, répondit Dallas.

Elle exhala le souffle qu'elle avait retenu sans s'en apercevoir. Dieu merci, il ne lui était rien arrivé.

— J'imagine que je n'ai pas d'autre question pour l'instant, conclut-elle.

Une fois encore, elle sentit des larmes lui picoter les yeux. Mais qu'est-ce qui n'allait pas chez elle ? Elle avait déjà affronté l'adversité.

— Harper, si vous avez d'autres interrogations, n'hésitez pas à m'appeler, dit Dallas.

— Merci.

Le policier s'en alla, et peu après le Dr Ralph Reeves entra dans sa chambre. Le vieil homme était son médecin traitant depuis des années. C'était un homme tranquille et bienveillant, qui traitait ses patients avec respect et gentillesse.

— Comment va ma patiente aujourd'hui ? demanda-t-il avec un sourire chaleureux, en s'asseyant sur la chaise que Dallas venait de libérer.

— Ma gorge me démange un peu, mais en dehors de ça je vais bien.

— Je crois que vous êtes assez bien pour rentrer chez vous, dit le Dr Reeves. Qu'en pensez-vous ?

— J'aimerais bien.

— Mais si je vous laisse sortir c'est à une condition : que vous vous reposiez au moins quelques jours. Je sais que vous aurez envie de vous activer tout de suite, vu l'état de votre boutique, mais c'est important que vous vous donniez le temps de guérir. Alors, vous me promettez de prendre les choses comme elles viennent et de ne rien faire pendant un moment ?

— Je vous le promets, dit-elle.

C'était une promesse facile à faire. Elle se sentait épuisée… complètement vidée. Tout ce qu'elle voulait, c'était rentrer chez elle et s'allonger sur son lit. La pâtisserie attendrait que son énergie revienne.

— Alors je vais faire préparer vos papiers, et vous pourrez partir dans une heure.

Le médecin se leva et lui adressa un sourire bienveillant.

— Prenez soin de vous, Harper.

— J'en ai bien l'intention. Merci, docteur Reeves.

Ce fut seulement quelques minutes après qu'elle prit conscience qu'elle avait un problème. Sa voiture n'était pas là, et elle ne savait pas à qui faire appel pour la ramener chez elle.

Millsville était une très petite ville. Il n'y avait pas de taxis ni de voitures Uber. Les femmes qu'elle considérait autrefois comme ses amies proches étaient au travail et, de toute façon, elle n'avait pas très envie de les appeler. Elle n'était pas d'humeur à entendre des « Je te l'avais bien dit ».

Elle avait à peine eu le temps d'y réfléchir quand l'infirmière, Amber, entra dans sa chambre. Elle apportait un de ses jeans et un corsage bleu. Elle avait aussi un sac en papier et le sac à main de Harper.

— Quelqu'un a apporté des vêtements propres pour vous. Nous avons mis dans un sac la tenue que vous portiez à votre arrivée, car elle sent très fort la fumée. Si vous voulez prendre une douche rapide avant de vous habiller, je vous attendrai.

— Oh oui, j'en ai vraiment envie, répondit Harper.

Ses cheveux et même son corps dégageaient encore une odeur de fumée. Elle avait hâte de se sentir propre.

— Le chef de la police a rapporté votre sac à main. Il a pensé que vous en auriez besoin. Nous l'avons essuyé pour enlever la plus grande partie de la suie et des cendres.

— C'est très gentil de sa part, et de la vôtre aussi, dit Harper.

Dieu merci, Dallas avait saisi qu'elle aurait besoin de son sac pour sortir de l'hôpital. Malgré le nettoyage, il était encore noirci par la fumée. Une fois qu'elle y aurait pris ses affaires personnelles, il faudrait le jeter.

Quelques minutes plus tard, elle se tenait sous le jet d'eau chaude, se savonnant et se lavant les cheveux avec la savonnette et la petite bouteille de shampoing qu'on lui avait fournies. C'était bon de se débarrasser de cette odeur de fumée.

C'était Sam qui avait apporté ses vêtements. C'était la seule hypothèse possible. Il avait encore la clé de chez elle, et il était assez attentionné pour avoir pensé à lui laisser des habits propres. Son cœur se serra en pensant à lui, et de nouvelles larmes se mêlèrent à l'eau chaude.

Quand elle sortit de la douche et s'habilla, son problème lui revint en tête. Comment allait-elle rentrer chez elle ? Elle devait trouver rapidement une solution. Elle acheva de se préparer et s'assit au bord du lit en attendant son bulletin de sortie.

Tandis qu'elle réfléchissait, il franchit soudain la porte.

Sam.

Elle en eut le souffle coupé. Il avait les traits tirés, et l'éclat habituel de son regard avait disparu. Mais le sourire qu'il lui adressa la réchauffa tout entière.

— J'ai entendu dire que tu rentrais à la maison et j'ai pensé que tu aurais besoin d'un chauffeur, dit-il.

— Comment le savais-tu ?

— Je dois reconnaître que j'ai embêté tout le monde ces derniers jours. J'ai traîné des heures en posant des questions sur toi. Aujourd'hui je suis venu très tôt pour savoir si je pouvais te voir, mais ils m'ont dit d'attendre que le médecin soit passé. Le Dr Reeves m'a aperçu dans la salle d'attente et est venu me dire que tu allais sortir et que je pouvais aller te voir. Alors… tu as besoin que je te raccompagne ?

— Ça ne te dérange pas ?

Même si c'était embarrassant, elle était contente qu'il soit venu. Il lui sourit encore.

— Bien sûr que non, ça ne me dérange pas.

— Je… euh… j'attends juste mon bulletin de sortie, expliqua-t-elle.

— Alors je vais attendre avec toi.

Il s'assit sur la chaise au pied du lit.

— Comment te sens-tu ?

— Mieux que la dernière fois que tu m'as vue.

Elle ne voulait pas le regarder. Elle ne voulait pas laisser ses beaux yeux, son doux regard entrer dans son cœur.

— Tu as mal à la gorge ? demanda-t-il. Ta voix est un peu rauque.

— J'ai un peu mal, mais pas trop.

Elle se tourna finalement vers lui.

— Merci, Sam. Merci de m'avoir sauvé la vie.

Son sourire s'évanouit, et son regard s'assombrit.

— Seigneur, Harper, quand je t'ai vue dans la pâtisserie, avec toute cette fumée… Tu étais allongée sur le sol, inerte. Je… j'ai pensé que tu étais morte.

Sa voix se fêla, et il détourna le regard.

— Et tout ce que je me disais c'était que c'était ma faute. C'est moi qui t'avais fait promettre de m'attendre. Si je n'avais pas fait ça, peut-être que l'incendie n'aurait pas été allumé et que tu n'aurais pas été piégée à l'intérieur.

Il semblait torturé par la culpabilité.

— Sam, regarde-moi.

Il leva lentement les yeux.

— Tu n'es pas responsable de ce qui s'est passé. C'est Joe, le responsable. C'est lui qui a allumé l'incendie, et si cela ne s'était pas passé à ce moment-là cela aurait été un autre jour. Tu n'as aucune raison de te sentir coupable.

Il poussa un gros soupir.

— Je suis tellement navré pour tout ça.

Amber rentra dans la chambre, des papiers à la main, poussant un fauteuil roulant. Elle tendit les documents à Harper et lui adressa un sourire éclatant.

— Voilà, Harper. Vous êtes prête à partir.

— Le bon côté de tout ça, c'est que tout est fini. Le méchant est en prison, et je suis encore en vie.

— Dieu merci, répondit Sam.

— Et merci pour vos soins, Amber, ajouta Harper en se levant pour s'asseoir dans le fauteuil roulant.

Elle se sentait idiote de devoir s'y installer, mais elle savait que c'était le protocole pour quitter l'hôpital.

— Tout le plaisir était pour moi, assura Amber.

— Je vais avancer le pick-up, annonça Sam en quittant la pièce.

Amber la poussa dans le couloir, puis lui fit franchir la porte des urgences, juste au moment où Sam arrivait le long du trottoir.

— Prenez bien soin de vous et n'oubliez pas de vous reposer, lui dit Amber.

— Je le ferai. Merci encore, Amber.

Sam sortit de son véhicule et l'aida à prendre place sur le siège passager.

— Tu es prête ? demanda-t-il lorsqu'il fut derrière le volant.

— Prête, répondit-elle en attachant sa ceinture.

Comme toujours, le simple fait d'être près de Sam la faisait fondre. Le parfum de son eau de Cologne évoquait l'amour. Sa chaleur corporelle flottait vers elle et lui donnait envie de se blottir dans ses bras et de ne plus jamais en sortir.

Elle prit une grande inspiration et souffla lentement tandis qu'il démarrait.

— Avant de rentrer à la maison, tu voudrais bien m'emmener à la pâtisserie ?

Son cœur était déjà douloureux à cause de Sam. Peut-être le moment était-il venu d'affronter le reste de son chagrin.

Sam la regarda d'un air surpris.

— Tu es sûre ? Je croyais qu'on t'avait recommandé de te reposer.

— Je ne ferai rien. J'ai juste besoin de la voir.

Bien qu'il ne trouve pas que ce soit une très bonne idée, il tourna dans Main Street. Son cœur lui faisait mal à l'idée de ce qu'elle allait voir. Il savait qu'elle serait dévastée par l'étendue des dégâts. Il l'aimait tant qu'il aurait voulu lui épargner ce chagrin. Mais il ne le pouvait pas.

Il s'arrêta devant la pâtisserie. De là, les dégâts n'étaient pas trop visibles.

— Il faut que j'aille voir, dit-elle. Tu as le temps ?

Il hésita un instant, puis acquiesça.

— J'ai tout le temps qu'il te faut.

Elle lui jeta un regard reconnaissant et ouvrit sa portière. Il sortit promptement de son pick-up pour la rejoindre de l'autre côté.

Il fronça les sourcils en la voyant sortir les clés de son sac. Il n'avait pas compris qu'elle avait l'intention d'entrer. Oh ! cela allait être tellement dur pour elle ! Il était content d'être là quand elle aurait son premier aperçu des dégâts. Il aurait détesté qu'elle ait à affronter cela toute seule.

Elle ouvrit la porte et la poussa. Une odeur de fumée et de bois humide les accueillit immédiatement. Elle fit halte un long moment, puis s'avança à l'intérieur, Sam sur les talons.

Les murs étaient noirs de fumée et les tables et les

comptoirs recouverts de suie. Harper ne dit rien et avança dans la cuisine, où la buanderie n'était plus qu'un tas de bois carbonisé. La porte de service avait entièrement brûlé, laissant une ouverture béante dans le bâtiment.

Harper la franchit et marcha jusqu'au centre de la cour, où elle opéra un demi-tour pour contempler l'arrière de la boutique. Il sentit ses larmes avant qu'elles ne commencent à couler.

— Harper, on va tout nettoyer… et tout reconstruire, promit-il avec ferveur. Ce sera encore mieux qu'avant.

N'importe quoi pour qu'elle ne pleure pas, pour qu'elle n'ait pas mal.

— Je savais que ce serait affreux, mais je n'avais pas pris conscience à quel point, dit-elle entre ses larmes.

— Je te jure, Harper, je réparerai tout pour toi.

Il ne put s'en empêcher. Il ne pouvait pas se tenir là et la regarder pleurer. Il lui tendit les bras, et elle vint s'y réfugier volontiers. Enfouissant le visage contre son T-shirt, elle se mit à pleurer pour de bon.

Il la serra et lui caressa le dos de haut en bas pour l'apaiser. En même temps, il lui murmurait des mots d'encouragement et d'amour à l'oreille.

Elle cessa finalement de pleurer, mais resta dans ses bras.

— Oh ! Sam, pourquoi es-tu toujours si merveilleux ?

Il lâcha un petit rire.

— Je n'essaye pas d'être merveilleux. C'est juste que je t'aime, Harper.

Elle s'immobilisa, puis leva finalement la tête et le regarda.

— Je t'aime aussi.

Son cœur prit son essor en entendant ces mots.

— Alors pourquoi m'as-tu quitté ?

Elle se dégagea et contempla la boutique.

— J'essayais de faire ce qu'il fallait.

Puis elle se tourna vers lui et, dans ses yeux, il lut un mélange de confusion, de tristesse et d'amour.

— Que veux-tu dire ?

— Je t'ai quitté pour que tu trouves une femme de ton âge, pour que tu puisses avoir une famille. Je t'ai quitté parce que je ne te suffirai jamais, je le sais.

Il la fixa un long moment.

— Je le déteste, dit-il enfin.

Elle le dévisagea avec confusion.

— Qui ?

— Ton ex-mari, l'homme qui t'a fait croire que tu n'étais pas assez bien. Il t'a handicapée, Harper. Il t'a fait croire que tu n'étais pas assez jolie, pas assez intelligente pour retenir un homme. J'aimerais que tu puisses te voir par mes propres yeux, parce que, moi, je trouve que tu es le rêve de tout homme.

Elle le fixa un long moment, et il ne put déchiffrer ce qu'elle pensait.

— Sam, j'ai mes petites habitudes, dit-elle enfin.

Il lui sourit.

— Ça tombe bien, parce que j'ai aussi les miennes.

Il fut récompensé par un petit éclat de rire. Encouragé par sa réaction, il continua :

— Et ce qu'il y a de bien c'est que tu es jeune de cœur, et que mon cœur à moi est sage. Ça nous rend absolument parfaits l'un pour l'autre.

— Tu sais que, parfois j'ai des... euh... des étés personnels.

— Tu veux dire tes bouffées de chaleur ? Elles ne durent pas longtemps et, en plus, ça ne m'étonne pas parce que tu es une femme très, très chaude.

Il espérait qu'elle rirait encore, mais elle fronça les sourcils.

— Sam, je ne veux en aucun cas t'empêcher d'avoir ce que tu veux dans la vie.

— Tu ne comprends pas ? Harper, ce que je veux dans la vie, c'est toi. Je n'ai jamais pensé que le mariage était pour moi jusqu'à ce que je te rencontre. Harper, je veux t'épouser. Je veux cuisiner et manger avec toi, je veux regarder des films avec toi et m'endormir avec toi le soir. Je te veux, Harper, pour le restant de mes jours.

— J'ai tellement peur de te faire du mal, fit-elle doucement. Je t'aime, Sam. Je t'aime de tout mon cœur et de toute mon âme, mais j'ai tellement peur de te faire du mal.

— Chérie, la seule manière de me faire du mal serait que tu me retires ton amour. Les événements des derniers jours t'ont sûrement fait prendre conscience que la vie est trop courte pour ne pas être heureuse. Tu dois me faire confiance, nous faire confiance. Si je suis ton bonheur comme tu es le mien, choisis-moi. Fais ta vie avec moi.

Il vit ses yeux se remplir de larmes, et il sentit son cœur tomber comme une pierre dans sa poitrine. Il ne savait plus quoi dire pour lui faire comprendre qu'ils étaient faits l'un pour l'autre.

— Peu importe notre relation personnelle, si tu me le permets, je reconstruirai ta pâtisserie, déclara-t-il finalement. Je réaliserai ton rêve sur ce plan. Ça, je peux te le promettre.

— Oublie la pâtisserie, répliqua-t-elle.

Elle essuya les larmes sur ses joues et lui sourit.

— Sam, tu es très tenace. Et je te veux, ajouta-t-elle, les yeux soudain brillants. C'est toi que je choisis, Sam.

Il ne lui laissa pas le temps de dire autre chose. Il lui tendit les bras et l'embrassa avec tout l'amour qu'il avait dans le cœur.

Elle lui rendit son baiser et se colla contre lui en nouant les bras autour de son cou. Lorsque le baiser prit fin, il lui sourit.

— Je t'adore, dit-il.

Elle s'écarta d'un pas et lui prit la main.

— Viens, Sam, rentrons à la maison.

Son cœur rugit de bonheur. La maison. La maison avec Harper. Il avait hâte que débute son avenir avec elle.

Épilogue

Harper se laissa tomber sur une chaise pliante et poussa un soupir de lassitude. Tout autour d'elle, des gens récuraient les murs de la pâtisserie.

Il s'était écoulé presque deux semaines depuis l'incendie. Lorsque Sam et elle avaient entrepris les travaux de nettoyage deux jours auparavant, Harper avait été stupéfaite de voir tant de monde venir leur prêter main-forte. Non seulement ses clients réguliers, mais aussi des habitants qu'elle n'avait jamais rencontrés.

Les travaux au-dehors avaient aussi commencé. Bien qu'il faille encore un moment avant que tous les problèmes d'assurance soient réglés, Sam et ses frères avaient démantelé le bois brûlé et commencé à le remplacer.

Malgré l'incendie et la destruction de son commerce, Harper n'avait jamais été aussi heureuse de sa vie. Sam était revenu vivre chez elle et, chaque nuit, elle s'endormait dans ses bras.

Elle était surprise de constater que ceux qui ne voyaient rien de répréhensible dans leur relation étaient beaucoup plus nombreux que ceux qui en faisaient des gorges chaudes. Les mauvaises langues ne l'ennuyaient plus, et elles n'avaient jamais dérangé Sam, ce qui était le plus important.

Sam ne planifiait pas seulement leurs premières vacances ensemble, il l'encourageait aussi à prévoir leur mariage.

Il répétait avec insistance qu'il ne serait complètement heureux que quand ils seraient mariés, et même si elle n'aurait jamais cru convoler à nouveau un jour elle était aux anges à l'idée de devenir la femme de Sam.

Il avait apporté tant de changements dans sa vie, des changements merveilleux, qui l'enthousiasmaient et l'inspiraient. La vie était vraiment trop courte pour ne pas embrasser le bonheur et l'amour quand ils croisaient votre chemin.

Quinze minutes plus tard, Harper remercia ses clients et leur dit au revoir. Lorsque la boutique fut vide, Sam entra par la porte de derrière. Son T-shirt était sale et il avait de la suie sur le visage, mais il ne lui avait jamais paru aussi beau.

— Salut, mignonne, dit-il lorsque la dernière personne fut partie.

Il la prit dans ses bras.

— Comment va ma petite amie ?

— Bien, répondit-elle. Et j'irai encore mieux si j'ai un baiser de mon petit ami.

Ses yeux brillèrent joyeusement.

— Je crois que je peux faire ça.

Il se pencha et captura ses lèvres dans un baiser infiniment doux, un baiser parlant d'amour éternel.

Personne ne pouvait prédire l'avenir, mais Harper savait que son futur était entre les mains de ce beau jeune homme, qui était entré dans son existence de manière imprévue et l'avait remplie d'amour. Son gentil, gentil Sam avait comblé sa vie.

Seul dans son bureau, Dallas s'adossa à sa chaise et se frotta les yeux. Il était minuit passé et il aurait dû être au lit, mais depuis quelque temps il avait du mal à dormir. Et quand il sombrait dans le sommeil il souffrait d'horribles cauchemars.

Dans ces rêves, malgré leurs bouches cousues, Sandy et Cindy réclamaient justice en pleurant. Elles le pourchassaient à travers de noirs paysages, jusqu'à ce qu'il se réveille, angoissé et hors d'haleine.

Jusque-là, le tueur n'avait commis aucune erreur. Il était organisé et se contrôlait, deux qualités qui le rendaient plus dangereux et plus difficile à attraper que les meurtriers ordinaires.

Dallas n'avait trouvé aucun mobile, dans les vies de Cindy ou Sandy, qui puisse expliquer leurs meurtres. Il semblait que le tueur les avait choisies au hasard, de même que les lieux où il avait mis leurs corps en scène.

Il se pencha à nouveau sur l'épaisse pile de comptes rendus des interrogatoires que ses hommes et lui avaient conduits ces deux derniers mois.

Rien.

Il n'y avait absolument rien qui lui indique qui il pourchassait. Pour l'instant, il ne faisait que tourner en rond.

Il savait que les habitants de la ville avaient peur, et cela le rendait malade de ne pas pouvoir les rassurer. Millsville était devenue le terrain de jeu d'un assassin qui transformait de jeunes femmes en épouvantails humains. Ce qui l'effrayait le plus était qu'il allait falloir d'autres meurtres avant que le tueur commette enfin une erreur et laisse un indice derrière lui.

Il ne supportait pas l'idée qu'une autre jeune femme perde la vie.

Mais tout ce qu'il pouvait faire c'était retenir son souffle en attendant le prochain crime.

DELORES FOSSEN

La vengeance à deux visages

Traduction française de
FLORENCE BERTRAND

BLACK ROSE

HARLEQUIN

Titre original :
MAVERICK JUSTICE

1

Elle était suivie.

Delaney Archer en était sûre. Elle était tout aussi sûre que le 4-4 noir gagnait du terrain sur elle. Et que, lorsqu'il l'aurait rejointe, le conducteur de cette voiture la tuerait.

Son pouls tambourinait à ses oreilles et elle secoua la tête, s'efforçant de chasser le vertige qui menaçait de s'emparer d'elle. Il fallait qu'elle reste concentrée. Vigilante. Sa vie en dépendait. Si elle perdait le contrôle de son véhicule et quittait la route, le tueur aurait gagné.

Un éclair zébra le ciel noir et illumina un panneau annonçant qu'elle se trouvait encore à huit kilomètres de la bourgade de Clay Ridge. Trop loin. Sur cette route de campagne, elle n'avait aucune possibilité de faire demi-tour et de regagner son domicile à Lubbock. D'ailleurs, elle ne serait pas davantage en sécurité là-bas. Le 4-4 la suivrait et, seule chez elle, Delaney serait une cible facile.

Un grondement de tonnerre se fit entendre quelques secondes plus tard. Un rugissement sourd qui lui fit l'effet d'une mise en garde. Elle lutta contre la panique qui montait en elle. Plus que deux minutes et elle verrait son fiancé, Cash Mercer.

Cash résoudrait tout. Il était son héros, et elle avait plus que jamais besoin de lui. Il saurait quoi faire à propos de l'individu qui la poursuivait. Il pourrait le mettre hors d'état de nuire parce qu'il était le shérif de Clay Ridge.

Elle s'engagea sur la route qui menait au ranch de Cash et jeta un nouveau coup d'œil dans le rétroviseur. En dépit de la pluie et de sa vision floue, Delaney distingua le 4-4 qui tournait derrière elle. Il était proche. Trop proche.

Elle pressa la pédale d'accélérateur, indifférente aux flaques profondes qui s'étaient formées sur le chemin. Les balais d'essuie-glace fonctionnaient à toute allure, laissant sur le pare-brise des traces qui réduisaient d'autant plus sa visibilité.

Marmonnant une prière, elle négocia un virage sec et entendit hurler les pneus. Le 4-4 était tout près, le faisceau aveuglant de ses phares braqué sur elle.

Il était tout sauf prudent de rouler à tombeau ouvert en plein orage à 1 heure du matin, alors qu'elle se sentait malade et étourdie, mais tout valait mieux que d'affronter un tueur sur une route de campagne déserte. Elle n'avait pas d'arme. Aucun moyen de se défendre. Pire, elle était épuisée et redoutait d'être à peine capable de tenir debout, sans parler d'opposer la moindre résistance.

— Encore quatre cents mètres, murmura-t-elle à la vue de l'étang et du bouquet de cèdres à l'entrée de la propriété.

Elle tourna une dernière fois, franchit les barrières qui délimitaient le ranch, puis risqua un regard dans le rétroviseur.

Et tout en elle se figea.

Il n'y avait rien derrière elle. Pas de 4-4. Pas de phares. Personne.

La poitrine comprimée dans un étau, Delaney relâcha le souffle qu'elle retenait dans ses poumons, les yeux rivés sur le rétroviseur. L'obscurité aurait dû lui apporter un sentiment de soulagement, de joie.

Mais non.

Seigneur, avait-elle imaginé que quelqu'un la suivait ?

Non. Elle n'aurait pu se méprendre sur une chose pareille. C'était impossible.

Elle ralentit, et se mordit la lèvre pour l'empêcher de trembler. Pourquoi tout lui semblait-il légèrement flou ? Et déformé ? Quelque chose clochait. Mais quoi ? Elle avait le cerveau trop embrumé pour comprendre.

De nouveaux éclairs déchirèrent le ciel alors qu'elle se garait devant la maison de Cash. Aucune lampe n'était allumée, pas même celle au-dessus de la porte d'entrée. Il était couché, bien sûr, ce qui n'avait rien d'étonnant. Il se levait toujours tôt pour s'acquitter de ses tâches au ranch avant de se rendre au bureau du shérif.

La pluie froide du printemps s'abattit sur elle dès qu'elle descendit de voiture, mais Delaney parvint à traverser la cour. Chaque pas était un effort. Luttant contre le vertige, elle mit une éternité à combler la distance qui la séparait de la porte, et elle était trempée quand elle glissa enfin sa clé dans la serrure.

Elle s'adossa au mur et retira sa robe mouillée, surprise de constater qu'elle ne portait pas de sous-vêtements. Il lui fallut un instant pour se souvenir qu'elle avait laissé toutes ses affaires hormis son sac à main à l'hôpital.

Oui. L'hôpital de Lubbock.

Elle avait enfilé sa robe en hâte pour pouvoir s'enfuir.

Mais pourquoi ?

Parce que quelqu'un avait voulu la tuer.

Voilà pourquoi la panique l'avait submergée lorsqu'elle avait vu le 4-4 derrière elle. Sauf que... peut-être le 4-4 n'avait-il jamais existé. Elle secoua la tête de nouveau, refoulant les questions et les angoisses qui la taraudaient. Les réponses viendraient plus tard, lorsqu'elle se serait reposée.

Elle drapa la robe dans un fauteuil dans le salon. Des gouttes de pluie coulèrent sur ses joues, qu'elle essuya d'un revers de main. Elle retira ses chaussures détrempées et emprunta le couloir qui conduisait à la chambre de Cash.

Elle poussa la porte. Un nouvel éclair révéla Cash étendu sur le ventre dans son lit, la partie inférieure du corps recouverte d'une courtepointe en patchwork. La tempête faisait rage au-dehors, la pluie cinglait le toit en tôle ondulée, mais il dormait paisiblement.

Sans détacher son regard de lui, Delaney fit un pas en avant. Il changea de position, sa main gauche effleurant l'oreiller à côté de lui. L'oreiller de Delaney. Sa place. Tout près de Cash.

Elle resta immobile un instant malgré les frissons et la fatigue, admirant le spectacle. Et quel spectacle ! Les cheveux noirs soyeux de Cash, son dos puissant, les muscles de ses épaules, acquis au prix d'années de dur labeur.

Delaney ne pouvait voir son visage, mais elle savait qu'il était viril, hâlé, un peu buriné. Pas celui d'un mannequin, certes non, mais cela lui convenait parfaitement. Cash Mercer était indéniablement un cow-boy.

Son cow-boy.

Delaney souleva la couverture et se glissa dans le lit. Cash bougea de nouveau. Roula sur le côté et l'attira automatiquement dans ses bras. Son corps était chaud. Solide.

Et complètement nu.

— Cash, souffla-t-elle en se nichant contre lui.

Ils se touchaient, peau nue contre peau nue. Elle sentit l'haleine de Cash sur son visage et se pencha vers lui, cherchant sa bouche. Le goût de ses lèvres lui fit l'effet d'une décharge électrique, qui l'apaisa et la réconforta aussitôt, lui donnant l'impression que tout allait bien dans son univers. Elle refoula le souvenir du 4-4 noir qui l'avait suivie, de l'orage, de l'hôpital et toutes les pensées confuses qui se bousculaient dans sa tête.

Elle était en sécurité maintenant, et à sa place.

Cash émit un soupir de plaisir dans son sommeil, puis prit possession de sa bouche. Delaney en fut étourdie, mais cette fois elle avait une excuse : les baisers de Cash l'avaient toujours déstabilisée – en bien.

Elle promena la main sur les muscles fermes de son torse, caressa du bout du doigt le contour d'un mamelon et fut récompensée par un grognement d'aise.

— Delaney, murmura-t-il.

Le son de Cash prononçant son prénom suffit à décupler l'excitation qu'elle éprouvait. Elle l'aimait et elle avait besoin de lui.

Elle l'attira sur elle, nouant les jambes autour de lui.

— Cash, chuchota-t-elle en retour.

Chaque muscle du corps de Cash se raidit.

Il se souleva légèrement et la fixa. Alarmée, Delaney s'agrippa à ses épaules, tentant de déchiffrer son expression. Cependant, la pénombre régnait et, cette fois, aucun éclair ne lui vint en aide.

La voix rauque de Cash s'éleva par-dessus le clapotement de la pluie.

— Delaney ?

Cela sonnait comme une question. Elle faillit se mettre à rire. Faillit.

— Qui d'autre viendrait te rejoindre dans ton lit à 1 heure du matin ?

Il ne répondit pas. Elle sentait son cœur cogner. Le sien battait tout aussi vite, et ni l'un ni l'autre ne semblaient respirer.

— C'est une plaisanterie ?

Il lâcha un juron, se redressa et se leva d'un bond.

— Que veux-tu dire ? balbutia Delaney, réprimant l'envie de jurer, elle aussi.

Pourquoi se comportait-il ainsi ?

— À ton avis ?

Cash attrapa un caleçon dans la commode et l'enfila rapidement.

— Qu'est-ce que tu fabriques ici ? Tu es toute nue, bon sang !

En dépit du vertige, Delaney se redressa, mais dut s'adosser à la tête de lit pour ne pas retomber.

— J'avais envie de te voir.

— Pourquoi ?

Sa question n'avait rien d'une invitation. Elle tenait plutôt du défi.

Une bouffée de panique commença à monter en elle.

— J'ai été malade, Cash.

Sur le point de mentionner le 4-4, elle décida que cela pouvait attendre. Apparemment, ils avaient des questions plus importantes à régler.

— Je sors de l'hôpital.

De nouveau, il émit un juron.

— Pourquoi ne m'as-tu pas dit ça tout de suite ? Pourquoi étais-tu à l'hôpital ?

— J'ai fait une réaction allergique à certains médicaments.

Ce n'était pas tout, mais elle était trop épuisée pour s'expliquer davantage.

— Je me sentirai mieux après une bonne nuit de sommeil.

— Bien sûr.

Cash passa une main lasse sur son visage.

— Je vais te préparer la chambre d'amis, dit-il avant de se diriger vers la porte.

— Attends. La chambre d'amis ? Pourquoi voudrais-tu que je dorme là ?

Il se tourna lentement pour lui faire face. Cette fois, un éclair déchira le ciel, révélant l'expression abasourdie sur ses traits.

— Tu avais autre chose en tête ?

Et comment !

— Nous sommes fiancés, Cash. Je ne pensais pas que tu aurais des objections à ce que je dorme avec toi. Que t'arrive-t-il, enfin ?

— Fiancés ?

Il avait presque craché le mot. Après, il resta immobile, et le silence s'abattit sur la pièce.

— De quoi parles-tu ? reprit-il au bout d'un moment.

La panique la submergea pour de bon.

— Qu'y a-t-il ? demanda-t-elle d'une voix mince, l'estomac noué.

— À toi de me le dire, Delaney. Je ne sais pas d'où tu tiens l'idée que nous sommes fiancés. Ce n'est pas le cas. En fait, je ne t'ai pas vue depuis plus d'un an.

Non.

Ce n'était pas vrai. Cela ne pouvait pas être vrai.

Pourtant, elle était incapable de formuler un déni. Presque terrifiée par ce qu'elle risquait de voir, elle tendit la main et alluma la lampe. Elle n'osa pas regarder Cash. Pas encore. Au lieu de quoi elle baissa les yeux sur sa main gauche.

Il n'y avait pas de bague de fiançailles à son doigt. Rien. Pas même de marque légère indiquant qu'elle en avait porté une.

Un gémissement atterré lui échappa.

— Oh ! mon Dieu.

2

Cash ne put qu'émettre un nouveau juron.

Delaney avait toujours eu un don pour capter toute son attention mais, dans le cas présent, ce n'était pas une bonne chose. Un an plus tôt, il aurait été ravi de la voir débarquer toute nue dans son lit en pleine nuit. Mais pas ce soir. Quelque chose n'allait pas.

Pas du tout.

Il s'approcha du lit et pressa le dos de la main sur le front de Delaney. Pas de température. Son regard rencontra le sien, et dans les profondeurs de ses yeux verts il lut un mélange de panique et d'incompréhension. Cependant, il n'avait pas eu besoin de croiser son regard pour se rendre compte qu'elle était désorientée.

Cash la dévisagea. Son teint crémeux était trop pâle, et des cernes noirs entouraient ses yeux. Il n'avait pas détecté la présence d'alcool dans son haleine lorsqu'il l'avait embrassée. Non. Elle n'était pas ivre.

— Je vais appeler le médecin.

Il tendit la main vers le téléphone, mais Delaney le saisit par le bras.

— Non, s'il te plaît. Pas encore. Tout… tourbillonne dans ma tête. Donne-moi un moment pour me reprendre, et ça va aller.

Cash en doutait fort.

— Quel genre de réaction allergique as-tu fait pour te retrouver à l'hôpital ?

Delaney baissa les yeux sur le bracelet en plastique qu'elle portait encore autour du poignet.

— J'avais pris des analgésiques.

— Et on t'a laissée partir alors que tu étais encore désorientée ? se récria-t-il, consterné.

— Non.

Une larme roula sur sa joue. Elle ne sembla pas s'en rendre compte et ne tenta pas de l'essuyer.

— Il y a plusieurs jours que j'étais à l'hôpital. Du moins, je crois.

Elle marqua une pause, et son front se plissa.

— Mais on ne m'a pas autorisée à partir. Je suis partie toute seule parce que j'avais peur.

La sollicitude de Cash se mua en réelle inquiétude.

— Peur ? De quoi ?

Delaney plongea son regard dans le sien, ramenant les pans du drap autour d'elle.

— C'est vrai que nous ne sommes pas fiancés ?

Ce n'était pas une conversation qu'il désirait avoir à cet instant précis, mais il était sans doute préférable de ne pas la reporter.

— Oui, dit-il, s'efforçant de parler d'un ton neutre. Nous l'avons été, mais nous avons rompu voilà environ un an.

— Oh ! mon Dieu.

Elle se mit à pleurer pour de bon, sans retenue.

Comme Cash tendait la main vers elle, Delaney eut un mouvement de recul. Il n'insista pas. Elle semblait avoir une foule de choses à gérer. Les fiançailles rompues, oui, mais aussi la raison pour laquelle elle était venue chez lui en pleine nuit.

— Je me souviens maintenant, hoqueta-t-elle entre deux sanglots. Je me souviens. On se disputait à propos de mon père. Je t'ai quitté parce que je pensais que nous n'allions pas réussir à surmonter ça.

En effet. Ses paroles résumaient plutôt bien les quatre mois de leurs fiançailles. Delaney et lui avaient passé des heures, peut-être des jours, à se quereller à propos de son père, Gil, un petit rancher qui ne voulait pas que sa fille fréquente Cash. Gil n'avait jamais pardonné au père de Cash, Jeb Mercer, d'avoir détruit sa famille. Il avait réitéré ses objections à la moindre occasion, faisant constamment pression sur Delaney pour qu'elle mette fin à la relation.

Delaney avait cédé.

Et Cash ne l'avait pas revue depuis le jour où elle lui avait rendu sa bague en disant que tout était terminé entre eux.

Elle drapa la couette autour de ses épaules et fit mine de se lever.

— Je vais m'en aller.

— Je ne crois pas, dit-il en la retenant d'un geste. Tu vas rester ici. Je vais appeler mon médecin et lui demander s'il peut venir. Si ce n'est pas possible, je te conduirai à l'hôpital de Clay Ridge.

— Non, rétorqua-t-elle aussitôt, la voix claire et nette. Je ne veux pas qu'on sache où je suis. Quelqu'un m'a suivie, Cash. J'ai vu les phares dans le rétroviseur tout au long de la route.

Cash s'assit lentement sur le lit à côté d'elle. Il détestait entendre la peur dans sa voix et détestait encore plus ne pas savoir si celle-ci était réellement justifiée ou pas. Après tout, un instant plus tôt, elle était encore convaincue qu'ils étaient fiancés. Peut-être la réaction allergique avait-elle provoqué des hallucinations.

— Écoute, la personne qui te suivait était sans doute un des fils de Matt O'Brien, expliqua-t-il calmement, espérant l'apaiser. Ils sortent souvent tard le soir.

Elle secoua la tête avec vigueur.

— Ce n'était pas un des fils de Matt. Je te jure que non.

Comme elle semblait sur le point de céder à la panique, il enroula un bras autour d'elle.

— Tu l'as vu ?

— Non. Mais ce n'est pas la première fois qu'il me suit. Ça dure depuis un certain temps maintenant. Des semaines.

Bon sang ! Des semaines. Si c'était vrai, pas étonnant qu'elle soit terrifiée.

— Tu as averti la police de Lubbock ?

— Elle est au courant, affirma-t-elle.

Il n'y avait aucune trace d'incertitude dans sa réponse. Le regard de Delaney lui semblait moins confus.

— Pourquoi cet individu te suivrait-il ?

Delaney hésita.

— Il veut ma mort.

Cash s'était préparé à n'importe quelle réponse, mais pas à celle-là. Il dut se faire violence pour maîtriser son émotion.

— Commence par le début, murmura-t-il. Parle-moi de cet homme.

Il vit qu'elle faisait de son mieux pour se ressaisir. En vain. Sa lèvre inférieure tremblait, sa respiration était hachée. Elle avait beau s'efforcer de masquer sa peur – et d'autres sentiments, peut-être – elle risquait de craquer d'un moment à l'autre.

Elle s'humecta les lèvres.

— L'an dernier, quand je travaillais comme avocate commise d'office, on m'a chargée d'un dossier d'homicide. La victime était une jeune femme qui avait été tuée lors d'un incident domestique.

Il ne fallut que quelques secondes à Cash pour se remémorer l'affaire en question. Les faits s'étaient déroulés peu avant leur rupture.

— Je m'en souviens. Tu étais plutôt stressée par ce procès, non ?

— Oui, admit-elle lentement, choisissant ses mots avec soin. Les accusés étaient deux frères, Webb et Ramone Bennison. Ils ont été jugés séparément, mais je les défendais tous les deux. Webb était accusé d'avoir tué Beatrice Stockwell, la femme avec qui il vivait. Ramone était accusé de complicité.

Un nœud s'était formé dans l'estomac de Cash. Il savait déjà tout cela. Il savait qu'elle avait été avocate à Lubbock. Elle avait obtenu ce poste à vingt-quatre ans, juste après avoir terminé ses études. Ni son père ni Cash n'avaient été en faveur de sa décision, mais Delaney était résolue à faire un travail qui, pensait-elle, ferait une différence. Après tout, avait-elle argué, chacun méritait un bon avocat.

En réalité, Cash savait que les choses étaient beaucoup plus compliquées que cela.

Le sentiment de culpabilité pouvait ronger un être, il était bien placé pour le savoir. Il avait échoué à protéger son jeune frère et, en conséquence, Joe avait été enlevé. Nul ne l'avait jamais revu.

Delaney se sentait coupable, elle aussi. Âgée de seize ans, elle était sortie avec un adolescent qui avait tenté de la violer après l'avoir raccompagnée chez elle. Son père, arrivé juste à temps, s'était rué à la poursuite d'Aaron Skyler. Et, en proie à la fureur, il l'avait tué à coups de batte de base-ball.

Gil avait été arrêté par le père de Cash, Jeb Mercer, shérif à l'époque. Jeb avait accusé Gil d'avoir usé de force excessive à l'encontre d'un jeune qui ne lui avait opposé aucune résistance et qui, au contraire, cherchait à s'enfuir.

Le procès avait été controversé, mais Gil avait été condamné à une peine de prison. Il avait perdu son ranch et, après sa libération, la dépression et l'alcoolisme lui avaient valu plusieurs séjours en asile psychiatrique.

— Webb Bennison était mon premier cas d'homicide, reprit Delaney un instant plus tard.

Sa bouche se remit à trembler, et Cash réprima à grand-peine la tentation de l'attirer contre lui.

— Et j'ai perdu.

— Parce que Webb était coupable, se hâta-t-il de lui faire remarquer.

Elle haussa une épaule, mais acquiesça.

— Il y avait beaucoup de preuves contre lui. N'empêche qu'il a pensé que j'aurais dû le défendre mieux.

— Ce n'est pas vrai, assura Cash.

Elle émit un soupir sceptique.

— Peut-être, mais Webb a été condamné. Son frère a été acquitté. Webb est allé en prison, mais il s'est évadé voilà trois semaines, lors d'un transfert de routine. Il y a eu un malentendu concernant des papiers. En somme, on l'a laissé partir.

Cette fois, Cash ne parvint pas à refouler un juron. Bon sang. Il n'avait pas appris l'évasion de Webb, mais après tout ce dernier n'avait jamais vécu dans sa juridiction. Il n'y avait aucune raison pour que Cash soit alerté.

Dès que Delaney serait couchée, il passerait deux coups de fil. Le premier au médecin, le second à un ami policier à Lubbock, afin de découvrir tout ce qu'il pouvait concernant les recherches entreprises pour retrouver Webb. Pas étonnant que Delaney ait si peur d'être suivie. Ou tuée. Webb avait été un cauchemar dès l'instant où il était entré dans sa vie.

Lâchant un soupir, elle passa les doigts dans ses cheveux encore mouillés.

— Au début, j'ai cru que Webb était mort, expliqua-t-elle d'une voix incertaine. On avait retrouvé sa voiture calcinée dans un ravin près de Marble Falls. Les policiers étaient certains qu'il n'avait pas survécu, seulement je l'ai vu depuis. Aperçu, plutôt. Mais je sais que c'est lui.

Le nœud dans l'estomac de Cash se serra encore un peu plus.

Le récit de Delaney semblait avoir sapé ses dernières forces. Elle luttait pour refouler les larmes. Une fois de plus, il se fit violence pour ne pas la prendre dans ses bras. Cela n'aurait été bon ni pour l'un ni pour l'autre. Il y avait une bonne raison au fait que Delaney et lui ne soient plus ensemble.

Son père, Gil.

Et cette raison était encore bien présente. Il avait fallu trop longtemps à Cash pour se remettre du cœur brisé que Delaney lui avait laissé, et il ne tenait pas à renouveler l'expérience. Même si elle l'attirait toujours autant.

Il se força à se focaliser sur la menace qui pesait sur elle.

— Tu es sûre que c'est Webb Bennison qui te suit, et pas son frère ?

Elle mit quelques secondes à se reprendre, puis hocha la tête.

— Oui. Personne n'a vu Ramone ni entendu parler de lui depuis quelque temps. Il s'est volatilisé après son acquittement. D'ailleurs, s'il avait voulu me suivre, il n'aurait pas attendu tout ce temps.

Cela ne signifiait pas qu'il était innocent, songea Cash. Il était possible que les deux frères soient de mèche.

— Et puis, il y a la lettre, ajouta Delaney. Webb l'a envoyée la semaine dernière. Il a dit qu'il allait me tuer. Il ne l'a pas signée, précisa-t-elle, devançant sa question. Mais je suis certaine qu'elle vient de lui.

— Que disait cette lettre exactement ?

Elle marqua une pause, et déglutit avec peine.

— Juste qu'il avait l'intention de me torturer, de me faire payer mon incompétence.

Elle frissonna.

— L'identité judiciaire a l'original, mais j'ai gardé une copie. Elle est chez moi à Lubbock.

Il hocha la tête.

— Je veux la voir demain. Et je veux aussi qu'un de mes hommes soit inclus dans l'équipe qui recherche Webb.

Un de ses adjoints, Jesse McCloud, était un policier hors pair, qui ferait de son mieux pour élucider toute cette affaire.

Il indiqua la chambre d'amis.

— Si tu essayais de dormir un peu ? Demain matin, nous aviserons.

Il s'attendait à ce que Delaney proteste, mais à sa grande surprise elle ne souleva aucune objection. Au contraire, elle hocha faiblement la tête et se dirigea vers la porte.

— Merci pour tout, Cash.

— Je t'en prie.

Il avait à peine terminé qu'elle se retourna.

— Mais ça ne veut pas dire que je veux que tu endosses ton costume de Cash-le-Protecteur. Webb est mon problème. Pas le tien. Maintenant que je suis plus lucide, je me rends compte que je n'aurais pas dû déposer tout ça à ta porte. Je n'aurais pas dû venir ici.

Il réprima un sourire. Il n'avait pas fallu longtemps à Delaney pour reprendre du poil de la bête.

— Cash-le-Protecteur, marmonna-t-il.

C'était donc ce qu'elle pensait de lui, et sans trop d'affection d'ailleurs, à en juger par le ton sec de sa voix. Eh bien, peu importait. Il n'avait pas besoin de son approbation pour lui apporter son aide.

Il était sur le point de brancher le système d'alarme quand son téléphone sonna. À cette heure tardive, ce n'était sûrement pas une bonne nouvelle.

— Désolé de vous déranger, dit une voix masculine. Ici Kevin Byers, détective privé. Je travaille, ou plutôt je travaillais, pour Delaney. Vous êtes bien Cash Mercer, son ex ?

— Oui.

Il jeta un coup d'œil dans le couloir, s'assurant que Delaney n'était pas sortie de sa chambre. Par chance, la porte était encore fermée.

— Écoutez, Delaney est déjà allée se coucher. Cette conversation peut-elle attendre demain matin ?

— À vrai dire, ce n'était pas pour lui parler que je téléphonais. Je voulais juste m'assurer qu'elle était là et qu'elle allait bien. Quand j'ai appris qu'elle avait quitté l'hôpital, je me suis inquiété à son sujet.

Quelque chose dans le ton de l'homme agaça Cash. Était-il jaloux ? Ce type semblait se faire du souci pour Delaney. Trop de souci.

— Elle va bien, lâcha Cash sèchement.

— Ah, tant mieux. Euh, je suppose que vous savez que j'essaye de trouver ce Webb Bennison. Delaney m'a engagé pour ça, et puis elle m'a viré.

— Ce n'est pas étonnant si vous n'êtes pas arrivé à le trouver, grommela Cash.

Il imagina le froncement de sourcils de son interlocuteur.

— Non, mais si je n'ai pas réussi il y a une raison. Personne ne suit Delaney.

Ce fut au tour de Cash de froncer les sourcils.

— Elle affirme que si.

— Je sais. Mais je vais vous répéter ce que je lui ai dit. J'ai cherché ce Webb du matin au soir trois semaines durant, et je ne l'ai pas vu une seule fois. En fait, personne ne l'a vu, pas même la police de Lubbock.

— Delaney l'a vu, lui fit remarquer Cash.

Il y eut un instant de silence embarrassé à l'autre bout du fil.

— C'est ce qu'elle affirme, mais elle est la seule. Personne d'autre. Et ça devrait vous dire quelque chose.

Cash ne connaissait pas cet homme, mais il lui était d'ores et déjà antipathique.

— Qu'est-ce que ça devrait me dire, en dehors du fait que ce type est prudent ?

— Webb Bennison est mort, insista le détective. Delaney souffre de crises de délire aigu. Elle vous l'a dit ?

— Elle l'a mentionné.

Pas en ces termes, certes. Mais Cash avait tiré ses propres conclusions lorsqu'elle l'avait pris pour son fiancé. D'ailleurs, elle n'avait pas mis longtemps à raffermir sa prise sur la réalité.

— Le type qui suit Delaney n'existe que dans son imagination, lâcha Byers. Elle ne vous a pas tout raconté, hein ?

— Où voulez-vous en venir ?

Cash entendit le soupir las du détective à l'autre bout du fil.

— Delaney n'était pas seulement à l'hôpital, shérif Mercer. Elle était sous observation psychiatrique. Et elle n'a pas juste décidé de partir. Elle s'est évadée.

3

Le soleil qui dardait ses rayons sur la vitre la réveilla. Delaney se força à ouvrir les yeux, mais dut battre des paupières plusieurs fois pour parvenir à focaliser son regard. Elle se sentait tout étourdie, comme si elle avait passé la nuit à être ballottée de-ci de-là sur un manège.

Elle jeta un coup d'œil autour d'elle. Reconnut la pièce peu à peu. Et lâcha un gémissement.

Que diable faisait-elle là, dans la chambre d'amis de Cash ? Delaney batailla pour trouver la réponse à cette question tout autant qu'elle avait bataillé pour y voir clair. Elle se souvenait d'avoir quitté l'hôpital parce qu'elle avait peur que Webb Bennison l'y ait suivie, peur qu'il ne soit sur le point de l'attaquer. Elle avait roulé vers le ranch sous l'orage...

Oh ! mon Dieu !

Elle s'était déshabillée et glissée dans le lit de Cash, pensant qu'il était toujours son fiancé. Pire, ils s'étaient embrassés. Ils avaient même été à deux doigts de faire l'amour.

Maudissant son cerveau embrumé, Delaney rejeta les couvertures. Elle devait trouver Cash, car il était clair qu'elle lui devait à la fois des excuses et une explication. Cependant, elle aperçut son reflet dans la glace et sut que cette conversation allait devoir attendre. Elle n'avait pas l'intention de l'affronter dans le plus simple appareil.

Il était sûrement persuadé qu'elle avait perdu l'esprit.

Peut-être était-ce le cas. D'autres le pensaient, c'était pour cette raison qu'elle avait échoué à l'hôpital.

Delaney farfouilla dans la commode et découvrit un peignoir de Noël rouge en tissu-éponge. Sans doute un cadeau que Cash n'avait jamais porté.

Elle se lava le visage dans la salle de bains attenante et s'efforça de démêler le fouillis de ses cheveux. Au bout d'un moment, elle renonça, avisa un élastique dans un tiroir et rassembla ses boucles désordonnées dans une queue-de-cheval. Un dernier regard dans la glace confirma ce qu'elle avait déjà deviné : elle avait une mine de déterrée.

L'arôme du café l'accueillit dès qu'elle sortit dans le couloir, mais elle s'immobilisa en entendant la voix grave de Cash.

— Non, disait-il. Je veux que Buck et Ted patrouillent le long de la clôture aujourd'hui. Qu'ils m'appellent immédiatement s'ils remarquent quelque chose ou quelqu'un de suspect.

Des mesures de sécurité. D'un côté, Delaney était contente qu'il ait pris son récit au sérieux. De l'autre, elle détestait l'idée que des précautions s'imposent. Elle n'aurait pas dû venir frapper à la porte de Cash.

— Jesse ne va pas tarder, ajouta Cash, s'adressant à la personne à l'autre bout du fil. S'il est d'avis que nous devrions assigner d'autres hommes à la tâche, c'est ce que nous ferons.

Delaney avait espéré que sa situation lui paraîtrait moins effrayante après une bonne nuit de sommeil. Cependant, son angoisse était toujours aussi profonde que lorsqu'elle avait compris que Webb l'espionnait et que, pire encore, il était venu à l'hôpital pendant qu'elle s'y trouvait.

Elle gagna le seuil de la cuisine et s'arrêta. La robe qu'elle avait portée la veille était maintenant sèche, drapée sur une chaise. Appuyé d'une hanche au plan de travail, Cash souda aussitôt ses yeux aux siens, en dépit de la discussion qu'il poursuivait au téléphone. L'intensité de son regard lui coupa le souffle.

Elle se réprimanda intérieurement. Et le blâma lui aussi. Elle n'avait pas besoin de ce genre de distraction. Elle n'était plus une adolescente avec des étoiles plein les yeux. Elle était une adulte, qui avait trop de problèmes à régler pour s'intéresser à quoi que ce soit d'autre. Et sûrement pas à un cas typique d'hormones en délire. Car c'était tout ce dont il s'agissait ici, se dit-elle. De désir pur et simple. Les sentiments qu'elle avait eus pour Cash autrefois étaient morts depuis longtemps.

Forcément.

Dommage qu'il y eût des moments comme celui-ci, où son corps et son cœur n'en étaient pas tout à fait convaincus.

Cash était habillé en shérif cow-boy. Jean, T-shirt gris, bottes. Son stetson noir était accroché à une patère sur la porte de derrière.

Plutôt que de rester les bras ballants à le dévorer des yeux, elle se servit un café, s'assit à table et attendit qu'il ait terminé sa conversation.

— Je te tiens au courant, dit-il à son interlocuteur avant de couper la communication et de se tourner vers elle. Comment te sens-tu ?

— Bien, dit-elle aussitôt, espérant être crédible.

Apparemment, elle ne l'était guère, car il fronça les sourcils.

— Comment te sens-tu ? répéta-t-il, plus fermement.

Delaney prit une profonde inspiration.

— Je vais bien, hormis le fait que j'ai mal à la tête et un tueur à mes trousses.

Elle but une longue gorgée de café, priant pour qu'il ne soit pas décaféiné. Elle avait besoin de caféine pour venir à bout de ce maudit mal de tête.

— À propos, je suis désolée pour hier soir.

Il resta debout à la regarder, et il ne fallut pas longtemps pour que Delaney se sente embarrassée.

— Les choses se sont un peu embrouillées dans ma tête, ajouta-t-elle.

Cash fronça davantage les sourcils.

— Bon, d'accord. Beaucoup embrouillées. J'ai eu un problème avec des médicaments. Une réaction allergique à un nouveau comprimé que je prenais pour les migraines dont je souffre.

Elle marqua une pause.

— Je ne t'ai pas déjà dit ça ?

Cash acquiesça.

— Si. Mais tu ne m'as pas dit que tu étais en observation psychiatrique et que tu avais quitté l'hôpital sans autorisation.

— Oh !

Elle savait qu'il allait réclamer une explication plus détaillée que celle-là, mais Cash reprit la parole avant qu'elle ait pu mettre de l'ordre dans ses pensées.

— Oui, oh ! Il m'a fallu un certain temps pour obtenir l'info, mais tu veux savoir ce que j'ai appris ?

Il n'attendit pas sa réponse.

— Quand tu t'es effondrée sur le trottoir devant ton bureau à Lubbock il y a deux jours, quelqu'un t'a emmenée aux urgences, où on t'a diagnostiqué un délire aigu, causé par le stress et le manque de sommeil. Tu t'en souviens ?

— Oui, admit Delaney.

Ce qu'elle se refusait à admettre, c'était qu'elle avait oublié tout cela jusqu'à maintenant. Jusqu'à ce qu'il le lui raconte. Sa mémoire était encore criblée de trous, et imaginer ce qu'il pouvait y avoir dans ces trous la terrifiait.

— Quand les urgentistes ont jugé que tu étais dans un état stable, ils t'ont mise sous observation psychiatrique parce que tu souffrais d'hallucinations, et peut-être de paranoïa. Tu étais *combative* ; c'est le terme qu'ils ont utilisé, précisa-t-il. Et ils ont pensé que tu pouvais représenter un danger pour toi-même et pour autrui.

Delaney se leva d'un bond.

— Ce n'était pas de la paranoïa, et je n'étais un risque ni pour moi ni pour personne. Et la seule raison pour laquelle j'étais combative c'est qu'ils ne voulaient pas m'écouter. Webb m'espionne. Il veut me tuer.

Elle se tut. Ce bref accès de colère avait suffi à la vider de toute son énergie.

— Cela dit, je comprends que ça puisse donner l'impression d'être de la paranoïa.

— Et les hallucinations ?

Avec un soupir, elle se laissa retomber sur sa chaise.

— J'ai cru voir Webb à l'hôpital et j'ai appelé à l'aide. C'était peut-être une hallucination, avoua-t-elle alors que Cash continuait à la fixer, mais je crois sincèrement qu'il était là. Il voulait me narguer, me montrer qu'il pouvait m'atteindre n'importe où.

Un muscle tressauta dans la mâchoire de Cash. Il s'assit face à elle, les yeux rivés sur les siens.

— Le médecin qui t'a soignée veut que tu retournes à l'hôpital...

— Non.

Delaney n'avait pas besoin d'y réfléchir à deux fois.

— Je sais qu'il y a des gardes, mais Webb pourrait entrer quand même. Les fenêtres sont verrouillées. S'il pénétrait dans ma chambre, je serais prise au piège. Et il est beaucoup plus fort que moi. Je n'aurais aucun moyen de me défendre.

Elle se prépara mentalement à la réponse que Cash n'allait pas manquer de lui opposer. À sa grande surprise, il se contenta de hocher la tête. Puis il émit un juron. Un muscle tressauta de nouveau dans sa mâchoire.

— D'après le médecin qui a effectué les évaluations psychiatriques, il faut un jour ou deux pour que les symptômes disparaissent, expliqua-t-il. Il a dit aussi qu'il était vital que tu te reposes dans un environnement confortable et sûr.

Un rire amer échappa à Delaney.

— Ça ne va pas être possible. Pas avec Webb en liberté.

Elle but une nouvelle gorgée de café. Pour l'instant, la caféine n'avait eu aucun effet.

— Mais ne t'inquiète pas. Je vais m'habiller, merci d'avoir séché ma robe, à propos, et puis j'irai parler à la police de Lubbock.

Cash la foudroya du regard.

— Tu n'envisages pas de partir, si ?

— Non, dit-elle honnêtement. Je ne l'envisage pas. Je *vais* partir.

Elle maintenait les doigts fermement autour de sa tasse pour les empêcher de trembler.

— Je ne peux pas rester, Cash. Webb risque d'apprendre que je suis venue chez toi. Ce qui signifie que je t'ai mis en danger, et tes employés aussi.

Il émit un grognement et pianota sur la plaque posée sur le plan de travail.

— Je suis flic. Je suis entraîné pour affronter le danger.

— Cette situation ne te concerne pas, lui rappela-t-elle. Si j'avais été plus lucide, je ne serais jamais venue ici.

Il lâcha un soupir mécontent et fourra les mains dans les poches de son jean.

— Je ne te laisserai pas partir, dit-il d'un ton résolu.

Elle redressa le menton.

— Je ne crois pas que tu aies le choix.

Comme elle ne voulait pas affronter le regard ambré de Cash, Delaney se leva et se dirigea vers la fenêtre. Quelques hommes s'affairaient autour des écuries. Elle les dévisagea rapidement afin de s'assurer que Webb n'était pas parmi eux.

Non.

Pour le moment, elle était en sécurité.

Dommage que ce moment ne puisse pas durer une semaine ou deux, au moins. Elle se sentait épuisée. L'idée d'un environnement confortable et sûr, bien qu'impossible, serait le paradis.

— Tu crois que Webb va cesser de te suivre parce que tu vas partir d'ici ?

— Non.

Ses doigts lui faisaient mal tant elle serrait la tasse. Elle la posa sur le plan de travail.

— Mais c'est mon problème, et je…

— Tu te trompes. C'est mon problème aussi, coupa-t-il avant de laisser échapper un juron. Delaney, je ne peux pas te laisser partir. Tu ne vas pas bien, et on dirait que tu es sur le point de t'effondrer.

Il marqua une pause, puis grogna :

— Reste. *S'il te plaît.*

Delaney le fusilla du regard. Comment osait-il essayer de l'amadouer avec un « s'il te plaît » ? Surtout maintenant. Elle se sentait fragile, vulnérable, et un « s'il te plaît » pouvait aisément créer une brèche dans sa défense.

— Je ne peux pas te laisser t'en mêler.

Il s'approcha d'elle, ses bottes claquant sur le carrelage. Elle fronça les sourcils en guise d'avertissement. Il l'ignora, lui prit la main et l'attira dans ses bras.

— Donne-moi un peu de temps, lui murmura-t-il à l'oreille. Je ne veux pas que tu prennes la route alors que tu vois à peine clair, avec ce monstre qui te harcèle. Si tu restes, nous pouvons essayer de mettre un terme à tout ça. Dès maintenant.

Delaney sentit sa résolution baisser d'un bon cran. Avant d'avoir pu s'en empêcher, elle posa la tête contre son épaule.

— Je suis si lasse de tout cela, avoua-t-elle.

— Je sais.

Les bras de Cash se resserrèrent autour d'elle. Au prix

d'un gros effort, elle refoula ses larmes, sans savoir pour combien de temps. L'épuisement semblait avoir gagné jusqu'au tréfonds de son âme. Et là était le problème. Elle ne pouvait autoriser ni sa fatigue ni sa situation à la rapprocher de Cash. C'était juste hors de question.

On toqua à la porte. Cash se détacha d'elle aussitôt, et Delaney prit une inspiration, tentant de se ressaisir. Peine perdue. Son cœur battait déjà à tout rompre.

— Je vais voir qui est là, dit-il. Attends ici.

Elle obéit, mais uniquement parce qu'elle se sentait incapable de bouger. Bon sang, elle devait se reprendre.

Pourquoi avait-elle permis à Cash de l'étreindre, enfin ? Elle n'avait ni le temps ni l'énergie nécessaires à consacrer à un homme, surtout pas Cash. L'attraction qu'il lui avait inspirée autrefois lui avait coûté cher. Delaney ne voulait pas en repasser par là.

Une voix masculine la ramena au présent.

— Je veux la voir.

Ce n'était pas Webb, mais elle connaissait l'auteur de ces paroles. C'était Kevin Byers, le détective privé qu'elle avait engagé.

Et congédié.

Elle se hâta de gagner le salon. Les hommes se tenaient sur le seuil, face à face. Il était évident au visage fermé de Cash que cette visite ne lui plaisait guère. Et ne le surprenait peut-être pas non plus.

— Delaney, lâcha le détective.

Ses lèvres se crispèrent alors qu'il remarquait son peignoir. Ou plutôt le peignoir de Cash.

— J'ai essayé de vous joindre.

— Ah bon ? Je ne vois pas pourquoi. Vous ne travaillez plus pour moi.

Byers ne bougea pas. Sans doute parce que Cash lui

barrait pratiquement le chemin, l'empêchant de s'avancer davantage.

Les deux hommes formaient un contraste saisissant. Cash était brun – il avait hérité du teint et des cheveux de sa grand-mère apache. Byers, en revanche, avait le teint clair et les cheveux cendrés. Leur tenue aussi était complètement différente. Cash avait beau être policier, sous la surface, il restait un cow-boy. Byers portait un pantalon en toile kaki, une chemise blanche parfaitement repassée et un après-rasage à l'odeur si entêtante qu'elle la sentait de l'autre bout de la pièce.

Byers ne la quittait pas des yeux.

— Il fallait que je vienne. Et vous savez pourquoi, Delaney. Il fallait que je mette fin à ces sottises et que je m'assure que vous recevriez des soins appropriés. Personne ne vous suit.

Elle vit tressauter les muscles de la mâchoire de Cash. Heureusement, il avait vu des preuves du contraire. Enfin, en un sens. La veille au soir, il avait été témoin de sa terreur. Cela avait dû suffire à le convaincre que Webb était à ses trousses ?

Peut-être.

— Si, affirma-t-elle, sans prendre la peine de s'expliquer davantage. Je veux que vous partiez. Vous n'avez aucune raison d'être ici.

Sa réponse sembla fournir à Cash l'élan dont il avait besoin pour attraper Byers par le bras.

— Partez. Immédiatement.

Byers resta où il était, et agita une feuille de papier en l'air.

— J'ai la preuve que le harceleur n'existe pas.

Le regard de Cash se posa sur elle. Il ne prononça pas un mot, mais des questions se lisaient dans ses yeux.

— Dans ce cas, votre prétendue preuve est fausse, répliqua Delaney. Webb m'a suivie jusqu'ici hier soir. Et franchement j'en ai un peu assez de vous entendre me dire ce qui arrive ou n'arrive pas dans ma vie. Webb existe bel et bien. Ses menaces sont réelles.

Byers lui tendit le document.

— Ceci est une copie du rapport du laboratoire concernant la lettre que vous avez déclaré avoir reçue de Webb. Un ami à moi au labo a pu me la faire parvenir.

Delaney sentit un nœud se former dans son estomac alors qu'elle prenait le papier. Elle n'avait pas la moindre idée de ce que le rapport contenait, mais la lueur de victoire qui brillait dans les yeux de Byers était de mauvais augure. Après tout, Byers était persuadé qu'elle avait tout inventé.

Cash vint se tenir à côté d'elle.

— Tu veux que je mette ce type dehors ?

— Pas encore.

Elle prendrait peut-être Cash au mot dans quelques instants. À moins d'être assez furieuse pour s'en charger elle-même.

Delaney parcourut rapidement la description technique de l'analyse et s'arrêta sur le résumé au bas de la page. Le souffle coupé, elle assimila lentement la conclusion.

— Oh ! mon Dieu ! balbutia-t-elle.

— C'est votre ADN qui figure sur la partie scellée de l'enveloppe, lâcha Byers. Et ça ne peut pas être dû à une simple manipulation. Vous avez léché l'enveloppe pour la fermer. Je crois que ça dit tout, n'est-ce pas, Delaney ?

Elle secoua la tête. Comment était-il possible que son ADN soit sur cette enveloppe ? La lettre émanait de Webb. Non qu'il l'ait signée, bien sûr. Et les menaces qu'elle contenait étaient voilées, mais Delaney ne s'y était pas trompée.

— Delaney ?

La voix de Cash s'immisça dans ses réflexions.

— Ça va ?

Cette fois, elle ne tenta même pas de mentir.

— Non, dit-elle en lui donnant la feuille. Ce n'est pas

vrai. Webb m'a envoyé cette lettre. Je te le jure. Ce rapport est inexact.

La panique avait dû percer dans sa voix, car Cash se contenta de poser le document sur la table et de lui décocher un regard rassurant. Un regard qui changea du tout au tout lorsqu'il le posa sur Byers.

— Vous allez sortir tout seul ou vous avez besoin que je vous aide ?

— Je vais partir, répondit le détective. Mais je crois que vous devriez faire en sorte que Delaney ait accès à des soins. Elle est en train de faire une sorte de dépression. Les flics ne vont pas être contents d'apprendre que sa plainte était mensongère.

Cash ouvrit la porte en grand.

— Dégagez.

Il poussa Byers de l'épaule, le refoulant sur la terrasse avant de lui claquer la porte au nez.

— Elle a besoin d'aide ! cria Byers. Rendez-nous service à tous et faites en sorte qu'elle en reçoive !

Delaney ne relâcha son souffle que lorsqu'elle entendit la voiture de Byers démarrer. Elle attendit que Cash l'interroge au sujet du rapport, et de sa santé mentale. Cependant, il garda le silence.

— Byers pense que ma place est à l'hôpital psychiatrique, soupira-t-elle, fermant les yeux un instant. Et quand la police aura lu ce compte rendu elle sera d'accord avec lui.

— Pas forcément. Ce ne serait pas la première fois qu'un labo se trompe sur ses conclusions. Nous pouvons faire tester l'enveloppe de nouveau, et elle prouvera tes dires.

Delaney repassa lentement la réponse de Cash dans sa tête. Il la croyait. Il ne pensait pas qu'elle avait perdu l'esprit.

Une bouffée de soulagement déferla en elle. Suivie par la crainte. Était-ce la véritable raison pour laquelle elle était revenue – parce qu'elle avait besoin de quelqu'un qui soit prêt à accepter sa version des faits ?

Il tendit la main et écarta une mèche vagabonde sur la joue de Delaney.

— J'ai l'impression qu'il y avait une certaine tension entre le détective et toi, dit-il. Et je ne crois pas que ce soit seulement dû à son goût déplorable en matière d'après-rasage.

Il fit une grimace et agita la main.

— Il va peut-être falloir un certain temps pour se débarrasser de cette puanteur.

Delaney émit un rire nerveux.

— Je l'ai engagé le mois dernier et renvoyé voilà presque une semaine.

— Parce qu'il ne croit pas que quiconque te suive.

Cash marqua une pause.

— Mais il me semble qu'il y a autre chose.

Il lisait en elle comme dans un livre. Elle se demanda pourquoi elle ne lui avait pas tout avoué avant que Byers se présente.

— Il voulait sortir avec moi. Ça ne m'intéressait pas et je crois qu'il n'aime pas qu'on lui dise non.

Cash demeura un moment silencieux.

— Tu es sûre qu'il n'y a rien d'autre ? Il paraissait... vraiment déterminé à se venger de toi.

Elle comprit le sous-entendu. Un détective privé aurait dû être plus endurci. Et le fait était qu'elle avait eu l'impression qu'il y avait davantage. Le problème, c'était qu'elle ne savait pas quoi. Ni pourquoi. Mais la réaction de Byers à son renvoi avait été étrange.

— Je savais que j'aurais dû lui mettre mon poing dans la figure, grommela Cash.

Il plaisantait, mais pas complètement. Delaney saisissait très bien le sens caché de ses paroles. Cash l'aurait défendue, et cela la ramenait à l'idée qu'elle devait être vigilante. Ils ne pouvaient en aucun cas fragiliser les barrières précaires qu'ils avaient érigées entre eux.

Ces barrières étaient nécessaires.

Pour des raisons qu'elle ne voulait pas lui révéler. Des raisons qu'il ne devait pas connaître. Car alors Cash voudrait rectifier ce tort-là aussi.

Delaney recula d'un pas, s'efforçant de rétablir une distance entre eux.

— Il faut que j'aille chercher des affaires chez moi, à Lubbock.

— Je t'accompagne.

Elle ne tenta même pas de l'en dissuader. Cash insisterait pour venir, et de toute façon elle n'avait guère envie de sortir seule tant que Webb rôdait encore en liberté. Ou même Byers. Cela dit, le danger ne devait pas l'empêcher d'échafauder un plan d'action.

Pour commencer, il s'agissait de convaincre la police de Lubbock que le risque qui pesait sur elle était bien réel. Que sa vie était menacée. Que quelqu'un avait délibérément placé son ADN sur cette enveloppe. Et il était essentiel qu'elle fasse au plus vite : en dépit de l'hospitalité de Cash, elle ne pouvait s'attarder au ranch et l'exposer lui aussi au danger.

Elle se rendit dans la salle de bains et s'habilla rapidement, s'efforçant de ne pas songer au fait que Cash avait dû remarquer l'absence de sous-vêtements lorsqu'il avait ramassé la robe abandonnée. Mieux valait chasser cette pensée de son esprit.

Quand elle regagna le salon, Cash l'attendait, posté devant la fenêtre. Sans doute voulait-il s'assurer que personne n'allait leur tendre une embuscade.

— J'ai prévenu mes gars à propos de Webb, dit-il. Ils vont ouvrir l'œil.

— Merci.

Elle lui était sincèrement reconnaissante, mais la vigilance des cow-boys ne suffirait pas. Si Webb voulait s'introduire dans la propriété à leur insu, il pourrait certainement trouver le moyen de le faire. Le ranch était vaste, et doté d'une multitude de chemins d'accès.

— Je sais que tu penses que je ne peux pas empêcher Webb de t'atteindre, ajouta Cash en plongeant son regard dans le sien. Mais je le ferai. C'est une promesse.

Une *promesse*. C'était un des mots préférés de Cash. Parfois, il le disait avec une pointe de sarcasme. À d'autres moments, sur un ton si sensuel qu'ils finissaient généralement entre les draps. Cependant, ce jour-là, c'était un engagement. Pur et simple. Il l'aiderait, même si c'était au péril de sa vie.

Delaney ne protesta pas. Peut-être le ferait-elle plus tard. Quand elle aurait mis au point un plan plus efficace.

Elle fit mine de se diriger vers sa voiture, mais il l'arrêta d'un geste.

— La batterie est à plat, expliqua-t-il. Tu avais laissé la portière entrouverte et les veilleuses allumées hier soir.

Delaney émit un soupir de frustration, mais au fond elle n'était guère surprise. Elle avait eu le cerveau si confus la veille que c'était un miracle qu'elle soit arrivée au ranch.

— On va prendre mon pick-up, poursuivit-il.

Le véhicule était garé dans l'allée, à côté de la maison, et ils l'avaient presque atteint quand un bruit leur parvint.

Un grognement.

Delaney darda son regard vers la route. À quelques mètres d'eux à peine se trouvaient cinq dobermans. Elle avait du mal à croire qu'ils aient pu s'approcher autant sans que Cash ou elle les aient remarqués, mais ce n'étaient pas des animaux de compagnie. Ils se ruaient déjà vers eux et montraient les dents.

En un éclair, Cash ouvrit la portière du pick-up et la poussa à l'intérieur. Il la suivit, Delaney le tirant dans l'habitacle, mais un chien attrapa la jambe de son jean.

Cash lui décocha un coup de pied pour l'obliger à lâcher prise et claqua la portière juste à temps pour empêcher les molosses de s'engouffrer dans l'habitacle.

— Il t'a mordu ? balbutia Delaney.

— Non.

Il sortit son téléphone de sa poche. Son contremaître répondit aussitôt.

— Brent ? Il y a cinq dobermans dans la cour.

— Quelqu'un d'Eagle Hill vient de m'appeler, répondit Brent. Apparemment, ils appartiennent au nouveau propriétaire, et ils se sont sauvés.

Delaney ignorait que le ranch voisin avait été vendu. Durant sa relation avec Cash, il avait été inoccupé.

— Le type les cherche, reprit Brent, mais je vais rappeler pour leur dire de venir les récupérer tout de suite.

Cependant, avant même que Cash ait pu mettre fin à la communication, un pick-up rouge surgit au bout de l'allée et s'arrêta brusquement à quelques mètres d'eux. Un homme en descendit en hâte. Solidement bâti, il mesurait plus d'un mètre quatre-vingts. Il siffla, et les chiens firent aussitôt volte-face et se précipitèrent vers lui. Sur un claquement de doigts, ils remontèrent docilement dans le pick-up.

— Désolé.

L'homme s'avança vers eux. Cash descendit de son véhicule, imité par Delaney. Elle ne distinguait pas le visage du nouveau venu, dissimulé par l'angle de son chapeau, mais le son de sa voix la glaça.

L'homme repoussa du doigt son chapeau et fixa son regard sur elle.

— Delaney, lâcha-t-il en souriant.

Elle, en revanche, ne souriait pas. Elle savait qu'elle était face à un tueur.

4

Ramone Bennison.

Cash jura entre ses dents en le reconnaissant et sa main se posa sur son holster. Après tout, Ramone avait beau être un homme libre, acquitté de l'inculpation de complicité de meurtre qui l'avait visé, Cash n'était pas du tout certain de son innocence.

Surtout au vu de ces chiens d'attaque.

Cash fit un pas pour se placer devant Delaney, dont la tension était palpable.

Bon sang.

Revoir Ramone devait être un cauchemar pour elle, après les menaces que Webb avait proférées à son encontre.

Ramone reporta son attention, et son sourire, sur Cash.

— Le pistolet n'est pas nécessaire, déclara-t-il.

Cash garda la main sur son arme. Compte tenu de l'hostilité qui devait perdurer entre Delaney et cet homme, il faudrait plus qu'un ton amical et un sourire pour l'amadouer.

— Que faites-vous ici ? demanda-t-elle, avec une fermeté qui lui valut l'admiration de Cash.

Ramone désigna d'un geste l'arrière de la propriété.

— Je suis votre nouveau voisin. J'ai acheté Eagle Hill, le ranch du vieux M. Henderson.

Cash secoua la tête.

— On m'a dit que le nouveau propriétaire s'appelait Frank Taylor.

— C'est mon associé, se hâta de préciser Ramone. Il a financé l'acquisition du ranch, mais c'est moi qui vais le gérer.

L'explication parut suspecte à Cash. Cela dit, il était enclin à ne croire aucun mot de ce que disait cet homme.

— Pourquoi avoir choisi un endroit si proche de chez moi ? Parce que vous ne me ferez pas croire que vous ignoriez les liens entre Delaney et moi.

Ramone lâcha un long soupir, qui semblait sincèrement las. À moins qu'il ne joue la comédie.

— Le ranch était en vente à un prix intéressant, et c'était un bon investissement. Oui, admit-il, je savais qu'il était limitrophe du vôtre, mais j'avais l'intention de venir vous parler, et vous dire que je n'en veux nullement à Delaney, pas plus qu'à vous.

Il marqua une pause.

— De toute façon, d'après ce que j'ai entendu dire, vous n'êtes plus ensemble.

Non, en effet, mais Cash n'avait certainement pas l'intention d'en apporter la confirmation à un homme qui était peut-être résolu à se venger d'elle. Il voulait que Ramone soit convaincu que Delaney jouirait de toute sa protection si elle en avait besoin. Car c'était le cas.

— Delaney, continua Ramone, rompant le silence. Vous n'avez aucune raison de vous inquiéter de ma présence ici.

Elle émit un soupir. Suivi d'un petit rire empreint d'amertume.

— Votre frère veut me tuer.

Ramone eut un haussement d'épaules et jeta un coup d'œil derrière lui, peut-être pour s'assurer que les chiens n'avaient pas bougé.

— Il est possible que vous aussi, ajouta-t-elle.

Ramone secoua la tête.

— Non. Pas du tout. Et personnellement je pense que Webb est mort, dit-il sur un ton solennel. Je crois que, s'il était en vie, il serait entré en contact avec moi. Et il ne l'a pas fait.

— Nous ne sommes pas du même avis, répliqua Delaney, en venant se mettre à côté de Cash pour lui faire face. Je suis persuadée que Webb me nargue et qu'il a l'intention de me tuer.

Cette fois, Ramone ne haussa pas les épaules. Il se contenta de la dévisager, puis hocha la tête.

— J'espère que vous vous trompez. Mais si Webb est vivant, comme vous le pensez, il est probable qu'il vous en veuille.

— Et vous, non ? lança Cash du tac au tac.

Ramone sourit.

— Je n'ai tué personne et je n'ai pas aidé Webb à tuer quiconque. Le jury m'a cru, voilà pourquoi je suis un homme libre. Par conséquent, je n'éprouve aucun ressentiment envers vous.

Son sourire s'effaça.

— Quant à mon frère, nos relations n'étaient pas au beau fixe après le procès. J'ai un peu de mal à lui pardonner de m'avoir entraîné dans cette affaire.

Cash n'en crut pas un mot. La famille restait la famille, même si, pour sa part, il ne se sentait guère proche de la sienne.

Comme s'il avait lu dans ses pensées, Ramone lâcha un nouveau soupir, puis eut un geste désignant les chiens.

— Je vais les ramener. Je suis désolé qu'ils se soient échappés. Ils aboient plus qu'ils ne mordent, mais je suis sûr que c'était un incident… effrayant, dit-il, semblant savourer le terme. Il ne se reproduira pas.

— Mieux vaudrait y veiller, rétorqua Cash sur un ton

d'avertissement. S'ils s'enfuient de nouveau, c'est moi qui irai vous voir. C'est une promesse.

En réalité, ses paroles sonnaient plutôt comme une menace.

Il continua à braquer un regard froid sur Ramone jusqu'à ce que ce dernier soit parti. Il avait été réticent à laisser Delaney aller à Lubbock avant l'incident, et l'était encore plus maintenant.

— Ne me dis pas que je n'ai aucune raison de m'inquiéter, marmonna-t-elle. Le fait qu'il a acheté le ranch voisin ne peut pas être une coïncidence.

Cash aurait aimé pouvoir la rassurer, mais il ne voulait pas l'induire en erreur. L'affaire était trop grave. Au contraire, il tenait à ce qu'elle reste vigilante, sur ses gardes.

— Je vais le surveiller, déclara-t-il. Et me renseigner sur la vente du ranch. S'il y a le moindre détail suspect, je m'en servirai pour déposer plainte contre lui.

Soucieux de ne pas perdre de temps, il appela aussitôt son adjoint Jesse.

— Ramone Bennison vient de se présenter chez moi, expliqua-t-il. Il affirme avoir acheté le ranch du vieux Henderson.

Jesse lâcha un juron.

— Tu penses que Webb est là avec lui ?

— Peut-être, mais si c'est le cas il ne va pas se montrer. Ramone doit savoir que c'est le premier endroit où on va le chercher.

Peut-être pas, se ravisa Cash aussitôt. Après tout, la police n'était-elle pas persuadée que Webb était mort ?

— Que veux-tu que je fasse ? s'enquit Jesse.

— Contacte les rangers et parle-leur de Ramone. Ensuite, fais quelques recherches sur la vente, mets la main sur des papiers si possible. S'il y a quelque chose de louche là-dedans, je veux qu'on le trouve.

— Entendu. Tu veux que j'essaye de mettre une surveillance en place au cas où Webb serait là ?

Cash réfléchit.

— Oui. Fais installer des caméras, mais seulement sur ma propriété, pour qu'on n'ait pas à demander de mandat. Il y a certains endroits d'où on a vue sur la maison de Ramone.

— Merci, murmura Delaney.

Cash venait de terminer sa conversation avec Jesse quand son téléphone sonna. Il fronça les sourcils à la vue du nom qui s'affichait sur le tableau de bord. Leigh. Autrement dit, Leigh Mercer, sa sœur, qui était aussi sa collègue puisqu'elle occupait le poste de shérif dans la ville voisine, Dark River.

Cela dit, frère et sœur n'étaient pas particulièrement proches, et il était assez rare qu'elle entre en contact avec lui.

— Il y a un problème ? demanda-t-il sans préambule.

— Delaney est avec toi ?

Parmi toutes les questions auxquelles il aurait pu s'attendre, celle-ci le prit par surprise. Leigh connaissait Delaney, bien sûr. Ils avaient tous grandi à Dark River mais, tout comme Cash, Delaney avait quitté la ville à l'âge de dix-huit ans.

— Oui, je suis là, répondit l'intéressée.

Leigh marmonna quelque chose qu'il ne saisit pas, mais cela n'était pas nécessaire. La frustration qu'il percevait dans sa voix suffisait à lui rappeler leur dernière rencontre.

Peu après sa rupture avec Delaney.

Après y avoir été encouragée par son père et divers amis, Leigh était venue le voir afin de s'assurer qu'il allait bien. Elle l'avait trouvé de méchante humeur, bien résolu à noyer son chagrin dans l'alcool, ce dont il n'était pas fier. Peut-être voulait-elle vérifier qu'il n'était pas sur le point de recommencer.

— Comment savais-tu que Delaney était avec moi ?

— Je viens d'avoir la visite d'un détective privé, expliqua-t-elle. Un certain Kevin Byers.

Cash n'aurait su dire lequel, de Delaney ou de lui, lâcha le plus gros soupir.

— Je l'ai congédié, expliqua celle-ci. Et il n'est pas content.

— C'est ce que j'ai compris. Y a-t-il du vrai dans ce qu'il prétend ? Parce qu'il affirme que tu t'es enfuie d'un hôpital psychiatrique et que tu as besoin d'aide. Une aide que, d'après lui, Cash ne va pas t'apporter parce qu'il estime que tu te portes comme un charme.

Cash lâcha un juron.

— Byers n'avait aucun droit d'entrer dans ce genre de conversation avec toi.

— En effet. Mais ça ne l'a pas empêché de le faire. Son argument, c'était que, étant donné que Delaney a grandi ici à Dark River et que nous avons été amies, il pensait que je pouvais avoir une certaine influence.

— Quel genre d'influence, au juste ? grogna Cash. Il espérait que tu pourrais inciter Delaney à se rendre à lui ?

— Exactement. Il pensait que je serais prête à lui parler. Bien entendu, je n'en ai aucunement l'intention. Et, bien que je ne veuille pas me mêler de ce qui ne me regarde pas, j'appelle pour vous demander si je peux vous aider d'une manière ou d'une autre.

Un instant, Cash revit Leigh et lui enfants. Même alors, ils n'étaient pas proches. Trop de souvenirs douloureux et de conflits familiaux. Malgré tout, elle avait généralement été de son côté. Et vice versa.

— Quelqu'un au labo pourrait-il te rendre un service ? demanda-t-il. J'aurais une lettre à faire analyser de nouveau.

— Celle que Webb a envoyée à Delaney ? suggéra-t-elle aussitôt.

Encore une information que Byers avait dû lui fournir.

— Oui, celle-là. Je crois que c'est Webb l'expéditeur, mais d'après Byers son ADN ne figure pas dessus. Seulement celui de Delaney.

— Très bien, répondit sa sœur. Je vais voir ce que je peux faire. À propos, quand j'ai dit à Byers que je ne pouvais pas l'aider, qu'aucun fait concerné ne s'était déroulé dans ma juridiction, il a rétorqué que, avec ou sans mon concours, il la ferait arrêter pour avoir déposé une fausse plainte et fabriqué des preuves.

— Il peut toujours courir, répliqua Cash.

Si Delaney était arrêtée, elle serait d'autant plus en danger, il en était convaincu. Et il était prêt à tout pour empêcher cela, fût-ce par des moyens illégaux. Cela ferait de lui un hors-la-loi, mais la garder en vie valait bien son poste de shérif.

— Je vais joindre le labo pour voir si mon contact peut s'occuper de cette lettre tout de suite, déclara sa sœur.

Elle marqua une nouvelle pause, mais reprit la parole avant que Cash ait pu la remercier.

— Jeb ne va pas bien.

Cash sentit sa poitrine se comprimer. C'était une réaction normale chez lui dès qu'il entendait le nom de son père. Le fait que sa sœur et lui l'appelaient Jeb plutôt que papa en disait assez long sur leurs relations. Le drame que la famille avait traversé avait laissé des traces durables, et Jeb était au cœur de ce drame.

— Explique-toi.

— Il a le cœur malade et il a besoin d'une opération. Et, non, je ne peux pas te fournir de détails parce qu'il refuse de m'en donner. Tu le connais, marmonna-t-elle. J'ai juste pensé que je devais t'en parler.

Cash connaissait son père, en effet. Jusqu'à son récent départ en retraite, Jeb avait été le shérif de Dark River pendant plus de quarante ans. Dans le comté de Lubbock, la loi, c'était lui. Et il avait représenté cette loi avec dureté, sans grande compassion.

Même quand il s'était agi de ses propres enfants.

Cash savait que son père lui en voulait amèrement de ne pas être resté à Dark River afin de lui succéder en tant que shérif. Mais il aurait été hors de question pour Cash de subir le joug de son père. Leigh, en revanche, s'y était pliée.

Enfin, en quelque sorte.

Elle était restée et avait été élue au poste de shérif après le départ en retraite de Jeb. Peu importait qu'elle soit extrêmement compétente, car Jeb avait toujours dit clairement qu'il voulait que son rôle échoie à l'un de ses fils. Soit Cash, soit Joe, l'enfant qui avait été enlevé tout jeune. Jeb n'avait jamais cessé d'espérer que Joe était non seulement en vie, mais qu'il reviendrait un jour et prendrait sa relève à Dark River.

Il n'avait fallu que quelques secondes à Cash pour replonger dans les souvenirs du chaos qui avait été sa vie.

Malgré lui, il laissa échapper un juron. Leigh dut comprendre, car elle émit un grognement d'assentiment. Sans doute était-elle aussi souvent happée par les fantômes du passé, puisqu'elle vivait encore à Dark River, à proximité de Jeb.

— Je te tiendrai au courant si j'apprends autre chose au sujet de Jeb, promit-elle. Et je vais appeler le labo.

— Merci, dit Delaney. Je suis désolée que Byers t'ait importunée. Je vais l'appeler et lui dire de se tenir à distance.

— Ne te donne pas cette peine. Je lui ai dit ça moi-même, assura Leigh. Soyez prudents, ajouta-t-elle avant de mettre fin à la communication.

Delaney se tourna vers lui.

— Ça va ? demanda-t-elle aussitôt.

— Oui.

Il resta silencieux pendant quelques secondes, espérant paraître plus sûr de lui qu'il ne l'était. Il avait l'habitude de refouler ses sentiments dès lors qu'il était question de Jeb.

— Tu sais que les relations familiales sont souvent compliquées, lança-t-il.

— Oui, admit-elle dans un souffle.

Elle fixait la vitre, plus précisément le rétroviseur latéral, mais Cash entendit son soupir. Ce n'était pas une expression de regret. Non, plutôt de résignation.

— C'est toujours pareil entre Jeb et toi ?

— Plus ou moins.

Cash ne tenait guère à raviver de vieilles plaies, mais il ne changea pas de sujet.

— Et toi ? s'enquit-il en prenant la bretelle de sortie qui menait chez elle. Comment ça va entre Gil et toi ?

— Plus ou moins pareil aussi.

Elle s'arracha à la contemplation du rétroviseur pour lui décocher un long regard.

— Mon père ne sait rien des ennuis que j'ai eus. Il ne sait pas non plus que j'ai fait un séjour à l'hôpital. Et je ne veux pas qu'il l'apprenne.

Cash réfléchit un instant.

— Il n'y a aucune chance qu'il l'apprenne par mon intermédiaire, mais il se peut que Byers entre en contact avec lui.

Elle lâcha un gémissement et secoua la tête.

— Quand j'aurai récupéré quelques affaires, j'irai voir Byers et je lui dirai de ne plus se mêler de ma vie.

Cash se promit de l'accompagner et, si nécessaire, de se servir de son badge pour obliger le détective privé à obéir. Byers n'avait aucune raison officielle de s'immiscer dans les affaires de Delaney. Du moins, aucune raison dont Cash ait connaissance, et son attitude relevait du harcèlement.

Une réflexion qui amena Cash à son autre point d'inquiétude.

Compte tenu des récents problèmes de santé de Delaney et de ses démêlés avec Webb, Ramone, et maintenant Byers, il ne voulait pas qu'elle essaye de régler tout cela seule.

— Tu ne vas pas faire la difficile pour ce qui est de venir t'installer chez moi, n'est-ce pas ? demanda-t-il de but en blanc.

Elle ouvrit la bouche, la referma et soupira.

— Je ne veux pas te mêler à ces histoires. Et puis, il y a mon père, ajouta-t-elle avant qu'il ait pu lui dire qu'il voulait précisément y être mêlé.

Cash encaissa le coup. Il aurait voulu ne pas être blessé par sa réponse, mais il l'était. Il le serait toujours.

— Tu ne voudrais pas que Gil sache que tu es chez moi, même si c'est uniquement pour ta sécurité ?

Il n'était pas parvenu à masquer l'amertume qui perçait dans sa voix.

— Je ne veux pas qu'il sache que je suis peut-être en danger, rectifia-t-elle. Il serait plus facile à tout point de vue que je trouve un autre point de chute.

Eh bien, si. Elle allait faire la difficile après tout.

— Je peux aller chez mon père, argua-t-elle.

Le second coup encaissé – cette fois dû à l'agacement –, Cash se dit que c'était peut-être mieux ainsi. Après tout, il était clair que Delaney n'avait aucune envie de renouer avec lui, et cela signifiait qu'il aurait été stupide de créer une situation où ils partageraient le même toit.

Pendant qu'elle faisait ses bagages, il passerait quelques coups de fil afin d'essayer de lui trouver un hébergement dans une maison sûre. Il lui suffirait de trouver quelqu'un qui soit prêt à contourner un peu la loi. Quelqu'un qui soit capable d'assurer sa protection. De l'éloigner de Webb. Et de Byers.

Et de lui aussi.

Parce qu'il y avait d'autres souvenirs. Des visions de Delaney dans son lit. Des souvenirs qui pourraient le pousser à commettre une autre énorme erreur. Mieux valait essayer d'étouffer le désir qui couvait en optant pour l'approche « loin des yeux, loin du cœur ».

Continuant à se raisonner, Cash tourna dans la rue de Delaney. Contrairement à lui, elle n'habitait pas dans un endroit perdu, mais dans un lotissement de maisons qui avaient été construites dans les années 1920 et restaurées au fil du temps.

Celle de Delaney, peinte en gris et agrémentée de volets blancs, avait autrefois appartenu à sa grand-mère. Delaney l'adorait. À l'époque où ils étaient fiancés, elle avait dit à Cash qu'elle la garderait et en ferait son bureau.

Cash n'avait pas eu d'objection. Après tout, elle travaillait à Lubbock et pouvait aisément faire la navette entre le ranch et la ville. C'était donc un bon plan, qui malheureusement était tombé à l'eau lorsque Delaney avait décidé de céder aux exigences de son père.

Mais à quoi bon ressasser tout cela ?

Cash se gara dans l'allée et jeta un coup d'œil aux alentours. Le joli jardin, bien entretenu, était désert, tout comme la rue. Aucun signe de Webb.

Il descendit et contourna le véhicule afin d'escorter Delaney jusqu'à la porte d'entrée. Là encore, tout paraissait normal.

— Il faut que je désactive le système d'alarme, annonça-t-elle.

Presque aussitôt, elle fronça les sourcils.

— Il est déjà désactivé. Pas seulement le système, les serrures sont déverrouillées.

— Quand es-tu venue ici pour la dernière fois ?

Elle hésita.

— Avant qu'on m'emmène à l'hôpital.

Deux jours.

— Tu as peut-être oublié de mettre l'alarme en partant, suggéra-t-il.

La réaction allergique dont elle avait souffert avait pu jouer un rôle.

— Je n'oublie pas de faire ça. C'est automatique, comme de boucler sa ceinture de sécurité.

Elle le regarda, ses yeux le suppliant de la croire.

— Hormis hier soir quand j'ai quitté l'hôpital, j'ai été très prudente à cause de Webb. Je ne voulais pas qu'il puisse entrer ici comme dans un moulin.

Il n'en doutait pas, même s'il était clair qu'elle avait manqué de lucidité la veille au soir. Peut-être avait-elle été désorientée au point d'oublier les gestes les plus mécaniques. Malgré tout, il passa devant elle.

— Laisse-moi ouvrir, suggéra-t-il en sortant son arme.

Elle écarquilla les yeux, mais hocha la tête. Cash envisagea de lui demander d'attendre dans la voiture pendant qu'il vérifiait que tout était en ordre, mais cela comportait des risques aussi. Si Webb voulait réellement s'en prendre à elle, il guetterait les occasions où elle était seule.

Jetant un coup d'œil par-dessus son épaule, il tourna la poignée, qui céda aussitôt. L'arme au poing, il se plaça devant Delaney et poussa le battant. À l'instant où il vit le mur du couloir, son sang se glaça dans ses veines.

Un message avait été laissé là, peint en lettres rouge sang.

DELANEY, TU NE PEUX PAS TE CACHER. TÔT OU TARD, JE TE TUERAI.

5

Delaney aurait reculé en titubant si Cash ne l'avait pas prise par le bras pour la soutenir. Du même mouvement, il lui fit un bouclier de son corps et leva son arme, parcourant du regard l'entrée et les pièces attenantes.

— Webb, souffla-t-elle.

Pour elle, l'auteur du message ne faisait aucun doute. Personne d'autre ne la haïssait suffisamment pour écrire une chose pareille.

— Si j'étais rentrée à la maison hier soir au lieu d'aller chez toi...

Elle n'acheva pas. Webb aurait pu la tuer sans difficulté. Faible et confuse, elle n'aurait pas été en état de lui opposer la moindre résistance.

— Reste tout près de moi, ordonna Cash. Nous allons retourner dans la voiture et je vais alerter la police.

— Tu ne vas pas fouiller la maison pour voir si Webb est là ?

Non qu'elle veuille qu'il le fasse. Non. L'idée que Cash puisse être agressé par Webb dissimulé quelque part lui était insupportable.

— Non. S'il est ici, je ne veux pas lui faire face pendant que tu es avec moi.

Cette pensée la terrifia. Car Webb pourrait sortir vainqueur d'un affrontement entre les deux hommes. Pour lui, tuer Cash serait un bonus, une façon supplémentaire de la faire souffrir.

— Tu as raison. Il faut attendre des renforts, affirma-t-elle.

— Allons-y.

L'arme au poing, il recula et sortit, ajustant sa position à chaque pas de manière à surveiller les lieux tout en protégeant Delaney de son corps. Elle ouvrit l'œil, elle aussi, mais ne vit personne. En revanche, un bruit lui parvint.

Le grondement d'un moteur. Un véhicule approchait.

Cash dut l'entendre au même moment, car il pivota rapidement, braquant son arme dans la direction du son tandis qu'il pressait Delaney contre la façade. Elle sentit qu'il bandait ses muscles, prêt à en découdre, et tenta de faire de même. Elle n'était pas armée, mais elle n'avait pas l'intention de rester les bras ballants si Webb l'attaquait.

Une partie d'elle brûlait d'affronter le misérable qui avait mis sa vie sens dessus dessous. Peut-être que, à eux deux, Cash et elle réussiraient à le mettre hors d'état de nuire. Peut-être serait-ce la fin.

Elle relâcha la respiration qui lui brûlait les poumons à la vue du pick-up qui s'engageait dans l'allée. Le nouveau venu n'était pas Webb.

— Mon père, marmonna-t-elle au moment même où Cash lâchait : « Gil » d'un ton aigre.

Cash ajouta autre chose qu'elle ne saisit pas, mais elle aurait parié que c'était un juron. Son père grommelait sans doute des propos similaires, car il fronçait les sourcils en descendant de son véhicule. Un froncement de sourcils qui s'adressait à Cash, probablement.

Comme d'habitude, Gil portait un jean et une chemise de travail. Il était employé comme cow-boy dans un ranch à la sortie de Lubbock. Ses bottes étaient usées, son chapeau avait connu des jours meilleurs. Delaney avait offert cent fois de les remplacer, mais il n'avait rien voulu entendre.

Comme d'habitude aussi, sa présence éveillait en elle des émotions complexes. L'affection se mêlait à un vif sentiment de culpabilité, qui parfois la consumait. Comme il le consumait, lui.

Avant cette soirée fatidique, près de dix ans plus tôt, son père avait été propriétaire de son ranch. Sans être vaste, l'affaire était profitable. Surtout, elle appartenait à sa famille depuis des générations. Depuis qu'il avait commis un crime à cause d'elle, Gil n'était plus que l'ombre de lui-même, le spectre qui se dirigeait vers elle maintenant. Si elle avait pu revenir en arrière, elle aurait donné cher pour changer ce qui s'était passé cette nuit-là.

— Qu'est-ce qu'il y a ? grogna son père en se tournant vers elle. Pourquoi es-tu avec Cash ?

Delaney réfléchit rapidement. Que pouvait-elle lui révéler ? La vérité telle qu'elle était l'inquiéterait. Ou davantage. Cela dit, il serait difficile de tout lui dissimuler. Elle opta pour une version minimaliste des faits.

— Je suis avec Cash parce qu'il aurait été trop dangereux que je vienne ici seule. Webb s'est introduit chez moi et m'a laissé un message.

Elle tentait de maîtriser sa peur, mais celle-ci était bien présente.

— Cash était sur le point d'avertir la police.

Son père se figea, la sollicitude succédant à l'irritation sur ses traits.

— Ça va ?

Cash s'écarta un peu et se mit en devoir d'appeler la police de Lubbock, mais continua à surveiller les alentours tout en parlant.

Delaney comprenait. Webb pourrait décider de profiter de l'arrivée inopinée de son père pour les prendre pour cible.

— Ils seront ici dans dix minutes, annonça Cash en se rapprochant.

— Papa, tu devrais partir, suggéra Delaney. Je t'appellerai dès qu'ils auront fini de fouiller la maison.

Gil n'hésita pas une seconde.

— Je reste.

Sa colère s'était dissipée, remplacée par l'inquiétude.

Delaney réprima un soupir, et s'efforça de songer à un argument qui le convaincrait de s'en aller. Il n'y en avait pas, comprit-elle aussitôt. Si elle mentionnait la possibilité d'une attaque de Webb, il n'en serait que plus résolu. Elle n'avait jamais revu chez son père la moindre trace de la fureur qui l'avait submergé le soir où il avait tué Aaron Skyler, et elle ne voulait pas courir le risque de la réveiller. Si son père se mettait à la recherche de Webb, il pourrait bien le trouver.

Et Webb pourrait bien le tuer.

Webb n'était pas un adolescent dont on pouvait venir à bout aisément. Il était fort, bien bâti. Et méchant. Son père n'était pas de taille à lutter contre lui.

— Que disait ce message ? demanda-t-il.

Là encore, elle réfléchit à sa réponse et au ton qu'elle devait utiliser.

— Il me narguait, c'est tout, dit-elle d'une voix neutre. Il voulait m'intimider.

Et cela avait fonctionné. Elle avait les nerfs à fleur de peau. Elle espéra que son père ne percevrait pas son malaise. Elle avait besoin d'apaiser la situation, afin de pouvoir se concentrer sur la menace que représentait Webb. C'était impossible si elle se faisait du souci pour son père.

— Il te narguait, répéta-t-il.

Il marqua une longue pause, et Delaney se demanda s'il allait exiger de connaître la teneur exacte du message. Il n'en fit rien.

— Je m'inquiète pour toi, reprit-il. Tu es allée à l'hôpital et tu ne m'en as même pas parlé.

Delaney émit un soupir. Elle n'avait vraiment pas envie d'avoir cette conversation avec son père maintenant.

— Comment l'as-tu su ?

— Tu devrais peut-être plutôt m'expliquer pourquoi ce n'est pas toi qui me l'as appris.

Ce n'était pas de la colère qui perçait dans sa voix, mais du chagrin. Il était blessé. Profondément blessé.

Delaney se radoucit.

— Je ne te l'ai pas dit parce que je ne voulais pas que tu t'inquiètes. Comment l'as-tu su ? répéta-t-elle.

Il hésita un instant.

— Un détective privé que tu as engagé m'a téléphoné.

Génial. Vraiment génial. Cette fois, elle ne put maîtriser son irritation. Byers s'était immiscé dans sa vie une fois de plus. Il fallait qu'elle ait une conversation sérieuse avec ce type.

— Byers m'a aussi dit que tu étais chez Cash, continua son père. Comme tu ne répondais pas à ton téléphone, j'allais te laisser un message. Je me suis dit que tu reviendrais chez toi tôt ou tard.

Elle ne répondait pas à son téléphone parce qu'elle l'avait laissé à l'hôpital la veille au soir. Elle avait attrapé son sac à main, mais l'appareil n'était pas dedans. Apparemment, un membre du personnel l'avait déplacé pendant qu'elle était en observation.

— Pourquoi es-tu allée chez Cash au lieu de venir à moi ? insista Gil.

Il était amer, maintenant.

— C'est le fils de Jeb Mercer, ajouta-t-il, comme si c'était la pire insulte imaginable.

Cela l'était, à ses yeux.

Cash lâcha un juron.

— Je n'y suis pour rien si je suis son fils. Et au cas où vous ne le sauriez pas, Gil, mon père et moi ne sommes pas exactement en bons termes.

— Tu as son sang dans tes veines, rétorqua Gil.

La douleur avait disparu, cédant la place à la colère, comme chaque fois qu'il s'agissait de Jeb ou d'un Mercer.

— Et alors ? Ça veut dire que je vais persécuter un type pour avoir attaqué le salaud qui avait tenté de violer sa fille ? explosa Cash, avant de marmonner un nouveau juron. J'ai des défauts, Gil, mais je ne suis pas Jeb Mercer.

Gil le fixait.

— Les Mercer ont gâché ma vie, accusa-t-il, d'une voix qui tremblait maintenant. Je n'aurais pas dû aller en prison. Je n'aurais pas dû perdre presque tout ce que j'aimais. Et chaque fois que je vois un Mercer ça réveille tous ces souvenirs.

Delaney savait qu'il disait la vérité. Elle avait entendu ses cris la nuit, quand il était hanté par les cauchemars, et l'avait vu tenter de refouler les ténèbres en buvant jusqu'à sombrer dans l'oubli.

Tout cela était sa faute.

Gil se passa une main sur le visage, puis prit une inspiration saccadée et regarda Delaney.

— Je voudrais que tu rentres à la maison avec moi.

Elle ne pouvait accepter. Ne pouvait donner à Webb une raison de la suivre chez son père.

— Je vais aller chez un ami, déclara-t-elle. Pas Cash, ajouta-t-elle, comme le regard de son père s'arrêtait sur lui. Tout ira bien.

Son père la dévisagea, l'air de jauger si oui ou non elle disait la vérité. « Tout ira bien » était peut-être un peu optimiste. Le message peint sur les murs de l'entrée en témoignait. Si Webb pouvait neutraliser son système d'alarme sans difficulté, il n'allait pas renoncer à la traquer.

— Je ne peux pas en repasser par là, marmonna son père avant de se taire brusquement, comme s'il n'avait pas eu l'intention de prononcer ces mots.

Delaney fit un pas vers lui et l'étreignit.

— Je suis désolée...

— Non.

Il se dégagea et recula.

— Je ne peux pas en repasser par là.

Elle ne tenta pas de le toucher de nouveau, mais étudia son regard.

— Tu veux parler de Cash et moi ? Parce que, si c'est le cas, nous ne sommes pas ensemble.

Gil esquissa un sourire ironique. Qui se teinta de méchanceté lorsqu'il pivota vers Cash.

— Je ne peux pas laisser ça arriver.

— Delaney a raison, lâcha Cash avec un grognement agacé. Nous ne sommes pas ensemble.

Cependant, il parlait dans le vide, car Gil avait déjà tourné les talons et remontait dans son pick-up. Elle le suivit des yeux alors qu'il démarrait en trombe et s'éloignait.

Elle aurait voulu le suivre, lui affirmer qu'il se trompait, mais elle était trop lasse pour essayer de l'amadouer maintenant. Dans un jour ou deux, elle devrait aller le voir et tenter d'aplanir la situation. Mais pas avant d'être sûre qu'elle n'allait pas amener le danger à sa porte.

— Attendons dans le pick-up, suggéra Cash. Tu ne devrais pas rester à découvert.

Sachant qu'il avait raison, elle se hâta de gagner le véhicule avec lui. Quand ils se furent assis, il lui fit signe de se tasser sur son siège. Elle obéit, mais fronça les sourcils en voyant qu'il ne l'imitait pas.

— Tu ne t'es pas baissé, reprocha-t-elle.

— Parce que je n'ai pas l'intention de laisser Webb s'approcher en catimini.

Il secoua la tête.

— Cela dit, il serait idiot d'essayer. S'il surveille les lieux, il sait que j'ai déjà appelé des renforts. Je suppose qu'il a filé depuis longtemps.

En effet, mais elle doutait qu'il soit allé bien loin. Peut-être se terrait-il chez son frère à Clay Ridge, où il pourrait prendre son temps pour décider comment continuer à la tourmenter. Si oui, elle espérait que les caméras de surveillance installées par l'adjoint de Cash révéleraient sa présence. Dans ce cas, Cash pourrait les faire arrêter, Ramone et lui.

Cependant, Webb pouvait aller n'importe où. Une idée la frappa soudain.

— Webb pourrait essayer de m'atteindre par l'intermédiaire de mon père, balbutia-t-elle.

Elle fit mine de se redresser, mais Cash l'en empêcha.

— J'allais demander à la police de Lubbock de lui proposer une protection. Il y a quelqu'un d'autre que Webb pourrait utiliser pour s'en prendre à toi ?

Delaney se reprocha intérieurement de ne pas s'être déjà posé cette question.

— Mon assistante, Melanie Adams.

Elle devait contacter Melanie d'urgence et la mettre au courant de ce qui se passait. La jeune femme travaillait souvent chez elle, dans la maison qu'elle partageait avec ses parents et un frère et une sœur plus jeunes, mais cela ne signifiait pas qu'elle soit à l'abri.

— Melanie Adams, répéta Cash, songeur. Je me souviens de l'avoir rencontrée peu après que tu l'as engagée. Je vais demander qu'elle soit mise sous protection aussi. Et toi, bien entendu.

Son téléphone émit un signal sonore, annonçant l'arrivée d'un texto. Il fronça les sourcils.

— C'est de Webb, rugit-il, en lui montrant le message qui s'affichait à l'écran, émanant d'un numéro inconnu.

Si vous voulez me trouver, allez chez Delaney. Je lui ai laissé quelque chose qui devrait lui causer quelques cauchemars.

Delaney sentit un frisson glacé la parcourir.

— Oui, c'est de lui.

Cash fronça les sourcils de nouveau.

— Ce texto vient seulement d'arriver, mais il a été envoyé voilà plus d'une heure.

Cela se produisait parfois, car le réseau entre Lubbock et Clay Ridge était aléatoire, et elle se demanda à quel moment Webb ou un complice avait pénétré chez elle. L'odeur de peinture était encore forte, ce qui suggérait que le message avait été expédié juste après.

— S'il n'y avait pas eu de retard, murmura Cash, je t'aurais laissée au ranch et je serais venu ici avec des policiers locaux. Mais pourquoi Webb ne voulait-il pas que tu voies ce texto ?

Bonne question. L'explication qui se présenta à l'esprit de Delaney ne lui plut guère.

— Peut-être que Webb voulait m'éloigner de toi parce qu'il pense que ce sera plus facile de m'éliminer.

Cash émit un son d'assentiment.

— Tu as dit à ton père que tu allais chez un ami. Tu m'as dit que tu irais chez ton père. Que comptes-tu faire au juste ?

Elle ouvrit la bouche, et la referma aussitôt. Elle n'avait pas de réponse à cette question. Pas encore.

— Je comprends, reprit Cash comme elle se taisait. Tu as peur que Webb ne s'en prenne à moi.

Oui, mais c'était plus qu'une simple crainte. C'était une angoisse qui la rongeait déjà. Webb avait déjà tué. Pourquoi ne recommencerait-il pas ?

— Je peux me défendre, assura-t-il. Et je peux veiller à ce que ton père soit protégé aussi. Promis.

Elle ne doutait pas de sa sincérité. Pas du tout. Mais elle savait que l'engagement de Cash aurait un prix. Elle aurait une dette envers lui et, pire, elle soupçonnait que l'attraction entre eux ne ferait que s'accroître s'ils se côtoyaient du matin au soir. L'air entre eux était déjà chargé de désir. Et elle ne pouvait se mentir : elle mourait d'envie de se blottir entre ses bras.

Mais cela ne devait pas arriver.

Si elle cédait à ce désir, elle aurait un sentiment supplémentaire de culpabilité dans sa vie. Car, si elle renouait avec Cash, son père tenterait peut-être de se donner la mort. Une fois de plus. Elle lui avait déjà fait trop de mal. Elle ne pouvait prendre le risque qu'il perde la vie.

Elle allait passer quelques coups de fil, résolut-elle. Mettre en place une protection pour son père et pour elle-même, ainsi que trouver une maison sûre pour eux deux. Elle ouvrait la bouche pour le dire à Cash quand une voiture de patrouille surgit dans l'allée.

Cash rangea son arme dans son holster et ouvrit sa portière.

— Ne bouge pas, avertit-il. Ils vont te questionner, mais je veux que ce soit au poste, pas ici.

Elle était d'accord. Peut-être les policiers de Lubbock seraient-ils plus enclins à la croire quand elle affirmerait que Webb Bennison était l'auteur des menaces.

Cash mit pied à terre et ferma sa portière. Il avait à peine eu le temps de faire un pas qu'une explosion déchira l'air.

La maison était en feu.

6

Cash fit un vol plané et atterrit lourdement sur le sol. La douleur se répercuta dans son torse et jusque dans sa mâchoire, mais il s'obligea à se relever. Vite. Il n'était pas certain de ce qui se passait, mais une chose était sûre : quelqu'un venait d'essayer de les tuer, Delaney et lui.

Dès qu'il fut debout, il pivota vers le pick-up, afin de s'assurer que Delaney était saine et sauve. Son cœur fit un bond dans sa poitrine. Une plaque de tôle en feu s'était abattue sur le véhicule. Le métal avait ployé sous l'impact et les flammes léchaient déjà ce qui restait du pare-brise.

Et Delaney était encore à l'intérieur.

Derrière lui, des cris s'élevèrent, émanant des deux policiers qui venaient d'arriver. L'un d'eux ordonnait à Cash de reculer. Il n'y prêta pas attention. Il n'allait pas laisser Delaney brûler vive dans sa voiture.

À l'évidence, Delaney n'avait pas l'intention de mourir non plus. Ouvrant sa portière à la volée, elle tomba pratiquement dans les bras de Cash, qui l'entraîna à l'écart, juste à temps. En effet, le reste du pare-brise venait de céder, déversant une pluie d'éclats de verre et de métal en feu sur le siège où elle avait été assise.

Tout en s'efforçant d'éteindre les étincelles sur ses vêtements, Cash tira Delaney vers le centre du jardin. Là, il leva pour la première fois les yeux vers la maison.

Une vision de l'enfer.

La façade avait été anéantie, et le reste de la demeure n'allait pas tarder à l'être. Le toit gémissait et craquait, prêt à s'effondrer, et les flammes dévoraient tout, du sol au plafond.

— Il a fait sauter ma maison, murmura Delaney, incrédule.

Elle était sous le choc, naturellement, et Cash avait peur qu'elle ne soit aussi blessée. Il y avait de petites coupures et un hématome sur son visage, mais comment savoir si elle ne souffrait pas de lésions internes ?

— Il faut qu'on recule.

Le vent balayait d'épais nuages de fumée noire dans leur direction et Delaney commençait déjà à tousser.

— Par ici ! cria une voix.

Sans doute un des policiers. Soutenant Delaney, Cash l'abrita de la chaleur du brasier et la força à pivoter pour se diriger vers la rue. Il voyait les policiers agiter frénétiquement les mains et les exhorter à faire vite.

Il ne tarda pas à comprendre pourquoi.

Derrière eux, le toit s'écroula. Flammes et fumée s'élevèrent dans les airs, accompagnés d'une pluie de débris. Cash sentit une vague de chaleur dans son dos et, redoutant le pire, souleva Delaney dans ses bras et se mit à courir.

Les policiers se hâtèrent à leur rencontre.

— Je suis Cash Mercer, shérif de Clay Ridge, annonça-t-il, voyant l'alarme sur leurs visages, sans doute parce qu'il portait encore son arme.

— Et vous êtes Delaney Archer ? s'enquit un des agents.

Il était grand et dégingandé, âgé d'une trentaine d'années, le crâne un peu dégarni. D'après sa plaque, il s'appelait Jenkins.

Elle acquiesça en toussant, et Cash l'installa sur la banquette de la voiture de patrouille pendant que le second policier tenait la portière. Celui-ci, Chavez, était d'origine hispanique et avait une carrure de boxeur.

Chavez et Jenkins continuaient à garder l'œil sur l'incendie. Si le vent se levait, il était encore possible qu'il se propage aux habitations voisines.

— Que s'est-il passé ? demanda Chavez à Cash.

— Webb Bennison, intervint Delaney, devançant sa propre réponse. C'est lui. Il en a lourd sur la conscience.

Chavez et Jenkins échangèrent un regard qui donna à Cash l'envie de lâcher un juron. Car on ne pouvait se méprendre sur leur scepticisme. Le bruit s'était sûrement répandu que le FBI croyait Webb mort. Cependant, le message peint sur le mur de l'entrée prouvait qu'il était bien vivant.

Sauf que l'entrée n'existait plus. Et qu'il n'y avait donc plus de preuve.

Cash se reprocha amèrement de ne pas avoir pris de photo. Les techniciens du laboratoire auraient pu l'examiner et peut-être en tirer certaines conclusions. Cependant, sa priorité avait été de faire sortir Delaney de la maison. Et bien lui en avait pris, car s'ils étaient restés ils auraient été tués dans l'explosion.

— Quelqu'un a laissé un message à Delaney, une menace, précisa-t-il, peinte sur le mur de l'entrée. Elle disait : *Delaney, tu ne peux pas te cacher. Tôt ou tard, je te tuerai.*

Les policiers échangèrent un nouveau regard.

— Vous avez vu cette menace ? demanda Chavez.

— Oui.

— Et pourquoi êtes-vous ici avec Mme Archer ? insista Chavez après un bref silence.

Cash n'avait aucune intention de lui expliquer que Delaney avait débarqué chez lui la veille, confuse et désorientée, mais s'ils se renseignaient un tant soit peu, ce qu'ils ne manqueraient pas de faire, ils auraient tôt fait de découvrir leur relation. Mieux valait qu'ils l'apprennent de sa bouche.

— Delaney et moi avons été fiancés par le passé, admit-il.

Elle est venue me demander mon aide parce que Webb Bennison la menaçait.

Cash entendit le hurlement des sirènes, qui annonçait l'arrivée des pompiers, d'autres policiers, peut-être même d'une ambulance. Bientôt, l'endroit fourmillerait de gens tous en train d'essayer de faire leur travail.

Chavez prit une profonde inspiration et reporta son attention sur Delaney.

— Madame, vous avez vu Webb ? Vous savez avec certitude que c'est lui qui a mis le feu ?

Delaney inspira à fond, elle aussi.

— Je ne l'ai pas vu, mais je sais que c'est lui.

Sa voix se brisa, et elle tenta de se ressaisir.

— Il aurait pu nous tuer.

— Webb a une raison de vouloir tuer le shérif Mercer ?

— Non, avoua-t-elle avant de secouer la tête. À moins qu'il ne lui en veuille pour ses liens avec moi.

À en juger par les questions que les policiers posaient à Delaney, ils savaient déjà qu'elle avait défendu Webb lors de son procès. Et cela la rabaissait sans doute d'un cran à leurs yeux. Tout accusé avait beau mériter un avocat, les policiers respectaient rarement ceux qui défendaient les criminels. Cela ne signifiait pas pour autant qu'ils n'allaient pas mener l'enquête sur cette explosion, mais Cash comptait bien le faire aussi de son côté.

Il fallait qu'il trouve Webb et le mette derrière les barreaux avant que celui-ci ne s'en prenne à Delaney de nouveau.

Comme l'ambulance s'arrêtait devant la maison, Jenkins leur fit signe de s'approcher.

— On va vous emmener tous les deux à l'hôpital pour vous faire examiner.

— Non, protesta Delaney. Je vais bien.

Sans doute son récent séjour en observation psychiatrique

jouait-il un rôle dans sa réponse. Cash comprenait, mais il tenait à s'assurer qu'elle était indemne.

— Pour ma part, je voudrais consulter un médecin, déclara-t-il, en bougeant l'épaule comme si elle lui faisait mal.

En fait, elle était bel et bien douloureuse. Il avait mal aux côtes et à la mâchoire aussi. Pas assez pour justifier une visite à l'hôpital mais, s'il y allait, Delaney viendrait avec lui.

Elle se leva, l'inquiétude se lisant dans son regard. Elle n'avait plus l'air d'être sous le choc, juste soucieuse. Elle se faisait de souci pour lui. Cash se sentit un peu coupable mais, outre le fait que Delaney serait auscultée, son pieux mensonge présentait l'avantage de les éloigner du sinistre. Elle n'avait pas besoin de rester là, devant les décombres de sa maison, face à la preuve de ce que Webb avait essayé de faire.

Sauf que ce n'était peut-être pas Webb.

En tant que shérif, il se devait d'examiner la situation sous tous les angles possibles. Quelqu'un avait pu causer cette explosion afin de donner l'impression que Webb était responsable. Ramone, par exemple. Si Webb était vraiment mort, il n'était pas exclu que Ramone veuille se venger de Delaney pour avoir échoué à faire acquitter son frère.

Cependant, il y avait une autre hypothèse.

Celle de la culpabilité du détective privé, Byers.

À en juger par les visites, appels et interventions diverses de ce dernier, il paraissait faire une fixation sur Delaney. Son obsession avait peut-être fini par le pousser à attenter à la vie de celle-ci. Prétendre que Delaney n'était menacée par personne ne lui avait pas apporté ce qu'il cherchait – une relation avec elle. Par conséquent, il avait pu décider de créer une menace.

Oui, c'était une piste à ne pas négliger.

Pendant que les pompiers s'affairaient pour essayer de contenir le brasier, Cash guida Delaney vers l'ambulance, sans cesser de regarder autour de lui. Celui qui avait posé la bombe était peut-être encore là, à les observer. À guetter une autre occasion de les tuer.

Cependant, rien de suspect n'attira son attention.

Un individu avait pourtant éveillé ses soupçons ce jour-là. Gil. Cash ne voulait pas penser de mal du père de Delaney, mais le fait demeurait que ce dernier avait fait plusieurs séjours en prison et dans des institutions psychiatriques. S'il était presque impensable qu'il souhaite mettre sa fille en danger, il aurait pu, en revanche, essayer de nuire au fils de Jeb Mercer.

Bon sang.

Cash espéra avec ferveur qu'il n'en était rien. Sans doute avait-il seulement été affecté par la colère que Gil nourrissait toujours à l'égard de sa famille. Cependant, c'était une autre piste qu'il faudrait éliminer. Si Gil était l'auteur du texto qui avait été retardé, il avait pu mettre l'explosif en place, persuadé que Cash n'emmènerait Delaney chez elle qu'une fois sûr qu'il n'y avait aucun danger. Il ignorait si Gil avait des connaissances ou de l'expérience en matière d'explosifs, mais c'était une vérification supplémentaire qui s'imposait.

Les secouristes les aidèrent à monter dans l'ambulance et, quand l'un d'entre eux installa Delaney sur la civière, Cash s'assit à côté d'elle.

— Qu'y a-t-il ? demanda Delaney.

Elle tendit la main et effleura celle de Cash, qui se rendit soudain compte qu'elle avait dû l'observer alors qu'il était absorbé dans ses réflexions. Qu'il envisageait la possibilité que son père ait pu faire exploser sa maison, et lui avec.

Cash n'avait pas l'intention de lui révéler ses pensées maintenant. Elle était encore trop bouleversée, et cela ne ferait que creuser un fossé entre eux, car elle éprouverait le besoin de défendre son père.

— Je ne veux pas que tu fasses des difficultés pour venir chez moi, murmura-t-il. Je veux que tu sois sous ma protection.

Même après tout ce qui venait d'arriver, Cash devina que, si, elle projetait de faire des difficultés. Non qu'elle n'ait pas conscience du danger. Au contraire. Elle voulait l'empêcher de s'exposer au danger. Ce qui était idiot. Il était policier, et la protéger faisait partie de son travail.

Ou, plutôt, Cash en faisait son travail.

Un garde du corps ne pourrait pas s'investir autant que lui dans cette mission. Certes, il n'aurait pas dû s'impliquer autant émotionnellement. Mais, bon, les sentiments étaient bien là. Toujours là. Cash savait qu'il ferait tout pour garder Delaney en sécurité.

Peut-être lut-elle sa détermination dans son regard, car elle finit par hocher la tête, et lui pressa la main.

— Si tu te fais blesser en me protégeant, je serai vraiment fâchée contre toi.

Cash sourit.

— Pareil pour toi.

Et puis, il fit quelque chose de stupide.

Il effleura ses lèvres des siennes.

En parlant de fossé… Delaney se raidit et dégagea sa main, une lueur de panique dans les yeux. Une panique que Cash comprit parfaitement. Ils ne devaient pas s'embrasser. Ils ne devaient pas céder à ce désir intense qu'aucun danger, fût-il mortel, ne parvenait à éteindre.

Par chance, le téléphone d'un secouriste se mit à résonner dans l'habitacle, coupant court au malaise. Quelques secondes plus tard, Cash déchanta. L'ambulancier lui tendait l'appareil.

— C'est Jenkins, le policier qui est venu chez Mme Archer. Il veut vous parler.

Cash ne lui demanda pas s'il avait expliqué la raison de son appel. Il se contenta de prendre le téléphone, en espérant qu'il n'allait pas recevoir une autre mauvaise nouvelle. Malgré tout, il se prépara au pire.

— Shérif Mercer.

— Je voulais vous donner la nouvelle tout de suite, shérif. Nous venons d'avoir un rapport concernant l'assistante de Mme Archer, Melanie Adams. Elle a été enlevée.

Une bouffée d'adrénaline déferla en Cash, mais il s'efforça de garder une expression neutre pour ne pas effrayer Delaney.

— Vous avez des détails ?

— D'après un témoin, un homme encagoulé l'a fait sortir du bureau sous la menace d'une arme et l'a obligée à monter dans un véhicule.

Cash étouffa un juron. Il imaginait la scène. Et la terreur de Melanie.

— Le témoin n'a pu fournir ni le numéro minéralogique ni une description du véhicule, reprit Jenkins, avant de marquer une pause. Mais d'après le message laissé dans le bureau le ravisseur était Webb Bennison.

— Que disait ce message ?

— Je vous envoie une photo.

Cash évita le regard de Delaney, et attendit le signal sonore indiquant que la pièce jointe avait été reçue.

Ce message-là aussi était peint en grosses lettres rouges.

Et il allait bouleverser Delaney.

7

C'EST VOTRE FAUTE, DELANEY. C'EST À CAUSE DE VOUS QUE J'AI ENLEVÉ MELANIE. AFFECTUEUSEMENT, WEBB.

Delaney avait à peine entrevu l'image que l'agent Jenkins avait envoyée à Cash, mais cela avait suffi pour que les mots se gravent dans son esprit comme une marque au fer rouge.

C'était la vérité.

C'était par sa faute que Webb avait enlevé Melanie. Elle avait été si absorbée par les conséquences de son évasion de l'hôpital qu'elle n'avait pas pensé à avertir son assistante. Ce qu'elle aurait dû faire dès qu'elle avait recouvré sa lucidité. Peu importait qu'elle en ait eu l'intention.

Ce qui importait, c'était qu'elle n'avait pas agi assez vite et que, à cause de sa négligence, Melanie était maintenant aux mains d'un tueur.

— Il faut que tu sois vigilante, déclara Cash, l'arrachant à ses réflexions.

Il avait fait cela à plusieurs reprises depuis qu'ils avaient quitté Lubbock et repris le chemin du ranch à bord d'un pick-up de location.

Delaney était vigilante. Elle regardait derrière eux pour s'assurer qu'ils n'étaient pas suivis. Regardait devant pour vérifier que personne ne s'apprêtait à leur tendre une embuscade. Cependant, son épuisement devait donner à

Cash l'impression qu'elle allait perdre connaissance. Une partie d'elle-même en avait envie, pour échapper à la peur qui la tenaillait concernant Melanie. Il n'y avait pas que la peur, mais de la colère aussi. Contre elle-même et surtout contre Webb, qui avait choisi de faire souffrir une innocente.

Près de huit heures s'étaient écoulées depuis que Delaney avait vu la photo du message que Webb avait laissé à son bureau. L'ambulance les avait emmenés à l'hôpital, où ils avaient été soignés pour des brûlures et égratignures mineures. Ensuite, deux policiers les avaient conduits au poste afin qu'ils puissent faire leur déposition.

Comme un automate, Delaney avait répondu aux questions, fournissant tous les détails que les policiers réclamaient, toutes sortes de choses au sujet de Webb. Elle avait espéré que cet homme faisait partie de son passé, mais non.

Et, parce qu'il était indéniablement impliqué dans son présent, elle s'était servie du téléphone de Cash pour prendre des dispositions quant à la sécurité de son père. Elle avait engagé un garde du corps, qu'elle avait dépêché au domicile de celui-ci. Gil n'avait guère apprécié cette initiative et l'avait dit clairement lorsqu'elle l'avait appelé. Cependant, puisqu'elle l'avait mis au courant de l'explosion, il savait qu'il était potentiellement en danger aussi.

— Tu penses que je fais une erreur en n'allant pas chez mon père ? demanda-t-elle.

Ainsi qu'elle s'y attendait, une lueur d'inquiétude jaillit dans le regard de Cash. Peut-être parce qu'il savait pertinemment que Gil ne serait pas disposé à l'accueillir chez lui, même si sa présence signifiait que Delaney était plus en sécurité. Malgré tout, alors qu'elle dévisageait Cash, elle se demanda s'il n'y avait pas une autre raison.

— Qu'est-ce qui te tracasse au juste ? insista-t-elle. Tu penses que mon père ferait passer sa haine envers toi avant ma sécurité ?

— Peut-être, admit Cash après une longue hésitation. Mais il ne te mettrait pas en danger à dessein, du moins je ne crois pas.

Il marqua une nouvelle pause et la regarda.

— Et toi, qu'en penses-tu ?

Sur le point d'affirmer que non, bien sûr, Delaney prit conscience du ton que Cash avait employé et se tut. À l'évidence, il n'avait pas exclu cette éventualité.

— Tu as peur que, l'alcool aidant, mon père puisse faire quelque chose de dangereux ? Comme essayer d'appâter Webb pour l'empêcher de me nuire ?

Alors même qu'elle prononçait ces mots, elle sentit qu'elle avait vu juste. Oui, c'était précisément le genre d'action que Gil pourrait entreprendre.

Son père avait un caractère emporté, qu'il maîtrisait la plupart du temps, mais pas quand il buvait à l'excès. Et s'il affrontait Webb il n'en sortirait pas vainqueur. Webb était beaucoup plus jeune que lui, et beaucoup plus vigoureux. Il était aussi aux abois.

— Peux-tu me prêter ton téléphone ?

Cash le lui tendit sans discuter.

— Tu veux appeler Gil ?

— Non. Le détective privé que j'ai engagé.

Échaudée par son expérience avec Byers, elle avait fait appel à une agence réputée, laquelle avait confié cette mission à Trevor Salvetti, un agent chevronné qui était allé droit chez son père. Ce fut lui qui décrocha.

— Ici Delaney Archer. Je voudrais vous demander de veiller à ne pas perdre mon père de vue. Il se pourrait qu'il essaye de vous fausser compagnie et de contacter Webb Bennison.

— Il n'a rien tenté jusqu'à maintenant, assura Salvetti, mais je vais ouvrir l'œil. Ce qui est sûr, c'est qu'il n'est pas enchanté par ma présence.

— Non, je sais, soupira-t-elle.

La réaction de son père ne l'avait pas surprise outre mesure, mais elle se résignait à endurer sa colère en échange de sa sécurité.

— Hmm... il n'a rien bu, n'est-ce pas ? Je veux dire, rien d'alcoolisé ?

Elle était gênée de poser cette question, mais elle voulait être sûre que la situation n'avait pas poussé Gil à retourner à ses vieux démons.

— Si c'est le cas, je n'en ai vu aucun signe. Là encore, je vais ouvrir l'œil.

Salvetti ne chercha pas à savoir ce qui avait motivé sa question. Tant mieux. Delaney ne tenait pas à lui avouer que son père était un alcoolique invétéré qui prenait souvent de mauvaises décisions.

— Du nouveau concernant votre assistante ? s'enquit le détective.

Delaney lui avait rapidement expliqué les faits lors de leur première conversation.

— Non. Pas encore.

Malgré tout, elle se cramponnait à l'espoir que Webb allait la contacter et lui livrer ses exigences.

Il n'allait pas demander de rançon. Non, ce n'était pas de l'argent qu'il voulait. Delaney le soupçonnait d'avoir l'intention de réclamer un échange – elle contre Melanie. C'était le meilleur scénario envisageable, à l'exception de son arrestation. Il était aussi possible qu'il assassine Melanie dans le seul but de faire souffrir Delaney.

Elle mit fin à sa conversation avec Salvetti et rendit l'appareil à Cash, prenant soin d'éviter son regard. Elle ne voulait pas qu'il voie qu'elle était à deux doigts de fondre en larmes.

Il dut s'en rendre compte quand même.

— Je sais que tu as peur que Webb ne s'en prenne à ton

père ou vice versa, murmura-t-il, mais j'ai l'impression qu'il y a autre chose. Quelque chose au sujet de Gil que tu ne m'as pas dit.

Delaney réprima un juron. Cash était perspicace. Il y avait en effet une foule de choses qu'elle lui avait tues concernant son père.

Elle garda les yeux rivés sur la route tandis que Cash empruntait la bretelle de sortie pour Clay Ridge.

— Mon père ne réfléchit pas toujours clairement quand il a bu.

Cash eut un grognement d'assentiment.

— Je comprends. Et tu as peur que ce manque de lucidité ne l'incite à prendre des risques avec Webb. Je sais. Mais ce n'est pas tout, ajouta-t-il. Qu'est-ce qui se passe avec ton père ?

Delaney voyait parfaitement où il voulait en venir. Cash se demandait pourquoi elle continuait à avoir des liens aussi étroits avec Gil alors qu'il était évident que leur relation était tendue, voire douloureuse.

— Il t'a défendue, reprit Cash. Et tu t'en veux parce qu'il est allé en prison...

— C'était ma faute, balbutia-t-elle, lui coupant la parole avant qu'il ait pu énoncer toutes les raisons pour lesquelles elle ne devait pas se sentir coupable. Je savais qu'Aaron Skyler était un petit voyou, mais je l'ai ramené à la maison quand même.

— Tu ne pouvais pas prévoir qu'il allait essayer de te violer, lui fit remarquer Cash.

— Non, bien sûr.

En revanche, elle avait su qu'Aaron voudrait l'embrasser et elle en avait eu envie aussi. Jusqu'au moment où il avait exigé davantage. Aaron avait ignoré son refus, l'avait frappée et s'était mis à déchirer ses vêtements. Quand Gil était entré, elle était terrifiée, meurtrie, le visage en sang.

— Et tu n'as pas demandé à ton père de tuer Aaron, ajouta Cash, d'une voix radoucie.

— Non. Mais il l'a fait et il est allé en prison.

Cash lâcha un soupir.

— Et me voir lui rappelle ce qui s'est passé. Je sais que je suis le portrait craché de mon père à l'époque. Tu le sais aussi, et c'est pourquoi tu as essayé de le protéger de moi. C'est cela qui nous a séparés et qui va continuer à...

— Mon père a tenté de se donner la mort, interrompit Delaney.

À en juger par l'expression choquée de Cash, il n'en avait rien su. Sans doute parce qu'elle avait tout fait pour que l'incident ne s'ébruite pas. Elle savait que Gil n'aurait pas pu affronter la pitié des gens.

— Je n'en avais pas la moindre idée, marmonna-t-il.

Delaney acquiesça. Soupira à son tour. Elle n'avait pas eu l'intention de le lui dire, pas comme cela en tout cas, mais peut-être était-il temps qu'il soit au courant. Elle prit une profonde inspiration, puis poursuivit :

— Il a essayé deux fois, expliqua-t-elle. Avec de l'alcool et des comprimés. La seconde fois a été pire que la première, et il s'en est tiré de justesse. C'est alors qu'il m'a dit qu'il préférait mourir plutôt que de me voir en couple avec toi.

Cash lâcha un juron.

— Quand est-ce qu'il t'a dit ça ?

Là encore, elle prit une profonde inspiration.

— Juste avant que je rompe nos fiançailles.

Tout s'expliquait soudain. Son père avait été la cause de leur rupture. Elle avait été terrifiée à l'idée qu'il fasse une troisième tentative, et qu'il réussisse à se tuer.

— C'est moi qui l'ai découvert, les deux fois, avoua-t-elle. Il était comme assommé, peut-être qu'il délirait à demi. Mais il a dit qu'il vaudrait peut-être mieux qu'on soit morts tous les deux. Toi et moi, clarifia-t-elle en le regardant. Plus tard, quand je l'ai interrogé à ce sujet, il a affirmé ne pas s'en souvenir.

Cash demeura silencieux un long moment.

— Tu aurais dû me le dire, grogna-t-il enfin.

La colère vibrait dans sa voix. À raison. Elle avait rompu leurs fiançailles pour sauver son père.

Peut-être pour sauver Cash aussi.

Delaney se refusait à croire que son père puisse aller jusqu'à tuer Cash, la tuer elle, et se donner la mort ensuite, mais c'était un risque qu'elle n'était pas prête à courir. Certes, si elle en avait parlé à Cash, il aurait essayé de l'aider à tout arranger. Elle l'aimait trop pour lui imposer pareil fardeau.

Cash émit un nouveau juron. Delaney crut d'abord qu'il allait lui reprocher de ne pas lui avoir révélé les tentatives de suicide de son père, mais comprit vite qu'elle se trompait. Deux véhicules étaient garés devant chez lui. Et deux hommes se tenaient à côté.

L'un d'eux était Kevin Byers.

Delaney retint une exclamation de dépit. Elle n'avait pas eu le temps de faire un crochet par le bureau du détective pour lui dire de la laisser en paix, mais elle pouvait le faire à présent. Le seul fait de le voir dissipa une partie de sa lassitude, et elle aurait bondi à bas du pick-up si Cash ne l'avait pas retenue par le bras.

— Qui est l'autre type ?

Elle secoua la tête, fusillant Byers du regard à travers le pare-brise.

— Je ne l'ai jamais vu.

Il était petit et trapu, bâti comme un lutteur, et portait un complet gris foncé. Il pivota, et la lumière se refléta sur le badge accroché à sa ceinture. Un badge qu'elle reconnut aussitôt.

Celui du FBI.

Delaney sentit son estomac se nouer. Que se passait-il

encore ? La journée avait déjà été assez rude comme ça. Pourvu que cet agent ne soit pas venu apporter de mauvaises nouvelles à propos de Melanie !

Byers et l'agent n'étaient pas seuls dans la cour. Deux des cow-boys de Cash étaient là aussi, et tous les deux étaient armés. À l'évidence, ils montaient la garde, et se dirigèrent vers Cash et elle dès qu'ils descendirent du pick-up. L'un d'eux, Stoney Quates, travaillait pour Cash depuis des années. Quant au jeune homme qui l'accompagnait, c'était son fils, à en juger par la ressemblance.

— Ils ont insisté pour vous attendre, déclara Stoney, la mine sombre.

— Je suis l'agent spécial Van Curley, intervint l'homme du FBI, d'un ton très professionnel.

Il jeta un bref coup d'œil à Cash avant de focaliser son attention sur Delaney.

— Madame Archer ?

Il attendit qu'elle ait hoché la tête avant de poursuivre :

— Vous et moi avons à parler.

— Moi aussi, j'ai besoin de vous parler, lança Byers à Delaney.

Comme d'habitude, il empestait l'après-rasage, et l'odeur entêtante qui émanait de lui souleva l'estomac de Delaney.

— Tout de suite, ordonna-t-il, comme s'il était certain qu'elle allait obéir.

Delaney étrécit les yeux.

— Nous n'avons rien à nous dire, déclara-t-elle. En fait, votre présence ici n'est pas souhaitée et je veux que vous cessiez de contacter les gens à mon sujet. Si vous persistez à me harceler, je vais demander une injonction d'éloignement.

Ce fut au tour de Byers d'étrécir les yeux.

— Vous abusez de la confiance d'autrui en racontant que vous êtes en danger. C'est faux. Vous déposez des plaintes mensongères qui accaparent l'attention des forces de l'ordre, alors que leur priorité devrait être de retrouver le corps de Webb Bennison pour que toute cette affaire soit classée.

Au grand dam de Delaney, Cash s'interposa. Elle n'avait pas besoin de son aide pour riposter. Quoi qu'il en soit, Cash était manifestement aussi exaspéré qu'elle.

— Delaney a failli mourir dans l'explosion de sa maison. Quelqu'un a enlevé son assistante. Webb Bennison, sans doute. Delaney est en danger, c'est indéniable, et personne ne veut de vous ici. Partez, ou je vous fais arrêter pour vous être introduit chez moi sans autorisation.

Byers ne bougea pas.

— C'est l'ADN de Delaney qui figure sur l'enveloppe de la prétendue lettre de menace, asséna-t-il, méprisant. Allez-y. Demandez à l'agent Curley si c'est vrai. Il vous le confirmera.

Curley hocha la tête avec un soupir.

— Le labo a refait le test. C'est en effet l'ADN de Delaney.

— Et c'est peut-être un coup monté, lui fit remarquer Cash. Ce n'est pas si compliqué d'obtenir l'ADN de quelqu'un. En fouillant dans ses poubelles. Ou sur un verre que cette personne a utilisé.

Il se retourna vers Byers.

— Vous avez pu faire cela pour vous venger parce qu'elle vous a renvoyé.

Bien que visiblement furieux, Byers parvint à se maîtriser.

— J'aurais pu, admit-il, mais je ne l'ai pas fait.

Il ferma les yeux.

— Je veux juste en finir avec tout ça. Il faut que je mette cette affaire derrière moi.

Pour un homme qui n'était plus censé être concerné par ce dossier, il semblait étrangement affecté.

— De quoi parlez-vous au juste ? s'enquit Delaney.

Cependant, Byers se contenta de secouer la tête et, balayant sa question d'un geste, se hâta vers sa voiture.

— Vous le connaissez bien ? demanda Curley, en le suivant des yeux alors qu'il démarrait en trombe.

— Non, répondit Delaney. Je l'ai engagé pour retrouver Webb, et puis je l'ai renvoyé.

Curley plissa le front.

— Byers était-il attiré par vous ?

Presque aussitôt, il fit mine d'écarter sa question.

— Excusez-moi, déformation professionnelle. J'ai seulement eu l'impression que vous deux formiez un couple, dit-il en les désignant, Cash et elle. Je me disais que Byers était peut-être jaloux. La jalousie peut provoquer le genre de délire auquel nous venons d'assister.

Cash approuva dans un soupir et prit une longue inspiration.

— Si nous allions poursuivre cette conversation à l'intérieur ? suggéra-t-il.

Sans attendre la réponse de Curley, il prit la main de Delaney et la guida vers la porte.

— Je ne veux pas que Delaney soit à découvert dehors. Inutile de donner à quelqu'un l'occasion de la prendre pour cible.

Curley émit un murmure d'assentiment, et ils pénétrèrent tous les trois dans la maison.

— Personne d'autre n'est venu aujourd'hui ? demanda Cash à Stoney, qui leur avait ouvert la porte.

— Personne, assura le cow-boy, avant de poser un regard méfiant sur Curley. Voulez-vous que j'attende ici que votre visiteur s'en aille ?

— Non, merci. Je voudrais que vous restiez devant au cas où Byers reviendrait.

— Entendu, marmonna Stoney.

Dès qu'il fut sorti, Delaney s'adressa à l'agent.

— Si vous êtes ici pour m'accuser d'avoir déposé une plainte mensongère, vous faites une énorme erreur. Je ne me suis pas envoyé cette lettre de menace, et ce n'est pas moi qui ai fait exploser ma maison ni enlevé mon assistante.

— Je vous crois, rétorqua Curley sans une seconde d'hésitation.

Delaney tressaillit intérieurement, ravalant l'argumentaire qu'elle s'apprêtait à livrer.

— Vous me croyez, répéta-t-elle, d'une voix empreinte de soulagement, mais aussi d'une pointe de scepticisme.

Était-il possible que l'agent cherche à s'attirer ses bonnes grâces pour mieux l'inciter à confesser d'éventuels méfaits ?

— Oui, affirma Curley. Webb est un tueur, et s'il est en vie je ne serais pas surpris qu'il s'en prenne à vous.

— S'il est en vie, murmura-t-elle, non sans amertume. Vous pensez qu'il est mort ?

— Je pense que c'est une possibilité, rectifia Curley. Son frère pourrait être derrière les attaques et menaces dont vous avez fait l'objet.

— D'autant plus que Ramone est mon nouveau voisin, intervint Cash. Apparemment, son associé et lui ont acheté le ranch adjacent au mien.

Curley ouvrit des yeux ronds. À l'évidence, il n'avait pas entendu parler de cette acquisition.

— Vous en êtes sûr ?

— Certain. Ramone nous a rendu visite ce matin. Il a fait le gentil. Enfin, assez gentil, si on considère que ses chiens sont sans doute entraînés pour attaquer. Des chiens qui se sont sauvés et qui sont entrés dans ma propriété, où ils auraient pu faire du mal à Delaney.

Curley demeura un instant silencieux, assimilant la nouvelle avant de grommeler un juron.

— Le FBI surveille Ramone depuis l'évasion de son frère. Mais il est évident que nous n'avons pas été assez vigilants. Vous croyez que Ramone est ici pour narguer Delaney ?

— Ou essayer de l'éliminer pour le compte de Webb,

lâcha Cash avant de jurer à son tour et de se tourner vers Delaney. Excuse-moi.

Elle avait senti s'accélérer les battements de son cœur lorsque Cash avait évoqué si clairement la possibilité de son assassinat, mais elle était déjà parvenue à cette conclusion. Et si Ramone était la seule menace, l'individu responsable de tout ce qui lui arrivait ? Peut-être parce que son frère était bel et bien mort et qu'il avait décidé de le venger.

— J'ai demandé à un de mes adjoints d'installer des caméras à la limite de ma propriété, reprit Cash quelques secondes plus tard. Il visionne les images et nous tiendra au courant si Webb se présente.

— J'aimerais que vous nous communiquiez toutes les images susceptibles d'être liées à notre enquête, déclara Curley. Je peux obtenir un mandat, ajouta-t-il, comme Cash se taisait.

— Inutile, répondit celui-ci, le regard rivé au sien. Je vous transmettrai les enregistrements, mais je vous avertis : si j'apprends que le FBI envisage de poursuivre Delaney pour déclaration mensongère, c'en sera fini de notre coopération.

À en juger par la lueur d'irritation dans le regard de l'agent, il n'avait guère apprécié la réponse, mais il n'eut pas le temps de soulever une objection. Stoney venait d'entrouvrir la porte.

— Chef, vous avez de la visite.

— Le détective privé ?

— Non. C'est... euh... votre père.

La surprise qui se lut sur le visage de Cash rappela à Delaney celle de Curley quand il avait appris que Ramone avait acheté le ranch voisin. À moins que les choses n'aient radicalement changé depuis leur rupture, Jeb Mercer n'avait pas pour habitude de rendre visite à son fils.

— Excusez-moi un instant, marmonna Cash.

D'un signe de tête, il indiqua à Delaney de le suivre à la

porte. Peut-être parce qu'il ne voulait pas la laisser seule avec Curley de peur que ce dernier ne se mette à l'interroger.

Cash ouvrit la porte plus grand, mais veilla à rester devant elle. Il continuait à la protéger, même si elle doutait que Jeb soit une menace. Cependant, elle comprenait la nécessité d'être prudent : elle restait à la merci d'un tireur.

Elle regarda Jeb descendre de son pick-up. Il paraissait nettement plus âgé que la dernière fois qu'elle l'avait vu, et sous son stetson ses cheveux étaient maintenant presque entièrement gris. Malgré tout, il était toujours une figure imposante aux yeux de Delaney, en raison, sans doute, du rôle qu'il avait joué dans les déboires de son père.

— Je suis ici pour raisons professionnelles, annonça-t-il, peut-être parce qu'il avait lu la désapprobation dans le regard de son fils.

Cash se raidit imperceptiblement.

— C'est-à-dire ?

Jeb dirigea son regard sur Delaney.

— J'ai pensé que vous voudriez le savoir le plus vite possible. J'ai retrouvé votre assistante. J'ai retrouvé Melanie.

8

— Vous avez retrouvé Melanie ? répéta Delaney dans un souffle.

Elle se serait précipitée vers lui si Cash ne l'avait pas retenue. Il ne voulait pas qu'elle puisse être prise pour cible en s'avançant à découvert.

— Où ? Comment ? demanda-t-il.

Comment son père avait-il été mêlé à cette affaire ? Il n'était plus shérif et il vivait à des kilomètres de Lubbock, où Melanie avait été enlevée.

— J'ai reçu un coup de fil anonyme, expliqua Jeb en s'approchant de la terrasse, non sans balayer les environs du regard. Le type m'a dit que la jeune femme disparue, Melanie Adams, était au bout de ma route. J'y suis allé et je l'ai trouvée là. Elle était bâillonnée et ligotée.

— Elle est en vie ? balbutia Delaney.

Sa respiration était saccadée, et son espoir palpable.

Jeb acquiesça.

— Elle souffre de quelques égratignures et hématomes, et d'un doigt cassé. Je l'ai emmenée à l'hôpital et j'ai dit au gardien de rester avec elle. J'ai envisagé de vous appeler, mais je me suis dit que mieux valait venir vous apporter la nouvelle de vive voix.

Cash passa mentalement en revue tout ce que son père venait de leur dire, et fut assailli par une série de questions dérangeantes. Non seulement il était troublé par ce que Leigh lui avait révélé concernant l'état de santé de Jeb, mais il pensait à tout ce qui aurait pu arriver. Le coup de téléphone anonyme aurait pu être un stratagème visant à attirer Jeb hors de chez lui pour l'enlever aussi, de façon que le ravisseur puisse ensuite se servir de lui pour « négocier » avec eux.

Jeb aurait aussi pu être abattu.

Que ce soit Webb ou un autre, l'individu qui était derrière ces attaques ignorait peut-être que la relation entre son père et lui n'était pas exactement affectueuse. Il aurait pu planifier le meurtre de Jeb en guise de représailles contre Cash pour avoir aidé Delaney.

Par chance, rien de tout cela ne s'était produit.

Une autre série de questions se posaient quant au tableau d'ensemble. Pourquoi diable Melanie avait-elle été laissée à côté du ranch de Jeb ? Pourquoi le ravisseur ne l'avait-il pas éliminée, tout simplement ? Au départ, Cash avait été persuadé que la jeune femme avait été enlevée dans le but d'être échangée contre Delaney. Mais peut-être le ravisseur avait-il seulement cherché à les narguer ? Si tel était le cas, Cash s'en félicitait. Au moins, l'assistante de Delaney était vivante.

— Il faut que j'aille à l'hôpital, déclara Delaney. Il faut que je voie Melanie.

Cash avait prévu qu'elle dirait cela. À sa place, il aurait réagi de la même manière. Le problème, c'était d'aller à Dark River et d'en revenir sans encombre. Car là était peut-être la vraie raison de l'enlèvement de Melanie : attirer Delaney dans un lieu où elle pourrait être attaquée, tuée ou kidnappée.

Il devait à tout prix prévenir l'une ou l'autre de ces éventualités.

— Je peux vous suivre jusqu'à l'hôpital, proposa Jeb.

— Moi aussi, intervint l'agent Curley, qui avait de toute évidence entendu l'échange.

Cash ne prit pas la peine de présenter les deux hommes. Avoir deux personnes en renfort n'était sans doute pas une garantie totale de sécurité, mais c'était déjà quelque chose. Et cela signifiait que Delaney parviendrait à l'hôpital plus vite que s'il faisait appel à ses adjoints.

— Merci, dit-il, avant de pivoter vers Jeb. Melanie a-t-elle pu te dire quoi que ce soit concernant son enlèvement ?

Jeb secoua la tête.

— Elle était plutôt ébranlée. En état de choc, tu sais.

Cash s'en était douté. Delaney aussi était ébranlée.

— Donnez-moi une minute avec Delaney, dit-il aux deux hommes.

Curley acquiesça.

— Je vais attendre dans ma voiture.

Jeb l'imita, et Cash referma la porte. Il avait besoin de donner des instructions à Delaney et de la préparer à une visite qui risquait fort d'être éprouvante. Cependant, avant qu'il ait pu dire un seul mot, Delaney se jeta dans ses bras, laissant échapper un sanglot de soulagement.

— Melanie est en vie, chuchota-t-elle d'une voix que l'émotion rendait rauque.

Cash lâcha un soupir et déposa un baiser sur son front. Les paroles qu'il s'apprêtait à prononcer lui étaient pénibles, mais il n'avait pas le choix.

— C'est peut-être un piège.

— Je sais. Mais elle est en vie.

Que dire de plus, au fond ? Elle avait raison. Et il était possible que Melanie leur donne des détails sur son ravisseur. Elle pourrait éventuellement identifier Webb, ce qui prouverait une fois pour toutes qu'il n'était pas mort.

Comme si une pensée venait de la frapper, Delaney releva brusquement la tête.

— Webb risque d'essayer de lui faire du mal de nouveau.

Cash s'empressa de la rassurer sur ce point.

— Jeb a affirmé que le gardien était avec elle, et je vais envoyer un texto à Leigh pour demander qu'elle soit mise sous protection.

Une mesure que sa sœur, excellente policière, avait probablement déjà prise.

— Il faut qu'on la protège !

L'angoisse qui perçait dans la voix de Delaney se reflétait dans son regard. Elle avait connu sa part d'épreuves ces deux derniers jours, et le moindre traumatisme supplémentaire pourrait bien la faire craquer.

— Ne t'inquiète pas. Melanie va être sous bonne garde. Et quand elle sortira de l'hôpital elle ira en lieu sûr.

Refoulant ses larmes, Delaney fouilla son visage, comme pour s'assurer qu'il disait la vérité. C'était le cas. Ce qu'il taisait, en revanche, c'était que Melanie avait peut-être déjà été marquée à vie. Certaines personnes ne surmontaient jamais le genre de calvaire qu'elle avait dû subir.

— Nous veillerons à ce qu'elle reçoive toute l'aide dont elle a besoin, se contenta-t-il de dire.

Delaney continua à le fixer pendant un instant, avant de relâcher enfin l'air qu'elle retenait dans ses poumons.

Et puis, elle l'embrassa.

Cash fut pris par surprise quand les lèvres de Delaney se posèrent sur les siennes, lui donnant un bref avant-goût de sa chaleur. Oh ! oui ! Et elle ne s'en tint pas à un baiser rapide. Ce fut un vrai baiser, long et intime. Comme ceux qu'ils échangeaient en général juste avant de faire l'amour.

Il sentit le désir déferler en lui. Son corps le pressait de répondre à ce baiser et de conduire Delaney droit dans sa chambre. Dans son lit.

Mais le moment était mal choisi.

Et ce fut la raison pour laquelle Cash se força à rompre leur étreinte.

Delaney cilla et leva les yeux vers lui. Son haleine caressa la bouche de Cash. Elle avait l'air d'une femme qui vient d'émerger d'un rêve. D'une sirène. Qu'il désirait beaucoup trop.

— On devrait partir, marmonna-t-il, s'adressant à lui-même autant qu'à Delaney.

Elle acquiesça, mais resta immobile, le regard rivé sur lui.

— Je n'oublierai jamais ce que tu as fait pour moi. Pour Melanie, ajouta-t-elle.

Une phrase parfaite pour arracher Cash à son propre rêve éveillé. Delaney lui était reconnaissante, c'était pour cela qu'elle l'avait embrassé. Enfin, le désir avait sans doute aussi joué un rôle, mais c'était la gratitude qui avait tout déclenché et il ferait bien de s'en souvenir.

Elle avait rompu avec lui pour une raison.

À cause de son père.

Cette raison était toujours là. Delaney ne pourrait jamais se pardonner si une réconciliation avec Cash poussait Gil au suicide.

Cela signifiait que les baisers et le désir ne mèneraient à rien sauf à le torturer. Et à compliquer les choses alors qu'il avait plus que jamais besoin d'être lucide.

— Allons-y, dit-il en dégainant son arme.

Il sortit et jeta un coup d'œil autour de lui avant de mener Delaney au pick-up. Comme lors de leurs précédents trajets, il l'obligea à se tasser sur son siège pour ne pas offrir une cible facile à un tireur, puis sortit de l'allée, suivi de Jeb et de Curley. Avec un peu de chance, la proximité des deux autres véhicules dissuaderait un attaquant éventuel.

Tout en scrutant les environs, Cash se servit de la fonction mains libres pour envoyer un texto à Leigh à propos de la protection de Melanie. Ainsi qu'il s'y attendait, elle répondit aussitôt, en termes brefs : *En place.*

Bien. C'était un problème de moins à régler. Soulagé, Cash appela son adjoint.

— Ça va ? demanda Jesse aussitôt.

La tension vibrait dans sa voix, ce qui n'avait rien d'étonnant. Jesse était au courant de l'explosion de la maison de Delaney.

— Tu es sur haut-parleur, lui dit Cash. Et Delaney est avec moi.

Il voulait que Jesse fasse attention à ce qu'il disait, bien entendu, mais Delaney émit un soupir agacé. À l'évidence, elle ne voulait pas de sa sollicitude. Tant pis.

— L'assistante de Delaney est en vie. Elle a été emmenée à l'hôpital de Dark River, expliqua Cash. Nous sommes en route pour aller la voir.

— Tu as besoin de renfort ? demanda Jesse sans hésiter.

— Non, merci, j'en ai, répondit Cash, en jetant un regard dans le rétroviseur.

Il n'était pas précisément ravi d'être soutenu par Jeb et un agent du FBI, dont l'opinion quant à l'innocence de Delaney restait à déterminer. Cela dit, il ne doutait pas que les deux hommes pourraient l'aider à repousser une attaque de Webb le cas échéant.

— Le FBI veut visionner tout enregistrement suspect capté sur les caméras de surveillance, reprit-il. Puisque tu ne m'as pas appelé, je présume qu'il ne s'est rien passé de notable ?

— Non, assura Jesse. Hormis quelques cow-boys et les chiens, personne n'est apparu sur les images, mais la propriété est vaste et, si Ramone sait que nous l'observons, il s'est peut-être esquivé par-derrière.

Cette idée était déjà venue à Cash. Une grange était située non loin de la maison, et Ramone aurait eu beau jeu de s'y glisser et d'en sortir discrètement pour gagner un des chemins qui sillonnaient le domaine. Il avait pu laisser un véhicule quelque part.

Un véhicule qui avait pu lui servir à se rendre chez Delaney.

— Y a-t-il quoi que ce soit dans le passé de Ramone qui suggère qu'il a de l'expérience en matière d'explosifs ?

— Rien, mais ça ne veut pas dire qu'il n'a pas appris à fabriquer des bombes.

Non, en effet. Par conséquent, Cash n'allait pas éliminer Ramone de sa liste de suspects dans l'immédiat.

— J'ai découvert autre chose, lâcha Jesse. À propos du détective privé sur lequel tu voulais que je me renseigne.

— Kevin Byers ? Je t'écoute.

— Rien d'illégal, mais c'est quand même intéressant. Tu savais que Byers avait un lien avec Webb ? Un lien personnel ? précisa Jesse, en insistant sur le dernier mot.

Cash n'eut pas le temps de répondre. Delaney l'avait devancé.

— Personnel ? répéta-t-elle, son attention éveillée. Comment ça ?

— Eh bien, ça n'a pas été évoqué au cours du procès de Webb, expliqua Jesse, mais Byers est mentionné deux ou trois fois sur les réseaux sociaux, sur une page appartenant à une amie de Beatrice Stockwell.

Cash reconnut immédiatement ce nom. C'était celui de la partenaire de Webb, la jeune femme qu'il avait tuée lors d'une dispute.

— L'amie en question, Sasha Mondale, a aussi posté des photos d'elle-même avec Beatrice et Byers.

Jesse marqua une pause.

— Je l'ai contactée, et elle affirme que Byers et Beatrice avaient une liaison à l'époque où Beatrice a été tuée.

Delaney secoua la tête.

— Webb n'en a jamais parlé. Était-il au courant ?

— D'après Sasha, oui.

Delaney émit un grognement irrité.

— Pourquoi ne l'a-t-elle pas signalé à la police ? Ça aurait été un mobile pour l'homicide de Beatrice.

— Parce qu'elle ne fait pas confiance à la police. Et parce qu'elle avait trop peur.

— Peur de Webb ? demanda Cash.

— Non.

Là encore, Jesse marqua une pause.

— De Byers. En fait, Sasha ne croit pas à la culpabilité de Webb. Elle pense que c'est Byers qui a tué Beatrice.

— Byers, répéta Delaney.

Une bouffée de nausée se répandait au creux de son estomac. L'homme qu'elle avait engagé était-il capable de commettre un crime ? Elle n'en était pas certaine. Il était soupe au lait, certes, et elle avait été en butte à de la violence verbale de sa part, mais pas à une agression physique.

— Webb n'a jamais avoué le meurtre de Beatrice, marmonna Cash. Te l'a-t-il avoué, à toi ?

Delaney savait que la question lui était adressée.

— Non. Il a toujours nié, mais ses dénégations étaient... comment dire... narquoises.

Et l'arrogance du prévenu s'était étendue à l'issue de son procès. Webb avait été absolument convaincu qu'il serait déclaré innocent.

Quand le contraire s'était produit, il était entré dans une rage folle et Delaney avait songé qu'elle voyait la véritable nature d'un tueur. Contrairement à Byers, Webb l'avait poussée et avait même tenté de lui décocher un coup de poing avant d'être maîtrisé par un huissier. En un mot, il avait prouvé qu'il pouvait être violent.

Mais était-il possible qu'il n'ait pas tué Beatrice ?

Si oui, cela aurait expliqué sa fureur. Webb pouvait rendre Delaney responsable de cette erreur judiciaire.

— Il faut que je parle à Sasha, conclut-elle.

— J'avais pensé que vous voudriez la voir, répondit Jesse. Je vais envoyer ses coordonnées à Cash par texto.

Quelques secondes plus tard, un signal sonore annonçait l'arrivée du message en question.

— Souvenez-vous quand même qu'elle ne fait pas du tout confiance à la police. Je ne serais pas étonné qu'elle ait la même opinion envers les avocats.

— Sasha est un témoin crédible ? s'enquit Cash. Pourrait-elle avoir ses propres raisons d'affirmer que c'est Byers qui a tué Beatrice ?

— Je ne sais pas. Elle n'a pas de casier judiciaire et elle semble respecter la loi. Cela dit, elle lui en veut peut-être. S'il était son amant, par exemple, elle pourrait vouloir se venger de lui pour avoir eu une liaison avec Beatrice.

C'était possible, en effet. Malgré tout, Delaney tenait à avoir une conversation avec cette femme. Quant à savoir comment une rencontre pourrait être organisée, c'était une autre question. Cash n'aurait pas d'objection à un appel téléphonique, mais un entretien de vive voix serait un risque. À moins que Delaney ne puisse encourager Sasha à la retrouver au poste de police. S'il pouvait rester avec elle, Cash serait sans doute d'accord.

Il mit fin à la communication avec son adjoint. Il y eut quelques secondes de silence, et Delaney songea qu'il s'efforçait de mettre de l'ordre dans ses pensées. Tout comme elle.

Quelques instants plus tard, il empruntait la bretelle de sortie pour Dark River. Un panneau indiquait que la ville se trouvait à huit kilomètres. Ce n'était pas loin, mais il fallait suivre une route rurale, où les endroits propices à une embuscade ne manquaient pas.

Byers se cachait-il quelque part ?

— Comment et pourquoi as-tu engagé Byers ? demanda enfin Cash.

Delaney hésita. Elle voulait tout mettre à plat, et essayer de comprendre, mais le sujet demeurait délicat pour elle. Il lui rappelait des souvenirs douloureux liés à Webb. Et elle avait le sentiment de s'être conduite comme une idiote en laissant Byers entrer dans sa vie.

— J'ai reçu la lettre de menace, commença-t-elle. Et j'étais sûre qu'on me suivait. J'ai contacté quelques amis avocats et je leur ai demandé de me recommander un détective privé. La police avait ouvert une enquête concernant la lettre, mais je voulais davantage. Je voulais que quelqu'un fasse le maximum pour découvrir qui en était l'auteur et qui me suivait. Je pensais qu'un privé pourrait y parvenir. Je sais que ça paraît méprisant envers la police, mais...

Elle se tut et haussa une épaule.

— La police n'a pas toujours le temps d'enquêter à fond sur des menaces, surtout quand il n'y a pas eu d'escalade dans la violence, termina Cash à sa place.

Elle hocha la tête, et poursuivit :

— J'étais en train de dresser une liste de candidats possibles quand Byers s'est présenté à mon bureau. Il a donné le nom d'un de mes amis et a dit qu'il avait appris que je cherchais un détective privé.

— Tu n'as pas vérifié auprès de l'ami en question qu'il venait de sa part ?

Elle avait vraiment l'impression de s'être conduite comme une imbécile.

— Non. J'étais secouée et je voulais des réponses tout de suite. Je voulais savoir si c'était Webb qui me suivait, et l'obliger à cesser.

Elle marmonna un juron.

— Inutile de me dire que c'était de la dernière stupidité...

— Ce n'était pas de la dernière stupidité, coupa Cash. Tu n'étais pas très lucide, c'est tout.

Il prit une profonde inspiration.

— Et Byers en a profité. Il est même possible qu'il ait été la cause de ce manque de lucidité, si c'est lui qui te suivait.

Le sang de Delaney se glaça dans ses veines, et un nœud se forma dans ses entrailles.

— Tu penses vraiment que ce pourrait être Byers qui essaye de me tuer ?

Cash la regarda dans les yeux.

— Qu'a-t-il dit tout à l'heure ? « Je veux juste en finir avec tout ça. Il faut que je mette cette affaire derrière moi. »

Byers avait prononcé ces paroles, en effet, et elles avaient troublé Delaney. Sur le moment, elle avait pensé qu'il faisait allusion à l'amertume laissée par l'échec de leur collaboration, mais peut-être y avait-il autre chose.

— Tu penses que Byers se sent coupable parce qu'il a peut-être été en partie la cause de la mort de Beatrice ?

Cash acquiesça.

— Webb a pu la tuer après avoir découvert leur liaison. Ce qui pourrait avoir rendu Byers obsédé par l'idée d'obtenir justice.

C'était vrai, mais Byers n'était pas obsédé par Webb. Il semblait faire une fixation sur elle, au contraire.

— Mais si c'est Byers qui a tué Beatrice, répondit-elle, il pourrait m'en vouloir de ne pas avoir obtenu l'acquittement de Webb. Peut-être que son sentiment de culpabilité en est exacerbé, parce que Webb était derrière les barreaux et lui pas.

Cependant, cela n'expliquait pas pourquoi Byers s'entêtait à affirmer que Webb était mort. Ni pourquoi il prétendait qu'elle était l'auteure de la lettre de menace.

Elle aurait voulu y réfléchir davantage, mais Cash se garait sur le parking de l'hôpital. Curley et Jeb se garèrent à leur tour, chacun d'un côté du pick-up, et tous descendirent en même temps. Flanquée des trois représentants de la loi, Delaney s'engouffra à l'intérieur du bâtiment.

— Melanie est dans la chambre 111, déclara Jeb.

Il resta dans l'entrée tandis qu'ils gagnaient la chambre.

Au grand soulagement de Delaney, un garde armé se tenait devant la porte. Elle se promit de remercier Leigh à la première occasion. L'homme reconnut Cash et s'effaça pour les laisser passer.

— Je vais attendre dans le couloir, mais j'aimerais lui parler quand vous aurez terminé, leur rappela Curley.

Ils franchirent le seuil. À la vue de Melanie dans son lit d'hôpital, Delaney sentit les émotions déferler en elle.

En temps normal, son assistante était impeccablement coiffée. Ce jour-là, ses cheveux n'étaient qu'un fouillis de nœuds.

Ici et là rougis par le sang.

Quant au visage de Melanie, il était couvert d'hématomes, et sa lèvre inférieure était fendue. Une attelle maintenait sa main droite immobile, sans doute pour stabiliser la fracture.

Le désarroi de Delaney était tel que Melanie dut s'en apercevoir.

— Ça va, murmura-t-elle. Le médecin m'a assuré que mes blessures étaient superficielles.

Sur le plan physique, c'était probablement vrai, mais Delaney savait que la jeune femme vivrait avec ce cauchemar pendant des années. Et elle aussi.

Elle contourna le poteau à perfusion et se pencha pour étreindre Melanie, avec précaution. Elle ne voulait pas ajouter à la douleur que celle-ci éprouvait déjà.

— Je suis tellement désolée, murmura-t-elle, luttant en vain contre les larmes.

— Ce n'est pas ta faute, chuchota Melanie, en pleurs elle aussi.

Elle tremblait de tout son corps. Ne sachant que faire, Delaney lui caressa le bras doucement.

— C'est la faute de l'homme qui m'a enlevée.

L'homme. Pas Webb. Delaney se redressa et tenta de

dissimuler sa déception. Elle avait espéré que Melanie pourrait confirmer qu'il était son ravisseur.

Cash s'avança d'un pas.

— Melanie, vous vous souvenez de moi ?

Elle acquiesça.

— Cash Mercer. Vous êtes shérif, et c'est votre père qui m'a trouvée.

Cash hocha la tête et fit un nouveau pas vers elle.

— Oui. Et je veux faire en sorte que vous soyez protégées, Delaney et vous.

Il parlait bas, d'une voix calme qui ne laissait percer aucune émotion, même si Delaney savait qu'il était tout sauf insensible à la situation. Il se maîtrisait pour ne pas ajouter à la détresse de Melanie.

— Sommes-nous en sécurité ? demanda celle-ci, la lèvre inférieure tremblante.

— Oui, affirma-t-il.

Delaney voulait se cramponner à cette affirmation, croire qu'elle était vraie. Dans le cas de Melanie, sans doute que oui. Après tout, elle était en vie, alors qu'elle aurait pu être tuée à tout moment durant sa captivité. L'individu qui l'avait enlevée n'avait pas tenté de le faire, et il était raisonnable de déduire qu'il ne le ferait pas davantage à l'avenir.

— Ma sœur est shérif à Dark River, reprit-il. Elle a assigné des adjoints à votre protection.

Il marqua une pause.

— Je sais que c'est dur, mais tout ce que vous pourrez me dire à propos de votre enlèvement nous aidera. Savez-vous qui vous a enlevée ?

Melanie secoua la tête, d'un mouvement rapide et saccadé, comme pour chasser les images qui s'imposaient à son esprit.

— Je ne l'ai pas vu arriver. Je devine qu'il est entré par la porte de derrière ou par la fenêtre du bureau de Delaney. La porte principale était fermée à clé parce que nous n'avions aucun rendez-vous prévu. J'étais juste venue terminer des papiers en cours.

— Tu étais assise à ton bureau ? demanda Delaney, espérant l'aider à se détendre.

— Oui. J'ai entendu des pas, mais je n'ai pas eu le temps de me retourner pour regarder. Il était déjà trop tard. Il m'a frappée à la tête et j'ai perdu connaissance.

— Mais vous êtes sûre que c'était un homme ?

— Certaine.

Melanie s'interrompit et prit plusieurs inspirations brèves.

— Quand j'ai repris conscience, j'avais les mains liées et un bandeau sur les yeux, mais il me portait dans ses bras. J'ai senti les muscles de son torse. C'était un homme, pas de doute.

Webb et Ramone étaient l'un et l'autre assez vigoureux pour porter une femme, mais c'était aussi le cas d'une foule d'autres hommes. En fait, Webb avait pu engager un homme de main pour faire ce travail à sa place.

— Vous vous rappelez autre chose ?

— Pas vraiment. Il ne m'a jamais retiré le bandeau, même quand il me frappait.

Melanie se redressa et fit la grimace, bataillant pour ne pas fondre en larmes.

— Il ne s'est pas servi de ses poings. Je crois qu'il a utilisé une lanière en cuir. Il n'arrêtait pas de me frapper, ajouta-t-elle dans un sanglot.

Delaney la serra dans ses bras.

— Tout va bien. Tu es en sécurité maintenant.

— Je sais, hoqueta Melanie. Et je sais qu'il est important que je vous dise tout ce dont je me souviens, mais je n'ai pas vu son visage, et il ne m'a pas adressé la parole une seule fois.

Intéressant. Et peut-être révélateur. Il était possible que l'homme ait gardé le silence parce qu'il savait que Melanie aurait reconnu sa voix. Elle aurait certainement identifié celle de Webb, puisqu'elle avait assisté à presque toutes les audiences du procès. *Idem* pour Ramone.

— J'ignore où il m'a emmenée, poursuivit-elle un instant plus tard. Je crois que nous sommes restés dans la voiture ou le pick-up tout le temps, jusqu'au moment où il m'a déposée au bord de la route. J'ai cru qu'il allait me laisser mourir là. J'ai dû attendre des heures avant que M. Mercer vienne me secourir.

— Des heures, répéta Delaney, en échangeant un regard avec Cash.

Il pensait sans doute la même chose qu'elle. Jeb avait à l'évidence répondu aussitôt à l'appel concernant la jeune femme disparue. Par conséquent, s'il l'avait libérée depuis des heures, pourquoi le ravisseur n'avait-il pas téléphoné plus tôt ?

Voulait-il s'assurer d'avoir le temps de s'enfuir ? Après tout, Jeb était un ancien shérif. Le ravisseur avait probablement tenu à éviter d'être vu, que ce soit par Jeb ou quiconque dans les environs. C'était logique, mais cela laissait deux grandes questions.

Qui avait enlevé Melanie ? Et pourquoi ?

Certes, l'enlèvement avait tourmenté Delaney, mais le traumatisme aurait été d'autant plus profond si Melanie avait été gardée captive plus longtemps. Ça aurait été un calvaire pour les deux femmes, a fortiori si l'individu avait torturé Delaney en lui envoyant des photos de Melanie terrifiée.

Bien sûr, le pire aurait été que Melanie soit assassinée. Delaney était immensément reconnaissante que cela ne soit pas arrivé, mais elle ne pouvait s'empêcher de se demander pourquoi Webb n'avait pas franchi cet ultime pas.

— Vous avez une idée de la raison pour laquelle cet homme vous a déposée à côté du ranch de mon père ? demanda Cash.

Melanie secoua la tête de nouveau.

— Comme je vous l'ai dit, il n'a pas prononcé un mot, et je ne connais pas votre père.

Elle marqua une pause.

— Vous croyez qu'il le connaît, lui ?

Elle reporta son regard sur Delaney.

— Webb connaît-il le père de Cash ?

— J'en doute. Jeb n'est jamais venu chez moi quand Cash et moi étions ensemble.

Ce fut au tour de Delaney de marquer une pause.

— Cela dit, Jeb a été le shérif de Dark River pendant des années. Des dizaines d'années. Il est possible que Webb ou Ramone ait eu des démêlés avec lui.

— Je poserai la question à Jeb, promit Cash.

— Il y a autre chose, dit soudain Melanie. Je ne sais pas si ça a de l'importance...

— Tout pourrait avoir de l'importance, assura Cash comme elle s'interrompait.

Elle plissa le front.

— Je me souviens de l'odeur de son après-rasage. Elle était vraiment très forte.

Elle se tut de nouveau, sans doute parce que Cash et Delaney n'avaient pu dissimuler leur réaction.

— Byers, lâchèrent-ils de concert.

Cash sortit son téléphone de sa poche.

— Je vais le convoquer au poste pour l'interroger.

9

Cash réprima un juron à la vue du dernier texto émanant de Jesse. Jusqu'à maintenant, personne n'avait pu entrer en contact avec Byers.

Le détective privé n'était pas dans son bureau et ne répondait pas à son téléphone. À vrai dire, personne ne l'avait vu depuis qu'il avait quitté le ranch de Cash la veille. Ce dernier doutait fort que Byers ait été la victime d'une agression. En revanche, il était possible qu'il tente d'éviter un interrogatoire.

Pour cette raison, Cash avait lancé un avis de recherche à son encontre, de sorte que tous les policiers de la région étaient maintenant en alerte. Si, avec un peu de chance, Byers était retrouvé, Cash pourrait le questionner concernant l'enlèvement de Melanie. Voire concernant l'explosion chez Delaney.

Il sirota son troisième café, songeur. Une forte odeur d'après-rasage ne constituait pas une preuve irréfutable mais, si on l'associait au fait que Byers avait eu une liaison avec la partenaire de Webb, c'était un élément suffisant pour mériter une convocation.

Pas pour justifier une arrestation.

Loin de là.

De plus, il était aussi possible que Byers soit innocent. Peut-être un des deux frères était-il coupable et s'était-il aspergé d'après-rasage afin d'empêcher Melanie de sentir d'autres odeurs qui auraient pu être associées à eux.

Celles d'un ranch, par exemple.

Malgré tout, Cash avait du mal à croire à cette hypothèse. Quelque chose ne collait pas.

Pourquoi le ravisseur avait-il laissé Melanie à côté de chez Jeb ?

Cette question avait taraudé Cash toute la nuit, troublant son sommeil. Évidemment, la raison principale pour laquelle il avait mal dormi était la présence de Delaney dans la chambre d'amis. Comment aurait-il pu l'oublier ? Son corps la réclamait, mais il avait maîtrisé son désir, car il était conscient du fait qu'elle avait besoin d'autre chose que de sexe. Elle avait besoin de repos, et il espérait qu'elle en avait pris plus que lui.

Cependant, lorsqu'elle entra dans la cuisine, un seul coup d'œil sur elle lui suggéra qu'elle aussi avait passé une nuit blanche.

Vêtue d'un jean et d'une chemise bleu clair empruntés à la sœur de Cash, elle se dirigea droit vers la cafetière, se remplit une tasse et y ajouta de l'eau froide pour pouvoir la boire aussitôt.

— Melanie et moi avons échangé quelques e-mails ce matin, annonça-t-elle en fixant le contenu de sa tasse. Il est tôt, mais elle est réveillée.

Il était tôt, en effet, six heures et demie à peine, et le soleil n'était pas encore levé. Cash soupçonna que Melanie n'avait guère dormi non plus.

— Comment va-t-elle ?

Delaney émit un soupir.

— Aussi bien qu'on peut s'y attendre, je suppose. Elle m'a envoyé un e-mail toutes les dix minutes à partir de minuit.

Cash n'était pas surpris outre mesure. Il avait prêté un ordinateur portable à Delaney et veillé à ce que Melanie en ait un aussi précisément dans ce but. Il s'était dit que ces échanges les réconforteraient toutes les deux. Enfin, dans la mesure où elles pouvaient être réconfortées, compte tenu du fait que Delaney était toujours en danger.

— J'ai pris des dispositions pour qu'elle soit hébergée en lieu sûr, dit Cash. Elle sera transférée dès que les médecins l'autoriseront à sortir.

Il espéra qu'elle aurait eu un entretien avec un conseiller psychologique au préalable. Le genre de traumatisme qu'elle avait subi ne s'effaçait pas en quelques jours.

C'était vrai pour Delaney aussi.

Il réfléchissait toujours à la meilleure manière de la persuader d'aller consulter un professionnel. Après son expérience en psychiatrie, elle y serait certainement opposée, mais elle avait besoin d'aide pour surmonter ce qui s'était passé. Avant tout, cependant, elle avait besoin de sécurité, et cela était tout en haut de la liste de priorités de Cash.

— Je pensais que tu viendrais peut-être me rejoindre dans ma chambre hier soir, murmura-t-elle, levant enfin les yeux pour les plonger dans les siens.

— Crois-moi, j'y ai songé. Longuement, ajouta-t-il, en insistant sur ce dernier mot. Mais je me suis dit qu'il te fallait du repos plus qu'autre chose.

Delaney ne se précipita pas pour confirmer sa supposition, ce qui envoya un très mauvais message au corps de Cash. Delaney avait-elle besoin de lui au point qu'il pouvait l'entraîner dans son lit, là, maintenant ?

Les mains encore autour de sa tasse, elle s'avança vers lui. Le regard soudé au sien, elle se pencha et l'embrassa. Même s'il avait anticipé son geste, il eut l'impression d'avoir reçu une décharge électrique.

Une bouffée de pur désir le submergea.

Il avait souvent éprouvé un tel désir pour Delaney par le passé, mais c'était dangereux à présent. En partie parce qu'ils étaient tous les deux sous tension après avoir failli périr dans l'explosion, et en quête d'un exutoire. Mais Cash ne voulait pas se contenter d'être un exutoire.

Pas si cela affectait leur concentration.

Et puis, il ne pouvait négliger le problème que représentait Gil. Il mourait d'envie de rendre son baiser à Delaney, et même de l'emmener au lit, mais ces actions auraient un coût, et il n'était pas certain que son cœur puisse supporter d'être piétiné une fois de plus.

Malgré tout, il ne résista pas quand elle accentua son baiser.

Il en était incapable.

Refoulant toute velléité de résistance, il éloigna sa tasse afin de pouvoir enrouler le bras autour de Delaney et l'attirer tout contre lui. Bouche contre bouche, haleines mêlées. Elle ne tenta pas de se dégager. Au contraire, elle déposa sa tasse à côté de la sienne et noua les bras autour de son cou tout en continuant à l'embrasser.

Cash oublia la perspective de voir son cœur piétiné et son jugement obscurci. Il n'était déjà plus très sûr d'être lucide, mais il savait une chose avec certitude. Il voulait Delaney, et il était prêt à payer n'importe quel prix pour l'avoir.

À l'évidence, Delaney partageait son désir, car elle s'assit volontiers sur les genoux de Cash lorsqu'il la guida vers lui. Maintenant, ils s'embrassaient et se caressaient.

Comme s'ils s'apprêtaient à faire l'amour.

Sa bouche était brûlante. Elle avait le goût de l'interdit. Il aurait dû résister, mais ne voulait pas. Tout en lui s'y refusait. Le corps de Delaney frémissait sous ses caresses. Elle retint son souffle quand il captura un sein dans sa paume.

L'avant-veille, lorsque Delaney s'était faufilée dans son lit à l'improviste, il était encore à moitié endormi. Ce matin, en revanche, il était parfaitement réveillé. Toutes les cellules de son corps vibraient au contact de Delaney. Il savourait la sensation de sa peau soyeuse, son parfum, les petits gémissements de désir qui lui échappaient.

Elle appuya son front contre le sien avec un soupir.

— Je sais que c'est une mauvaise idée.

Lui aussi. Il n'allait pas le nier. D'un autre côté, il se disait qu'une bonne séance de sexe leur permettrait d'étancher une fois pour toutes la soif qu'ils avaient l'un de l'autre.

Ou pas.

Il était aussi possible qu'elle décuple leur désir, mais Cash avait l'impression de ne guère avoir le choix. Il brûlait de faire l'amour avec Delaney, et tout de suite.

Il descendit le bras qui enroulait la taille de Delaney jusque sur ses fesses, et la pressa contre son érection. La sensation était si intense qu'il en eut les tempes bourdonnantes, et il se penchait pour l'embrasser de nouveau quand il prit conscience d'un bruit strident. Pas un des délicieux petits geignements de Delaney.

Non. La sonnerie de son téléphone.

Cash maudit intérieurement l'interruption. Il était tenté d'ignorer l'appel et de finir ce qu'il avait commencé. Cependant, ce n'était pas une option. Pas alors qu'ils étaient en pleine enquête et que la vie de Delaney était menacée.

— On continuera plus tard, grommela-t-il. Promis.

Il la relâcha doucement, et leurs corps se séparèrent. Ignorant les protestations du sien et le grognement de frustration de Delaney, il sortit son téléphone de sa poche. Un seul regard sur l'écran le persuada de prendre l'appel.

— C'est Byers, souffla-t-il.

Delaney grommela de nouveau mais se releva alors qu'il acceptait la communication. Il mit le haut-parleur.

— Vous avez diffusé un avis de recherche à mon nom ? aboya Byers dès qu'il fut en ligne.

— Oui, rétorqua Cash sur un ton tout aussi aigre. Nous

avons des questions à vous poser sur l'enlèvement de Melanie Adams.

Sa réponse dut prendre Byers par surprise, car il resta un instant silencieux.

— De quoi parlez-vous ?

— Melanie Adams, répéta Cash lentement. L'assistante de Delaney. Nous avons des questions à vous poser concernant son enlèvement et l'agression qu'elle a subie.

— Vous avez perdu la tête, siffla Byers. Je ne l'ai pas enlevée. Je ne la connais même pas.

— Eh bien, elle, elle vous connaît, répliqua Cash, décidant de pousser son avantage. Ou plutôt elle vous a senti. L'après-rasage que vous portez s'oublie mal. Vous auriez sans doute dû prendre une douche avant d'enlever quelqu'un.

— Je ne l'ai pas enlevée, répéta Byers, qui criait presque. Je n'ai aucune raison de le faire.

— Oh ! si, le contredit Cash. Vous voulez vous venger de Delaney. Mais je n'arrive pas à comprendre si c'est parce qu'elle vous a renvoyé ou parce que vous la méprisez.

— Ce sont des sottises…

— Beatrice Stockwell, coupa Cash, interrompant la tirade qui s'annonçait.

— Quoi, Beatrice Stockwell ?

La hargne avait quitté sa voix, remplacée par une espèce d'inquiétude.

Cash n'avait aucune intention de dénoncer Sasha. Il ne pouvait pas être certain que Byers n'irait pas l'agresser dans un moment de colère. Par conséquent, il s'en tint au plus simple.

— Vous avez eu une liaison avec elle. Pendant qu'elle vivait encore avec Webb. Ne vous donnez pas la peine de nier, j'ai des preuves. Voilà pourquoi j'ai émis un avis de recherche. Voilà pourquoi vous allez répondre à nos questions. Les miennes, pour commencer, mais je parie que le FBI voudra vous parler aussi.

Un long silence s'ensuivit. Cash aurait donné cher pour voir l'expression de Byers. Une partie de lui-même regrettait de ne pas avoir attendu l'interrogatoire pour produire son effet, mais il n'était pas absolument sûr que Byers se présenterait à Clay Ridge. Il était possible qu'il prenne la fuite. S'il le faisait, Cash aurait au moins eu cette occasion de se confronter à lui.

De lui montrer qu'il avait compris la raison pour laquelle le détective privé tenait tant à faire accuser Delaney d'avoir envoyé la lettre de menace.

— Oui, j'ai eu une relation avec Beatrice, admit enfin Byers. Mais cela n'a aucun rapport avec Delaney ni son assistante.

— Vous en êtes bien sûr ? ironisa Cash. Parce que j'ai une théorie : je pense que vous reprochez à Delaney de ne pas avoir obtenu l'acquittement de Webb. Et je pense que, en votre for intérieur, vous savez que Webb est innocent. Vous le savez parce que c'est vous qui avez tué Beatrice.

— Je n'ai rien fait ! cria Byers, avant de lâcher une bordée de jurons.

Cash attendit, lui laissant le temps de se calmer.

— Je n'ai tué personne. Webb a tué Beatrice et je voulais que justice soit rendue. Mais ça n'a pas été le cas parce que ce salaud de Ramone est toujours en liberté.

Là. On y était. La petite pépite que Cash attendait. À l'évidence, Delaney l'avait attendue aussi, car elle fixait l'appareil. Elle prit une profonde inspiration.

— On dirait que vous avez un mobile pour les attaques et menaces dirigées contre Delaney, résuma Cash. Ramone est libre, et vous voulez vous venger. Vous avez décrété que Delaney serait votre cible.

Une fois de plus, il y eut un long silence.

— Vous allez m'arrêter ? demanda Byers.

— Tout dépend de ce que vous direz durant votre interrogatoire. Je veux que vous vous présentiez au poste de police de Clay Ridge à 13 heures. Si vous n'êtes pas là, j'émettrai un mandat d'arrêt contre vous.

— Je serai là, siffla Byers. Avec mes avocats. Vous n'allez pas vous en tirer comme ça, shérif. Je refuse d'être un bouc émissaire.

Sur quoi il coupa brutalement la communication. Cash n'en fut guère étonné. Il ne s'était pas attendu à ce qu'il reste en ligne aussi longtemps. Un homme avisé aurait raccroché dès l'instant où il avait compris qu'il était légalement en eaux troubles.

— Tu crois vraiment que Byers a pu tuer Beatrice ? demanda Delaney.

Un léger tremblement altérait sa voix, et Cash lut la détresse dans son regard. Elle s'inquiétait à l'idée que Webb ait pu ne pas être coupable, après tout. Car, si tel était le cas, elle n'avait pu empêcher l'incarcération d'un innocent.

Il se leva, s'approcha d'elle et la prit dans ses bras. Ce n'était pas une étreinte passionnée, comme celle qu'ils avaient partagée plus tôt. Il espérait lui apporter du réconfort. Par ses gestes, et par ses paroles aussi.

— Il y avait assez de preuves pour condamner Webb, lui rappela-t-il. Ce n'est pas toi qui l'as envoyé en prison. C'est le jury qui en a décidé ainsi.

Elle hocha la tête et soupira.

— En tant que son avocate, je crois avoir fait de mon mieux pour obtenir son acquittement.

— Je sais.

Et, parce qu'elle en avait besoin, il l'embrassa de nouveau. Pour la réconforter, oui, mais ce fut un baiser profond tout de même. Et Cash fut content de voir qu'elle était un peu hors d'haleine quand ils se détachèrent l'un de l'autre.

— Ça va mieux ?

— Tes baisers n'améliorent pas la situation, marmonna-t-elle.

— Aïe, plaisanta-t-il.

Enfin, il plaisantait à demi. Sa remarque l'avait piqué.

— Je veux dire qu'ils ne changent rien à tout ça, expliqua-t-elle en désignant le téléphone. Ils me font regretter qu'on ne puisse pas être tranquillement au creux de notre lit.

Rasséréné, Cash l'embrassa de nouveau. Et encore une fois. Il aurait sans doute recommencé si son maudit portable ne s'était pas remis à sonner. Une partie de son irritation se dissipa néanmoins lorsqu'il vit s'afficher le nom de Jesse sur l'écran. Si son adjoint l'appelait, il devait avoir une bonne raison de le faire.

— Tout va bien ? demanda Cash en prenant la communication.

— Je viens de recevoir un appel de la police de Lubbock. Ils ont fait du porte-à-porte dans le quartier de Delaney après l'explosion et les voisins affirment ne rien avoir vu de suspect. Mais l'un d'eux était parti travailler et n'a entendu parler de l'explosion qu'à son retour chez lui. Il a téléphoné à la police tout à l'heure pour dire qu'il avait vu quelqu'un entrer chez Delaney.

Une bouffée d'excitation monta en Cash. Était-ce là le tournant qu'ils attendaient ? Allaient-ils pouvoir identifier Webb ?

— Dis-moi qu'il a bien vu le type.

— Oh ! Oui. Le voisin a pensé qu'il était venu faire une réparation ou quelque chose comme ça, mais comme il avait des doutes il a pris une photo.

— Une photo, murmura Delaney, d'une voix pleine d'espoir.

— Je te l'envoie.

Quelques secondes plus tard, le téléphone émit un son.

Cash ouvrit le message et agrandit l'image, zoomant sur l'homme qui était à la porte de Delaney. Ce dernier tournait la tête, comme s'il vérifiait que personne ne l'avait repéré, et l'angle offrait une vue parfaite de son visage.

Bon sang.

10

Delaney aurait juré que son cœur s'était arrêté de battre.

Le souffle coupé, elle fixait l'image.

L'image de son père.

— Quand cette photo a-t-elle été prise ? s'enquit Cash.

— Environ deux heures avant l'explosion, répondit Jesse aussitôt.

Elle passa mentalement en revue la conversation que Cash et elle avaient eue avec son père, cherchant frénétiquement à se rappeler si Gil avait mentionné être passé un peu plus tôt.

Non.

Il avait affirmé qu'il venait déposer un message parce qu'il s'inquiétait pour elle, mais n'avait pas dit qu'il était déjà venu deux heures avant. Peut-être avait-il oublié, tout simplement ?

— Le voisin sait-il si Gil est entré ? insista Cash.

— Il dit que oui. Il a même envisagé d'appeler la police, mais d'après lui le type avait une clé, par conséquent il a pensé que tout était réglo.

Cash regarda Delaney, une interrogation muette dans les yeux.

— Oui, fit-elle. Mon père avait une clé.

— Le voisin ne sait pas combien de temps il est resté

à l'intérieur, mais au moins dix minutes, parce qu'il était encore là quand le voisin est parti travailler.

Cash marmonna quelque chose qu'elle ne saisit pas et se passa une main sur le visage. Un mélange de frustration et d'appréhension se lisait sur ses traits. Delaney savait pourquoi. Même si son père n'avait rien fait de mal, Cash allait devoir lui parler. Ce ne serait plaisant pour aucun d'entre eux.

— Vois si la police de Lubbock peut te donner le nom du voisin pour que Delaney et moi allions lui parler. Je vais appeler Gil tout de suite et lui demander ce qu'il a à dire à propos de tout ça.

Il mit fin à la communication avec Jesse et tendit l'appareil à Delaney.

— Appelle ton père. S'il entend ma voix d'abord, il risque de raccrocher sur-le-champ.

C'était probable, en effet. Cela dit, il était aussi possible que Gil se refuse à prendre un appel de sa part. Leur dernière conversation ne s'était pas très bien terminée. Quoi qu'il en soit, ils avaient besoin de réponses. Il fallait qu'elle sache pourquoi son père était allé chez elle et s'il avait vu la menace peinte en route sur le mur.

Ou si c'était lui qui l'avait laissée.

Refoulant cette possibilité dérangeante, Delaney composa le numéro de Gil. Elle retint son souffle et attendit. Il ne répondit pas à la première sonnerie, ni à la deuxième, ni même à la troisième. Enfin, on décrocha.

Sauf que ce n'était pas son père.

— Trevor Salvetti.

Déconcertée, Delaney mit quelques secondes à se ressaisir.

— Ici Delaney. J'ai besoin de parler à mon père.

— Bienvenue au club, grommela Salvetti. J'étais sur le point de vous appeler pour vous avertir que votre père s'est esquivé durant la nuit.

— Où est-il ?

— Je n'en ai aucune idée. Il n'a pas emporté son téléphone, sans doute pour ne pas être localisé. Je ne sais même pas quand il a filé. Autour de minuit, il a déclaré qu'il allait se coucher et il a gagné sa chambre. Ce matin, comme je ne l'entendais pas bouger, je suis allé voir s'il allait bien et j'ai constaté qu'il n'était pas là.

Delaney réprima à grand-peine un juron. Elle avait envie de hurler. Elle avait engagé un détective privé pour que son père soit en sécurité, et voilà qu'il s'était enfui ! Ou qu'il lui était arrivé malheur.

— Webb aurait-il pu l'enlever ? demanda-t-elle, atterrée.

— Je ne crois pas. Il n'y a aucune trace de lutte et il semble être passé par la fenêtre, soupira Salvetti. Je suis vraiment désolé. Gil ne m'a pas donné l'impression qu'il songeait à partir, sinon je l'aurais surveillé de plus près.

Son père avait manifestement fait attention à ne pas susciter la méfiance de l'enquêteur. Mais pourquoi avait-il pris la fuite ?

Surtout, où diable était-il ?

— Gil a pris son pick-up ? intervint Cash.

— Non. À moins qu'il n'ait un autre véhicule caché quelque part, il est parti à pied.

Ces paroles ne firent que renforcer l'inquiétude de Delaney. Son père vivait à trois kilomètres du centre-ville. S'il y était allé à pied, Webb avait pu le repérer et l'enlever. Bien sûr, rien ne prouvait que Webb cherchait à s'en prendre à Gil. Elle devait se cramponner à cette pensée. Sinon, elle serait rongée par l'angoisse au point de perdre toute lucidité.

— Votre père vous a-t-il avoué qu'il souffrait d'évanouissements ?

— Non, répondit-elle aussitôt, certaine qu'elle n'aurait pas oublié cela. Mais je sais qu'il continue à boire, parfois jusqu'à sombrer dans l'inconscience.

— C'est plus grave que cela, affirma Salvetti. Nous avons discuté un peu hier soir avant qu'il aille se coucher. Il m'a dit qu'il avait perdu connaissance à plusieurs reprises et que, à son réveil, il ne savait pas comment il s'était retrouvé où il était.

Delaney ouvrit des yeux ronds, de plus en plus terrifiée.

— Cela aurait-il pu se produire cette nuit ? A-t-il pu boire au point de quitter la maison sans se rendre compte de ce qu'il faisait ?

— J'en doute. Je n'ai pas trouvé de bouteilles d'alcool dans sa chambre. De plus, s'il avait été ivre, je crois qu'il n'aurait pas réussi à filer aussi discrètement. Il aurait sans doute trébuché ou même chuté en sortant par la fenêtre.

C'était vrai. Toutefois, cela n'excluait pas la possibilité qu'il ait été enlevé. Webb s'était introduit dans son bureau pour atteindre Melanie. Il avait pu faire la même chose chez son père, d'autant plus que Gil n'avait pas de système d'alarme.

— J'emporte son téléphone et je pars à sa recherche tout de suite, déclara le détective. Si je le vois, je vous appelle. Ce serait utile que vous me fassiez parvenir une liste d'amis chez qui il aurait pu aller.

— Il n'a pas d'amis, soupira Delaney.

Cela semblait pathétique, mais c'était vrai.

— Je peux vous donner le numéro de son patron.

— Je l'ai déjà. Je vais aller au ranch demander si quelqu'un l'a vu.

Il marqua une pause.

— Cela dit, s'il est en cavale, il ne sera sûrement pas allé sur son lieu de travail.

C'était logique. Et cela signifiait que Gil pouvait être n'importe où. S'il était parti à minuit, il avait plus de six heures d'avance sur eux. Il avait pu se rendre à Lubbock et, de là, échouer Dieu savait où.

— Vous savez combien d'argent liquide il gardait ici ?

— Sans doute peu de chose, répondit Delaney. Je crois qu'il a du mal à joindre les deux bouts.

Malgré tout, son père avait peut-être fait assez d'économies pour payer un hôtel et un billet d'autocar. Mais pourquoi aurait-il fait cela ?

Pourquoi avoir fui un détective qu'elle avait engagé pour le protéger ? Ou faisait-elle fausse route ? Était-ce elle qu'il fuyait, en réalité ?

— Appelez-moi si vous apprenez quoi que ce soit, pria-t-elle, avant de couper la communication et de rendre le téléphone à Cash.

Il était immobile, le visage tendu. Tout comme elle, il essayait manifestement de comprendre pour quelle raison Gil avait décidé de disparaître. À en juger par le juron qu'il lâcha, il n'y parvenait pas mieux qu'elle. À moins qu'il n'ait trouvé une raison dont il savait qu'elle allait déplaire à Delaney.

— Il faut que j'envoie quelqu'un chez ton père, dit-il enfin. Un policier, peut-être un technicien aussi.

Le cœur de Delaney se serra subitement.

— Tu penses que Webb l'a enlevé ?

Cash planta son regard dans le sien.

— Il est possible que Webb l'ait attiré au-dehors...

— ... mais ? insista-t-elle alors qu'il s'interrompait.

Il prit une profonde inspiration avant de poursuivre.

— Il faut aussi que je sache si quelque chose suggère que Gil a fabriqué une bombe chez lui.

Sous le choc, Delaney se laissa tomber sur sa chaise.

— Je ne dis pas que Gil a fait exploser ta maison, reprit-il. Mais c'est une hypothèse qu'il nous faut exclure.

Elle secoua la tête, abasourdie.

— Pourquoi envisages-tu qu'il ait pu faire une chose pareille, enfin ?

Cash recouvrit sa main de la sienne.

– À cause du moment où j'ai reçu ce texto, tu sais ? « Si vous voulez me trouver, allez chez Delaney. Je lui ai laissé quelque chose qui devrait lui causer quelques cauchemars. »

Delaney sentit un frisson la parcourir.

— C'est Webb qui a envoyé ce message.

— Peut-être. Sans doute, rectifia Cash. Mais je ne peux pas exclure la possibilité que ton père me l'ait envoyé pour m'attirer chez toi au moment où la bombe devait exploser. Il faut que je le questionne, Delaney. Que je le convoque pour un interrogatoire officiel.

— Comme Byers, murmura-t-elle, la gorge nouée. Ils sont suspects tous les deux.

— Disons que je dois les éliminer de mes investigations.

C'était une façon de considérer la chose, et Delaney savait qu'il y en avait une autre. S'il ne pouvait d'emblée les éliminer de sa liste, cela signifiait qu'ils étaient bel et bien suspects.

— Même si tu trouves mon père, il ne voudra pas que tu l'interroges, lui rappela-t-elle.

Cash acquiesça.

— Je chargerai Jesse ou un autre adjoint de le faire. Mais d'abord nous devons le retrouver.

Il envoya un texto à Jesse. Delaney vit qu'il lui demandait de lancer un avis de recherche.

— Tu penses vraiment que mon père aurait pu vouloir te tuer ? demanda-t-elle, s'efforçant de maîtriser le tremblement de sa voix, et de refouler les larmes qui lui montaient aux yeux.

— À toi de me le dire, répondit Cash.

Il ne lui lançait pas un défi. Sa voix était douce. Il lui enjoignait seulement de se reporter à la conversation qu'elle avait eue avec son père devant la maison.

Elle se leva, s'approcha de la fenêtre et fixa le paysage sans le voir, songeant à tout ce qu'elle venait d'apprendre. Les pertes de conscience de son père. Le fait qu'il avait laissé son téléphone. La colère qu'elle avait lue sur son visage et entendue dans sa voix quand il s'était confronté à eux chez elle. Car il n'y avait pas de doute : ça avait été une confrontation.

Et ses propres paroles.

« Je ne peux pas en repasser par là. »

« Je ne peux pas laisser ça arriver. »

La haine qu'il vouait à Cash et la possibilité de voir sa fille se réconcilier avec lui avaient-elles fait basculer Gil vers l'impensable ? Même si cette pensée la déchirait, une seule réponse s'imposait.

Une réponse qu'elle devait donner à Cash.

— Oui, c'est possible.

Elle resta devant la fenêtre, observant le magnifique lever du soleil sur les prairies. Une beauté qui n'apaisait en rien la douleur qui la submergeait. Car, oui, c'était possible.

Cela, et bien davantage encore.

Son père avait-il aussi laissé cet épouvantable message à son intention sur le mur de l'entrée ? Elle se refusait à le croire et pourtant elle ne pouvait pas porter des œillères et croire aveuglément à son innocence. Une telle naïveté pourrait aboutir à la mort de Cash.

Si son père avait bel et bien perdu la tête, elle ne serait pas sa première cible.

Cash le serait.

Elle faisait tant d'efforts pour refouler ses satanées larmes qu'elle n'entendit pas Cash s'approcher d'elle. En revanche, elle sentit qu'il l'entourait de ses bras. Leur étreinte n'était pas mue par le désir, cette fois, mais elle était la bienvenue. Cash avait toujours été un roc pour Delaney, et à cet instant précis elle avait besoin de son soutien pour traverser cette épreuve. Elle en aurait davantage besoin encore si son père avait vraiment des intentions de meurtre.

— Je te promets de ne pas tirer de conclusions de ce que tu es en train de faire, murmura-t-elle en se laissant aller contre lui.

Il se raidit légèrement.

— De quoi parles-tu ?

— De ça, répondit-elle en posant une main sur son bras.

Ce bras qui lui apportait tant de réconfort.

— Je sais que tu es sous le coup de l'émotion parce que nous avons failli être tués, mais cela n'efface pas ce que je t'ai fait.

Il ne lui demanda pas à quoi elle faisait allusion. C'était inutile. Elle lui avait brisé le cœur en rompant leurs fiançailles, et elle ne lui avait pas dit la vérité quant à ses raisons, de peur qu'il ne cherche à se confronter à Gil.

— Tu as encore des sentiments pour moi, lança-t-il.

C'était vrai. Aucun doute là-dessus. Plus que des sentiments. Delaney l'aimait encore, mais le moment était mal choisi pour l'assommer avec cette nouvelle. Surtout qu'elle risquait de compliquer une situation déjà désastreuse.

Le téléphone de Cash sonna de nouveau, le son déchirant le silence. Et l'instant.

Il se dégagea et fronça les sourcils en voyant l'écran.

— C'est la police de Dark River, marmonna-t-il.

Delaney pivota aussitôt. Cet appel était-il au sujet de Melanie ? Par chance, Cash mit le haut-parleur.

— Shérif Mercer ? dit une voix de femme. Ici l'adjointe Dawn Farley. Je suis de garde à l'hôpital. Il y a eu un... un incident.

— Il est arrivé quelque chose à Melanie ? balbutia Delaney.

— Je devine que vous êtes l'employeuse de Melanie ?

— Oui. Delaney Archer, répondit Delaney, agacée d'avoir à attendre des informations qui étaient peut-être cruciales. Comment va-t-elle ?

— Elle est en sécurité, affirma l'adjointe.

Sa déclaration aurait dû rassurer Delaney, mais il n'en fut rien.

— Quel genre d'incident ?

La policière soupira.

— On lui a fait livrer des fleurs. Il y avait un message sur la carte. Je cite : « Je n'en ai pas fini avec vous. On va se revoir très bientôt. »

Delaney chancela et dut s'appuyer au plan de travail. Pourtant, elle éprouvait plus que du désarroi et une bouffée d'adrénaline. Elle ressentait de la colère aussi. Une colère froide. Melanie ne méritait pas d'être tourmentée ainsi.

Cash intervint.

— Qui a apporté les fleurs ?

— Un certain Noah Carson. Ce n'est pas lui l'auteur des menaces, shérif. Il est livreur, c'est tout. Mais écoutez bien : l'individu qui a commandé le bouquet ne l'a pas fait par téléphone. Il est allé chez un fleuriste de Lubbock hier soir, juste avant la fermeture, et il a demandé que les fleurs soient livrées ce matin à la première heure.

L'estomac de Delaney se noua. L'adjointe s'apprêtait-elle à annoncer que son père avait passé la commande ? Delaney ne l'imaginait pas capable de ce genre de menaces. Et quelle raison aurait-il eue de s'en prendre à Melanie ?

— Vous avez une description ? demanda Cash.

— Une description précise, affirma la policière. Votre sœur a fait envoyer deux agents sur place et, après avoir entendu le vendeur décrire le client, ils lui ont montré une photo de Webb. Il est sûr à quatre-vingt-dix pour cent que c'est lui.

Une vague de soulagement déferla en Delaney, mais celle-ci fut de courte durée. C'était la preuve que Webb était en vie. Et qu'il essayait de faire de son existence un enfer en se servant de cette pauvre Melanie.

— Le magasin est équipé de caméras de surveillance ? insista Cash.

— Non, mais mes collègues sont en train de visionner les enregistrements des commerces environnants au cas où Webb apparaîtrait dessus. Il a payé en espèces, ajouta Dawn. Et d'après le vendeur il est monté dans un gros pick-up noir qu'il avait garé devant la boutique. Malheureusement, le vendeur n'a pas vu la plaque d'immatriculation, mais il a remarqué que le pare-brise était fêlé d'un bout à l'autre.

Peut-être cette information serait-elle suffisante pour qu'un policier repère le véhicule, songea Cash.

— Dans quelle direction est-il parti ?

— Vers l'est. Cela dit, il y a une intersection importante à quelques centaines de mètres du magasin. Mes collègues vont devoir visionner les enregistrements des caméras. On aura peut-être de la chance.

Oui. Ils en avaient désespérément besoin.

— Je vous en prie, ne laissez pas Webb approcher Melanie, murmura Delaney.

— Je serai très vigilante. Mais cet incident va sans doute accélérer son transfert en lieu sûr. Elle a trop peur pour rester ici, et je la comprends. Il sera beaucoup plus facile de la protéger de Webb ailleurs que dans un endroit où une foule d'inconnus vont et viennent.

Delaney était d'accord. Elle espérait seulement que Melanie était assez forte pour quitter l'hôpital.

— Merci de me tenir informé de tout ce que la police de Lubbock trouvera sur les caméras, conclut Cash avant de mettre fin à la communication.

— Je ne pourrai pas voir Melanie une fois qu'elle sera dans une maison sûre, n'est-ce pas ? s'enquit Delaney.

Cash secoua la tête.

— Ce serait trop risqué. Si Webb parvenait à nous suivre là-bas, vous seriez toutes les deux en danger.

Elle avait su qu'il dirait cela, et pourtant cette réalité la rongeait. Melanie avait été visée à cause d'elle et Delaney ne pourrait même pas lui apporter du réconfort. Cela dit, quel réconfort serait-elle en mesure d'apporter alors qu'elle avait les nerfs tendus à craquer ?

Elle s'efforça de se calmer, afin d'assimiler toutes les informations qui tournoyaient dans sa tête. Le fait que Webb avait été vu suggérait qu'il était impliqué dans l'enlèvement de Melanie.

Dans tout ce qui s'était passé.

Si elle poussait cette théorie à sa conclusion logique, c'était lui qui avait laissé ce message de menace dans son entrée. Par conséquent, la visite de son père ne signifiait peut-être rien.

Dans ce cas, pourquoi l'avait-il passée sous silence ?

L'avait-il oubliée ? Cette visite s'était-elle déroulée alors qu'il avait perdu conscience de ses actions ? Elle ne pouvait que l'espérer. Cette explication était infiniment préférable à l'idée que son père avait projeté le meurtre de Cash et failli les tuer tous les deux.

— Il faut que je mette Curley au courant, déclara Cash, l'arrachant à ses réflexions.

L'agent répondit aussitôt. Cash lui parla des fleurs, puis de la disparition du père de Delaney.

— Je peux vous aider, proposa-t-il aussitôt. Je vais essayer d'accélérer l'obtention des enregistrements des caméras de circulation. Et demander à quelques contacts de chercher Gil.

Il marqua une pause.

— Vous croyez qu'il a fui parce qu'il est coupable de quelque chose ?

Là était la question. Malheureusement, Delaney ne connaissait pas la réponse.

— Il faut que je l'élimine de la liste des suspects, expliqua Cash. Pareil pour Byers.

— À propos de Byers, j'ai une information à vous donner.

— Laquelle ? s'écrièrent Cash et Delaney à l'unisson.

— J'ai eu accès au rapport médical sur la réaction allergique de Delaney à un médicament.

La réponse de Curley prit celle-ci par surprise. Elle ne s'était pas attendue à cela.

— Pourquoi l'avez-vous réclamé ?

— Parce que ça me paraissait une étrange coïncidence, admit-il. Je trouvais bizarre que vous ayez souffert de cette réaction au moment précis où Webb vous harcelait.

— Je suis d'accord, intervint Cash. Qu'avez-vous découvert ? Et quel rapport y a-t-il avec Byers ?

— Le médecin qui a soigné Delaney a pensé qu'elle avait absorbé une drogue qui causait des hallucinations. Les analyses effectuées par le laboratoire ont confirmé sa théorie. Il s'agissait d'un médicament antiépileptique très concentré.

Delaney secoua la tête avec vigueur.

— Je ne souffre pas d'épilepsie, et je n'ai rien pris.

— Pas sciemment, lui fit remarquer l'agent. Mais je crois que quelqu'un a échangé vos médicaments. Vous aviez un flacon dans votre bureau, non ?

— Oui. J'en garde un au bureau, et un autre à la maison...

Elle se tut brusquement. Le ravisseur de Melanie s'était introduit dans son bureau. Webb ou un autre s'était aussi introduit chez elle pour peindre le message de menace dans l'entrée. S'il l'avait fait une fois, il avait pu le faire une autre fois.

L'estomac de Delaney se noua et une bouffée de nausée l'envahit. Celui qui avait échangé les médicaments aurait pu la tuer.

Pourquoi n'en avait-il rien fait ?

Parce qu'il voulait la tourmenter ? Cela avait fonctionné puisqu'elle avait échoué à l'hôpital.

— Mais pourquoi pensez-vous que Byers soit impliqué ? demanda-t-elle.

— Parce qu'il souffre de crises d'épilepsie. Et qu'on lui a prescrit précisément les médicaments dont on a retrouvé la trace dans votre sang.

11

Cash mit fin à la communication avec l'agent Curley et fit la seule chose qu'il pouvait faire. Il attira Delaney dans ses bras et tenta de la réconforter de son mieux.

Ce qui n'était sans doute pas grand-chose.

Chaque nouveau détail semblait porter un nouveau coup à Delaney. Cash brûlait de lui promettre qu'il allait arrêter le misérable qui la torturait ainsi. Mais d'abord il devait trouver qui était le responsable.

— Byers, souffla Delaney, la tête nichée au creux de son épaule.

En effet, Byers était tout en haut de la liste des suspects, mais Cash ne voulait pas se focaliser uniquement sur lui. Concentrer toute l'enquête sur le détective pourrait s'avérer une grossière erreur et donner au tueur l'occasion... de tuer.

— Webb aurait pu subtiliser les médicaments de Byers et les mettre dans ton flacon, suggéra-t-il.

Le père de Delaney aussi, mais Cash avait du mal à l'imaginer. Si Gil était le coupable, Delaney n'était pas la cible.

— Il est possible que Webb ait été au courant de l'épilepsie de Byers, ajouta-t-il. Nous ne savons pas ce que Beatrice a pu lui dire à propos de son amant.

Delaney se dégagea légèrement et rencontra son regard.

— Si Webb a découvert la liaison, il a pu la frapper ou la

menacer pour qu'elle lui donne des informations au sujet de Byers.

Elle secoua la tête.

— Mais il n'est pas facile d'obtenir des détails sur le dossier médical de quelqu'un.

— Webb n'a pas forcément eu besoin de faire cela. Il a pu le suivre et même s'introduire chez lui sans que Byers se doute de quoi que ce soit.

Delaney demeura un instant silencieuse, réfléchissant visiblement à cette éventualité, avant de hocher la tête. Puis elle lâcha un soupir où perçait la colère.

— Webb est un pervers, dit-elle d'une voix ferme. Je veux qu'il paye pour tout ce qu'il m'a fait.

Cash était tout à fait d'accord. Il espérait seulement arrêter ce dernier avant qu'il ne cause plus de dégâts. *Idem* pour le père de Delaney.

Pour commencer, cependant, peut-être l'interrogatoire de Byers apporterait-il des réponses.

Cette pensée éveilla en lui une nouvelle préoccupation.

— Je pourrais demander à un de mes adjoints de questionner Byers, admit-il, mais je préférerais m'en charger moi-même.

— Bien entendu, fit-elle aussitôt. Je veux être là. Je veux entendre ce qu'il a à dire, surtout quand tu l'interrogeras au sujet des médicaments.

Cash n'était guère surpris qu'elle souhaite l'accompagner. Après tout, la substitution des médicaments lui avait causé toute une série d'ennuis. Cependant, assister à l'interrogatoire risquait de lui en apporter d'autres.

— Nous pourrions être attaqués en route, objecta-t-il. En fait, Webb attend peut-être justement que nous allions au poste.

Delaney n'hésita qu'une seconde.

— Je tiens à venir quand même.

Cash avait présumé qu'elle dirait cela. Delaney était résolue à aller jusqu'au bout dans cette affaire. Cela étant, il allait devoir prendre des précautions en conséquence, à commencer par appeler Jesse en renfort pour le trajet. Il s'apprêtait à contacter son adjoint quand son téléphone sonna. Le nom et le numéro qui s'affichèrent à l'écran étaient familiers.

— C'est Leigh, expliqua-t-il à Delaney avant de s'adresser à sa sœur. Dis-moi que tu as de bonnes nouvelles.

— Eh bien, j'ai des nouvelles. Je ne suis pas sûre que tu les trouves bonnes.

Cash émit un grognement.

— C'est-à-dire ?

— C'est au sujet du pick-up noir au pare-brise fêlé. Celui dans lequel Webb est monté en sortant de chez le fleuriste, commença-t-elle. Il est apparu sur plusieurs caméras de circulation, et l'image est assez nette pour confirmer que c'est bien Webb au volant.

Cash avait eu beau escompter cette information, il en éprouva un vif soulagement. C'était la preuve indéniable que Webb avait joué un rôle dans les menaces visant Delaney.

— Les plaques d'immatriculation sont fausses, continua Leigh. Comme prévu. Je soupçonne que c'est un véhicule volé et que Webb ne va pas tarder à s'en débarrasser.

Probablement, songea Cash. Webb devait se douter qu'il avait été repéré sur des caméras. Peut-être même l'avait-il souhaité puisque cela faisait partie de son plan d'instiller la peur en Delaney. Cependant, il ne pouvait garder la voiture trop longtemps et courir le risque d'être intercepté par la police.

— Autre chose, reprit Leigh. Les dernières caméras montrent que Webb a emprunté une sortie qui pourrait mener à Clay Ridge. *Pourrait*, répéta-t-elle en insistant sur le mot. Il est aussi possible qu'il ait fait quelques kilomètres et qu'il soit revenu par une autre route.

Certes, mais Cash avait le pressentiment que Webb finirait bel et bien par venir à Clay Ridge. Après tout, c'était Delaney qu'il visait. Et s'il n'avait pas encore eu la confirmation qu'elle était là il pourrait l'obtenir sans difficulté.

— Euh, une dernière chose, marmonna Leigh un instant plus tard. Tu vas l'apprendre tôt ou tard, donc je voulais te le dire moi-même. Je suis fiancée à Cullen Brodie.

Cash n'éclata pas de rire. Et ne lâcha pas davantage un gémissement. Ce qu'il aurait sans doute fait deux mois plus tôt. Un conflit de longue date séparait les Mercer des Brodie. Jamais leur père ni Bowen Brodie, le père de Cullen, n'approuveraient ces fiançailles, mais Leigh et Cullen avaient manifestement passé outre.

Si seulement Delaney avait pu en faire autant...

La situation était différente. Cash doutait fort que Bowen envisage de se donner la mort à la suite des fiançailles de son fils avec la fille de Jeb. Non. Bowen serait mécontent, peut-être irait-il jusqu'à déshériter son fils, mais de toute évidence Leigh et Cullen ne s'étaient pas laissé influencer par une telle éventualité.

— Félicitations, dit Cash à sa sœur. Tu es heureuse ?

— Oui, répondit-elle si vite qu'il ne put réprimer un sourire.

Leigh n'avait pas coutume d'être démonstrative. Sans doute parce qu'elle avait appris à dissimuler ses sentiments pour se protéger de la douleur que Jeb pouvait infliger.

— J'aime Cullen, ajouta-t-elle, avec la ferveur d'une femme qui avait hâte de se marier.

— Je suis très heureuse pour toi, murmura Delaney.

Cash reporta son attention sur elle. Le chagrin se lisait dans son regard, et il sut qu'elle songeait à leurs propres fiançailles. Celles qu'elle avait rompues pour sauver son père. Delaney était sans doute heureuse pour sa sœur, en effet, mais la déclaration de celle-ci réveillait des souvenirs douloureux. Pour Delaney et pour lui aussi.

— Merci, répondit Leigh. L'espace de deux secondes, j'ai envisagé de ne pas accepter la demande en mariage de Cullen à cause des ennuis que cela allait causer à nos deux familles. Mais deux secondes seulement.

Elle marqua une pause.

— Je ne vais pas renoncer à Cullen pour de vieilles rancunes qui auraient dû être enterrées voilà des années.

Leigh n'ajouta pas qu'ils devraient y réfléchir, eux aussi, mais Cash entendait quasiment les paroles jaillir de la bouche de sa sœur. Des paroles pleines de sagesse. Cash eut l'impression qu'elle lui lançait presque un défi personnel, celui de trouver le moyen de réintroduire Delaney dans sa vie sans que cela gâche la relation de celle-ci avec son père.

— Je vous appelle si on trouve quoi que ce soit d'autre sur les enregistrements, conclut Leigh.

Cash rangea son téléphone, prit une profonde inspiration et regarda Delaney. Elle ne s'était pas encore tout à fait ressaisie, mais il valait sans doute mieux qu'il ne la reprenne pas dans ses bras tout de suite. C'était comme si l'air entre eux s'était chargé d'électricité. Les émotions et le désir étaient palpables. Oui, mieux valait ne pas la toucher, ne pas l'embrasser, et se plonger dans le travail.

— Je veux passer en revue les rapports de la police de Lubbock, déclara-t-il. J'ai besoin de savoir si les experts en armement ont pu obtenir des informations à partir des explosifs.

Elle hocha la tête.

— Tu veux dire, une sorte de signature ?

C'était ce qu'il voulait dire, en effet. Il n'y aurait ni empreintes ni fibres. Du moins, c'était peu probable. Mais les fabricants de bombes avaient souvent un style particulier qui permettait de les reconnaître. Il était possible que

Webb ait confectionné cette bombe, mais étant donné qu'il n'avait pas d'expérience en la matière il avait pu recourir aux services de quelqu'un d'autre. Quelqu'un qui avait une signature. S'ils parvenaient à identifier cet individu, cela les ramènerait à Webb.

— Comment puis-je t'aider ? demanda Delaney. Donne-moi quelque chose à faire. Je ne veux pas rester là à me tourner les pouces.

Il comprenait parfaitement. Il ne voulait pas non plus avoir trop de temps pour réfléchir, hormis sur l'enquête.

— Si tu relisais les dépositions de tes voisins à propos de ce qu'ils ont vu ou n'ont pas vu hier ? Peut-être qu'un détail éveillera un souvenir chez toi.

C'était assez peu probable, mais dans l'immédiat toutes les pistes dont ils disposaient étaient ténues.

Il installa un ordinateur portable pour Delaney sur la table de cuisine. Cependant, ils avaient à peine commencé à travailler que son téléphone sonna de nouveau. Cette fois, ce n'était pas Leigh mais Stoney, son employé.

— Vous avez de la visite, annonça-t-il.

— Pas Byers ? grommela Cash.

Si c'était lui, il n'hésiterait pas à l'arrêter.

— Non. C'est votre nouveau voisin, répondit Stoney d'une voix empreinte de dédain. Ramone Bennison.

Cash et Delaney se hâtèrent de gagner le salon et de jeter un coup d'œil par la fenêtre. C'était Ramone, en effet, assis au volant de son pick-up dans l'allée. Stoney et son fils étaient là aussi, armés l'un et l'autre.

— Que veut-il encore ? grogna Cash.

— Il prétend qu'il doit vous parler et que c'est vraiment important, expliqua Stoney. Il a quelque chose à vous dire à propos de son frère.

Delaney fixait Ramone, qui les fixait en retour. Il n'avait pas amené ses chiens, et il paraissait seul dans le pick-up.

Certes, elle ne put s'empêcher de penser qu'il avait pu engager des hommes de main – ou que Webb était peut-être là, tapi sur la banquette arrière.

Cependant, une telle attaque serait stupide.

Après tout, Cash était armé, ainsi que les cow-boys qui gardaient leur attention focalisée sur Ramone. Si ce dernier était assez idiot pour tirer sur eux, il serait bientôt un homme mort.

Cash observait Ramone, lui aussi. Il laissa échapper un juron à mi-voix.

— A-t-il dit pourquoi il n'a pas pu me faire part de ces informations si importantes par téléphone ?

— Je lui ai posé la question, et il a insisté sur le fait qu'il voulait avoir une conversation de vive voix. Vous voulez que je le renvoie et que je lui dise de vous appeler ?

Cash resta un instant silencieux. Pendant qu'il réfléchissait, Ramone descendit du pick-up et leva les mains en l'air, peut-être pour montrer qu'il n'était pas armé. Du moins, il ne tenait pas d'arme, mais cela ne signifiait pas qu'il n'en portait pas.

— Webb m'a téléphoné, cria-t-il, en regardant droit vers Cash. Il faut que vous entendiez ce qu'il a à dire.

— Je ne veux pas qu'il entre, décréta Cash. Et je ne veux pas que tu sortes avec moi, ajouta-t-il, s'adressant à Delaney.

Elle le retint par le bras.

— Mais tu vas sortir ?

— Oui.

Peut-être à cause de l'inquiétude soudaine qu'il avait lue sur ses traits, il se pencha et effleura ses lèvres d'un baiser.

— Je ne serai pas à découvert. Je vais juste aller sur la terrasse et demander à Ramone d'approcher.

Si un tireur était embusqué, il n'offrirait pas une cible facile, même si la possibilité d'être abattu demeurait.

— Tu pourrais donner à Ramone un rendez-vous à ton

bureau cet après-midi, argua-t-elle. S'il a des informations concernant Webb, ne pas te les fournir constituerait une entrave à la justice.

Cash émit un grognement d'assentiment.

— C'est vrai, mais je n'ai pas envie d'attendre des heures pour savoir ce qu'il a à me dire. Surtout s'il va nous fournir des indices susceptibles de nous aider à mettre Webb derrière les barreaux.

Delaney ne pouvait le contredire. Il était tout à fait possible que Ramone désire voir son frère arrêté. Il était aussi possible que les liens entre eux soient assez profonds pour que Ramone vienne en aide à Webb. Peut-être en répandant de fausses informations. Ou en aidant Webb à abattre Cash en l'attirant au-dehors.

— Je serai prudent, et je ne serai pas long, reprit-il, avant de déposer un nouveau baiser sur ses lèvres. Éloigne-toi de la porte.

D'un signe de tête, il désigna la cuisine.

— Attends là.

Elle n'avait guère envie d'attendre ni de le laisser, mais il aurait été stupide de sa part de rester dans l'entrée lorsqu'il ouvrirait la porte. Même si elle n'était pas prise pour cible, sa présence affecterait la concentration de Cash. Et à cet instant précis il avait besoin de se focaliser entièrement sur Ramone et les déclarations que celui-ci avait à lui faire.

— Tu peux me laisser ton téléphone ? demanda-t-elle, sachant qu'il était toujours en ligne avec Stoney. De cette manière, si tu parles fort, je pourrai au moins suivre une partie de la conversation.

Cash acquiesça.

— Tu as entendu, Stoney ?

— Oui. J'essayerai de me tourner vers vous et votre visiteur pour que Delaney puisse entendre.

Delaney prit l'appareil et, tout en suivant Cash des yeux,

se dirigea vers la cuisine à l'américaine. Elle le vit désactiver le système d'alarme et ouvrir la porte, et eut juste le temps d'apercevoir Ramone qui s'approchait avant que Cash referme le battant derrière lui.

— J'espère que c'est important, lança Cash aussitôt, sur un ton d'avertissement.

— Ça l'est. Webb m'a appelé. Je vous donnerai le numéro qu'il a utilisé, mais il a dit que ça ne servirait à rien d'essayer de le localiser parce que c'était un téléphone jetable.

Cash ne fut pas surpris. Webb ne serait pas assez naïf pour se trahir ainsi.

Ramone cita le numéro, que Delaney s'empressa de noter sur le tableau magnétique du réfrigérateur.

— Il m'a demandé de l'aider, reprit Ramone. Il a dit qu'il avait besoin d'argent et d'un véhicule. Je lui ai répondu que je l'aiderais, mais qu'il me faudrait une heure ou deux pour me procurer les espèces. Il est censé me rappeler d'ici une demi-heure.

Une bouffée d'espoir monta en Delaney. Elle ne s'était pas attendue à ce que Cash obtienne grand-chose de Ramone, mais peut-être avaient-ils fait un pas vers l'arrestation de Webb.

— Où devez-vous le retrouver ? demanda Cash.

— Il va venir chez moi en fin de matinée, expliqua Ramone sans hésiter.

Il marmonna quelque chose que Delaney ne saisit pas.

— Écoutez, c'est mon frère, mais je ne veux pas être impliqué dans cette histoire. Si je l'aide, je vais peut-être échouer en prison, alors que je commence juste à reconstruire ma vie.

— Oui, vous auriez échoué en prison, approuva Cash. Vous avez bien fait de venir me voir.

C'était vrai, songea Delaney, mais seulement à condition que Ramone dise la vérité. Elle n'en était pas absolument sûre. Et ce serait un gros risque pour Cash de se laisser entraîner dans un rendez-vous avec Webb, qui pourrait se révéler être un piège.

Sans doute en était-il conscient et avait-il décidé de courir ce risque.

Et Delaney avait l'estomac noué à cette pensée.

Cash mettrait sa vie en péril pour arrêter Webb et faire en sorte qu'elle soit en sécurité. Mais si quelque chose tournait mal et qu'il était blessé...

Un son derrière elle interrompit ses réflexions. Celui de la porte de derrière qui s'ouvrait.

Alarmée, elle fit volte-face.

Et se retrouva face à son pire cauchemar.

Un Webb souriant fit irruption à l'intérieur et braqua un pistolet sur elle.

— Chut, souffla-t-il, son haleine chaude balayant la joue de Delaney. Pas un mot, sinon je descends ton prince charmant.

12

Cash étudiait l'expression et le langage corporel de Ramone avec attention. À l'affût du moindre signe suggérant que ce dernier mentait. Si tel était le cas, c'était un excellent acteur, car Cash ne voyait que la nervosité d'un homme troublé.

— Webb doit vous rappeler pour avoir la confirmation que vous avez l'argent et le véhicule, c'est ça ?

Ramone acquiesça.

— Et ensuite il viendra chez moi les récupérer. Il a dit qu'il devait se débarrasser de son pick-up parce qu'il a été repéré par la police.

En effet, mais Cash ne pouvait s'empêcher d'être taraudé par une série de questions. Pourquoi Webb avait-il fait en sorte d'être visible sur les caméras de circulation ? Pourquoi avait-il tant tardé à appeler son frère pour lui demander un autre véhicule ? Pourquoi ne pas avoir tout organisé avant sa visite chez le fleuriste ? D'ailleurs, pourquoi ne pas avoir commandé le bouquet par téléphone ?

Quelque chose clochait.

— J'ai pensé qu'il valait mieux lui dire que j'acceptais de les lui fournir, ajouta Ramone, les yeux rivés sur Cash. Mais peut-être que vous et vos adjoints pourriez être là pour l'arrêter quand il arrivera. L'arrêter sans lui faire de mal, reprit-il. Je ne veux pas être la cause de la mort de mon frère.

Cash ne pouvait lui donner de garanties à ce propos.

Webb serait certainement armé, et peu enclin à se rendre sans opposer de résistance.

— Webb sait que Delaney est chez vous, continua Ramone. Et, non, ce n'est pas moi qui le lui ai dit. Soit il a deviné, soit quelqu'un d'autre l'a mis au courant.

Tout était possible. Webb avait même pu les surveiller depuis le moment où ils étaient allés chez Delaney. S'il les avait vus ensemble, cela n'avait pas été bien difficile d'en déduire qu'elle était chez lui.

— Je ne veux pas qu'il s'en prenne à Delaney, grogna Ramone en secouant la tête. Je ne veux pas avoir une autre femme morte sur la conscience.

Il se tut subitement, les yeux écarquillés, comme s'il en avait trop dit.

Ce qui était le cas.

Il venait quasiment d'avouer qu'il avait été complice d'un meurtre. Cependant, puisqu'il avait déjà été jugé et acquitté pour son rôle dans la mort de Beatrice, la loi interdisait qu'il soit rejugé.

— Appelez-moi dès que vous aurez tout réglé avec Webb, ordonna Cash. Nous mettrons un plan au point. Dites-lui d'attendre au moins trois heures pour venir. Il me faut du temps pour tout préparer.

Il devait commencer par mettre Delaney en lieu sûr. Pas question que l'opération donne à Webb l'occasion d'essayer de lui faire du mal. À l'instant où cette pensée surgit dans son esprit, il sentit son sang se glacer dans ses veines.

— Restez ici, dit-il à Ramone. Surveillez-le, lança-t-il à l'adresse de Stoney, avant de s'engouffrer en hâte à l'intérieur.

Il s'efforça de maîtriser les battements soudain effrénés de son cœur. Et l'angoisse qui le submergeait. Webb n'avait tout de même pas pu tromper la vigilance de ses hommes et s'introduire dans la maison...

Et pourtant si.

Il en était capable.

— Delaney ? appela-t-il en franchissant le seuil.

Pas de réponse. Cash courut jusqu'à la cuisine, mais la jeune femme était invisible. En revanche, son téléphone gisait sur le sol.

Et la porte de derrière était grande ouverte.

Une dizaine de possibilités se bousculèrent dans sa tête. Aucune n'était envisageable. Delaney ne serait pas sortie à moins d'y avoir été contrainte. À moins d'avoir été enlevée.

Il ramassa le téléphone et le fourra dans sa poche. Le cœur cognant dans la poitrine, il dégaina son arme et se rua vers la porte. Il risqua un coup d'œil au-dehors, retenant son souffle, les muscles bandés, s'attendant à demi à ce qu'on ouvre le feu sur lui. Rien. Pas de détonation. Pas de Delaney. Et pas un cow-boy en vue.

Il parcourut rapidement les environs du regard et un nuage de fumée attira son attention. Deux de ses employés, Buck et Ted, s'efforçaient d'éteindre un petit feu à l'aide de sacs à grain. Quelqu'un avait dû l'allumer exprès, songea Cash. Sans doute pour détourner l'attention de ses hommes.

Le stratagème avait réussi.

— Delaney ? cria-t-il, sachant qu'il allait alerter quiconque attendait l'occasion de l'attaquer.

Cependant, son appel alerta aussi ses hommes.

— Tout va bien, patron ?

La voix de Stoney s'éleva devant la maison au moment même où Buck lançait :

— Quelqu'un a dû laisser tomber un mégot dans une botte de foin. Ne vous inquiétez pas. Ted et moi avons éteint le feu.

— Delaney a disparu, annonça Cash en sortant à découvert. Ted, fouille la maison de fond en comble. Buck, vérifie qu'elle n'est pas dans la grange.

Cash voulait se cramponner à l'idée qu'elle avait été effrayée par quelque chose et qu'elle avait voulu se cacher.

Une hypothèse peu plausible, il s'en rendait compte. Elle avait son téléphone. Si elle avait remarqué quelque chose de suspect, elle aurait pu avertir Stoney, qui aurait aussitôt averti Cash.

Une fois de plus, il scruta les environs et s'apprêtait à crier le nom de Delaney à nouveau quand un mouvement attira son regard dans le bosquet de pacaniers situé à l'est du ranch. Les arbres étaient élancés et bien fournis, et de nombreuses branches basses offraient quantité de cachettes possibles.

Cash se dirigea vers eux.

— Delaney ? Webb ? ajouta-t-il instinctivement.

Cette fois, il obtint une réponse. On tira sur lui. La balle manqua sa cible, se fichant dans le sol à sa droite. Cash crapahuta vers la gauche, et se réfugia derrière un abri de jardin.

— Patron ? lança Stoney.

— Appelez des renforts ! ordonna Cash. Je veux des adjoints en urgence. Et ne quittez pas Ramone des yeux. Webb a enlevé Delaney, ajouta-t-il.

Cash entendit Ramone dire quelque chose, mais n'y prêta pas attention. Il était entièrement focalisé sur les pacaniers.

Il n'apercevait ni Delaney ni Webb, mais il était sûr qu'ils étaient là. Et puisque Delaney n'appelait pas à l'aide cela signifiait que Webb avait dû la bâillonner, ou qu'il la menaçait d'une arme. Peut-être les deux.

Non sans mal, il réprima l'envie de se ruer en avant. Il devait s'efforcer de ne pas penser au fait que Webb avait d'ores et déjà pu lui faire du mal. À l'évidence, ce misérable ne voulait pas la tuer tout de suite, sinon il l'aurait fait dans la cuisine.

Malgré tout, Cash avait l'estomac noué.

— Webb ? appela-t-il. Si ceci est un enlèvement, vous avez des demandes. Lesquelles ?

Tout en parlant, il se hâta vers l'autre extrémité de l'abri, d'où il espérait avoir une meilleure vue.

Ce fut le cas.

Là, à l'ombre des branches basses, il distinguait Delaney, debout face à un homme. Webb, sans doute. Ce dernier la maintenait par le cou. Et avait une arme à la main.

Cash ne s'était pas trompé.

Bon sang.

Glacé d'effroi, Cash sut à cet instant qu'il était prêt à tout pour sauver Delaney.

Prêt à tout.

Mais pour cela il devait rester en vie.

— Les renforts sont en route, cria Stoney derrière lui.

Ses adjoints ne mettraient pas longtemps à arriver. Moins de vingt minutes. Ce qui risquait tout de même d'être trop long si Webb projetait d'emmener Delaney. Il devait avoir un véhicule dissimulé à proximité. À moins qu'il n'ait été amené par son frère, et déposé au bout de la route. Si oui, si Ramone avait joué un rôle dans ce plan, Cash veillerait personnellement à ce qu'il paye cher ce que Webb faisait subir à Delaney.

— Eh bien, Webb ? lâcha-t-il. Ces demandes ?

Il ne s'était pas attendu à avoir une réponse. Cependant, la voix de Webb s'éleva.

— Je me disais que ce serait amusant que Delaney voie son chéri se faire descendre.

Le ton était celui de la plaisanterie, mais Cash soupçonnait que telle était en effet son intention. L'abattre sous les yeux de Delaney.

Il s'allongea sur le sol et se mit à ramper sans bruit. Par chance, de nombreux buissons et arbustes offraient une couverture entre lui et le bosquet de pacaniers. Il y avait même un vieil abreuvoir.

— Eh bien, shérif ? le nargua Webb. Ça vous tente de mourir aujourd'hui ? Vous êtes prêt ?

Cash garda le silence. Il ne voulait pas trahir sa position et avançait aussi rapidement que possible, en priant pour ne pas être repéré.

— Le chat vous a mangé la langue ? reprit Webb un instant plus tard. Eh bien, tant pis. De toute manière, je n'étais pas d'humeur à bavarder. Mais je vais vous donner une possibilité de dire adieu à Delaney. Elle va s'en aller avec moi maintenant, avant que vos adjoints débarquent ici et essayent de me gâcher mon plaisir.

Son *plaisir*. Cash aurait donné cher pour mettre ce misérable en pièces. Webb voulait faire souffrir Delaney parce qu'elle n'avait pas réussi à lui épargner la prison qu'il méritait.

Parvenu à hauteur de la clôture, Cash se redressa légèrement et, cette fois, eut une meilleure vue de Delaney. De son expression. Il s'était attendu à lire la terreur sur ses traits, mais c'était la colère qui dominait.

Et la détermination. Elle n'allait pas laisser Webb l'emmener sans résister.

Au même instant, elle asséna à son ravisseur un violent coup de coude dans le ventre. Webb lâcha un juron, grogna de douleur et fit feu. Non pas sur Delaney, mais en direction de l'abri. Peut-être pensait-il que Cash était toujours là.

La douleur s'afficha sur le visage de Delaney, sans doute causée par le bruit assourdissant de la détonation si près d'elle. Cash savait d'expérience qu'elle perdrait l'ouïe temporairement, et risquait même d'avoir des séquelles à long terme.

En un éclair, il comprit qu'il n'avait plus une seconde à perdre. Webb était capable de retourner son arme contre Delaney à tout moment.

Tenant toujours Delaney par le cou, Webb pivota et se

dirigea vers un chemin qui menait à la route. Dès qu'il eut le dos tourné, Cash se releva et se mit à courir.

Vite.

En quelques secondes, il combla la distance qui les séparait. Webb dut l'entendre, car il fit volte-face, déjà prêt à ouvrir le feu sur lui.

Cash fut trop rapide.

Jetant son propre pistolet à l'écart, il saisit le poignet droit de Webb et le tordit, l'obligeant à tirer en l'air. D'un même mouvement, il poussa Delaney de côté afin qu'elle soit hors d'atteinte si Webb parvenait à tirer de nouveau.

Fou de rage, Webb jura de nouveau. Cash ne prit pas la peine de répondre. Il avait un objectif. Un seul. Empêcher que Delaney soit tuée. De toutes ses forces, il se rua sur Webb.

Et le renversa.

Tout se déroula si vite que Delaney n'eut pas le temps de réagir. Pas le temps d'essayer d'amortir sa propre chute. Elle s'effondra lourdement, sa tête heurtant un tronc d'arbre. La douleur s'ajouta à celle qu'elle éprouvait déjà, mais elle l'accepta volontiers.

La douleur prouvait qu'elle était en vie.

Pour le moment du moins.

L'angoisse lui comprimait la poitrine. Le cœur. Ce n'était pas pour elle qu'elle avait peur, mais pour Cash.

Surgi de nulle part, il avait percuté Webb et l'avait fait tomber. Delaney les distinguait à peine, sa vision était brouillée, mais elle les entendait se battre. Et elle n'aurait su dire qui avait le dessus. Non seulement Webb était beaucoup plus corpulent que Cash, mais il avait peut-être réussi à garder son arme.

— Cash ? Ça va ?

C'était la voix de Ted, un des cow-boys. Delaney, qui

aurait donné cher pour connaître la réponse à sa question, s'efforça tant bien que mal de se remettre debout. Ce n'était pas chose facile. Elle avait le vertige et tout semblait flou autour d'elle. Malgré tout, elle voyait Webb et Cash lutter.

À la vie, à la mort.

Cash avait les deux mains serrées autour du poignet droit de Webb. Ainsi qu'elle l'avait craint, celui-ci avait réussi à se cramponner à son pistolet. Il avait le doigt sur la détente, et Cash tentait de toutes ses forces de l'empêcher de tirer sur elle.

Webb le lui faisait payer.

Il bourrait de coups de poing le côté de Cash, espérant à l'évidence l'obliger à lâcher prise pour pouvoir les tuer tous les deux.

Eh bien, Delaney n'allait sûrement pas laisser Cash se battre seul.

Elle scruta les alentours, cherchant une arme des yeux. Son regard s'arrêta sur le pistolet de Cash. Elle crapahuta pour l'atteindre, le ramassa et visa. Malheureusement, elle comprit aussitôt qu'elle ne pouvait pas faire feu. Les deux hommes bougeaient trop, et elle risquait d'atteindre Cash au lieu de Webb.

Elle saisit un mouvement du coin de l'œil et reconnut Buck, un des cow-boys. Il avait dû courir, car il semblait hors d'haleine. Il était lui aussi armé et, tout comme Delaney, il tenta de viser avant de renoncer.

Puisqu'elle ne pouvait pas faire feu, Delaney se rabattit sur la main libre de Webb, celle dont il se servait pour frapper Cash. Elle lui décocha un coup de pied qui lui arracha un cri de douleur. Il changea de position, mais elle l'imita et continua à lui asséner des coups de pied partout où elle pouvait l'atteindre.

Une détonation la paralysa soudain.

Webb avait appuyé sur la détente.

Le cœur de Delaney cessa de battre. Incapable de respirer, elle pria pour que Cash ne soit pas blessé. Ou pire.

Avec un cri de désespoir, la rage déferlant en elle, Delaney se baissa et vit le sang. Cash et Webb en étaient couverts, de sorte qu'il était impossible de dire lequel avait été touché.

Elle lacéra de ses ongles le visage de Webb et empoigna le pistolet qu'il tenait encore. Elle n'allait pas le laisser faire feu de nouveau. Cash avait dû avoir la même intention, car il percuta du poing le nez et le menton de Webb. Il y eut un bruit de cartilage brisé, et le sang jaillit.

Malgré tout, Webb tendit la main et tenta d'agripper le cou de Delaney. Grognant sous l'effort, Cash l'en empêcha, et contraignit Webb à se retourner, le plaquant au sol. Buck se rua en avant et piétina la main de Webb tandis que Delaney éloignait son arme d'un coup de pied.

Pendant que Buck maintenait Webb au sol, elle reporta son attention sur Cash. Et le cœur lui manqua. Sa chemise était imprégnée de sang.

— Je n'ai rien, balbutia-t-il.

Elle secoua la tête et leva les yeux sur son visage. Elle tremblait de tous ses membres.

— Je n'ai rien, répéta-t-il. C'est le sang de Webb.

Delaney jeta un coup d'œil vers ce dernier, maintenant étendu sur le dos. Il respirait avec difficulté, et son teint était grisâtre. En revanche, sa chemise était écarlate et Delaney comprit que Cash avait raison. Le sang était bel et bien celui de Webb. Elle ne savait pas comment c'était arrivé, mais la balle que Webb avait tirée n'avait pas atteint Cash.

Elle l'avait touché, lui.

Submergée de soulagement, elle se jeta au cou de Cash et noua les bras autour de lui. Peut-être avait-il besoin de cette étreinte autant qu'elle.

Celle-ci fut de courte durée. Un bruit de pas les fit se retourner tous les deux. Cash récupéra son pistolet et se mit en position de tir, mais ce n'était pas nécessaire. Le nouveau venu n'était autre que Jesse, son adjoint.

— Ça va ? demanda-t-il, en les regardant tour à tour.

Pas vraiment, non, songea Delaney. Elle supposait qu'elle était encore en état de choc, et ses oreilles lui faisaient terriblement mal, mais au moins ils étaient presque indemnes. Enfin, à l'exception de Webb, mais le capital compassion de Delaney à son égard était inexistant.

Cash pivota vers elle et la regarda brièvement des pieds à la tête, sans doute pour s'assurer qu'elle n'avait pas été blessée. Elle fit la même chose pour lui. Du moins, elle essaya, mais eut l'estomac retourné par le sang qui imprégnait sa chemise. Du sang qui aurait pu être le sien si Webb avait réussi à retourner son arme contre lui.

— C'est moi qui ai besoin d'aide, geignit Webb. Si vous me laissez me vider de mon sang, je vous traînerai devant la justice.

Il ponctua ses paroles d'un rire creux, mauvais.

— Appelle une ambulance, ordonna Cash à Jesse. Et puis assure-toi que Ramone n'a pas filé. Lui et moi allons avoir une conversation.

Delaney voulait être incluse dans cette discussion. Il était tout à fait possible que Ramone ait servi de diversion, et que sa visite ait justement eu pour but d'attirer Cash au-dehors pour que Webb puisse s'introduire à l'intérieur par l'arrière. Si Ramone avait aidé son frère, il devait être arrêté.

— Vous croyez qu'il va s'en tirer ? demanda Buck, en baissant les yeux sur Webb.

— Difficile à dire, marmonna Cash.

Malgré tout, il prit la paire de menottes que Jesse lui tendait et attacha les poignets du blessé.

— Vous pensez que je vais me lever et m'enfuir alors que je saigne comme un porc ? lâcha Webb avec un nouveau rire.

Cette fois, cependant, il toussa en même temps. Son teint était livide.

Delaney n'avait jamais vu mourir personne, mais eut le sentiment que ce moment était arrivé. Cash tenta d'endiguer le saignement en appuyant sur la poitrine de Webb, mais en vain.

— Vous voulez vous confesser ? demanda-t-il.

Webb sourit, révélant des dents tachées de sang.

— Je n'ai rien fait de mal. Je suis innocent.

Une bouffée de colère monta en Delaney. Elle se pencha sur le blessé et le fusilla du regard.

— Vous venez d'essayer de tuer Cash, et vous m'avez fait sortir de la maison sous la menace d'un pistolet. Vous avez enlevé Melanie, vous l'avez frappée. Et vous avez fait exploser ma maison.

Webb lui rendit son regard sans ciller.

— Eh bien, vous voyez, mon chou, ce que vous dites n'est pas entièrement vrai.

Il se tut, toussa et grimaça. La douleur était gravée sur ses traits.

— Vous voulez savoir où est le gros mensonge ?

Une fois de plus, la moquerie s'entendait dans sa voix.

Piquée au vif, Delaney insista.

— Tout est vrai, affirma-t-elle, priant pour ne pas se tromper.

Car, si Webb avait commis tous ces méfaits, cela signifiait que tout était terminé. Qu'elle n'avait plus besoin de regarder par-dessus son épaule. Qu'il n'y avait plus de danger.

Le rire de Webb s'éleva, plus faible maintenant.

— Non, mon chou. Vous avez tort. J'ai essayé de vous tuer, c'est vrai, et c'est moi qui ai enlevé Melanie. Je l'ai relâchée à côté de chez Jeb pour vous perturber un peu. Mais ce n'est pas moi qui ai posé la bombe. Ce n'est pas mon genre. Je préfère des méthodes... plus directes. Et puis, tout aurait été fini trop vite. Quand il s'agit de vous, j'aime faire durer le plaisir.

Un frisson glacé parcourut l'échine de Delaney.

— Vous mentez. C'est vous qui avez mis cette bombe.

Webb lui décocha son sourire narquois.

— Pauvre Delaney, murmura-t-il. Mon chou, je ne suis pas le seul à vouloir votre mort.

13

Cash enroula un bras autour des épaules de Delaney et l'éloigna de Webb. Inutile qu'elle reste là, à l'écouter la narguer.

— Surveille-le, dit-il à Jesse.

Webb avait beau être blessé, et sans doute agonisant, Cash n'allait pas courir le risque de lui permettre de faire quoi que ce soit qui puisse faire souffrir Delaney.

— Oh ! laissez-la rester, plaisanta Webb.

Par chance, sa voix était plus faible à présent. Dès qu'ils eurent fait quelques pas, ils ne purent plus l'entendre.

— Il ment, marmonna-t-elle. Il ment forcément. C'est lui qui a mis la bombe chez moi.

C'était possible. Ça aurait été du Webb tout craché que de mentir, en sachant que ses paroles allaient ronger Delaney.

Car c'était exactement ce qui allait se passer.

« Pauvre Delaney. Mon chou, je ne suis pas le seul à vouloir votre mort. »

Et si c'était la vérité ? Ils ne devaient pas oublier Byers, ni même Gil. Même si Gil ne souhaitait pas la mort de sa fille, il pouvait commettre un geste irréfléchi qui la mettrait en péril.

Byers était différent. Lui désirait peut-être bel et bien la mort de Delaney, et c'était précisément pourquoi Cash tenait à le questionner. Cependant, il hésitait à emmener

Delaney. Elle était encore secouée de frissons, et devait être épuisée par l'épreuve qu'elle venait de subir.

Par ailleurs, si Webb n'avait pas agi seul, Gil et Byers n'étaient pas forcément les seuls suspects éventuels. Dans l'immédiat, un autre se trouvait dans la cour de sa maison, que Cash pouvait interroger sans délai. Comme il s'avançait, il vit que Stoney tenait Ramone en joue.

— Que s'est-il passé ? demanda ce dernier. C'est vraiment Webb qui est là ?

Cash ignora sa question, mais Ramone paraissait sincèrement surpris, et inquiet. Cela dit, ces émotions pouvaient être feintes, et Cash n'était pas encore prêt à croire que la présence des deux frères sur son ranch en même temps puisse n'être qu'une coïncidence.

Non, il n'y croyait pas une seconde.

Pourtant, il ne voulait pas exposer Delaney au danger. Au cas où Webb aurait dit la vérité et où un autre que lui voudrait la tuer. Ce quelqu'un d'autre pouvait être Ramone, et peu importait qu'il soit tenu en joue, parce qu'il avait pu engager un tireur pour achever le travail que son frère avait commencé.

Par conséquent, Cash ramena Delaney à la maison.

Il la fit entrer dans la cuisine, espérant que cela n'allait pas réveiller les images de son enlèvement. Il traversa la pièce rapidement, en la tenant par la main, et la guida jusqu'à la porte d'entrée.

— Il n'y a personne ici, assura Ted. J'ai fouillé la maison.

Il se tenait sur le seuil, et braquait lui aussi son arme sur Ramone.

— Bien.

Cash marmonna un remerciement.

— Je voudrais que tu ailles au bosquet de pacaniers voir si Jesse a besoin d'aide. D'autres adjoints et l'ambulance ne devraient pas tarder.

D'ici quelques minutes, une autre sorte de chaos régnerait, songea-t-il. Son ranch était désormais une scène de crime : un homme était blessé, un autre sur le point d'être interrogé.

— Reste derrière moi, conseilla-t-il à Delaney, en remplaçant Ted sur le seuil.

Ramone écarquilla les yeux à la vue de la chemise ensanglantée de Cash.

— Vous êtes blessé ? C'est Webb qui vous a attaqué ?

— Le sang est celui de votre frère, expliqua Cash, sans prendre de gants.

Là encore, la surprise de Ramone sembla sincère. Certes, il avait eu le temps de préparer sa réponse. D'autant plus s'il ne voulait pas être accusé de complicité après le méfait de son frère.

L'homme déglutit avec difficulté.

— Webb est mort ?

— Il est blessé, rectifia Cash d'une voix dure.

Il savait que son regard et son expression étaient dénués d'émotion.

— Je ne suis pas sûr qu'il s'en tire, ajouta-t-il.

Une fois de plus, il observa la réaction de Ramone. Celui-ci ferma les yeux un instant et marmonna quelque chose que Cash ne saisit pas.

— Vous voulez m'expliquer le rôle que vous avez joué dans le plan de Webb quant à l'enlèvement et l'assassinat de Delaney ? reprit Cash. Ou avez-vous conçu ce plan et amené Webb ici pour l'exécuter ?

Ramone secouait la tête avant même que Cash ait terminé sa question. Avec vigueur.

— Je ne savais pas que Webb était ici, et j'ignorais tout du plan dont vous parlez. Je n'ai aucune rancune envers Delaney.

— Mais vous saviez que Webb avait l'intention de l'enlever ?

— Non ! protesta Ramone aussitôt, criant presque. Si j'avais su qu'il voulait faire une chose pareille, j'aurais trouvé le moyen de l'en empêcher. Je ne l'aurais pas aidé. Vous devez me croire !

Cash n'était pas convaincu. Delaney venait de subir une terrible épreuve et quelqu'un allait payer pour cela. Webb, bien sûr. Mais peut-être Ramone aussi.

— Je vous jure que je ne savais pas que Webb projetait d'enlever Delaney, continua Ramone. Il m'a téléphoné et m'a demandé de l'argent et une voiture. C'est tout. Je ne savais même pas qu'il était dans les environs.

— Quand l'avez-vous vu pour la dernière fois ? demanda Cash, espérant le faire trébucher et admettre qu'il avait bel et bien été en contact avec son frère.

Ramone secoua la tête de nouveau.

— C'était il y a des mois. Je suis allé lui rendre visite en prison, au moment de Noël. Je ne l'ai pas vu depuis.

Cash était résolu à insister. Peut-être les caméras de surveillance installées à la limite de sa propriété permettaient-elles de lui en apprendre davantage. L'arrivée de Webb, par exemple.

Cependant, le hurlement des sirènes se rapprochait. Quelques secondes plus tard, une ambulance et une voiture de patrouille surgirent dans l'allée. Cash désigna le bosquet de pacaniers.

— Par ici, lança-t-il. Un homme est blessé. Il a reçu une balle en pleine poitrine. C'est un individu dangereux, qui doit rester menotté. Un adjoint vous accompagnera.

Comme prévu, aucun secouriste ne protesta, et Cash se tourna vers les trois adjoints qui venaient d'arriver. Clark Whitlow, Dave Garcia et Marcella Hendrick. Tous étaient armés.

— Clark et Marcella, je voudrais que vous emmeniez ce monsieur au poste, dit-il en désignant Ramone.

— Mais je n'ai rien fait ! s'écria celui-ci. Je n'ai rien à voir avec ce que mon frère a fait.

— Vous devez être interrogé, déclara Cash sans s'émouvoir. C'est la procédure.

Visiblement mécontent, Ramone le fusilla du regard.

— Je suis venu pour vous aider, pas pour me faire arrêter.

— Vous n'êtes pas en état d'arrestation, assura Cash. Pas encore, en tout cas. Mais si je découvre que vous avez aidé Webb vous le serez.

Ramone fronça les sourcils et lâcha un juron, mais suivit les adjoints vers la voiture.

Cash se tourna vers Dave.

— Jesse va accompagner Webb à bord de l'ambulance. Je voudrais que tu sécurises la zone de crime. Il faut que je reste avec Delaney dans l'immédiat. Je ne veux pas qu'elle sorte avant d'être certain que Webb n'a payé personne pour s'en prendre à elle.

Dave acquiesça, suivant du regard le véhicule de patrouille qui s'éloignait.

— Et le frère de Webb ? Il est innocent ?

— C'est à voir. Pour le moment, va voir Jesse et appelle-moi si Webb a quelque chose à dire.

Dave aurait peut-être du mal à distinguer le vrai du faux, mais au moins Cash pourrait en juger. Cette fois, il ne mettrait pas son téléphone sur haut-parleur. Inutile que Delaney entende les délires de Webb.

Dave parti, Cash rentra à l'intérieur, ferma la porte derrière lui et activa le système d'alarme. Il faudrait qu'il le désactive si un de ses hommes venait. Entre-temps, deux précautions valaient mieux qu'une. Si un criminel rôdait dans les parages, Cash doutait fort qu'il essaye de s'introduire dans la maison, mais après tout il n'avait pas non plus imaginé que Webb le ferait.

Mieux valait ne pas prendre de risques.

Et il avait assez de regrets comme cela.

Il avait laissé Delaney seule pour aller s'entretenir avec

Ramone. Il aurait dû brancher le système d'alarme. Mieux encore, il aurait dû exiger que Ramone se rende au poste et fasse une déposition au sujet de l'appel de Webb. Ce qui était sûr, c'était qu'il n'aurait pas dû exposer Delaney au danger.

— Tu t'accables de reproches, dit-elle, lisant dans ses pensées.

Elle lui effleura le bras avec douceur.

— Tu n'as rien à te reprocher.

— J'aurais dû te protéger davantage, grogna-t-il, en se passant une main sur le front.

Il prit soudain conscience du fait qu'il était toujours couvert de sang.

— Il faut que je mette mes vêtements dans un sac, marmonna-t-il. Toi aussi. Ils ne seront sans doute pas requis puisque Webb a été pris en flagrant délit d'enlèvement, mais la procédure l'exige.

Elle hocha la tête avec un soupir. Le genre de soupir qui suggéra à Cash que Delaney commençait à discerner le tableau d'ensemble. Webb avait beau être arrêté, les événements de la matinée devraient faire l'objet d'une enquête.

— Leigh m'a fait envoyer un autre jean et un chemisier, annonça-t-elle en se dirigeant vers la chambre d'amis.

Cash lui emboîta le pas, non pour la regarder se déshabiller, mais parce qu'il hésitait à la laisser seule. Cela dit, il aurait du mal à détourner le regard.

Il était sur le point de lui dire qu'il voulait qu'elle vienne avec lui lorsqu'il se changerait quand son téléphone sonna. Delaney, qui déboutonnait son chemisier, se figea aussitôt. À en juger par son expression inquiète, elle s'attendait à de mauvaises nouvelles.

Et peut-être n'avait-elle pas tort, car c'était Gil qui appelait.

— Ton père, murmura Cash, en appuyant sur la touche du haut-parleur.

— Il faut que je parle à Delaney, annonça Gil.

— Où êtes-vous ? rétorqua Cash avant que celle-ci ait pu répondre.

— Ça ne vous regarde pas.

— Si, au contraire, affirma Cash. Je suis shérif, rappelez-vous, et j'ai des questions à vous poser.

Il y eut un long silence.

— Je veux parler à ma fille, déclara enfin Gil sèchement.

Delaney attendit que Cash hoche la tête avant de prendre la parole.

— Où es-tu ? demanda-t-elle à son tour. Et ne me dis pas que ça ne me regarde pas.

Elle semblait avoir surmonté le choc, maintenant, et l'irritation s'entendait dans sa voix.

— Je suis en lieu sûr, lâcha Gil après une autre longue pause.

— J'ai engagé quelqu'un pour te protéger, et tu t'es enfui en catimini. Où es-tu ? insista Delaney, criant presque.

— Un ami m'a prêté un pick-up, et je vais ici et là, répliqua son père froidement. Et pour ce qui est du garde du corps je ne l'ai pas demandé et je n'en veux pas. En fait, je ne veux pas que tu te mêles de mes affaires. Laisse-moi tranquille, c'est tout.

Delaney eut un haut-le-corps.

— Tu as bu ? demanda-t-elle.

— Je ne vais pas discuter de ça avec toi.

Cependant, les mots de Gil étaient légèrement indistincts, assez pour que Cash soupçonne que Delaney avait vu juste.

Elle soupira et secoua la tête.

— Dis-moi si tu as quelque chose à voir avec la bombe qui a été mise chez moi.

Cash s'attendait à ce que Gil nie avec vigueur. Voire avec rage. Ce ne fut pas le cas.

— Je vois de quel côté tu es, murmura Gil dans un souffle. Cash t'a montée contre moi.

— Pas du tout, assura Delaney. Mais je veux que tu

répondes à ma question. As-tu quelque chose à voir avec cette bombe ?

Elle parlait déjà dans le vide. Gil avait coupé la communication.

Cash se hâta de contacter le standard afin de demander si l'appel pouvait être tracé. Il était probable que Gil avait veillé à utiliser un portable prépayé, mais peut-être auraient-ils de la chance.

À peine avait-il terminé la conversation que son téléphone sonna de nouveau. Cette fois, c'était Jesse, et Cash répondit aussitôt. Il ne mit pas le haut-parleur, mais Delaney était juste à côté de lui, assez proche pour entendre son adjoint.

— Je suis dans l'ambulance, annonça Jesse, mais il n'y a pas d'urgence à gagner l'hôpital. Webb vient de mourir.

Webb était mort.

Plusieurs heures s'étaient écoulées depuis que Jesse leur avait appris la nouvelle. Depuis que Delaney essayait d'assimiler le fait qu'elle n'avait plus à craindre d'être terrorisée par ce misérable qui s'en était pris à des gens qu'elle aimait, et qui avait tenté de les tuer, Cash et elle.

Webb était mort.

Delaney se répétait ces mots, dans l'espoir que son corps allait enfin s'en convaincre et se détendre. Tout en elle lui semblait à vif, en alerte. Elle avait les nerfs à fleur de peau, tressaillait au moindre bruit. Justement, elle retint un cri alors que Cash entrait dans la chambre d'amis où elle faisait les cent pas.

Voyant sa réaction, il poussa un soupir, rangea son téléphone dans sa poche et l'attira dans ses bras. Il l'avait étreinte plusieurs fois depuis qu'il l'avait arrachée aux griffes de Webb. Le sentir tout près d'elle réconfortait Delaney, mais elle ne pouvait s'empêcher de se demander pendant combien de temps elle allait être à cran. Peut-être jusqu'au moment où elle aurait la confirmation que Webb avait menti.

« Je ne suis pas le seul à vouloir votre mort. »

C'était forcément un mensonge. Forcément. Si ce n'était pas le cas, connaîtrait-elle jamais la paix ?

Elle s'écarta légèrement de Cash et plongea son regard dans le sien. On n'était qu'au milieu de l'après-midi, mais il paraissait épuisé. Au moins, il ne portait plus des vêtements imbibés du sang de Webb, et il sentait bon le savon après sa douche.

Jesse avait emporté leurs affaires au poste dans l'éventualité où elles seraient nécessaires. Il avait également rapporté plusieurs tenues de rechange à Delaney et pris leurs dépositions. Conformément à la procédure, Cash s'était mis en congé administratif. Il s'agissait d'une pure formalité. Personne ne pensait qu'il avait tué Webb de sang-froid, mais tant que tous les rapports n'auraient pas été enregistrés Cash ne serait pas autorisé à effectuer des tâches officielles.

Y compris questionner Byers.

Le rendez-vous avec ce dernier avait été reporté au lendemain matin. Cash et Delaney auraient la permission d'écouter, mais Jesse serait chargé de mener l'interrogatoire. Le délai lui permettrait d'obtenir le rapport de Curley concernant les médicaments prescrits à Byers, ce qui l'aiderait peut-être à amener ce dernier à avouer qu'il avait substitué ses comprimés à ceux de Delaney.

À supposer qu'il l'ait fait, bien entendu.

Delaney n'avait pas demandé à Webb s'il était responsable et le regrettait. Webb aurait pu mentir et nier, certes, mais il aurait aussi pu l'admettre.

— J'ai demandé au médecin de te donner des sédatifs, murmura Cash. Je ne pensais pas que tu en voudrais, ajouta-t-il comme elle secouait la tête, mais je voulais que tu aies le choix. Sinon, tu risques de passer une nuit blanche.

C'était vrai, et peut-être devrait-elle envisager d'en prendre, mais ce ne serait sans doute pas suffisant pour refouler les cauchemars.

— Ça ira, mentit-elle.

Elle aurait sûrement des cauchemars même éveillée. Son père était Dieu savait où, peut-être en train de se faire du mal ou de faire du mal à autrui s'il conduisait en état d'ivresse. Et elle ne pouvait chasser de son esprit le fait que Cash avait failli mourir ce jour-là.

— Si l'arme de Webb avait bougé..., marmonna-t-elle.

Delaney n'eut pas le temps de terminer sa phrase. Cash se pencha et captura ses lèvres. Il l'avait aussi embrassée plusieurs fois depuis l'affrontement avec Webb. Sans doute pour l'aider à repousser les images qui la tourmentaient. Et cela fonctionnait. Car, lorsque les lèvres de Cash se posaient sur les siennes, Delaney oubliait tout le reste, et une sensation de bien-être l'envahissait.

Les baisers de Cash étaient une bénédiction, à n'en pas douter.

Il se redressa et la dévisagea.

— Tu as repris quelques couleurs, constata-t-il, en esquissant un sourire.

Un sourire qui n'atteignit pas tout à fait son regard. Sans doute parce que ses pensées rejoignaient les siennes. Après tout, elle aussi avait frôlé la mort ce jour-là.

— Je n'ose pas penser à ce qui aurait pu se passer si tu n'étais pas arrivé à temps, chuchota-t-elle.

Là encore, il lui imposa le silence d'un baiser. Ce baiser-là, cependant, était différent. Ce n'était pas un geste de réconfort. Il était plus exigeant, plus intime, empreint de désir.

Delaney sentit la chaleur monter en elle et savoura la sensation qui la submergeait. Celle-ci était à l'opposé de la tension qu'elle avait éprouvée au cours de ces dernières heures.

Cash avait toujours su retourner les situations, les améliorer. Et c'était justement ce qu'il était en train de faire.

Il baissa la main sur le dos de Delaney, l'attirant plus près de lui, jusqu'à ce que leurs corps s'épousent.

Le baiser se poursuivit, accompagné du plaisir de sentir ses seins plaqués contre le torse de Cash. Le désir s'intensifia, au point que, lorsque Cash fit mine de se dégager, ce fut Delaney qui le retint, prolongeant l'échange.

Le goût de sa bouche était si familier... tel un baume apaisant sur la peur et la douleur. Cash pouvait chasser tous ses tourments. L'obliger à se focaliser sur une seule chose : lui.

Lâchant un grognement sourd, il mit fin au baiser.

— Tu n'es pas assez remise pour ça, dit-il.

— Je m'en sens parfaitement capable, objecta-t-elle en se pressant contre lui. À moins que tes adjoints ne soient encore là ?

Il secoua la tête.

— Non. Mes employés patrouillent le ranch, mais mes adjoints sont retournés au poste.

Cela signifiait que personne n'allait venir toquer à la porte. En cas de problème, un des cow-boys téléphonerait.

— Puisque l'interrogatoire de Byers est reporté, nous sommes tranquilles jusqu'à demain matin, lui rappela-t-elle. Je préfère faire l'amour avec toi plutôt que de prendre des sédatifs.

Elle lut le conflit dans son regard. Le désir aussi. Sans doute hésitait-il à perdre sa concentration en l'entraînant dans son lit, mais si tel était le cas il dut capituler, car il l'embrassa de nouveau.

Cette fois, c'était un prélude à l'amour.

Delaney émit un ronronnement de plaisir et fondit contre Cash. Sans hésiter, il déposa une traînée de baisers brûlants dans son cou. Une multitude de sensations déferlèrent en Delaney : le désir, le besoin insensé qu'elle avait de lui. Et l'amour. L'amour était toujours présent, et ce fut la raison pour laquelle elle noua les bras autour de Cash et l'encouragea à reculer vers le lit.

Cash ne résista pas et continua à l'embrasser. Il se pencha davantage, effleurant des lèvres la peau nue de sa gorge et la naissance de ses seins. Puis il glissa une main entre leurs deux corps et prit le sein droit de Delaney dans sa paume, caressant le mamelon du bout du pouce. Delaney ronronna de nouveau. Et puis gémit.

Ils se laissèrent tomber ensemble sur le lit. Cash se mit en devoir de déboutonner le chemisier de Delaney. Ses doigts étaient habiles, rapides, et il le lui retira en quelques secondes.

Sans cesser de couvrir son ventre de baisers, il s'empressa de dégrafer son soutien-gorge. Lorsque les seins de Delaney furent libres, il les embrassa à leur tour.

Quoique délicieusement étourdie, Delaney ne voulait pas être en reste. Le dévêtir ne fut pas chose aisée, car il continuait à la déshabiller, ses lèvres se posant tour à tour sur chaque nouvelle partie qu'il découvrait. Malgré tout, elle persista, et ses efforts furent récompensés lorsqu'elle put caresser son torse dénudé. Ces gestes éveillaient tant de souvenirs…

L'espace d'un bref moment, ils pouvaient oublier tout ce qui s'était passé, tout ce qui les séparait encore.

Cash émit un grognement de plaisir lorsqu'elle s'attaqua à son ceinturon et à la fermeture de son jean, mais l'arrêta d'un geste alors qu'elle tentait de faire glisser le pantalon sur ses hanches.

— Préservatif, murmura-t-il.

Une fraction de seconde, elle crut qu'il allait se raviser et la repousser. Au lieu de quoi, il farfouilla dans sa poche arrière, en sortit son portefeuille et y prit un préservatif. Elle se rappela qu'il en gardait toujours un là, et s'en félicita.

Elle ne voulait pas remettre leurs ébats à plus tard.

Elle voulait Cash maintenant.

Ses désirs furent exaucés à l'instant où il eut mis le préservatif en place. Comme s'il était affamé d'elle, il lui écarta les jambes et la pénétra. Delaney dut lutter pour ne pas céder à l'orgasme sur-le-champ. Le plaisir monta en elle, plus intense à chaque va-et-vient de Cash.

Ses poussées se firent plus fortes, plus rapides, plus profondes, jusqu'au point où Delaney ne put résister plus longtemps. Son corps se rendit et bascula dans l'extase.

Cash plongea avec elle.

14

Cash relut le texto de Jesse et fronça les sourcils.

Il faut qu'on parle de Byers et de Ramone.

Bon sang. C'était de mauvais augure, d'autant plus qu'il était près de 21 heures, ce qui signifiait que Jesse aurait dû avoir terminé son service.

Cash se leva sans bruit, enfila son jean et sa chemise sans prendre la peine de les boutonner, puis sortit de la chambre d'amis sur la pointe des pieds pour ne pas réveiller Delaney. Elle dormait – paisiblement, à en juger par les apparences – et pour rien au monde il ne voulait la déranger.

Le fait qu'elle n'avait même pas bougé au signal du texto en disait long sur son état d'épuisement. Quant à lui, il était sûrement exténué aussi, mais ses ébats avec Delaney l'avaient plus revigoré qu'une bonne nuit de sommeil et des pilules vitaminées.

Il était à la fois rassasié et plein d'énergie.

Soucieux, aussi.

Il s'inquiétait au sujet de la sécurité de Delaney. Au sujet de son père. De leur avenir à tous les deux. Qui savait même s'ils avaient un avenir ? Cela aussi le tracassait.

Refoulant ces pensées dérangeantes, il gagna la cuisine et rappela Jesse.

— Les nouvelles sont mauvaises ? demanda-t-il aussitôt.

— Pas bonnes, en tout cas, répondit son adjoint. Byers refuse de se présenter pour son interrogatoire, et a chargé son avocat de te transmettre un message : si tu veux le questionner, émets un mandat d'arrêt à son encontre.

Cash lâcha un grognement exaspéré. Il avait délibérément évité de procéder ainsi, surtout parce que les éléments dont il disposait contre Byers n'étaient pas des preuves à proprement parler. Enfin, un mandat contraindrait ce dernier à venir, et d'une manière ou d'une autre il fallait impérativement qu'il soit interrogé. Le lien potentiel avec les médicaments qu'on avait administrés à Delaney devait faire l'objet d'investigations.

— Son avocat m'a dit qu'il avait conseillé à Byers de venir éclaircir la situation, reprit Jesse, mais Byers a refusé.

Autrement dit, Cash n'avait pas le choix.

— Lance le mandat d'arrêt. Convoque-le pour le milieu de la matinée demain.

D'ici là, Cash pourrait décider s'il était sans danger d'emmener Delaney ou s'il valait mieux s'en tenir au plan initial, et laisser Jesse se charger de l'interrogatoire.

— Voilà qui devrait énerver Byers encore un peu plus, commenta Jesse. À propos de gars énervé, Ramone est fou de rage. Il menace de nous faire un procès pour harcèlement.

Ce n'était pas exactement une surprise. Cash avait déjà eu une conversation avec Jesse peu après que celui-ci avait terminé son interrogatoire de Ramone, et son adjoint lui avait déclaré que Ramone était furieux d'avoir été « traîné » au poste et traité comme un criminel. Tout cela alors qu'il était encore bouleversé par la mort de son frère.

Cash aurait peut-être éprouvé une certaine compassion à son égard s'il avait pu confirmer qu'il n'était pour rien dans les agissements de Webb. Cependant, d'après Jesse, il n'avait pu obtenir une telle confirmation. Maintenant que plusieurs heures s'étaient écoulées, Cash avait eu le temps de réfléchir et de parvenir à de nouvelles conclusions, qui seraient, avec un peu de chance, corroborées par des preuves matérielles.

— Quelle est ton impression ? demanda Cash. Tu crois qu'il a aidé Webb à préparer l'enlèvement de Delaney ?

— Je n'en suis pas sûr, avoua Jesse avant de marquer une pause. Il y a beaucoup de colère en lui, le genre de colère qui bouillonne et vous dévore. Je lui ai suggéré que cette colère était dirigée contre Delaney, mais il a affirmé qu'il n'avait rien contre elle. C'est à toi qu'il en veut.

Oui, Cash avait compris cela clairement. Cela dit, Ramone pouvait très bien dissimuler ce qu'il éprouvait envers Delaney. Admettre sa haine envers elle serait revenu à admettre qu'il avait un mobile.

Des pas résonnèrent derrière lui. Il se retourna et vit Delaney entrer en bâillant dans la cuisine. Ses cheveux étaient ébouriffés, et elle portait un de ses T-shirts, si grand pour elle qu'elle disparaissait presque dedans. Elle était superbe.

— Lance le mandat, répéta Cash. Et puis, rentre chez toi et repose-toi.

— Entendu.

La communication terminée, Cash rangea l'appareil dans sa poche et se dirigea vers Delaney.

— Excuse-moi, je ne voulais pas te réveiller.

— Ne t'inquiète pas. C'est la première fois depuis très longtemps que je me sens si reposée.

Elle se haussa sur la pointe des pieds et l'embrassa légèrement, puis recula un peu pour rencontrer son regard.

— Je t'en prie, dis-moi que tu ne regrettes pas que nous ayons couché ensemble.

Il n'avait pas le moindre regret à ce sujet, mais il ne croyait pas non plus qu'ils aient juste « couché ensemble ». C'était cela qui lui inspirait des regrets. Car il n'était pas convaincu que Delaney et lui puissent surmonter leurs difficultés pour entamer une vie à deux. Une vie qui ne soit pas tourmentée par des conflits familiaux.

Ou par le danger.

Cash n'était pas encore tout à fait sûr que la mort de Webb ait tout réglé.

— Je ne regrette rien, affirma-t-il en l'enlaçant pour lui donner un nouveau baiser.

Un baiser beaucoup plus long, qui raviva le désir qu'il avait d'elle. Il songeait à reprendre leurs ébats quand elle leva soudain les yeux vers lui.

— Pourquoi as-tu besoin d'un mandat ?

Le corps de Delaney était toujours pressé contre le sien, sa bouche assez proche de lui pour qu'il sente la caresse de son haleine.

— Pour Byers. Apparemment, il refuse de se présenter à son interrogatoire.

L'inquiétude se lut aussitôt dans le regard de Delaney. Cash maudit Byers intérieurement de l'avoir causée.

— C'est la seule manière de l'obliger à venir. Et je tiens à l'interroger à propos de ses médicaments.

Elle hocha la tête, un pli sur le front.

— Quand Webb a dit qu'il n'était pas le seul à vouloir ma mort, tu crois qu'il faisait allusion à Byers ?

C'était possible, mais Cash n'allait pas l'admettre face à Delaney.

— Webb a pu dire ça dans le seul but de te faire peur. Une dernière salve, si tu veux.

— Ça a fonctionné, marmonna-t-elle.

Refoulant un juron, Cash la serra plus étroitement contre lui. Une fois de plus, il songeait à la soulever dans ses bras et à la ramener dans leur lit quand le faisceau d'un phare balaya les fenêtres. Aussitôt, il se plaça devant Delaney.

Au lieu de la laisser seule dans la cuisine – l'erreur qu'il avait commise plus tôt – il la prit par la main et se hâta vers la chambre d'amis pour y récupérer son arme et son étui. Comme il enfilait ses bottes, son téléphone sonna et le nom de Stoney s'afficha sur l'écran. Cash savait que les employés s'étaient réparti des tours de surveillance pour la nuit. Apparemment, Stoney était de garde.

— Qui vient d'arriver ? demanda Cash.

— Je suis justement en train d'aller voir, assura Stoney.

Avant que l'employé ait pu en dire plus, un cri s'éleva, et Cash sut qui avait décidé de leur rendre visite.

Gil.

— Delaney, il faut que je te parle, cria Gil.

Sa voix était pâteuse et, à travers la vitre, Cash le vit s'avancer en titubant vers la maison.

— Mon père, marmonna-t-elle, l'anxiété marquant ses traits.

Contrairement à ce que Cash avait craint, elle ne se dirigea pas vers la porte. Au lieu de quoi, elle resta à demi derrière lui, à observer Gil.

— Il est ivre.

Aucun doute là-dessus. Enfin, à moins qu'il ne joue la comédie, mais si tel était le cas il possédait un vrai talent d'acteur. À cet instant Gil trébucha, et se serait effondré si Stoney ne l'avait pas rattrapé par le bras.

— Lâchez-moi, grommela-t-il.

Il fit mine de repousser Stoney, mais le geste manqua son but.

— Delaney ? cria-t-il de nouveau. Je veux parler à ma fille ! Tu ne peux pas m'empêcher de la voir.

Cash en avait les moyens, au contraire, mais Delaney était sincèrement inquiète pour son père. Si elle souhaitait le voir, Cash doutait fort de pouvoir l'en dissuader.

— Je veux lui dire au revoir, clama Gil. Je veux lui dire qu'elle ne me reverra jamais.

— Oh ! mon Dieu, murmura Delaney.

Cash l'entendit prendre une profonde inspiration.

— Il va essayer de se suicider de nouveau.

— Peut-être, admit Cash.

À part lui, il songeait que ses paroles étaient peut-être un piège, une manœuvre pour s'introduire à l'intérieur, exactement comme Webb l'avait fait plus tôt.

— Patron, que voulez-vous que je fasse de lui ? demanda Stoney, en laissant Gil glisser sur le sol.

Jurant et grommelant, ce dernier roula sur le dos. Cash réfléchit rapidement, envisagea d'appeler son adjoint de garde et de lui demander de mettre Gil en cellule de dégrisement, mais un coup d'œil à Delaney lui suggéra qu'il allait devoir en faire davantage.

— Essaye de l'amener jusqu'à la terrasse, ordonna-t-il avant de s'adresser à Delaney. Je le ferai entrer si c'est ce que tu veux, mais il faudra que je le fouille pour m'assurer qu'il n'est pas armé. Et que je lui passe les menottes.

Il avait pensé que Delaney se rebifferait à la mention des menottes, mais après une brève hésitation elle hocha la tête. Avait-elle fini par accepter que son père avait pu jouer un rôle dans la pose de la bombe ? Ou en était-elle simplement arrivée au point où elle n'était plus prête à faire confiance à personne ?

Cash s'empressa d'ouvrir la penderie et sortit une paire de menottes en plastique d'un sac qu'il gardait là en permanence. Après quoi, il retourna se poster à la fenêtre et regarda Stoney relever Gil tant bien que mal. La tâche fut malaisée. Gil était corpulent et chancelait, mais l'employé parvint enfin à le guider jusqu'aux marches de la terrasse.

— Reste juste derrière moi, conseilla Cash à Delaney.

Elle obéit tandis qu'il se servait de son téléphone pour désactiver l'alarme et ouvrir la porte. Cela fait, il tendit la main vers Gil et le tira à l'intérieur. Pas seulement dans l'entrée, mais jusque dans le salon. La première chose qui le frappa fut la forte odeur d'alcool qui émanait du père de Delaney. S'il n'était pas ivre, il avait dû s'asperger de whisky bon marché.

Pendant que Stoney montait la garde, Cash palpa Gil. Il n'était pas armé, à l'exception d'un canif que Cash jeta sur la table.

— Pas la peine de me fouiller, se plaignit Gil en tentant de lui asséner un coup de poing.

Il manqua son but, mais fit tomber le téléphone que Cash tenait à la main. L'appareil dérapa sur le plancher ciré.

— Je veux juste parler à ma fille.

Ignorant Gil et le téléphone, Cash fit pivoter le père de Delaney et le menotta dans le dos. Une fois certain que l'homme ne présentait plus de danger, il se tourna vers Stoney.

— Merci. Je voudrais que tu patrouilles la cour et que tu vérifies que personne n'accompagne notre visiteur.

Stoney hocha la tête et disparut. Son téléphone étant quelque part sur le sol, Cash le suivit dans l'entrée et se servit du boîtier installé près de la porte pour réactiver le système d'alarme. Il ne voulait pas se retrouver dans la même situation que ce matin-là avec Webb.

— Donnez-moi une bonne raison pour laquelle je ne devrais pas vous traîner en prison, grogna-t-il en retournant à Gil.

Ce dernier leva les yeux vers lui et cilla plusieurs fois, comme s'il essayait de focaliser son regard, puis son attention se reporta sur Delaney.

— Ma fille, balbutia-t-il, des larmes dans la voix. Je suis désolé. Je suis tellement désolé.

— De quoi ? demanda-t-elle, incertaine.

Gil n'eut pas le temps de répondre. La lumière s'éteignit brusquement, plongeant la pièce, et toute la maison, dans le noir absolu.

Delaney se figea. Physiquement, du moins. Ses pensées, elles, se mirent à se bousculer à toute allure dans sa tête. Des pensées déplaisantes. Elle fut immédiatement ramenée à l'instant où Webb l'avait empoignée et lui avait enfoncé le canon d'un pistolet dans la tempe.

Qu'allait-il se passer maintenant ?

Quelqu'un était-il parvenu à s'introduire dans la maison ?

Pire, son père avait-il feint d'être ivre pour permettre à quelqu'un d'entrer et de les tuer, Cash et elle ?

Elle brûlait de poser la question à Gil, mais tous ses instincts lui soufflaient de se taire. Si son père était impliqué, il savait déjà à quel endroit elle se tenait dans la pièce, mais il était inutile de communiquer l'information à un quelconque nouveau venu.

Elle sentit qu'on lui agrippait le bras et se raidit, puis se débattit.

— C'est moi, souffla Cash.

Il l'attira à lui, et elle entendit le frottement de son pistolet contre le cuir de l'étui alors qu'il dégainait. D'autres sons lui parvinrent. Des bruits de pas. Quelqu'un bougeait, et elle regretta que Cash n'ait pas son téléphone pour les éclairer. La dernière fois qu'elle avait vu l'appareil, il était par terre, et maintenant c'était tout juste si elle distinguait sa main devant son visage, sans parler du sol.

Un bip sourd se fit entendre dans la maison.

— C'est la sauvegarde du système d'alarme, chuchota-t-il.

Cela signifiait-il que l'alarme allait se déclencher si un intrus pénétrait à l'intérieur ? Delaney n'en était pas sûre.

Quelqu'un avait déjà pu entrer.

Le cœur tambourinant dans la poitrine, elle s'efforça de maîtriser la panique et la terreur qui montaient en elle. Ni l'une ni l'autre ne lui seraient d'aucun secours.

Un bras enroulé autour de sa taille, Cash commença à

reculer, l'entraînant avec lui. Vers le coin du salon, devina-t-elle. À l'écart de la porte et des fenêtres.

Et de son père.

— Et Gil ? demanda-t-elle, parlant aussi bas que possible.

— Il ne fait aucun bruit, indiqua Cash.

Non, en effet, et Delaney se demanda s'il avait perdu connaissance. S'il était aussi ivre qu'il l'avait semblé, c'était possible. D'un autre côté, peut-être son père ne voulait-il pas leur révéler sa position. Il avait beau porter des menottes, cela ne l'empêcherait pas d'aller où il voulait et de faire ce qu'il était venu faire.

Elle songea de nouveau au téléphone de Cash, à la manière dont son père l'avait fait tomber. Son geste avait-il été intentionnel ? Si oui, c'était habile : Cash n'avait plus aucun moyen d'appeler à l'aide. Il pouvait héler Stoney, qui était certainement à proximité, mais un cri serait peut-être chèrement payé s'il permettait à un tueur de les repérer.

D'autres bruits indistincts. À mesure que ses yeux s'accoutumaient à la pénombre, Delaney crut déceler un mouvement rapide. Cash dut le voir aussi, car il pivota. Avait-il pointé son arme dans cette direction ?

Un instant, Delaney referma les yeux. Cela ne pouvait pas arriver. Pas une fois de plus. C'était encore pire que lorsque Webb l'avait enlevée. Entre la maison et les pacaniers, il y avait eu quantité d'endroits où s'abriter, tandis que là ils étaient complètement à découvert. Surtout pour quelqu'un qui portait des lunettes de vision nocturne.

— Il faut que je récupère mon téléphone, lui chuchota Cash à l'oreille.

Elle acquiesça. À l'évidence, il pensait comme elle que l'appareil avait dû glisser sous le fauteuil le plus proche de l'entrée, car il les guida lentement dans cette direction, sans pour autant les éloigner du mur.

— Baisse-toi, ordonna-t-il comme ils atteignaient la fenêtre.

Delaney s'exécuta. Ils passèrent dessous avec précaution, avant de continuer jusqu'à la seconde fenêtre, où ils répétèrent la manœuvre.

À chaque pas, ses yeux s'habituaient davantage à la pénombre, et elle distinguait les formes des meubles et l'arche de l'entrée dans le salon. Elle jeta un coup d'œil sur le sol, cherchant son père et le téléphone de Cash.

Elle ne vit ni l'un ni l'autre.

Cash étouffa un juron qu'elle entendit à peine, mais elle perçut sa frustration. Ils avaient besoin de cet appareil.

Sans cesser de la tenir par la taille, Cash l'incita à s'accroupir. Delaney discerna d'autres formes et ombres, mais il n'y avait pas assez de clair de lune filtrant par les ouvertures pour voir quoi que ce soit sur le plancher sombre.

— Il y a une torche dans la cuisine, murmura Cash.

Elle s'en souvenait, en effet. Dans le tiroir, à côté du réfrigérateur. Pas loin, mais avec l'obscurité et la menace invisible la distance semblait soudain immense. Ils avaient pourtant besoin de cette lampe pour trouver non seulement le téléphone, mais aussi son père. Delaney voulait voir son visage, et se disait qu'un unique coup d'œil lui suffirait pour savoir s'il avait joué un rôle dans ce qui arrivait.

Cash les aiguilla vers la cuisine, mais ils avaient à peine couvert quelques pas qu'il jura de nouveau. Il la lâcha pour ramasser quelque chose, et Delaney reconnut les menottes en plastique qu'il avait passées autour des poignets de son père.

Elles avaient été coupées.

Le cœur lui manqua soudain. Il était peu probable que Gil ait réussi à les sectionner lui-même, ce qui signifiait qu'il avait eu de l'aide. Un complice. Ou qu'il n'était lui-même que le complice d'un individu qu'il avait aidé à s'introduire dans la maison. Quelqu'un qui pourrait tuer Cash. Delaney doutait que son père ait sciemment accepté de faire d'elle une cible, mais les paroles qu'il avait prononcées juste avant que le courant soit coupé lui revinrent brusquement en mémoire.

Je suis désolé. Je suis tellement désolé.

Elle avait cru qu'il s'excusait d'être venu ivre chez Cash, mais peut-être était-ce infiniment plus grave. Il avait pu mettre en branle une chaîne d'événements qui risquait de mener à un meurtre. Ou du moins à une tentative de meurtre. Car Delaney n'avait nullement l'intention de laisser quelqu'un les tuer, Cash et elle. Non, elle se battrait – de toutes ses forces –, et même si l'adversaire était son propre père.

Cash repoussa les menottes et ils reprirent leur progression. Alors qu'ils approchaient de la cuisine, Delaney tendit l'oreille. Et scruta les ténèbres. Pas un bruit ne lui parvint.

Où était son père ?

Et celui qui l'avait libéré ?

Delaney banda ses muscles, voulant être prête si Cash et elle tombaient nez à nez avec cet individu. Cela ne se produisit pas. Ils atteignirent la cuisine sans encombre.

Cash ouvrit le tiroir, farfouilla à l'intérieur et en tira une petite torche qu'il passa à Delaney, sans doute pour garder les mains libres au cas où il aurait besoin de faire feu.

— Allume-la, mais garde-la braquée sur le sol, conseilla-t-il.

Bonne idée. Peut-être réussiraient-ils à localiser le téléphone avant que quelqu'un d'autre le voie et s'en empare. Naturellement, il était possible que l'appareil ait déjà été subtilisé. Et que l'intrus attende juste le moment propice pour les abattre.

Les doigts tremblants, Delaney pressa l'interrupteur de la torche et l'alluma. La lumière se déversa sur le sol de la cuisine, révélant de petites taches sombres sur le carrelage blanc.

Du sang.

15

Cash regarda les traces et lâcha un juron. Les gouttes allaient de la cuisine à la porte de derrière.

Bon sang !

La situation venait encore d'empirer. Car il soupçonnait le sang d'appartenir au père de Delaney.

Les bruits indistincts qu'ils avaient entendus avaient dû être faits par quelqu'un qui « aidait » Gil à sortir de la maison. Peut-être ce dernier était-il complice. Peut-être pas. Mais, même s'il était blessé, cela ne voulait pas dire qu'il n'allait pas prêter main-forte à quelqu'un d'autre pour les tuer, Delaney et lui.

— Mon père, chuchota Delaney dans un souffle.

Cash perçut la panique dans sa voix et la retint d'un geste. Il ne voulait pas qu'elle se rue tête baissée dans le jardin, où elle risquait d'être abattue. Le tueur comptait peut-être précisément sur une telle action de sa part et pouvait avoir laissé les traces de sang dans ce but.

— J'ai besoin d'un téléphone, grommela-t-il.

Il devait appeler à l'aide. Voire une ambulance aussi, selon la gravité de la blessure subie par celui qui avait perdu du sang.

Il jeta un coup d'œil autour de lui dans l'obscurité, et ne vit personne. Il n'entendit personne non plus. Cela ne prouvait pas que la maison soit déserte. Quoi qu'il en soit, il était armé, et muni d'une torche qui pourrait l'aider à retrouver son téléphone.

Avec un peu de chance.

Il n'était pas impossible que Gil ou celui qui l'avait fait sortir ait emporté son appareil. Cela leur donnerait tout le loisir de faire ce qu'ils projetaient. À l'évidence, il ne s'agissait pas seulement de les tuer, sinon ce serait déjà chose faite.

À moins que...

À moins que le complice n'ait voulu mettre Gil à l'abri avant une éventuelle fusillade. De cette manière, le père de Delaney pourrait lui servir de bouclier, ou de bouc émissaire si nécessaire.

Une pensée dérangeante.

— Reste tout près de moi, dit-il à Delaney.

Visiblement secouée, elle hocha la tête et prit une inspiration tremblante. Cash éprouva une profonde bouffée de compassion à son égard. Il était si injuste qu'elle doive traverser cette nouvelle épreuve... C'était pire que lorsque Webb l'avait enlevée, parce que, cette fois, elle s'inquiétait au sujet de son père. Elle devait se demander s'il était en ce moment même en train de se vider de son sang.

Ou déjà mort.

Si Gil avait aidé à orchestrer ce plan visant à nuire à sa fille, il n'était peut-être plus d'aucune utilité à son complice. Et celui-ci savait pertinemment que la seule façon de garantir son silence était de l'éliminer. Si oui, pourquoi ne pas l'avoir fait ici même, dans le salon ? Pourquoi avoir tranché ses menottes et l'avoir fait sortir ?

Cash ne connaissait pas les réponses à ces questions, mais il espérait bien ne pas tarder à les découvrir.

Songeant que la maison était probablement surveillée, il éteignit la torche et entreprit de ramener Delaney vers le salon. Cependant, ils n'avaient fait que quelques pas lorsqu'il entendit un bruit qui l'arrêta net.

Le léger grincement de la porte d'entrée qui s'entrouvrait.

Il se plaça devant Delaney, mais selon un angle qui lui permettait de continuer à observer la porte du jardin. Il était possible que ce soit une ruse visant à détourner leur attention pendant que quelqu'un se faufilait à l'intérieur par-derrière.

Les pas qu'il entendait dans le salon étaient-ils ceux de Stoney ou d'un de ses autres employés ? Il n'osait pas prendre le risque de le savoir en appelant. S'il se trompait, il signerait leur arrêt de mort, à Delaney et à lui.

En silence, il incita Delaney à reculer un peu de façon qu'elle soit adossée au côté du réfrigérateur. Cela ne la mettait pas forcément à l'abri des balles, mais c'était mieux que rien. De plus, ils étaient maintenant assez proches de la porte du jardin pour tenter de s'enfuir le cas échéant.

Les pas s'immobilisèrent dans le salon, et Cash devina que le nouveau venu faisait comme lui. Il tendait l'oreille. Attendait, peut-être, que Delaney et lui se manifestent les premiers.

Cash raffermit sa prise sur son arme et visa de son mieux, mais au fond il n'avait aucune idée précise de l'endroit où se trouvait leur visiteur. Et il ne pouvait tirer à l'aveuglette, au cas où celui-ci serait un de ses employés. Par conséquent, il resta immobile, bien planté sur ses pieds, le cœur cognant dans sa poitrine et l'adrénaline déferlant dans ses veines. Le préparant à l'affrontement. Sauf que Cash ne voulait pas d'un affrontement, pas avec Delaney juste à côté de lui.

Non.

Il voulait mettre Delaney en sécurité avant d'éliminer ce tueur. La question était de savoir quand il serait en mesure de le faire.

Du coin de l'œil, il saisit un mouvement. Pas celui d'une personne qui marchait. Quelque chose d'autre. Et quelques secondes plus tard il comprit exactement ce que c'était. Le geste de quelqu'un qui essayait de les tuer.

Une balle se ficha dans le réfrigérateur, du côté opposé à celui où Delaney et lui se tenaient.

En un éclair, il se baissa et obligea Delaney à l'imiter, juste à temps. Une autre balle traversa les parois du réfrigérateur comme si c'était du papier, ressortit et alla se loger dans le mur de l'arrière-cuisine.

Cash brûlait de riposter. D'arrêter ce salaud. Seulement, pour faire feu, il devrait quitter son abri, et offrirait une cible facile. Et s'il était tué Delaney n'aurait aucune chance de s'en sortir.

Après un rapide débat intérieur, il conclut qu'il était trop risqué de rester là où ils étaient. Le tireur avait clairement une idée de l'endroit où ils se cachaient. Peut-être portait-il des lunettes de vision nocturne. Dans ce cas, il pourrait rester à son poste et continuer à faire feu jusqu'au moment où il toucherait l'un ou l'autre d'entre eux.

— Reste baissée, souffla-t-il à Delaney, espérant qu'elle l'entendait par-dessus le vacarme de la troisième détonation.

Il ne perdit pas de temps. Accroupis, ils gagnèrent la porte de derrière. Cash l'ouvrit doucement, jeta un coup d'œil au-dehors.

Et fit une prière.

Il ne voyait personne, mais bien sûr un second tireur pouvait aisément être embusqué là, en train de les guetter.

— À droite, ajouta-t-il.

Dès qu'ils furent sortis, il accéléra l'allure et les entraîna jusqu'à la balancelle. Celle-ci n'offrait qu'une piètre couverture, mais si le tueur les suivait Cash aurait une occasion de faire feu sur lui – et le clair de lune lui faciliterait la tâche. De plus, Delaney et lui pourraient se faufiler dans le jardin si la situation tournait au vinaigre.

Ce qui se produisit en effet, quand Cash remarqua d'autres

gouttes de sang sur la terrasse. Des gouttes qui menaient sur la pelouse.

À côté de lui, Delaney retint un cri, et l'angoisse envahit Cash. Pendant une seconde terrifiante, il crut que quelqu'un était sur le point de s'emparer d'elle. Ou pire. Qu'on s'apprêtait à tirer sur elle. Puis il suivit son regard et comprit.

Quelqu'un était étendu face contre l'herbe, à quelques mètres du hangar.

C'était un homme, et Cash était assez sûr qu'une tache de sang imprégnait sa chemise.

— Mon père, murmura-t-elle.

Tout en surveillant la porte de derrière, Cash se pencha légèrement pour mieux voir le blessé. Et son cœur se serra.

Ce n'était pas Gil.

C'était Stoney.

Un juron lui échappa. Son employé avait été neutralisé.

Cash se demanda soudain si le sang qu'ils avaient vu dans la cuisine et sur la terrasse pouvait être celui de Stoney. Ce dernier ne bougeait pas. Ayant perdu tout ce sang, il était peut-être déjà mort. Cash n'avait pas entendu de coup de feu à l'extérieur, mais le tireur avait pu utiliser un silencieux. D'ailleurs, il y avait quantité d'autres manières de tuer.

Stoney avait pu être poignardé.

Delaney retint un nouveau cri, en même temps que Cash saisissait un mouvement dans la cuisine. Son regard alla du jardin à la maison, fébrile. L'individu dans la cuisine était peut-être chargé de faire diversion pendant que le véritable tueur surgissait de l'ombre.

Il se reprocha amèrement de ne pas avoir attrapé un couteau dans le tiroir. S'il y avait pensé, Delaney aurait eu une arme en cas de lutte. Il ne pouvait que prier pour que les choses n'en viennent pas là.

Il braqua son arme sur la porte. Si un des suspects sortait, il serait prêt.

Le battant s'entrouvrit de quelques centimètres. Cash prit une brève inspiration et attendit, l'oreille aux aguets. Se préparant à tout faire pour protéger la vie de Delaney.

Une main surgit par l'ouverture et, en une fraction de seconde, jeta sur la terrasse un objet qui rebondit sur le plancher en bois et puis roula. Ce fut seulement quand il parvint plus près d'eux que Cash comprit ce que c'était.

— Une grenade !

Sans laisser à Delaney le temps de réagir, il enroula une main autour de sa taille et sauta à bas de la terrasse avec elle. Ils atterrirent lourdement sur les buissons de la rocaille. Cash releva Delaney aussitôt et ils prirent leurs jambes à leur cou.

Delaney n'avait fait qu'apercevoir la grenade qui avait été lancée sur la terrasse, mais cela avait suffi pour qu'elle comprenne que Cash et elle étaient en danger de mort.

Ils ne pouvaient pas rester et attendre d'être réduits en pièces, mais traverser le jardin en courant signifiait qu'ils risquaient d'être fauchés en terrain découvert.

Tant pis.

Ils coururent à toute allure. Cash y veilla. Gardant une main ferme sur son bras, il fonçait en direction de la grange. Ils l'avaient presque atteinte quand la déflagration déchira les airs.

Delaney chancela et risqua un regard en arrière. La terrasse avait été anéantie, et des fragments de planches et de rambarde jonchaient les alentours.

Cash la tira vers le côté de la grange et se posta dos à elle.

— Reste accroupie et ouvre l'œil. Si tu vois quelqu'un, dis-le-moi.

Delaney hocha la tête et, respirant à fond, jeta des regards méfiants autour d'eux, cherchant le misérable qui voulait leur mort. Elle ne vit personne. Enfin, personne d'autre que Stoney, toujours étendu face contre terre. Par chance, l'employé semblait avoir été épargné par les retombées de débris. En revanche, il n'avait pas bougé du tout, ce qui ne pouvait être bon signe.

Peut-être était-il déjà mort.

Delaney dut chasser cette possibilité de son esprit tant elle la bouleversait. Céder à l'hystérie ne résoudrait rien. Elle devait rester attentive, vigilante. C'était la seule manière de demeurer en vie.

Côté positif, la grenade avait causé un tel vacarme que les employés avaient dû alerter la police, voire une ambulance. Enfin, à supposer qu'ils aient pu téléphoner. Une terrible pensée venait de lui nouer la gorge. Si le tueur avait blessé ou éliminé Stoney, peut-être en avait-il fait autant avec les autres cow-boys.

L'horreur la submergea.

Il y avait trois autres employés quelque part sur la propriété. Peut-être dans le dortoir. Ils avaient monté la garde et patrouillé sur les terres, mais cela ne signifiait pas qu'ils n'avaient pas été pris par surprise un par un.

Son père avait-il fait une chose pareille ?

Delaney se refusait encore à croire qu'il ait été complice de cette attaque, mais elle devait accepter qu'il ait pu aider à l'organiser. Peut-être sans se rendre compte des intentions du tueur. Peut-être son père avait-il deviné qu'elle était la cible visée et avait-il tenté de résister. Cela expliquerait les gouttes de sang.

Ou bien s'accrochait-elle à des chimères ?

Quoi qu'il en soit, il fallait qu'elle trouve son père et qu'elle découvre s'il était à l'origine de ce qui se passait. Et pour obtenir des réponses il fallait qu'elle le trouve vivant.

Elle songea aux traces de sang dans la cuisine et sur la terrasse. Il n'y en avait pas beaucoup, par conséquent il était peu probable que la blessure ait mis ses jours en danger. Par ailleurs, ce n'était peut-être pas le sang de Gil. Cette éventualité lui tordait l'estomac, mais comment ne pas envisager que son père ait pu être l'agresseur et non la victime ?

Une seconde déflagration tonna dans le silence, et Delaney aurait juré que le sol tremblait sous elle. Cette fois, elle n'osa pas regarder en arrière pour voir les dégâts que l'explosion avait causés. Elle garda son attention focalisée sur l'extrémité de la grange et le pré qui s'étendait au-delà.

Et elle le vit.

Un mouvement sur le sol, tout au bout de la grange. Elle fixa son regard sur le point en question et envisagea d'avertir Cash. Mais peut-être n'était-ce rien. Delaney ne voulait pas détourner son attention de la maison, d'autant que les grenades avaient été lancées de l'intérieur. Leur ennemi pouvait se trouver encore là, tout comme il était possible qu'il soit déjà sorti des lieux par la porte d'entrée. Dans ce cas, Cash le verrait s'il contournait la maison pour venir achever ce qu'il avait commencé.

Delaney saisit un nouveau mouvement à côté de la grange, et entendit quelque chose. On aurait dit un geignement. Le genre de plainte émis par quelqu'un qui souffrait.

— Il y a quelqu'un là-bas, souffla-t-elle.

Cash pivota aussitôt, la plaquant au mur afin de lui faire un bouclier de son corps. Delaney ne voulait pas qu'il fasse cela. Elle ne voulait pas qu'il s'expose au danger pour la protéger, mais le moment était mal choisi pour lui avouer qu'elle ne pouvait pas supporter l'idée de le perdre.

Jamais.

Un autre gémissement se fit entendre, plus distinct que le premier, et Delaney discerna d'autres mouvements. Les ombres l'empêchaient de distinguer clairement la scène, mais elle soupçonnait qu'il y avait une seconde personne. Peut-être un des employés.

Ou son père.

Elle se força à rester immobile, à réprimer l'instinct qui la poussait à aller voir si c'était lui. S'il était sain et sauf.

C'était peut-être un piège.

Tous les muscles de son corps se raidirent alors qu'elle y songeait, et elle retint son souffle si longtemps que ses poumons commencèrent à lui faire mal. Cash n'avait pas bougé, il continuait à la protéger tout en scrutant tour à tour la maison et le bout de la grange, où le blessé continuait à gémir.

Delaney regarda droit devant elle. Le hangar. Stoney. Le bouquet d'arbres qui longeait le pré. Il ne faisait pas assez clair pour qu'elle voie si quelqu'un rôdait sous ces arbres, mais ce serait un poste idéal pour un tireur embusqué. Cependant, peut-être n'y avait-il aucunement besoin d'un tireur si celui qui avait lancé les grenades s'approchait suffisamment d'eux pour en jeter une autre.

— Je vais essayer d'atteindre le dortoir, chuchota Cash.

C'était logique, car même si les employés avaient été neutralisés il aurait accès à un téléphone. Ou à d'autres armes qu'ils pourraient utiliser pour se défendre. Cependant, le dortoir était situé derrière la grange, et il y avait quantité d'endroits où ils risquaient d'être attaqués en route.

Enfin, rester là n'était sans doute pas une option. Une autre grenade pouvait atterrir près d'eux à tout moment.

— Reste baissée et regarde autour de toi, ajouta-t-il. Je m'occuperai du reste.

Delaney réfléchit un instant, se demandant ce qui allait se passer. Y aurait-il une fusillade ? Soudain, un nouveau bruit s'éleva, et un frisson glacé lui parcourut l'échine.

Des chiens grondaient.

16

Cash avait prié pour que la situation n'empire pas. Mais les grondements menaçants des chiens signifiaient que Delaney et lui devaient s'enfuir, et vite.

Sauf erreur de sa part, ces chiens étaient ceux de Ramone. Peut-être les dobermans s'étaient-ils échappés de nouveau, mais Cash soupçonnait une réalité plus sinistre. Ramone avait pu les lâcher pour terminer ce qu'il avait commencé en lançant ces grenades sur eux.

— Allons-y, fit-il d'une voix pressante en aidant Delaney à se relever.

Elle faisait déjà mine de se diriger vers l'extrémité de la grange, dans la direction opposée à celle des chiens, mais droit vers l'individu étendu sur le sol. Ils pourraient entrer dans la grange par les portes situées à l'arrière, mais avant tout Cash devrait régler le problème de l'homme. Si ce n'était pas un de ses employés, c'était peut-être un complice de celui qui essayait de les tuer.

Derrière eux, les chiens gagnaient du terrain. Il était évident qu'ils allaient attaquer. Un instant, Cash hésita. Devait-il rester où il était et essayer de les forcer à reculer ? L'ennui, c'était que, pendant qu'il repoussait les dobermans, leur ennemi pourrait aisément les abattre, Delaney et lui. En fait, la présence des chiens était peut-être justement une ruse qui visait à faciliter cet objectif.

Cash continua à courir jusqu'à ce qu'ils atteignent l'homme, qui essayait maintenant de s'asseoir. Ce n'était pas un de ses employés.

C'était Gil.

Le père de Delaney gémissait toujours. Il avait une entaille sur le crâne, comme si quelqu'un avait essayé de l'assommer. La blessure semblait réelle. Semblait. Malgré tout, Cash ne pouvait s'empêcher de se demander si c'était une feinte, un rouage de plus dans l'épouvantable plan qu'un triste individu avait mis en branle.

— Nous ne pouvons pas le laisser ici, argua Delaney, qui tendait déjà la main vers son père.

Non, en effet, mais cela ne signifiait pas que Cash doive lui faire confiance. C'était à cause de Gil qu'il n'avait plus son téléphone et qu'il ne pouvait appeler à l'aide.

À regret, il lâcha Delaney pour aider Gil à se remettre debout.

— Si vous essayez de faire du mal à Delaney, avertit-il, je vous tue. C'est compris ?

Gil marmonna quelque chose que Cash ne prit pas le temps de saisir. Tout en scrutant les alentours, il ouvrit la porte de la grange à la volée et poussa Gil à l'intérieur.

Au moment où les chiens les atteignaient.

Cash fit feu par-dessus la tête des molosses, qui s'immobilisèrent juste assez longtemps pour lui donner le temps de s'engouffrer dans le bâtiment avec Delaney. Ensemble, ils claquèrent les portes sur eux.

Les chiens continuèrent à aboyer et à gronder devant elles. Cash mit la barre de sécurité en place et pivota aussitôt, redoutant que Gil ne tente de les attaquer. La seule lumière dans la grange provenait d'un tue-mouches électrique, mais elle était suffisante pour qu'il voie le père de Delaney. Encore étendu sur le sol, celui-ci ne faisait pas mine de se relever.

Bien. Quoique soulagé, Cash attrapa une pelote de ficelle et s'en servit pour lui ligoter les poignets. Les liens ne seraient guère solides, et ne l'empêcheraient pas d'essayer de s'enfuir, mais au moins Gil ne pourrait pas essayer de les assommer.

— Vous êtes de mèche avec Ramone ? demanda Cash d'une voix brusque. Vous avez organisé tout ça tous les deux ?

Gil gémit de nouveau et secoua la tête.

— Organisé quoi ? Qu'est-ce qui se passe ?

Cash aurait donné cher pour le savoir, mais ce n'était pas le moment de jouer aux devinettes avec Gil. Il devait prendre des précautions, et cela sans perdre de temps.

— Par ici, dit-il, s'adressant à Delaney.

Il lui prit la main et la guida derrière un tas de bottes de paille. Ce n'était pas un abri très efficace, mais c'était mieux que rien.

— Au cas où il y aurait une autre grenade.

Même dans la semi-pénombre, Cash décelait la terreur dans les yeux de Delaney. Il maudit cette terreur.

Il se maudit, lui, de ne pas avoir su la garder en sécurité.

Comme il s'apprêtait à retourner vers Gil, Delaney le retint d'un geste.

— Tu devrais rester à l'abri, lui fit-elle remarquer.

Puis son regard s'arrêta sur son père.

— Et lui aussi. Il peut nous dire qui essaye de nous tuer.

Sans doute, encore que, à ce stade, avoir un nom était moins important que d'arrêter l'individu en question. Malgré tout, Cash tira Gil à l'écart des portes. Il l'installa néanmoins à distance respectable de Delaney.

— Cash ?

C'était la voix de Ramone.

Cash en était sûr. Il ne répondit pas, et fit signe à Delaney de rester silencieuse. Bien sûr, il était possible que Ramone sache déjà qu'ils se trouvaient dans la grange, mais si ce n'était pas le cas Cash n'allait pas lui faciliter la tâche.

— Cash ? appela Ramone de nouveau. Delaney ? Ça va ? Qu'est-ce qui s'est passé, bon sang ?

Les chiens cessèrent de gronder, et Cash les entendit s'éloigner. Sans doute retournaient-ils à leur propriétaire.

— Pick-up, ordonna Ramone.

Il rappelait les chiens, songea Cash, soulagé. Mais pourquoi, s'il les avait lâchés contre eux un instant plus tôt ?

Cela faisait-il partie d'une ruse pour les attirer hors de la grange ?

L'arme au poing, Cash reporta son attention sur les portes et attendit.

— Cash, j'ai reçu un appel d'un de vos employés, cria Ramone. Il ne m'a pas donné son nom, mais il a dit que mes chiens étaient ici et que je devais venir les chercher tout de suite. Je suis vraiment désolé. Je ne sais pas comment ils ont pu sortir.

Il marqua une pause.

— Vous deux, ça va ? Il y a eu une explosion dans votre cuisine ?

L'inquiétude de Ramone semblait sincère, mais Cash garda le silence.

— J'appelle les secours, annonça-t-il, avant de lâcher un juron. Bon sang, un de vos employés est à terre.

Il y eut un bruit de pas précipités, et Cash serra les dents. Ramone était-il le tueur ? Allait-il achever Stoney ? Cash ne pouvait rester les bras ballants.

Il attrapa une fourche et la tendit à Delaney.

— Sers-t'en si besoin est.

Bien entendu, ses paroles ne firent que la terrifier davantage, mais elle hocha la tête, agrippant l'outil comme une arme. Elle semblait prête à les défendre tous les deux au cas où.

Cash se hâta d'entrouvrir une des portes et se pencha suffisamment au-dehors pour braquer son pistolet sur Ramone.

— Plus un geste, avertit-il.

Ramone fit volte-face et dut voir l'arme, car il émit un juron et leva aussitôt les mains en l'air. Il avait son téléphone dans sa paume droite, mais la gauche était vide. Aucun signe d'un pistolet. À moins qu'il ne soit dissimulé à l'arrière de sa taille ?

— Je ne sais pas ce que vous imaginez, grommela Ramone. La seule raison pour laquelle je suis ici, c'est pour récupérer mes chiens. Je suis sûr que quelqu'un les a fait sortir exprès de leur enclos.

— Qui aurait pu faire ça ? riposta Cash.

— Je ne sais pas.

Ramone indiqua la maison d'un signe de tête.

— Mais je devine que c'est le même individu qui a détruit votre terrasse, reprit-il.

Un pli se forma sur son front.

— Vous allez bien, Delaney et vous ?

Cash ignora sa question.

— Vous avez appelé les secours ?

— Pas encore. Vous voulez que je le fasse maintenant ?

— Si vous me passez votre téléphone, je le ferai moi-même, suggéra Cash.

De cette manière, il serait sûr que l'appel serait bien réel, et non une ruse de la part de Ramone visant à lui faire croire que des renforts étaient en route.

— Si vous voulez.

La prudence s'entendait dans la voix de Ramone.

La main gauche toujours en l'air, il s'avança lentement. Cash n'avait aucune intention de le laisser s'approcher trop près. Dès que Ramone serait à deux mètres de lui, il lui dirait de lui lancer l'appareil.

Quoique résolu à se focaliser sur Ramone, Cash jeta un bref coup d'œil vers la grange pour s'assurer que Delaney n'avait pas de problème. Il fut rassuré. Pour le moment, tout au moins. Elle tenait fermement la fourche et Gil n'avait pas bougé de l'endroit où Cash l'avait laissé.

Ramone s'avançait toujours vers lui quand Cash entendit un frottement dans l'air. Pas un coup de feu tiré à l'aide d'un silencieux. Non. Le bruit était plus net.

Et Cash comprit très vite à quoi il avait affaire.

Quelqu'un avait lancé une nouvelle grenade.

Qui atterrit aux pieds de Ramone.

Dès l'instant où elle avait entendu la voix de Ramone, Delaney avait soupçonné que de nouveaux ennuis menaçaient.

Apparemment, elle ne s'était pas trompée.

— Qu'est-ce que… ? s'étrangla Ramone.

Une fraction de seconde plus tard, Cash s'engouffrait à l'intérieur de la grange, immédiatement imité par Ramone, sans que Cash tente un geste pour l'en empêcher. Les deux hommes s'empressèrent de refermer la porte et se remirent à courir vers le côté où elle se trouvait. Ils plongèrent derrière les bottes de foin, Cash se plaçant entre Ramone et elle.

Avant d'avoir pu demander ce qui se passait, Delaney entendit la troisième explosion. Plus violente que les précédentes, celle-ci ébranla les murs de la grange, et provoqua une pluie de poussière et de brins de paille.

— Il joue avec nous, rugit Cash.

Il jeta un rapide coup d'œil vers Delaney pour s'assurer qu'elle était indemne, puis reporta son attention sur Ramone.

— Avez-vous joué un rôle dans tout ça ? demanda-t-il froidement.

— Qu'est-ce qui se passe ici, bon sang ? répliqua Ramone.

Delaney ne parvenait pas à distinguer ses traits, mais il était clair qu'il était choqué, et effrayé.

— C'était vraiment une grenade ?

— Oui, répondit Cash. Et si vous avez aidé à organiser cette attaque, je vous jure que vous le payerez cher.

— Organiser cette attaque ? répéta Ramone sur un ton de défi. J'ai failli être tué, et ce n'est pas moi qui me suis lancé une grenade à la tête ! Elle a atterri à mes pieds. Si elle avait explosé deux secondes plus tôt, je serais un homme mort.

Cash ne le contredit pas, et Delaney imagina la scène qui s'était déroulée devant la grange. Ramone avait rappelé ses chiens mais, pendant qu'il parlait à Cash, quelqu'un avait lancé une grenade sur lui.

Pas son père. Pas Ramone lui-même.

Cela ne laissait qu'un seul individu sur leur liste de suspects.

Byers.

— Il voulait qu'on soit tous ici, marmonna Cash comme s'il s'adressait à lui-même. Appelez les secours, ajouta-t-il à l'intention de Ramone. Demandez des renforts.

Elle entendit Ramone pianoter sur son téléphone, puis résumer la situation et relayer les instructions de Cash. Il ne faudrait pas longtemps aux adjoints pour venir, mais si leur adversaire avait encore des grenades il pourrait en lancer une sur la grange. Et Delaney doutait que le bâtiment soit assez solide pour résister à une explosion.

— Il faut qu'on sorte d'ici, reprit Cash. Il veut nous tuer tous.

— Il ? répéta Ramone, perplexe.

Cash n'eut pas le temps de répondre. Une voix s'était élevée au-dehors.

— Je parie que vous êtes en train de vous étriper à l'heure qu'il est, ironisa l'homme. Je vais vous donner une minute ou deux, histoire de voir si vous vous entretuez tout seuls.

Byers. C'était lui, en effet. C'était lui qui avait essayé de les tuer, Cash et elle.

La prise de conscience fit à Delaney l'effet d'un coup de poing dans le ventre. C'était elle qui avait invité Byers dans leur vie en l'engageant. Bien sûr, elle n'avait jamais imaginé la suite, mais...

Elle se secoua. Inutile de s'accabler de reproches maintenant. Elle songea à la série d'incidents dont elle avait été victime. Toutes les pièces s'emboîtaient comme dans un puzzle.

— Byers a tout planifié, murmura-t-elle.

— Oui, acquiesça Cash. Et nous devons sortir d'ici. Parce que je parie qu'il a une autre grenade.

— Byers ? répéta Ramone, interloqué. Pourquoi diable ferait-il une chose pareille ?

Delaney répondit, parlant délibérément assez fort pour que Byers l'entende :

— Il veut me tuer parce qu'il pense que j'ai épargné une condamnation plus lourde à votre frère.

— Webb aurait dû écoper de la peine de mort, rugit Byers, confirmant qu'il avait suivi la conversation. Au lieu de quoi il a reçu une tape sur les doigts.

Vingt ans de réclusion n'étaient pas à proprement parler une tape sur les doigts, mais Byers n'était pas prêt à entendre raison. Il ne voudrait pas davantage accepter qu'il n'y ait pas eu de preuves de préméditation de la part de Webb.

— C'est un jury qui en a décidé, lui fit remarquer Cash.

— Un jury qui n'a entendu que ce que Delaney voulait qu'il entende, riposta Byers. Et ne venez pas me dire qu'elle ne faisait que son travail. Elle a veillé à ce qu'un tueur puisse sortir de prison, libre d'assassiner de nouveau. Dommage qu'il n'y soit pas arrivé quand il s'est évadé ! ajouta-t-il.

Il s'en était fallu de peu, songea Delaney. Mais Byers aussi avait été à deux doigts de réussir.

— C'est vous qui avez mis cette bombe chez moi ? demanda-t-elle, presque sûre de la réponse. Et qui m'avez laissé ce message de menace ?

Il ne répondit pas, mais son silence en disait long. Savait-il que Gil était venu plus tôt et avait-il voulu donner l'impression que c'était son père qui avait provoqué l'explosion ? Cela aurait été logique.

Et peut-être était-ce aussi ce qu'il tentait de faire ce soir.

— Byers veut faire de mon père un bouc émissaire, murmura-t-elle.

Cash émit un grognement d'assentiment.

— Il va sans doute essayer de faire croire à un meurtre doublé d'un suicide. Quand nous aurons été réduits en pièces, il fera en sorte de suggérer que Gil était ivre et qu'il a perdu la tête. Je parie qu'il a une lettre toute prête pour expliquer ses actes.

Delaney n'en doutait pas. Byers avait aisément pu profiter de l'ivresse de son père pour le manipuler, et lui faire rédiger une confession imaginaire.

— Il faut qu'on sorte d'ici, répéta Cash.

Tout en surveillant Ramone du coin de l'œil, il s'approcha de Gil et l'aida à se relever. Ce dernier tenait à peine debout, si bien que Delaney vint le soutenir aussi. Ensemble, ils se dirigèrent vers la porte arrière de la grange.

— Une minute, intervint Ramone d'une voix incertaine. Qu'est-ce qui empêche ce salaud de nous tirer comme des lapins au moment où nous allons sortir ?

— Rien, répondit Cash sans hésiter. Mais je suis prêt à parier que cette grange est sur le point de sauter.

Il souleva le loquet, entrouvrant la porte.

— Aidez Delaney à soutenir Gil, ordonna-t-il à Ramone. Et souvenez-vous : si vous nous trahissez, vous êtes un homme mort.

— Je suis de votre côté, assura Ramone en se hâtant d'épauler Delaney. Mais je ne suis pas sûr que ceci soit une bonne idée.

— Ce n'est pas une bonne idée, admit Cash, mais nous n'avons guère le choix. À moins de pouvoir nous éloigner de Byers et de ses grenades, nous allons soit mourir dans une explosion, soit être abattus.

Il se figea soudain et focalisa son regard sur Ramone.

— Pouvez-vous rappeler les chiens ? Il faudrait qu'ils attaquent Byers, et pas mon employé qui est inconscient par terre.

Ramone acquiesça.

— Ils iront sur Byers, parce qu'il bouge.

Delaney pria pour que ce soit vrai. S'il se trompait, Stoney risquait d'être déchiqueté.

Cash hésita, visiblement partagé, mais finit par hocher la tête.

— Faites-le, Ramone. Rappelez les chiens.

Ils s'approchèrent de la porte, et Ramone émit un sifflement perçant. Quelques secondes plus tard, Delaney perçut les aboiements des molosses.

— Ils vont attaquer Byers sans que vous leur en donniez l'ordre ? s'enquit Cash.

— C'est possible, je n'en suis pas sûr. J'ai acheté les dobermans à quelqu'un qui les avait recueillis. Ils ont besoin d'être dressés correctement, c'est pourquoi je les garde dans un enclos pour le moment.

Certes, ils avaient besoin d'être dressés, mais peut-être pourraient-ils détourner l'attention de Byers assez longtemps pour leur permettre de s'enfuir. Delaney espérait seulement que Byers n'allait pas tirer sur les chiens. Elle avait beau avoir peur d'eux, elle ne voulait pas qu'ils souffrent ou qu'ils meurent.

Elle tendit l'oreille, mais ne perçut que les aboiements frénétiques des chiens. Et son propre pouls qui tambourinait à ses tempes.

Cash ouvrit la porte plus grand et se faufila au-dehors, balayant les environs d'un regard perçant.

— Delaney, prends la fourche.

Ramone changea de position, soutenant davantage son père pour qu'elle puisse porter l'outil. Elle espéra avec ferveur ne pas avoir à s'en servir, mais elle le ferait si nécessaire.

— Courez vers ce gros chêne, ordonna Cash, indiquant l'arbre d'un geste. Mettez-vous derrière, allongez-vous par terre et couvrez-vous la tête.

Distant d'une vingtaine de mètres, l'arbre offrait la couverture la plus proche. Certes, cela donnait à Byers le temps de les abattre, mais à en juger par les bruits qui leur parvenaient ce dernier essayait de repousser la meute.

Delaney planta son regard dans celui de Cash.

— Et toi ?

— Je serai juste derrière vous, assura-t-il, avant de se pencher pour déposer un baiser rapide sur ses lèvres.

Elle aurait voulu le faire jurer de ne pas prendre de risques inutiles, mais à ce stade les mots n'étaient pas nécessaires.

— Rappelez vos chiens, hurla Byers, proférant un juron. Rappelez-les, sinon je les tue !

Cash l'ignora, et fit signe aux autres de sortir. Comme Ramone hésitait, Delaney se servit de sa main libre pour aider son père à avancer.

— Byers, marmonna-t-il. Il va essayer de te tuer.

Delaney en était certaine. Malgré tout, elle continua à marcher et, dès le seuil de la grange franchi, ils se mirent à courir tant bien que mal.

Chaque pas semblait prendre une éternité, mais elle se focalisa sur l'arbre. Et garda un œil sur Ramone aussi.

Cependant, ses pensées étaient avec Cash.

Il fallait qu'ils sortent de là vivants. Il le fallait.

L'air nocturne était lourd et humide. Suffocant. Et la fumée âcre dégagée par l'explosion de la terrasse lui coupait le souffle. Delaney s'efforça pourtant de remplir ses poumons et se hâta vers le chêne. Ils étaient encore à quelques mètres quand toutes ses craintes se réalisèrent.

La grange explosa.

La déflagration déchira la nuit et le souffle de l'explosion les propulsa en avant, les projetant à terre et arrachant à Delaney la fourche qu'elle tenait à la main. Elle atterrit brutalement, la tête contre une pierre.

Un vertige la saisit, le monde se mit à tournoyer autour d'elle et sa vision se brouilla. Elle était comme paralysée, mais tout en elle hurlait un seul nom.

Cash.

Il fallait qu'elle trouve Cash. Qu'elle sache qu'il était sain et sauf.

Elle prit appui sur ses mains et tenta de se redresser, en vain. Un gémissement lui échappa. L'instant d'après, quelqu'un la soulevait. Son regard rencontra celui de Cash.

Il était vivant.

Vivant mais blessé. Une entaille lui barrait le front, et du sang coulait sur le côté de son visage. Cependant, cela ne l'empêcha pas de courir avec elle jusqu'au chêne. Il la déposa derrière le tronc et repartit aussitôt. Delaney voulut le retenir, le ramener à l'abri, mais il se dégagea.

Elle cilla furieusement, s'efforçant de refouler le vertige et de concentrer sa vision, et finit par voir ce que Cash faisait. Il traînait son père jusqu'à l'arbre.

Il était retourné le sauver.

Ramone arrivait en boitillant derrière eux. La grange n'était plus qu'une ruine fumante.

— Les chiens ont disparu, marmonna Ramone en se laissant tomber à côté de son père. J'espère qu'ils ont réussi à se sauver.

Elle aussi. Malheureusement, il était possible qu'ils aient été blessés lors de l'explosion. Encore que, s'ils étaient autour de Byers, celui-ci avait dû faire en sorte de demeurer à bonne distance.

Où était le détective maintenant ?

La réponse ne tarda pas à venir. Byers apparut à travers la fumée. Au clair de lune, Delaney vit qu'il tenait un pistolet dans la main droite et une grenade dans la gauche. S'il la dégoupillait, elle exploserait en quelques secondes.

— Si vous tirez sur moi, avertit-il, j'aurai juste le temps de la lancer sur vous. Vous mourrez tous autant que vous êtes.

C'était la vérité, songea Delaney. Mais de toute manière elle savait en son for intérieur qu'il n'avait aucune intention de leur laisser la vie sauve.

Une fumée noire enveloppait Byers. Seul son visage s'en détachait, illuminé par un rayon de lune laiteux. Le visage d'un dément, défiguré par la soif de vengeance. Il ressemblait à un démon.

— Vous vouliez que mon père soit rendu responsable de tout cela.

— Oui, admit Byers d'un ton indifférent, avant de lâcher un juron en entendant les sirènes approcher.

Il étrécit les yeux.

— Il le sera. Mais Cash et vous pouvez le sauver si vous vous rendez. Si vous me laissez en finir.

Autrement dit, la tuer.

Si Delaney avait imaginé une seconde que Byers pourrait être satisfait par sa seule mort, elle aurait peut-être envisagé d'accepter, mais elle savait pertinemment qu'il ne voudrait pas laisser de témoins derrière lui.

Surtout pas un shérif.

Non. Dès l'instant où elle se montrerait, il lancerait la grenade et les tuerait tous.

— Tu n'y vas pas, dit Cash.

Son regard se souda au sien de nouveau. Les muscles de sa mâchoire étaient durcis. Sa bouche grimaçait. Mais ce qu'elle voyait par-dessus tout, c'était sa détermination farouche à la protéger.

Seulement, Byers avait toujours une grenade à la main.

— J'ai quelque chose à faire avant que mes adjoints approchent, reprit-il. Baissez-vous et couvrez-vous la tête de nouveau. Je vais abattre Byers.

— Tu seras à découvert, objecta-t-elle.

Cash l'embrassa.

— Tout ira bien. Promis.

Elle était sur le point de lui faire remarquer qu'il ne pouvait le lui garantir quand un grondement s'éleva. Elle pivota et vit un des dobermans s'élancer à travers le rideau de fumée. La mâchoire puissante de l'animal se referma sur le bras de Byers.

Ce dernier jura et se tortilla pour se dégager, levant son arme et, d'un même mouvement, dégoupillant la grenade.

Il la lança vers eux.

— À terre ! hurla Cash.

Mais il ne se baissa pas. Il resta debout, visa.

Et fit feu.

17

Byers s'effondra aussitôt. Cash n'attendit pas de savoir s'il l'avait tué, car chaque seconde comptait s'il voulait survivre à l'explosion.

— Cash !

La voix de Delaney. Cash espéra qu'elle ne s'était pas mise à courir vers lui, mais il n'eut pas le temps de lui dire de rester où elle était ou de se baisser.

La grenade explosa.

La déflagration le percuta avec la violence d'un ouragan. Il se couvrit la tête des bras et attendit, impuissant, que les débris aient fini de voler autour de lui.

Delaney cria son nom de nouveau, et il comprit avec consternation qu'elle était plus proche de lui qu'elle ne l'avait été quelques secondes plus tôt. Pourquoi n'était-elle pas demeurée derrière l'arbre, à l'abri des fragments enflammés qui fonçaient sur lui tels des missiles ?

Tout en se protégeant la tête, Cash roula sur lui-même pour la voir. Elle n'était pas derrière le chêne, mais à côté, et, à en juger par l'expression horrifiée sur ses traits, elle pensait qu'il avait été blessé. Était-ce le cas ? Tant d'adrénaline déferlait dans ses veines qu'il n'aurait su le dire.

— Ne bouge pas, cria-t-il en retour. Reste baissée.

Il se retourna, voulant s'assurer que Byers ne s'approchait

pas. Cependant, il était difficile de voir quoi que ce soit à cause du mur de fumée et de poussière causé par l'explosion.

Les sirènes hurlaient non loin d'eux. Ses adjoints, sans doute, ainsi qu'une ambulance et une voiture de pompiers. Ils avaient besoin d'eux tous, mais Cash ne voulait pas qu'un des secouristes soit blessé ou tué, ce qui risquait d'arriver si Byers était encore en vie et tentait de s'échapper.

Quand la pluie de débris s'apaisa enfin, les chiens se remirent à aboyer et à gronder, et Ramone émit un sifflement sonore.

— Pick-up, ordonna-t-il.

Les dobermans durent obéir, car Cash les entendit s'éloigner.

— Tu es blessé ! s'écria Delaney d'une voix tremblante.

— Non, je n'ai rien.

Afin de prouver ses dires, il se força à s'asseoir et fixa l'endroit où il avait vu Byers pour la dernière fois, mais ce dernier avait disparu.

Grimaçant, il se remit debout et scruta les environs. À l'affût de tout signe avant-coureur d'une nouvelle attaque. Mais comment savoir d'où celle-ci pourrait venir, alors que sa propriété ressemblait à une zone de guerre ?

Des débris en tous genres jonchaient le sol. La grange s'était effondrée, et planches et solives avaient été projetées à perte de vue. Un cratère s'était formé à l'emplacement où la dernière grenade avait atterri. Cash soupçonna que l'arrière de sa maison n'était guère mieux loti. À vrai dire, peut-être ne restait-il que peu de chose de son foyer.

Côté positif, ils étaient tous en vie et il n'y avait pas eu de bétail dans la grange. Aucun des chiens ne semblait avoir été blessé.

Mais cela ne signifiait pas qu'ils étaient hors de danger.

— Ramone, rappelez les secours. Dites-leur d'attendre au bout de l'allée. Je ne veux pas qu'ils s'approchent avant d'être sûr qu'il n'y a plus de danger.

Cash avait l'intention d'aller traquer ledit danger. Byers. Il voulait aussi aller voir si Stoney et ses autres employés avaient besoin d'aide.

S'ils étaient en vie.

Cependant, avant tout, il avait besoin de s'assurer que Delaney n'allait pas s'éloigner.

— Reste ici pour l'instant, lui rappela-t-il.

L'arme au poing, il se dirigea vers l'endroit où Byers se tenait lorsqu'il l'avait visé. Il n'y avait pas de chemin direct pour s'y rendre : il dut zigzaguer entre les débris et contourner le cratère creusé par l'explosion.

Enfin, il vit Byers.

La main de Cash demeura sur son arme, mais il était sûr d'une chose. Byers était en train de mourir. Il était étendu sur le dos, les bras en croix, le devant de sa chemise couvert de sang.

Byers gémit et marmonna une obscénité.

— Vous avez peut-être gagné, mais Delaney a quand même payé un peu. Pas assez, mais un peu.

Cet homme se trompait. Delaney avait chèrement payé. Et pourquoi ?

— Pourquoi avez-vous fait tout cela ? Pour vous venger parce que Webb n'avait pas été assez lourdement condamné ?

— On n'a fait que lui taper sur les doigts, cracha Byers. J'aurais lâché l'affaire, mais il s'est évadé. C'était un homme libre, et cela ne serait pas arrivé s'il avait eu la condamnation qu'il méritait et avait été envoyé dans une prison plus stricte.

Cash aurait pu lui faire remarquer que Delaney n'était pour rien dans tout cela, mais il ne prit pas la peine de répondre. Byers bouillonnait toujours de rage.

— Après son évasion, j'ai voulu que Delaney paye, et qu'elle paye cher, reprit-il, d'une voix empreinte de venin. Je voulais que tout le monde pense qu'elle avait perdu la tête, qu'elle délirait. Alors, elle aurait été une cible facile pour Webb. Il l'aurait tuée, mais il se serait vengé d'abord.

C'était la vérité, et Cash était reconnaissant que l'un et l'autre des deux hommes aient échoué. Il fut reconnaissant aussi lorsque Byers lâcha son dernier souffle. Quelques secondes plus tard, les yeux sans vie de ce dernier fixaient le ciel nocturne.

Il y avait eu une victime, après tout. Un mort.

Que Cash ne regrettait guère.

Aucune grenade n'était visible, mais il était possible que Byers en ait sur lui, si bien que Cash jugea préférable de ne pas s'approcher de lui. Quand ses adjoints arriveraient, il leur demanderait de contacter l'équipe de déminage. Il ne servait à rien de courir des risques inutiles.

Une plainte lui fit lever les yeux. Stoney s'était redressé et se massait la nuque.

— Ça va ? cria Cash.

Stoney plissa les yeux contre la fumée et hocha faiblement la tête.

— Oui. Quelqu'un m'a assommé avec un pistolet paralysant.

Byers, sans aucun doute. Cash espéra qu'il avait fait de même avec ses autres employés. Être paralysé n'avait rien de plaisant, mais c'était préférable à être abattu. Peut-être Byers avait-il eu recours au pistolet électrique parce que des coups de feu, même tirés à l'aide d'un silencieux, auraient pu donner l'alerte. De cette manière, il avait pu prendre ses hommes par surprise et les désarmer rapidement.

— Reste là encore un moment, conseilla Cash.

Il ne voulait pas que Stoney trébuche sur des débris ou, pire, sur une grenade. De plus, Stoney devait être examiné par un secouriste au cas où il se serait blessé en tombant.

Cash pivota et retourna vers le chêne. Il tenta de ne pas boiter pour ne pas alarmer Delaney, mais ses efforts furent vains. Son genou l'élançait douloureusement.

Il s'en moquait éperdument.

L'important était que Delaney soit saine et sauve.

Elle ne saignait pas et il ne décelait ni hématomes ni autres blessures sur elle. Cela tenait du miracle, compte tenu de la pluie de projectiles qu'ils avaient essuyée. De toute façon, Cash veillerait à ce qu'elle soit examinée avec soin aussi, d'autant plus qu'elle s'était cogné la tête lors de sa chute.

— Byers est mort, annonça-t-il.

— Mort, répéta-t-elle.

Le soulagement filtrait dans sa voix. Cash la prit dans ses bras. Il avait besoin de ce contact, besoin de savoir qu'elle était vraiment indemne.

Toutefois, ce besoin ne le rendait pas aveugle à d'autres menaces éventuelles émanant de Gil ou de Ramone. Mais il comprit d'un seul coup d'œil que ni l'un ni l'autre ne nourrissaient de mauvaises intentions.

Gil était assis dos au tronc d'arbre, l'air sonné. *Idem* pour Ramone. Ses mains tremblaient sur son téléphone tandis qu'il s'entretenait avec le standardiste du 911.

— Vous pouvez dire aux secouristes de venir, lança Cash. Mais qu'ils soient prudents, car il y a peut-être d'autres grenades.

Ramone se hâta de relayer l'information à l'opérateur.

— Tu n'es pas gravement blessé ? s'inquiéta Delaney, s'adressant à Cash.

— Non, juste un peu contusionné. Rien de sérieux, assura-t-il.

Il se pencha et l'embrassa. Il en avait besoin aussi, comme il avait eu besoin de la serrer contre lui. Il avait failli la perdre ce soir-là, et sa vie entière ne suffirait pas pour lui faire oublier qu'elle avait été à deux doigts d'être tuée par un dément assoiffé de vengeance.

Les lèvres de Delaney étaient mouillées, et il comprit qu'elle pleurait. Cash recula doucement, essuya ses larmes et lui donna un nouveau baiser. Un baiser qui, il l'espérait, recelait la promesse d'une étreinte bien plus longue à venir.

— Pourquoi as-tu fait ça ? marmonna Gil.

Cash se dégagea légèrement pour le regarder, tout en maintenant un bras autour des épaules de Delaney. Il n'allait pas la lâcher tout de suite. Peut-être jamais.

— Fait quoi ?

Gil émit un long soupir.

— Pourquoi m'as-tu sauvé ? Parce que tu m'as sauvé la vie quand tu m'as sorti de cette grange.

Cash avait sans doute sauvé Gil de la mort, en effet, et il aurait pu lui répondre que c'était son travail, qu'il n'avait fait que son devoir. C'était vrai.

Mais ce n'était pas tout.

— Vous êtes le père de Delaney, répondit-il simplement. Elle vous aime.

Gil cilla furieusement et le clair de lune révéla les larmes qui lui montaient aux yeux.

— Je l'aime aussi.

Il lâcha un grognement et secoua la tête.

— Et j'ai failli la faire tuer.

— Je vais bien, affirma Delaney, avant de s'approcher de son père et de l'entourer de ses bras.

— Ce n'est pas grâce à moi. Je ne savais pas ce que Byers mijotait. Je te le jure.

— Je te crois.

Delaney recula et regarda son père dans les yeux.

— C'est lui qui t'a persuadé de venir ici ce soir ?

Gil acquiesça.

— Il m'a fait boire, et je ne vois pas les choses clairement quand je suis ivre. Byers m'a convaincu de venir.

— Et de faire quoi ? intervint Cash.

— D'exiger que Delaney te quitte.

Gil leva les yeux et le fixa.

— Il a dit que, tant qu'elle restait avec toi, elle courait le risque d'être tuée. Je voulais le croire parce que je ne voulais pas que Delaney soit avec toi. Mais je me rends compte à présent que j'avais tort à ce sujet. Delaney et toi, vous êtes faits l'un pour l'autre.

C'était là une déclaration que Cash n'avait jamais imaginé entendre de la part de Gil, et il espéra que ces propos signifiaient que le père de Delaney n'allait plus s'opposer à leur relation.

Car Cash comptait bien faire de son mieux pour persuader Delaney de rester avec lui.

— C'est moi qui ai mis Cash en danger, soupira-t-elle.

— Non.

Cash désigna Byers d'un geste.

— C'est Byers le seul coupable.

Il marqua une pause, reportant son attention sur Gil.

— Comment vous a-t-il contacté ? Il vous a trouvé quand vous avez quitté votre domicile ?

Gil esquissa une grimace, regrettant sans doute le moment où il avait fait faux bond au garde du corps que sa fille avait engagé.

— Je ne sais pas au juste. Je marchais sur la route, et Byers était là.

Ce dernier avait probablement surveillé la maison de Gil dans l'espoir de se servir de lui tôt ou tard. Et cela avait fonctionné. Quand Cash avait permis à Gil d'entrer chez lui ce soir-là, Byers avait mis en branle le plan démoniaque qu'il avait conçu.

Un plan qui visait à tuer Delaney, Ramone, Gil et lui.

Et peut-être serait-il allé jusqu'à éliminer tous les occupants du ranch s'ils lui avaient mis des bâtons dans les roues.

À cet instant, la voix de Buck s'éleva.

— Patron, ça va ?

Au grand soulagement de Cash, son employé apparut, venant du dortoir.

— Ça va. Et vous tous ?

Buck s'approcha, titubant légèrement.

— Nous avons tous été assommés à l'aide d'un pistolet électrique. Mais hormis quelques bleus causés par la chute nous sommes tous indemnes. Où est Stoney ? ajouta-t-il.

— Dans le jardin. Il s'en est sorti aussi, mais je ne veux pas qu'il traverse cette section avant les pompiers au cas où il resterait des grenades.

Justement, les véhicules de secours se garaient dans l'allée.

— Attendez ici, reprit-il. Il faut que je parle à mes adjoints.

— Je t'accompagne, déclara aussitôt Delaney, en glissant sa main dans la sienne.

Cash aurait peut-être pu la persuader de rester en lieu sûr, mais au fond il n'avait pas envie de la quitter.

— Ne t'éloigne pas de moi.

Delaney n'en avait manifestement pas l'intention. Elle enroula un bras autour de lui alors qu'ils contournaient les ruines de la grange pour gagner le côté de la maison. Aucun dégât n'était visible à cet endroit. Rien ne suggérait que Byers se soit approché de cette partie de la propriété.

Quand ils débouchèrent devant la maison, Cash vit aussitôt Jesse. Déjà descendu de son véhicule, ce dernier avait amené trois autres adjoints.

— Que s'est-il passé, bon sang ? se récria-t-il en parcourant la scène du regard.

— Pour faire court, Byers a essayé de nous tuer, expliqua Cash.

Il leur résuma brièvement les événements, et tous se jetèrent dans l'action, se déployant dans la cour à l'affût d'autres engins explosifs.

— Ta maison brûle, murmura Delaney. Je suis tellement désolée.

Le ranch brûlait, en effet, et Cash se résigna au fait que son foyer serait peut-être complètement détruit avant que les pompiers aient pu intervenir. C'était un coup dur, certes, mais à cet instant il n'éprouvait aucun regret. Il pourrait construire une autre maison.

En revanche, la femme qu'il tenait dans ses bras était irremplaçable.

Aucune autre ne pourrait le rendre heureux.

— Je t'aime, murmura-t-il.

Le moment était sans doute mal choisi, mais il ne pouvait laisser s'écouler une minute de plus sans lui avouer ses sentiments.

Elle leva les yeux. Compte tenu des épreuves qu'ils venaient de traverser, son regard était étonnamment clair.

— Bien, dit-elle en souriant.

Elle l'embrassa. Lui donna un long et profond baiser qui lui fit presque oublier que « bien » n'était pas la réponse qu'il voulait d'elle. Enfin, pas la seule en tout cas.

— Bien ? répéta-t-il.

— Bien, redit-elle, avant de détourner son attention par un nouveau baiser.

Cash décida de suivre le mouvement. Il enroula un bras autour d'elle, l'attira plus près et ajouta une bonne dose de passion au baiser. Là encore, le moment était peut-être mal choisi, mais il le savoura.

Compte tenu du fait qu'ils avaient un public, leur étreinte dura trop longtemps, et fut sans doute trop passionnée. Malgré tout, même quand Cash mit fin au baiser, il garda Delaney tout contre lui.

Au creux de ses bras.

— Moi aussi, je t'aime, chuchota-t-elle.

Là était la réponse qu'il voulait. La réponse dont il avait besoin. Tout comme il avait besoin de Delaney.

— Tu promets de me le dire souvent ?

Le sourire de Delaney s'élargit, et il eut l'impression de goûter ce sourire quand elle lui tendit ses lèvres.

— Chaque jour de ma vie.